SAVEURS ASSASSINES

Kalpana Swaminathan est médecin. Elle vit à Bombay. *Saveurs assassines*, son premier livre publié en France, inaugure une série de cinq romans policiers.

DU MÊME AUTEUR

La Chanson du jardinier
Cherche Midi, 2008

Kalpana Swaminathan

SAVEURS ASSASSINES

Les enquêtes de Miss Lalli

ROMAN

Traduit de l'anglais (Inde)
par Édith Ochs

le cherche midi

AVERTISSEMENT AU LECTEUR

Kalpana Swaminathan habite Bombay, et sa langue reflète le mélange culturel de cette métropole. Ainsi l'anglais de ses romans se trouve-t-il enrichi de nombreux mots et expressions appartenant aux diverses langues de ses habitants venus des quatre coins du sous-continent : le tamoul, l'ourdou, le bengali, le marathe et le gujerati en plus de l'hindi. Le glossaire en fin de volume reflète cette diversité.

TEXTE INTÉGRAL

TITRE ORIGINAL
The Page 3 Murders. A Lalli mystery
ÉDITEUR ORIGINAL
IndiaInk, Roli Books, New Delhi, Inde

ISBN 978-2-7578-0585-5
(ISBN 978-2-7491-0954-1, 1re publication)

Pour mes parents,
en l'honneur de leurs noces d'or.

Distribution des rôles

Felix Rego : le journaliste gastronomique

La colonne gourmande de l'homme de presse a un certain goût pour le meurtre.

Alif Bey : le génie

Le grand intellectuel devient teigneux quand il apparaît que sa muse a des pieds d'argile.

Rafiq Khan : le danseur

Son *Shiv tandav* [1] déchaîne le chaos. Sa représentation suivante va-t-elle rétablir l'ordre ?

Docteur Hilla Driver : l'hôtesse

Ce week-end à la campagne devait être pour elle l'occasion d'exorciser le passé, mais quand le diable s'en mêle…

1. « Nuit de Shiva » : les adeptes de Shiva passent la nuit entière à adorer leur divinité, et les principaux temples dédiés à Shiva résonnent de prières, de musique, de tintements de cloches et de chants au gré des processions. Cette célébration correspond à la nuit où Shiva a dansé le *tandav*, sa danse cosmique. Les dévots jeûnent et veillent toute la nuit pour attirer sa bienveillance, et festoient le lendemain.

Chili : le top model

Quoi de mieux qu'une pilule vitaminée pour un teint de jeune fille ? Sauf que celle-là la rend livide.

Tarok Ghosh : le grand cuisinier

Ce réfugié du Bangladesh[1], rescapé des trottoirs de Bombay – cet ancien *footpathia* –, révèle des secrets au moyen de son fabuleux talent culinaire. Mais la surprise du chef ne sera pas du goût de tout le monde.

Lola Lavina : la survivante

Passer du statut de victime à celui de croisé est une évolution normale, mais cette femme de caractère a des vues sur l'avenir.

Ramona : la débutante

Le week-end promettait de réaliser ses rêves. Mais c'était compter sans le meurtre.

Ujwala Sane : la femme fatale

Elle a les hommes à sa botte. Et dans son monde, les cuisiniers ne sont pas des hommes comme les autres.

Lalli : le fin limier

Elle collectionne les curiosités ; et ce week-end promet d'en être une.

La narratrice

Elle complique son récit en tombant éperdument amoureuse…

1. État indépendant depuis la guerre de 1971. (NdE)

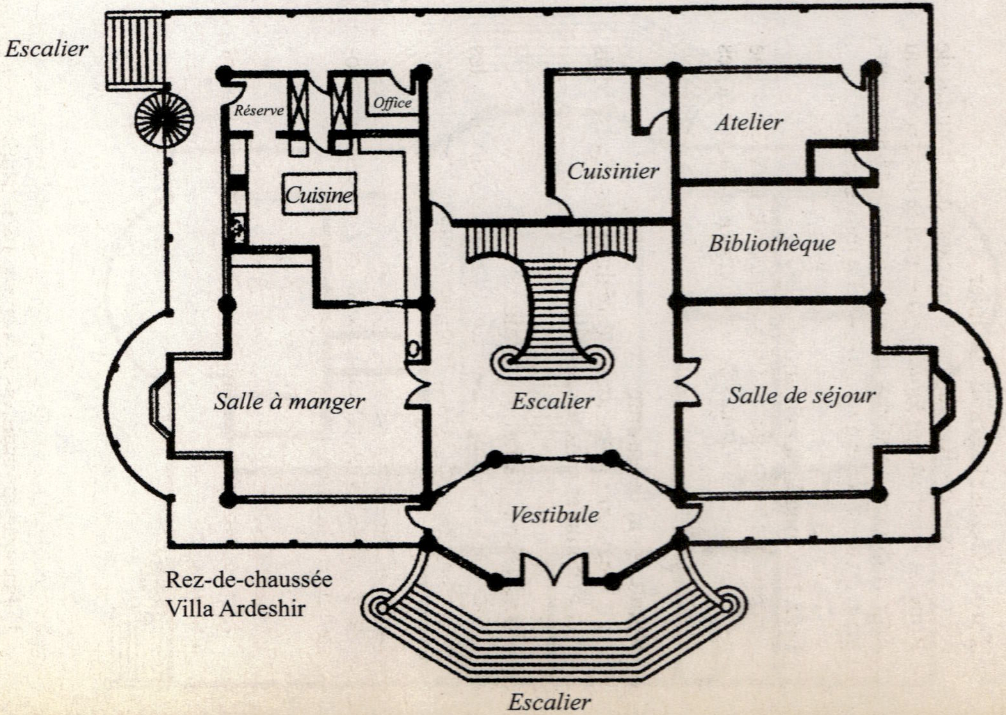

Rez-de-chaussée
Villa Ardeshir

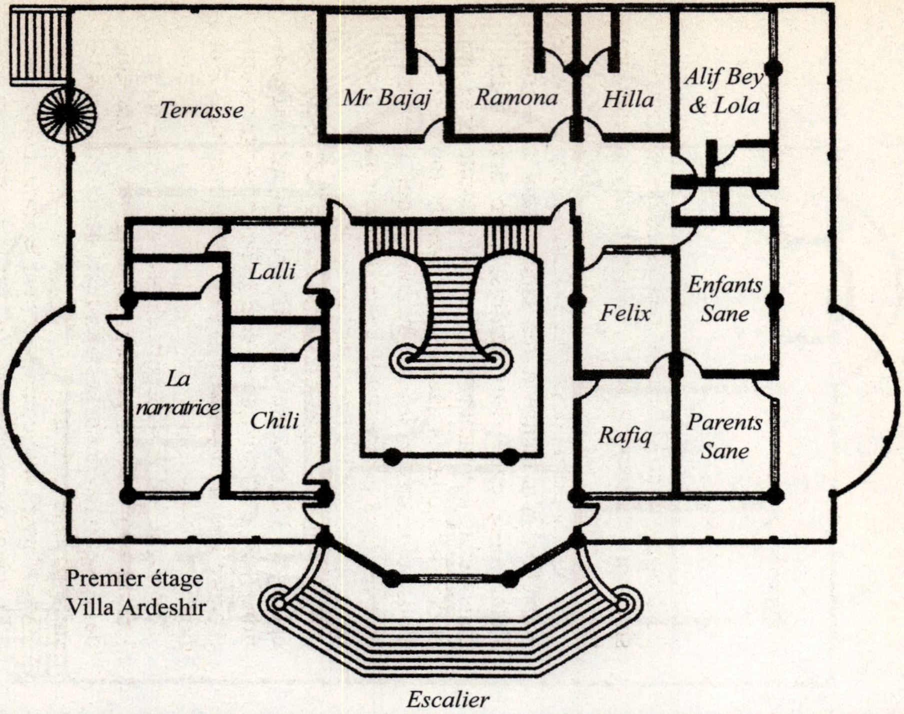

Premier étage
Villa Ardeshir

1

J'ai passé toute la matinée avec un cadavre. Il se dessine, boursouflé par le soleil, sur le granit moucheté du banc du parc.

Il y a un an, le modeste succès d'un mince volume de nouvelles m'a incitée à me lancer dans un roman. J'étais prise entre deux boulots, entre deux feux… mais l'étais-je vraiment ? « Vous avez trente-deux ans et déjà les poignets qui craquent, me dit mon éditeur. Vous allez passer les trente années qui viennent à enseigner les poètes morts à des dyslexiques, à moins que vous ne sautiez le pas tout de suite. »

Je l'ai détesté, mais il avait raison. « Sondez les égouts de l'âme », me conseilla-t-il non sans délectation. Il m'a fallu un an et cent mille mots pour comprendre que la tuyauterie fuyait. Mon livre ne valait rien.

Ce matin, je l'ai transporté dehors en croyant qu'une lecture au grand air pourrait le revigorer. *Nada,* que dalle. Le livre était bel et bien mort-né, et l'air frais ne suffit pas à le ranimer.

Mais laissez-moi commencer par le commencement.

En vingt-quatre heures, j'ai perdu en bloc ma carrière, mon copain et ma bibliothèque, sans doute un record dans les annales des catastrophes pas naturelles. Une des pires choses qu'une assistante puisse faire est de défendre un étudiant calomnié. Ce que j'ai fait également à neuf heures et demie dans la salle des professeurs, sous l'œil avide des experts dans l'art du cafardage universitaire, un subtil jeu de massacre.

L'ire professionnelle, en revanche, n'avait rien de subtil. Elle m'a frappée avant la fin de la journée.

Durant toute la semaine, je fus inondée de notes et progressivement soulagée de mes cours. Ma carte fut refusée à la bibliothèque, mon code d'accès annulé. La salle des professeurs se vidait dès l'instant où j'y mettais le pied. Le vendredi matin, le problème connut une solution chirurgicale rapide.

À onze heures, mon copain m'annonça que nous étions atteints d'un trouble respiratoire grave : il ne pouvait plus respirer le même air que moi. Enfin, quoi, n'avait-il pas une thèse de doctorat à soutenir ?

À onze heures et demie, je fus menée, sans préméditation ni bandeau sur les yeux, à la guillotine. Ma lettre de renvoi était posée sur le bureau du professeur Sandeha, non signée. Sa main resta suspendue un instant au-dessus de l'étalage de stylos-billes en plastique de couleurs vives : rose acide et vert caca d'oie, lequel donnerait le coup de grâce ? En fin de compte, elle n'en prit aucun.

Elle plongea la main dans son sac. Je fus flattée.

Manifestement, c'était un moment digne d'un Montblanc.

Un coup sec du Meisterstück Mozart noir et ce fut terminé. Je sortis, libérée de ma carrière pleine de toiles d'araignée.

Un peu avant midi, je montai dans ma chambre pour débarrasser mes affaires. Mes livres avaient disparu. Tous mes chers bouquins.

La carrière et le copain pouvaient se remplacer. Mais pas la bibliothèque. Le copain, faut-il le préciser, avait emporté les livres.

Au cours des vingt-quatre heures suivantes, j'ai récupéré une machine à écrire, une nouvelle adresse et une tante.

Un an plus tard, j'ai toujours les trois.

La machine à écrire est une Brother portative, avec la barre du T majuscule tordue.

L'adresse est 44, Utkrusha, Adarsh Road, Vile Parle East.

La tante s'appelle Lalli.

Laissez-moi vous dire tout de suite qu'elle n'est pas une tante d'un modèle standard. Sa qualité de tante est purement accidentelle. L'accident est dû à mon père qui, récemment et pour des raisons tant privées qu'inquiétantes, a revendiqué cette brindille extrêmement modeste et périphérique de l'arbre généalogique.

Quand je rentrai à la maison cet après-midi-là, ayant jeté par-dessus bord ma carrière, mon copain et ma bibliothèque, je trouvai mes parents en plein chaos.

Le lendemain matin, Lalli débarquait. Je ne savais absolument pas d'où elle sortait, ni qui elle était, ni pourquoi sa présence était un tel réconfort pour mes parents désemparés. C'était une période assez déroutante pour moi aussi. Leurs soucis me furent épargnés, partant du principe que j'en avais déjà assez sur les bras.

Mais je ne suis pas encore prête à raconter cette histoire-là. Qu'il me suffise de dire ici que la présence de Lalli m'a apporté autant de réconfort qu'à eux. Même si, dans mon cas, le réconfort venait surtout de son absence totale de curiosité pour les bouleversements récents survenus dans ma vie. Avant que la poussière ne retombe, mes parents reconnaissants étaient partis à Lonar pour cultiver des roses, et j'avais emménagé avec Lalli.

Nous partageons un toit, mais guère plus. Elle a son espace et moi le mien. Nous avons un accord tacite pour éviter d'être dans les jupes l'une de l'autre et de se crêper le chignon. (Dans le cas de Lalli, un amas de boucles argentées. Pour ma part, si vous voulez le savoir, j'ai les cheveux raides comme du fil à plomb.) Au cours de l'année, nous sommes passées d'une prudence mutuelle à une tolérance mutuelle.

Quand je déménagerai, comme je dois le faire bientôt, Lalli va me manquer plus que tout au monde. Ce qui est agaçant… étant donné le peu que je sais sur son compte ; elle a soixante-trois ans, fait un mètre soixante-cinq pieds nus, cinquante kilos sur la balance de la salle de bains. Un visage d'actrice, ridé, mobile, expressif. Les yeux, noirs et luisants au repos, mais flamboyants comme une lampe à souder à l'occasion. Les cheveux, comme indiqué ci-dessus, une mousse argentée. Elle se meut avec une économie de gestes prompts qui passent facilement pour de la grâce jusqu'à ce qu'on se rende compte que c'est de la discipline. Ensuite on pense démarche furtive, vivacité, agilité. Elle a des paumes carrées, étonnamment dures pour une femme qui passe le plus clair de son temps à lire.

Jusqu'à ce que je m'installe ici, elle vivait seule, ou presque. Je ne lui ai pas posé la question, mais je ne crois pas qu'elle ait été mariée. Elle a eu, c'est sûr, une vie bien remplie, qui n'a rien à voir avec celle qu'elle mène maintenant en apparence. J'ai surpris des moments où elle perdait la notion du temps et semblait être sur des charbons ardents. Soudain, elle lève les yeux, tend l'oreille, guette un pas ou une note de musique lointaine. Sur le qui-vive. Cela ne dure jamais plus d'un instant. Puis le léger rose aux joues s'estompe, ses yeux deviennent songeurs et opaques.

Notre salle de séjour reçoit un flot incessant de visiteurs. Au début, leur variété m'éblouissait. Ils débarquaient à n'importe quelle heure. Parfois ils passaient toute la journée dans un état hébété, avec un sursaut de politesse au moment où le repas était servi et débarrassé. Lalli en flanquait carrément certains à la porte avec cet ordre laconique : « Partez, je vous prie. Tout de suite. » Ceux-là étaient généralement, remarquai-je, bien habillés et portaient sur eux l'ineffable aura de l'argent.

Lors de ma première semaine à Utkrusha, j'allai ouvrir la porte à l'un de ces visiteurs. Il avait rendez-vous, m'annonça-t-il. Il s'appelait Surendranath Shah. Lalli était sortie, disparue comme par enchantement après un coup de fil. Je lui apportai le verre d'eau coutumier et lui donnai le choix entre thé ou café, lui tendis le journal et m'apprêtai à retourner à ma machine à écrire quand quelque chose me retint. Nous nous mîmes à parler et Mr Shah, découvris-je, était astrologue… pas tant par choix que par tradition familiale. Avant que Lalli ne soit de retour, nous étions plongés dans une discussion sur les symboles funéraires égyptiens. Je le quittai à regret.

Plus tard, quand il fut parti, je demandai à Lalli si ses prédictions étaient fiables.

– Je ne suis pas au courant de ses prédictions, déclara ma tante. J'attends de voir si les miennes le sont.

Je fus surprise. Lalli semblait trop rationnelle pour se fier au pouvoir des étoiles.

– Je prédis qu'il ne va pas tarder à se trahir, poursuivit Lalli. On dirait que vous avez eu beaucoup de choses à vous dire, tous les deux.

– Il s'intéresse au symbolisme égyptien.

– Pas lui. Toi.

– C'est vrai, mais je n'y connais presque rien. Lui, c'est un expert.

– Et comment en êtes-vous venus à parler de l'Égypte ? Quelle a été exactement sa manœuvre d'approche ?

Son ton était inutilement cynique. Il avait l'air parfaitement inoffensif. Un chouia défraîchi, mais essentiellement *bechara, pavam*.

– C'est un astrologue, dis-je fermement. Toute sa famille l'est depuis six cents ans.

– Et il t'a dit tout ça dès que tu lui as ouvert la porte ?

– Après que je l'ai mis à l'aise avec le verre de l'eau et le journal, oui.

– Ben voyons ! Et le journal était exactement dans l'état où tu l'as laissé après que tu as fini ta deuxième tasse de café ?

– Comment ça ?

– Peu importe. Autrement dit, tu lisais la section « En ville », ouverte en page 2 et repliée verticalement avec les taches de café juste sous la colonne « Les étoiles prédisent ».

J'étais sur le point de protester avec indignation quand j'aperçus le journal, le rond brunâtre et le reste.

– Mais ce n'est pas tout, n'est-ce pas ? Ça fait une semaine que tu rumines l'Égypte, tu te demandes comment tu pourrais l'introduire dans ton livre. Hier, tu as envisagé de situer une scène à l'intérieur d'une pyramide. Ce matin, ton centre d'intérêt est passé au sphinx. Ces choses-là *se voient*.

– Comment ça ? Il a vraiment lu dans mon esprit ?

Lalli éclata de rire.

– Il lit son environnement. Regarde autour de toi.

Ce que je fis. Je ne vis rien.

– Regarde la bibliothèque.

C'était facile, il est plus dur d'éviter de la regarder. Les autres pièces ont des murs. La salle de séjour de Lalli est tapissée de livres. Il me faut un escabeau pour le rayon du haut.

– Quel est le bouquin que tu as lu en dernier ? C'est facile à dire.

Je m'aperçus alors qu'un épais volume écarlate était un peu décalé. Il était trop haut pour en déchiffrer facilement le titre, mais le dos portait une figure géométrique trapue, caractéristique d'une tombe pharaonique. Je l'avais lu hier soir.

– Minute ! contre-attaquai-je. *Primo,* c'est *Ancient Evenings,* de Norman Mailer. Mr Shah n'a pas l'air du genre à lire Mailer. *Deuzio,* pourquoi irait-il croire que c'est moi qui lisais ce livre ? Pourquoi pas toi ?

– Certes, pourquoi pas ? Mais avec la preuve supplémentaire du cartouche griffonné près des mots croisés, manifestement fait avec le crayon qui se trouve encore là où tu l'as posé et que tu devais tenir à la main quand tu as ouvert la porte... Mr Shah a conclu avec une logique impeccable que tu t'intéressais à l'Égypte ancienne. Quant à ton idée qu'il n'a pas l'air du genre à lire Mailer, qu'en sais-tu ?

– Il n'a pas pu remarquer tout ça. Personne ne remarque jamais ce genre de choses.

– Moi si.

– Tu as l'esprit tordu d'une criminelle.

– Mr Shah aussi. C'est un bigame convaincu qui m'a demandé de retrouver sa femme disparue. Mais j'ai plutôt l'impression qu'il l'a assassinée.

Je ris.

Et fus vite douchée quand je vis son visage.

Elle ne plaisantait pas.

– Attends une minute, dis-je lentement. Il veut que tu retrouves sa femme ? Qui es-tu, le bureau des personnes disparues ?

– Entre autres choses, je collectionne les curiosités. J'ai convenu de retrouver la femme de Mr Shah parce que je le trouve curieux.

Je restai bouche bée au point que ma mâchoire me tombait à la taille. Cependant, il restait une dernière question vitale.

– Mais pourquoi ?

– Pourquoi s'est-il donné autant de mal pour gagner tes faveurs ?

Lalli eut un sourire entendu.

Je frémis. Avec un peu de temps, Surendranath Shah aurait pu monter son numéro et sauter prestement de *kundali* à *kundalini*.

Après quoi, je gardai pendant quelque temps mes distances en faisant preuve d'une prudence de bon aloi à l'égard des visiteurs de Lalli.

Mais peu à peu, je suis devenue moins délicate. Aujourd'hui, je compte fièrement parmi mes relations un faux-monnayeur, un escroc, plusieurs voleurs à la tire qui vivent de leurs talents et une modeste collection d'imposteurs. Quant à Mr Shah, il attend sa sentence. Sa femme disparue fut retrouvée très facilement. Elle fut retrouvée dans un camion chargé de fruits, commodément répartie en morceaux conditionnés entre les couches de mangues Alphonso mûrissant doucement sur la route de l'exportation.

Des dossiers arrivent chaque semaine de l'Homicide. J'ai mis un certain temps à comprendre que Lalli avait passé ces trente dernières années dans la police. Ce n'est pas ainsi que j'imagine une femme policier, ni même un grand détective en train de loucher sur des taches de sang. J'ai découvert l'illustre passé de ma tante par le biais d'une autre rencontre inattendue.

Cette fois, c'était un policier en uniforme arborant tout un arc-en-ciel sur l'épaule, et un sourire plein d'espérance qui s'effaça dès qu'il me vit. « Lalli, je vous prie, me lança-t-il d'un ton sec. Si elle n'est pas là, je vais l'attendre. » Et avant que j'aie su ce qui m'arrivait, il me dépassait et filait droit sur le sofa beige.

J'essayai de garder une voix calme pendant que ma tête grouillait d'histoires épouvantables de harcèlement policier que m'avaient racontées des copains dans des organisations non gouvernementales. « Qu'est-ce que vous lui voulez, à ma tante ? glapis-je. Vous n'avez pas le droit de l'embêter comme ça. Nous connaissons parfaitement nos droits. La police en tenue ne peut pas débarquer chez les gens sans mandat… » Je puisai un grand réconfort à prononcer ce mot : mandat. Le ton était donné. Je passai rapidement en revue les gens qui allaient voler à mon secours – et je fis une croix dessus. J'allais devoir me débrouiller toute seule et les mots me vinrent sans problème. Cependant, mon éloquence fut peine perdue. Il n'écoutait pas. Il enfonçait fiévreusement les touches de son portable. Sans doute pour appeler des renforts.

Pas du tout. Il me passa le téléphone.

– Je suis toujours à Colaba [1], dit la voix de Lalli. Il va me falloir une heure ou plus pour rentrer à la maison. Ne t'inquiète pas pour Balu, il ne te dérangera pas. C'est un de mes hommes.

Balu ! Je plissai les paupières. La barrette en plastique sur son uniforme indiquait Balkrishna Jadhav. Il me décocha un large sourire.

– La police en uniforme peut bien rendre visite à une collègue à son domicile. Même si elle est à la retraite.

– Je… je ne savais pas que Lalli était dans la police, bafouillai-je bêtement.

– Vous ne savez pas que, sans Rama, le *Ramayana* n'existerait pas ? fit-il avec un solide éclat de rire. Eh bien, pour nous, Lalli, c'est pareil ! (Il tapota l'épais dossier qu'il avait garé sur la table basse.) Vous voyez l'épaisseur de ça ? Si Lalli ne le regarde pas cette semaine, il va continuer à grossir.

Comme hébétée, j'ouvris le dossier.

Et le refermai aussi vite.

1. Une des sept îles qui constituent le Bombay d'origine. (NdT)

J'avais besoin de m'asseoir. J'avais besoin d'un verre d'eau.

Nous nous excusâmes en chœur.

– Je regrette. Je n'aurais pas dû l'ouvrir.

– Non, non, c'est ma faute, j'aurais dû vous en empêcher. Ça peut vraiment causer un choc !

En effet.

Il y avait des photographies dans le dossier. Des images brutales, à vomir. Pire que tout, j'avais reconnu le visage. Je l'avais vu à la une du journal durant toute la semaine passée, comme le reste des dix-sept millions d'habitants de Bombay.

Sarika Doshi. Seize ans et assassinée en plein jour dans le havre de sa maison. En découvrant le meurtre, la ville était restée sous le choc. Les journaux à sensation s'en étaient donné à cœur joie, imprimant en double page des interviews de petits génies qui ne s'étaient jamais trouvés à portée des cris de la jeune fille. (« Des gens âgés sont régulièrement assassinés dans cette ville, mais la mort d'une adolescente ne peut rester ignorée », affirmait spontanément un article.)

Rien dans le calme angélique des photographies parues dans le journal ne laissait deviner l'agression sauvage dont la malheureuse jeune fille avait été victime. À présent les détails me revenaient.

On l'avait massacrée avec une haltère métallique et tailladée au couteau. Son père, un fanatique du *fitness*, pratiquait les haltères tous les jours. Le couteau provenait de la cuisine. La jeune fille avait fait entrer le meurtrier dans la maison. Il semblait avoir trouvé les armes aisément. Le couteau de cuisine, c'était du gâteau, mais pour l'haltère ? Il n'y avait aucun signe de lutte. Les deux parents étaient au travail quand la fille avait été tuée.

« Blessures multiples », précisaient les papiers, mais ce jargon superficiel avait refoulé *ça*. Car *ça*, c'était davantage que de la rage ou du désespoir. *Ça*, c'était de la haine. C'était impossible à imaginer. Il fallait le voir. Quand j'avais ouvert le dossier, j'avais entrevu pendant un quart de seconde cet instant de haine. Ça m'avait sauté à la figure et j'en avais eu plein les yeux. Je manquai d'air. Ce fut le trou noir.

Balkrishna Jadhav alla me chercher un verre d'eau dans le réfrigérateur et alluma la télévision. L'Inde jouait contre la Nouvelle-Zélande à Ahmedabad. Nous regardâmes, dans le coton, pendant que Dravid et Sourav se faisaient une passe. La sœur éblouissante de Sourav applaudit à peine du bout des doigts.

– Le rapport du légiste, explosa Jadhav. De nos jours, le public est habitué à voir des corps. Vous voyez Discovery Channel, non ? L'émission « Body Farm » ? Vous avez vu ça ?

Je voulais dire : « Ce n'est pas vrai. Ça se passe ailleurs. C'est à la télé, bon sang ! »

Il repoussa le dossier avec colère.

– Toute la journée, j'ai ça sous les yeux, et le soir, quand je rentre chez moi, qu'est-ce que je trouve ? Mes gosses qui dînent en regardant « Body Farm ». (J'imaginais la scène. Deux ou peut-être trois petits Jadhav aux grands yeux occupés à compter les asticots en avalant leur *varan bhat*.) Toutes ces analyses en laboratoire, tout cet attirail hors de prix. À quoi ça sert ?

– Parce qu'on n'a pas cette technique, chez nous ?

– Bien sûr que si. Vous voulez la PCR, on a la PCR, vous voulez les séquences STR, on a ça aussi, on a tout de A à Z, mais à quoi ça sert ? Si on n'a personne dans nos fichiers correspondant à cet ADN ? Et aujourd'hui, j'ai reçu une note de service me signalant qu'on avait dépassé le budget et qu'on n'avait pas de résultat. Pourquoi ? Alors, évidemment, je suis venu ici.

– Évidemment ?

Il repoussa une mèche rebelle et secoua la tête, d'un air contrit.

– La première fois que j'ai rencontré votre tante, je l'appelais madame. Un jour, elle m'a dit : « Balkrishna, j'ai aussi un nom, vous pouvez le lire, non ? » Sur sa poitrine, il n'y avait qu'un seul mot écrit : Lalli. Alors je me suis senti gêné, comment pouvais-je l'appeler comme ça ? Ce n'était même pas un nom de famille, ça avait l'air d'un surnom. Alors je lui ai dit : « S'il vous plaît, madame, quel est votre nom entier ? » Elle m'a de nouveau indiqué son badge. Alors j'ai demandé aux gens, et eux aussi m'ont dit : « Lalli, et c'est comme ça qu'on l'appelle depuis le début. » Mais je suis du genre anxieux. Alors un jour, j'ai cherché son dossier. Là aussi, même chose : Lalli. Pas de nom de famille. Alors je me suis dit : les Tamouls n'ont que des initiales, le nom du village, celui du père, par exemple mon meilleur ami R. C. Ramanathan : Rayavaram Chandrashekhar Ramanathan, ce genre. Pas comme pour les Marathes. Nous conservons nos prénoms, le nom du père ou du mari en deuxième et, après ça, le nom de famille. Mais là aussi… non. Pas d'initiales pour Lalli. Un vrai casse-tête. Entre-temps, je m'étais mis à l'appeler Lalli, moi aussi, mais, à vrai dire, je ne me sentais pas à l'aise. Voilà qu'un jour j'en parle à Fernandez. Un de nos anciens, ce Fernandez. Il rigole. « Entre nous, on lui a même filé des initiales, me dit-il. On l'appelle "D. R." Lalli, parce qu'elle est notre "Dernier Recours". » Ça fait des années maintenant qu'on l'appelle « D. R. ». Avant de classer un dossier, de nos jours, on a un formulaire supplémentaire à remplir. Ça reste officieux, parce que, officiellement, elle est à la retraite. On met une feuille blanche avec les initiales « D. R. » à la fin du dossier.

Quand Lalli rentra, j'étais sur le point de m'excuser, mais elle m'interrompit.

– Reste, si tu es capable de le supporter, déclara-t-elle.

– Elle ne le peut pas, intervint Balkrishna. Elle vient de tourner de l'œil.

Lalli interrompit mes protestations indignées.

– Une réaction normale quand on ne s'y attend pas. Cela peut arriver.

Ouaip. J'aurais juste à envisager un certain nombre de trous noirs si je voulais continuer à fréquenter Lalli.

– Balu, jusqu'où vous avez pu avancer avec Sarika Doshi ? Le labo ?

– Pas de correspondance ADN, répéta Balkrishna, l'air sombre. Pas d'empreintes non plus. L'agresseur portait des gants. Rien sur l'haltère à part les empreintes du père, comme c'était à prévoir.

– Et le couteau ? demanda Lalli.

– Rien. Soigneusement nettoyé.

– D'après le rapport d'autopsie, le viol n'est pas prouvé. Je trouve ça dur à avaler.

Jadhav eut l'air mal à l'aise.

– C'est un peu embrouillé. Le pathologiste dit que la victime avait une vie sexuelle active, ce qui confirme l'avis du gynécologue qui signale qu'il y a eu des rapports avant la mort. Mais le légiste est négatif. J'ai eu un entretien avec eux, ils utilisent des techniques très poussées.

– Par rapport à mon époque, vous voulez dire, Balu ?

– Chaque semaine, il y a un nouveau test. Comment peut-on connaître tout cet ABC et SNP ? Mais ils n'ont pas réussi à trouver du sperme, disent-ils.

– Et ça, c'est le père ? Une photo récente ?

– Oui, oui, une photo de l'identité judiciaire, après le meurtre.

– Sarika était leur seul enfant. Quel âge ont les parents ?

Balkrishna jeta un œil sur ses notes.

– La cinquantaine, entre cinquante et cinquante-cinq. L'enfant est née après plusieurs années de mariage. Ils sont complètement effondrés. Cette fille, c'était toute leur vie.

– Seize ans, encore à l'école, menant une vie très protégée, et pourtant sexuellement active.

– Bien sûr, les parents disent que c'est impossible. La mère est devenue hystérique, le père s'est montré violent quand on leur a résumé la situation.

– Pensez donc !

Lalli posa la photographie des parents sur la table.

– Il va falloir faire un tas de recoupements, mais vous tenez la réponse. L'affaire est assez claire.

– Claire ? On n'a rien ! La jeune fille a laissé entrer le meurtrier. Donc elle le connaissait. Peut-être même qu'elle l'attendait. Le meurtre était prémédité. Il a apporté des gants.

– Oh non ! Les gants étaient sur place, dans la maison.

– Pas de gants dans la maison. Pourquoi y en aurait-il eu ? Et comment aurait-il su qu'il y en avait ?

– Vous venez de livrer le principal élément de cette affaire, Balu. Allez boucler votre enquête.

Il la regarda stupidement en clignant des yeux, et moi aussi, j'imagine. Lalli soupira avec impatience.

– Il n'y avait pas de gants dans la maison ! Et *pourquoi* n'y avait-il pas de gants dans la maison ?

Je ne comprenais pas. Des gants sont rarement nécessaires dans un F2 fonctionnel classique en l'absence d'un jardin ou d'une maladie contagieuse.

– Avez-vous remarqué les mains du père, Balu ? Je suppose que le labo n'est pas allé y voir non plus.

– Ses mains ? Non !

Lalli leva les siennes, dégoûtée.

– Aucune tache de teinture ? Alors c'est qu'il a utilisé des gants. Il s'est récemment teint les cheveux, pas très longtemps avant qu'on prenne cette photo.

Demandez-vous pourquoi un quinquagénaire voudrait se teindre les cheveux et la moustache, et faire des haltères. Entrez dans sa tête. Et dénichez-moi ces gants. Vérifiez son dossier médical et vous saurez pourquoi le labo vous a donné un rapport négatif. Parlez à Mrs Doshi, Balu ! Trouvez pendant combien de temps les Doshi ont essayé d'avoir un bébé avant que Sarika soit conçue. Remontez seize ans en arrière, allez !

Cela ne voulait rien dire pour moi, mais c'est tout juste si Balkrishna Jadhav ne quitta pas l'appartement au pas de course.

– La foi aveugle qu'ils ont dans la technologie ! soupira Lalli. Ils regardent seulement les rapports, positifs ou négatifs, et la question est réglée. Si tu ne trouves pas de sperme, demande-toi pourquoi !

– Pourquoi ? demandai-je docilement.

Lalli sourit.

– J'oublie sans arrêt à quel point tout ça doit te paraître étrange. Une possibilité qu'il faut toujours envisager quand il n'y a pas de trace d'ADN est que le violeur – ou le partenaire consensuel, on ne peut pas savoir dans le cas présent – peut avoir une faible concentration de spermatozoïdes ou a été stérilisé.

Je chancelai un peu quand la vérité commença à se faire jour.

– Tu ne veux pas dire que…

– Avant de nous précipiter, cherchons d'abord pourquoi Mrs Doshi a mis autant de temps à concevoir son premier enfant.

– C'est… c'est trop ignoble, protestai-je faiblement.

Lalli haussa les épaules. Elle avait un masque de pierre.

– Ça arrive tous les jours, lâcha-t-elle platement.

La semaine suivante, les journaux annoncèrent que Mangesh Doshi aidait la police dans son enquête. « Il a avoué », nous annonça Balkrishna. Vous auriez pu croire que c'était assez pour le rendre heureux, mais non. Lui et Savio considéraient Lalli d'un œil morose.

– Ça ne va pas marcher, dit Savio, en mordant sauvagement dans un biscuit. Il va s'en tirer, Lalli.

– Vous avez des aveux, que voulez-vous de plus ? demandai-je.

Tous les trois me jetèrent un regard noir.

– Les aveux ont été faits pendant sa garde à vue, consentit à m'expliquer Savio. Ils ne sont pas recevables.

C'était la chose la plus tordue que j'avais entendue jusque-là, mais, manifestement, ils étaient déjà résignés.

– Oh, il ne s'en tirera pas. Trouvez-moi ces gants. Ensuite, on verra ce que le labo pourra nous dire.

Finalement, Savio mit la main sur les gants, mais c'était Lalli qui savait où ils seraient.

Savio… ah ! Savio.

Il est le troisième membre de notre ménage et, très franchement, je n'arrive pas à comprendre pourquoi.

Il n'habite pas ici, pas officiellement, bien qu'il ne se passe pas une semaine sans que je bute sur ses jambes qui sortent du sofa beige quand je traverse le séjour au réveil pour aller dans la cuisine. Un homme de sa taille ne devrait jamais dormir sur un sofa. Je l'ai rencontré pour la première fois deux semaines après avoir emménagé, alors que je commençais à peine à me remettre de la vision des photographies dans le dossier de Jadhav.

Je me cognai contre ses jambes comme je me rendais au radar dans la cuisine à six heures du matin pour me préparer ma première tasse de café. Ce n'était pas les conditions idéales. Je hurlai. Il bondit. Nous nous fusillâmes du regard, et n'avons pas cessé depuis.

Savio est une masse de muscles compacts de près d'un mètre quatre-vingt-dix de hauteur, « compact » étant en l'occurrence le maître mot. Comment exactement avait-il atterri chez ma tante, je l'ignore, mais quand il y fut, il n'en bougea plus. Il a la jouissance des lieux, mais je dois reconnaître qu'il est aussi soigneux qu'un chat. Il est évidemment son protégé. Pour les gens du dehors, il est l'inspecteur Savio D'Sa, mais tout le monde laisse tomber le D'Sa. J'évite de traîner dans ses pattes, et lui dans les miennes. En l'occurrence, une méfiance mutuelle nous a gardés mutuellement méfiants. Il n'est pas d'un naturel bavard. Nous avons le même âge, trente-trois ans, et je ne vois pas ce qu'il cherche en traînant autour d'une femme de soixante-trois. Il paraît ne pas avoir de vie privée et compense en piquant brusquement une crise contre Lalli parce qu'elle ne fait pas attention à sa santé ou ce genre de choses. Elle lui fait des biscuits. Ce sont de bons biscuits.

De temps à autre, des jeunes filles déboulent à notre porte pour demander à voir Savio. Lalli leur offre le thé. Elles viennent ici pour parler de Savio, mais elles restent en fait pour parler d'elles, jusqu'à ce que Lalli les congédie gentiment. « Tout ce qu'il leur faut, c'est quelqu'un qui les écoute, ai-je averti Lalli. C'est pourquoi elles trouvent Savio irrésistible. » Je ne vois pas d'autre raison.

Depuis un mois, nous sommes débarrassées de Savio. Il est parti en formation. Quel genre ? Quand j'ai posé la question à Lalli, elle m'a dit cette chose incroyable : autodéfense. J'ai éclaté de rire mais, apparemment, la montagne a été dressée à tendre l'autre joue. Avant de partir, il m'a demandé comment avançait mon livre. Ça m'a surprise. Je n'aurais jamais cru qu'il savait que j'écrivais. Cela dit, je ne savais pas non plus qu'il lisait.

Sa présence a le pouvoir de vous engourdir au milieu du maelström qui rend la vie avec Lalli assez délirante. Je me demande parfois si le meurtre et les mutilations me laisseraient aussi blasée aujourd'hui si Savio avait été moins flegmatique. Ses pieds plats ne quittent jamais le sol. Son crâne est pratiquement hermétique aux cris. Il temporise avec l'atroce, décourage les curieux et ne reconnaîtrait pas une hyperbole si on la lui apportait sur un plateau. L'idée du paradis selon Savio est probablement une cellule capitonnée.

Dans l'affaire Sant Baba qui fit sensation, dans laquelle Lalli s'est colletée avec un miracle et où la presse réclamait à cor et à cri de la copie, Savio procéda à l'arrestation du coupable sans piper mot. Puis il y eut le meurtre de Varsha Khot, qui eut le don de scandaliser au-delà de toute expression les respectables habitants du quartier de Vile Parle [1], jusque-là sceptiques, quand ils virent exhumer un cadavre dans l'arrière-cour des Khot. Savio travailla tard dans la nuit pour remettre le gazon en état, transplanter les jeunes arbres, ratisser et tailler comme si, en remettant le jardin en place, il rétablirait la normalité avant midi. Je ne l'ai vu qu'une fois se départir de son flegme, c'était dans l'affaire Raja Ravi Varma. Il eut un geste maladroit en passant les menottes et plia les poignets du meurtrier un peu trop en arrière. On entendit craquer les os.

Au milieu de telles urgences, il est un peu difficile de se concentrer sur la terne existence de mes personnages. En outre, j'ai pris l'habitude de suivre Lalli. Je me suis retrouvée lancée très loin du cadre studieux de la vie universitaire, et je ne m'en plains pas.

Ce matin, Lalli, qui s'est rendu compte que ma machine est restée silencieuse toute la semaine, m'a demandé :

– Alors jusqu'où la bête a-t-elle réussi à se traîner ?

Sur ce, je me suis préparé avec rage une tasse de café noir, j'ai exhumé le manuscrit de sa cachette et

1. Quartier de Bombay à forte majorité marathe. (NdT)

me suis penchée avec sérieux sur son état. Finalement, furieuse, claustrophobe et complètement écœurée, j'ai foncé dehors en le traînant avec moi.

Et c'est ainsi que je me trouve en plein midi à me demander comment me débarrasser du cadavre.

Le crachin humecte la pelouse.

Le plus intelligent serait de m'éloigner rapidement en laissant la pluie l'imbiber pour en faire de la pâte à papier. Il va tomber des cordes, le soleil brille derrière un édredon de nuages malpropres. Il va pleuvoir à verse, la pluie va marteler le banc avec un méchant acharnement durant tout l'après-midi et abandonnera derrière elle un tas détrempé, débarrassé de tous ces mots erronés.

C'est ce que je fais. Dès que la pluie tombe, je m'enfuis en courant. À moins que je ne flotte, le cœur léger sous la pluie battante.

Quand je rentre, mon exaltation m'a quittée. La tête me cogne à cause du manque de sommeil et de l'abus de café. J'ai soif de solitude comme d'autres ont envie d'un verre. Heureusement, je n'ai pas besoin de faire assaut d'amabilité dans l'ascenseur. Les Rao omniprésents ne sont pas là, non plus que, par bonheur, Patherphaker. Quand j'arrive à l'étage, j'entends des voix.

Lalli était de retour et nous avions de la compagnie.

C'était Hilla.

Entre tous les amis de Lalli, le docteur Hilla Driver est ma préférée. La plupart sont intéressants, mais au sens purement clinique, Hilla est vraiment sympathique.

Elle est pédiatre, de quelques années plus jeune que Lalli, et elles sont aussi différentes que possible. Potelée, rose et susceptible de sauter d'une humeur joyeuse à un ton geignard en un battement de cils, elle fait penser à ses jeunes patients.

En cet instant, elle geignait. Sa voix s'élevait, exprimant une consternation comique.

– Je n'arrive vraiment pas à pleurer !

Quand j'entrai, son visage quitta le grand mouchoir masculin dans lequel elle était plongée.

– C'est mon oncle Framroze, gémit-elle. Il a vécu en reclus, muré dans son espèce de *bhoot bangla* pendant près de quarante ans. Alors à qui la faute si personne n'a su qu'il était mort ?

J'écoutais avec délectation. Cela s'annonçait bien. Les histoires de Hilla étaient généralement bonnes. Un oncle à l'état de cadavre, c'était prometteur. Peut-être que des vautours étaient venus le voir, littéralement parlant, et que des voisins s'étaient invités à la fête.

– « Pourquoi moi ? » aurais-je dû demander aux voisins qui m'ont appelée. Pourquoi m'appeler, moi ? La famille ? Bien sûr, il est de la famille. C'est le spectre dans notre placard familial depuis deux générations ! C'est ce que j'aurais dû leur dire. Mais est-ce ce que j'ai dit ?

– Non, répondîmes-nous en chœur, l'air grave.

C'était apparemment ce qu'on attendait de nous.

– Exactement : non. « Ça alors ! ai-je dit quand on m'a annoncé la mort de Framroze Vakil. Je suis navrée d'apprendre cette nouvelle. » C'est tout ce que j'ai trouvé.

– Une réponse machinale, murmura ma tante.

– Machinale à la con, oui ! Une réponse idiote. J'aurais mieux fait de raccrocher. Attends d'entendre la suite des événements. Il était mort depuis quatre jours ou plus quand la *bai*, la femme de ménage, l'a découvert. Le notaire avait l'air d'insinuer que ce délai était de ma faute. Parce que j'étais sa nièce et tout ça, j'aurais dû le *sentir* plus tôt.

Le visage de Hilla s'assombrit. Pendant quelques minutes, elle scruta ses orteils. Quand elle releva les yeux, son visage était empreint de rage. Elle parla à voix basse, sans ses inflexions enjouées habituelles.

– Je vais vous parler de Framroze. Écoutez-moi. Vous êtes déjà entrées à l'intérieur des vieux *chawl* de Parel [1] ? Pas les nouveaux immeubles en béton. Mais les vieux, très vieux bâtiments, avec un toit de tuiles, qui bombe et s'affaisse sur les devantures de S.V. Road. C'est là que j'ai grandi. Dans la journée, c'est tellement sombre à l'intérieur qu'on ne voit pas ses pieds. La nuit, quand le silence tombe dans la rue, on commence à entendre les bruits des autres mortels. Ça grince. Ça claque. Ça craque. Ça cogne. On sent les murs s'écrouler, le bois pourrir, les tuiles glisser et tomber. Les rats sur les chevrons qu'ils rongent avec tant d'assiduité qu'on est surpris de trouver aussi peu de sciure le lendemain matin sur le sol. Tu restes couchée là, le cœur battant parce que tu sais que la maison est en train de se fissurer et que tu n'as nulle part ailleurs où aller. Et le matin, ça ne rate pas, tu lis dans les journaux : « Quatre morts dans l'effondrement de leur maison ». Et toute la famille sourit de soulagement parce que ce n'était pas sa maison. Pas encore.

« Durant toute mon enfance, une silhouette a toujours obscurci la fenêtre crasseuse qui donnait sur la rue. Mon père. Il était posté là avant qu'on se réveille, il était là quand on rentrait de l'école, il restait là à observer les rues obscures jour après jour. Toute la lumière que nous avions à l'intérieur provenait de cette petite fenêtre et il en cachait la majeure partie. C'était il y a longtemps, notez bien, quand j'avais une dizaine d'années. Par la suite, il n'arrivait plus à aller jusqu'à la fenêtre, il restait prostré dans un coin à tousser. Certains jours, il ne quittait même plus le lit.

1. Ancien quartier des filatures transformées en boîtes de nuit et commerces. Situé au cœur de Bombay. (NdT)

« Voilà ce que Framroze a fait à mon père.

« Mon grand-père était un homme très riche et Framroze l'a dupé, il l'a ruiné. Le jour de leur mariage, mes parents ont découvert qu'ils étaient indigents. Mon grand-père s'est tiré une balle avec son fusil de chasse. Du jour au lendemain, mon père était devenu un exclu. La honte et le scandale lui collaient à la peau comme une mauvaise odeur. Très vite, il n'y a plus eu ni argent, ni maison, ni travail, et un enfant en route. C'était moi.

« Les créanciers de mon grand-père ont achevé ce que Framroze avait commencé. La famille de ma mère l'a déshéritée. Finalement, mon père a trouvé du travail. Il est devenu *mazdoor* dans une filature de coton.

« Mon plus ancien souvenir de mon père, c'est sa toux. Aujourd'hui, je sais que c'est le coton qui faisait ça, il transformait ses poumons en un gros bourbier caoutchouteux qui ne laissait plus entrer l'air. À l'époque, on appelait ça de l'asthme.

« Ça l'a démoli avant ses quarante ans. Il avait mal quand il montait les marches. Il avait mal quand il parlait à ses enfants. Nous étions cinq. J'étais la meilleure à l'école. Mes sœurs aidaient ma mère à faire des pickles ou des *papad*. Elle faisait marcher la maison en faisant du porte-à-porte avec ça.

« Après avoir fêté ses quarante-cinq ans, papa n'a plus quitté la maison. Il restait assis dans cette pièce sombre en marmonnant des prières inutiles et en regardant ma mère, désarmé. Quelquefois, il l'aidait à préparer les pickles et les *papad*. Longtemps avant sa mort, nous, les enfants, avions oublié sa présence. Pour nous, il n'était qu'une ombre.

Hilla se moucha et nous considéra d'un air farouche.

– Je n'ai jamais parlé de ça à personne. Pas même à mon mari. Après la mort de mon père, nous n'avons plus jamais parlé de lui. Il y avait davantage de lumière dans la maison sans lui pour boucher la fenêtre, voilà comment on se rendait compte de son absence. Ma mère ne parlait jamais de lui non plus. Mais après sa mort à elle, j'ai retrouvé, parmi ses trésors dans sa vieille boîte, son sari de mariée. Et entre les plis, leur photo. Qu'il était jeune, et beau, et fier, et vulnérable ! Ardeshir, hardi, intrépide, vaillant, vertueux meneur d'hommes ! Ce furent les premières larmes que je versai sur mon père. Plus tard, j'ai brûlé cette photo. Je ne pouvais plus vivre avec le souvenir de ce visage.

Lalli effleura doucement son épaule, puis s'écarta et la laissa pleurer jusqu'à épuisement. Je fis du thé. La boîte à biscuits était pleine, en l'absence de Savio.

Hilla me donna un pâle sourire par-dessus sa tasse de thé.

– C'est difficile de croire que de pareils événements se produisent dans un monde aussi sensé que le nôtre… tu ne trouves pas ?

– Bon, maintenant, dis-nous ce que tu es vraiment venue nous dire, coupa Lalli.

Hilla éclata de rire dans un de ces changements d'humeur éclairs dont elle était coutumière.

– C'est trop fort, gloussa-t-elle. Figure-toi que ce salaud m'a laissé sa fortune !

2

Ce que disait Hilla n'était pas parfaitement exact. En effet, Framroze Vakil ne voyait pas d'un bon œil les espèces sonnantes et trébuchantes. Comme la majeure partie de sa fortune était destinée à la contourner, celle-ci se trouvait investie dans des valeurs qui pouvaient être léguées mais auxquelles Hilla ne pouvait pas toucher.

– Intouchables, articula Hilla avec une moue brahmanique. Il sera bien temps quand les vautours se rassembleront [1]. Mais il m'a laissé suffisamment pour rigoler un peu. Il y a la maison, les bijoux. Et la Rolls.

Mon cri de détresse les fit rire.

– Je ne savais pas que tu avais un penchant pour les voitures, remarqua Lalli tandis que nous agitions la main en direction de la Maruti 800 cabossée de Hilla qui prenait un départ saccadé.

– Une Rolls, ce n'est pas une voiture, rétorquai-je, glaciale.

Cette Maruti 800 rouge à l'arrière froissé était exactement le style de Hilla. Elle ne garderait jamais la Rolls. Elle la vendrait pour le lucre.

1. Les Vakil sont une famille parsie. (NdÉ)

– Et une somme coquette encore, ajouta Lalli pour compléter ma pensée.

Je déteste quand elle fait ça. Ça me donne la chair de poule.

Morose, je me demandai quel modèle c'était. Malgré tous ses défauts, feu Framroze avait eu du goût.

La seule Rolls valable à mes yeux, c'est la Phantom 2003 – des portes arrière s'ouvrant à contresens, pour la première fois dans l'histoire de l'automobile, une aubaine pour une célébrité handicapée du tibia. (Vous ne devinez pas ? Un mètre cinquante-cinq et je me refuse à porter des talons hauts sauf des Manolo Blahnik transparents à la cambrure impeccable. Jusque-là, ce sera des *chappal*.)

Vous savez comment c'est parfois, les choses ne vous lâchent pas. La Rolls revint le lendemain matin sur le tapis.

Il pleuvait, bien sûr.

Qu'espérer d'autre en août ?

Il pleuvait avec une opiniâtreté implacable, de fines épingles dures comme l'acier qui s'introduisaient par les fissures et se rassemblaient par terre pour former des flaques. Quand je serai millionnaire, j'aurai des fenêtres scellées sous vide. J'allai en titubant dans la cuisine, soulevai ma première chope de café, cherchai à tâtons le journal et m'affalai en un tas informe à la table où Lalli, aussi craquante qu'un toast, en était déjà à la moitié de sa journée. Sept heures au-dedans. Le purgatoire intemporel au-dehors.

Des matins comme ça, j'ai besoin de me punir. Je commence la journée par un rituel masochiste.

Je lis la page 3 du journal.

Ne me dites pas que vous n'en faites pas autant.

Tout le monde, absolument tout le monde, lit la page 3. Vous aussi, à moins que vous ne soyez un extraterrestre avec des yeux pédonculés et vingt tentacules. Et même alors, vous la liriez… ne serait-ce que pour tenir la compétition à l'œil.

Vous regardez la page 3 parce que ça vous remonte la manivelle, ça vous fait démarrer, un vrai coup de fouet. C'est du sable dans le sucre, une poussière dans l'œil, l'écharde enfoncée sous l'ongle jusqu'au sang. Le cerveau s'emballe en hurlant au scandale. Dix secondes plus tard, vous avez fait le bond dans l'évolution entre le mollusque et le T.rex, et vous vous retrouvez en état d'affronter la journée.

C'est de l'éthologie de base. L'agressivité de la ville en marche, la ruée à la gare avec coup-de-coude-dans-l'œil-et-je- te-passe-devant sont totalement et inconditionnellement attribuables à la page 3.

C'est ce que je dis à Lalli.

– Bosse là-dessus, me dit-elle. Il y aura bien une petite université américaine paumée pour te filer un Ph.D. un jour sur le sujet.

À peine l'entendis-je.

J'avais les yeux scotchés sur le journal.

Étalés en page 3, six mètres de jambes au bout desquelles, aussi loin qu'une tête de brontosaure, sautillait la moue boudeuse d'une minette à la mode. Le topo habituel en page 3.

À part une chose : elle était renversée sur le capot étincelant d'une Rolls bleu foncé. « Avec un effort d'imagination, disait la légende. La jolie Sonia Sorabjee tout en jambes vérifie la marchandise. Enchérisseurs, prenez garde ! »

Un bloc de caractères de deux centimètres de haut nous informait que le modèle vintage vendu hier aux enchères appartenait au docteur Hilla Driver et avait été adjugé à un acheteur anonyme. « Quand on lui a demandé à quel prix l'automobile est partie, le bon docteur s'est autorisé un sourire. “Satisfaisant”, a-t-elle proclamé. »

– Je ne peux pas imaginer Hilla en train de *proclamer*, et toi ? lâcha Lalli en plissant le nez.

– Non, mais je peux l'imaginer en catsuit mauve, culotte rayée et lunettes noires en forme d'œil de chat. Avec la légende : « La Rolls Phantom repart. » C'est une Phantom V… non, attends voir, elle est plus ancienne, c'est une Silver Dawn. Mon Dieu ! Une Silver Dawn bleu roi décapotable géniale, et elle l'a vendue !

– Pour une fortune inimaginable. Tu aurais dû lui conseiller la catsuit. Hilla aurait adoré se percher sur le capot dans cette tenue.

– Cela aurait été mieux que Sonia Sorabjee. Regarde un peu les tordus qu'on voit en page 3, tu veux ?

Lalli soupira. Je me lançai dans ma diatribe matinale contre les inaptes, les incapables, les inintéressants, les incohérents.

– Vas-y, crache le morceau. Qu'est-ce qui te chiffonne ce matin ?

Je grimaçai un sourire en direction de Felix Rego en train de manger des spaghettis de profil. Le photographe avait diaboliquement réussi à lui donner l'air d'une marionnette avec des fils mous qui pendaient à son menton fuyant.

– Ce n'est pas l'auteur de romans policiers ? demanda Lalli par-dessus mon épaule.

– *Macaronis macabres*. Ne me dis pas que tu as lu ce polar débile.

– Moi non. Mais toi, oui.

– Par pur souci d'information.

– Bien évidemment.

Je déteste quand elle ronronne.

– C'est vraiment infect, me hâtai-je de lui assurer. Le genre *khoon-asoo-pasina*.

– Ha ha ! Un auteur de best-sellers. Et c'est qui, ces filles, des reines de beauté ?

Six visages vides qui posaient sur moi un regard vitreux. Elles croyaient en la beauté intérieure, chacune des six, composaient des bouquets et rêvaient de devenir astronautes. Cette année, l'expression passe-partout était « sans tache » – toutes les six affirmaient une préférence catégorique pour cette étrange qualité. (L'an dernier, c'était « holistique ».) Elles n'avaient pas vingt ans et étaient prêtes à connaître le pire. C'était terriblement déprimant.

Puis j'entrevis quelque chose qui chassa totalement mon humeur chagrine. Le photographe avait découvert en plein déluge une Américaine intarissable. « Une féministe célèbre l'Inde, lus-je. "J'avais entendu dire que, en Inde, on brûlait les veuves, dit Meg Connolly, une journaliste indépendante. Et quand je viens ici, qu'est-ce que je trouve ? Une veuve, née à l'étranger, qui se présente au poste de Premier ministre… et personne ne cherche à la brûler !" »

– Tu inventes.

– Pas du tout ! Mais je reconnais que c'est un peu poussé, même pour la page 3.

Le téléphone sonna. C'était Hilla. Je ravalai mes paroles quand elle demanda si nous avions lu l'article. « Évidemment que vous l'avez vu, dit-elle d'un air suffisant. Vous faites quoi, ce soir ? Annulez tout. Vous venez avec moi voir la maison. À quatre heures alors. Préviens Lalli. » Elle raccrocha avant que j'aie pu réagir.

La Maruti rouge de Hilla avait une nouvelle bosse. « Juste une fossette », fit-elle en balayant le problème d'un revers de la main et en me poussant sur le siège défoncé à l'arrière. Je pouvais parfaitement croire qu'elle n'avait pas éprouvé l'ombre d'un regret en se séparant de la Silver Dawn.

Le trajet fut sensationnel à condition d'aimer les sensations fortes. Hilla est le genre de chauffeur qui fait apparaître la Formule 1 comme une course en sac. Nous éraflâmes la peinture d'une Santro, percutâmes un ou deux phares avant de partir en flèche sur l'autoroute pendant que les feux passaient au rouge.

– T'inquiète ! dit-elle en se marrant. Les flics m'adorent.

Framroze ne lui aurait jamais laissé la Silver Dawn s'il l'avait vue conduire.

Nous quittâmes l'autoroute à Malad. Comme nous prenions à l'ouest, je sentis l'odeur de la mer et me mis à rêver d'une grande plage privée si sacrée que personne n'avait encore jamais grimpé aux cocotiers. Il y avait un petit bateau pour naviguer la nuit pendant que les dauphins chantaient au clair de lune. Des clochettes d'argent et des coques de noix conduisaient à une maison aussi féérique qu'un château de sable.

Hilla emprunta une allée boueuse qui s'acheva dans un fourré. À ma grande surprise, la voiture bondit dans le feuillage avec l'aisance de l'habitude. Les buissons se séparèrent et nous nous trouvâmes sur un chemin cahoteux. De chaque côté s'alignaient des arbres impressionnants emmêlés de lianes. Des pompons de chardons pointèrent la tête avec curiosité par la vitre quand nous ralentîmes. À tout moment, des champignons allaient jaillir entre mes orteils en traversant le sol rouillé de la bagnole.

Allez savoir comment, la voiture trouva sa voie. Déjà, j'en étais à soupçonner l'engin de s'être doté d'un cerveau bien à lui dans la seule idée de survivre. Non seulement il trouva la route, mais *il y resta* (un exploit dont, livrée à elle-même, Hilla aurait été incapable), effectuant avec brio des virages en épingle à cheveux pendant que nous grimpions la colline en ahanant. À vrai dire, c'était une falaise et la route grimpait en colimaçon. Nous devions pratiquement nous frayer un chemin à travers la végétation.

Hilla s'arrêta en plein milieu de cette forêt tropicale humide et rabattit sa portière.

– Vous rigolez ! criai-je.

Au lieu de répondre, Lalli se précipita derrière Hilla qui semblait sur le point de foncer dans un arbre.

Comme il était prévisible, il y avait un mur. Un mur rouge colère, de plus de deux mètres de haut et assez épais pour faire obstacle à une armée. Ses crocs de verre miroitaient, ensanglantées sous le soleil. Encastrée dans la masse se trouvait une petite porte, par laquelle Hilla se faufila. Nous la suivîmes. Hilla n'avait pas précisé que son oncle était un nain, mais je ne voyais pas comment il aurait pu sinon passer par cette entrée. J'étais en train de fulminer contre mon coude éraflé et de libérer mon *dupatta* pris dans les chardons quand je me retournai… et je restai sans voix.

Contre le ciel vespéral changeant surgit un cube géant de briques rouges : le legs de Framroze Vakil. La vue de derrière était incroyable. J'étais impatiente de voir à quoi ressemblait le devant.

Il y avait évidemment une autre voie d'accès à la maison – il avait bien dû se servir certaines fois de la Rolls – mais celle-ci était bloquée par le grand rouleau compresseur qu'on avait aperçu lorsqu'on avait contourné la maison à toute allure.

C'était une bâtisse rouge sombre à un étage, une folie construite par un architecte entiché du style colonial gothique de Bombay. Elle avait un toit de tuiles en auvent et d'innombrables fenêtres. Par-dessus tout ça, telle une coiffe de bouffon posée de guingois, était perché un cône tronqué sur lequel se balançait une girouette grinçante. Les fenêtres – j'en comptai trente-quatre – étaient dans un bois intemporel peint en noir avec une épaisse vitre bosselée vert bouteille. Dans le crépuscule naissant, la demeure avait un air menaçant. Elle absorbait les teintes sanglantes du couchant jusqu'à donner l'impression d'un pouls qui bat, une tache morose sous le ciel qui dégorgeait.

Lalli s'étrangla.

Hilla rayonna.

Je ne pus réprimer un frisson… Incroyable que *ça* puisse faire rayonner quelqu'un !

– Ah ah ! On reste enfin sans voix, hein ? Non, je ne veux pas entendre un mot ! Entrez !

Nous la suivîmes en haut d'une volée de marches raides.

– Je construis une rampe pour les chaises roulantes.

– Tu comptes rester ici si longtemps que ça ? s'enquit Lalli, mais Hilla était déjà trop loin pour l'entendre.

Miraculeusement, la maison avait l'éclairage (du dehors, on s'attendait à trouver des chauves-souris). Avant même que Hilla ait allumé les lampes, une lumière rosée se répandit sur les murs. Elle ne servit qu'à accroître la désolation des hautes salles. C'était une demeure très spacieuse, du fait aussi qu'elle était totalement dépourvue de mobilier. Harpagon avait dû vendre chaque pièce depuis son lit de mort. Sur quoi était-il allongé pour rendre son dernier soupir ?

– Il vous a laissé une maison vide ? chuchotai-je malgré moi.

On ne pouvait s'empêcher de chuchoter… et même ça faisait écho.

– Tous les meubles sont au garde-meuble. Tu devrais voir comment il a entretenu ces choses. On croirait qu'il les avait achetées hier. Un piano à queue, imagine un peu ! Et de vrais lits de maison close, avec des glaces et des dorures partout, s'émerveilla Hilla. Je n'ai jamais vécu dans un appartement de plus de deux pièces, et encore, c'était du luxe !

– Vous comptez en faire un hôtel ?

– Un hôpital ?

– Absurde ! Je vais m'installer ici.

Je fus épatée. Hilla ne manquait pas de cran.

– Je tenais à ce que vous la voyiez avant que les bijoux et la Rolls soient passés par là, expliqua Hilla.

Nous essayâmes de lorgner les vastes salles du rez-de-chaussée et suivîmes Hilla dans le majestueux escalier. La vue depuis la véranda du premier étage était à vous couper le souffle et je les laissai poursuivre la visite des chambres. Je trouvai la pensée de Framroze un peu effrayante et me demandai ce qui était caché derrière la porte fermée à clé devant laquelle nous étions passées en bas. Hilla ne nous conduisit pas sur l'arrière de la maison. C'était principalement réservé à la cuisine et aux commodités, nous expliqua-t-elle. Il y avait des rats.

Le retour se fit en silence. Lalli fit une ou deux remarques encourageantes, mais nous ne pouvions tout à fait éviter de laisser le doute percer dans nos voix. Hilla conduisait avec un sourire sans joie.

J'avais l'impression qu'on avait lâché Hilla. Lalli, en revanche, n'avait pas mes scrupules.

– Hilla a trouvé un moyen de s'exprimer, dit-elle, me surprenant avec ce cliché tiré de la page féminine du journal.

Ce n'est que fin août que nous découvrîmes comment Hilla avait choisi de s'exprimer.

3

Cette manne tombée du ciel, qui avait pour Hilla le charme d'un conte de fées alors que le temps nous tenait sous son emprise, n'était plus qu'un sujet de conversation poli à la fin de la semaine quand le soleil consentit à se montrer plus de dix minutes. Il apportait une trêve à la déprime. Je plongeai pieds joints dans le travail, perdant la notion du temps, tandis que Lalli était occupée par une affaire de contrefaçon. De sorte que ni l'une ni l'autre n'eut le temps de méditer sur la *bhoot bangla* de Hilla.

Une quinzaine de jours plus tard, comme je m'arrêtais au kiosque pour acheter le journal du soir, je me trouvai face à face avec un visage poupin familier. Elle ne portait pas de catsuit pour Phantom, mais c'était bien Hilla, souriant largement au monde sur la couverture d'*Inns & Out* (150 roupies le numéro). Mes finances étant ce qu'elles sont, je passai outre.

Comme je rentrais à la maison, Lalli quitta des yeux le volume en lambeaux de *La Psychologie criminelle*, de Hans Gross, qui est sa conception de la lecture de loisir.

– Hilla…

– Oui, je sais ! Mais cent cinquante roupies, je ne peux pas me le permettre !

– … nous invite à un week-end à la campagne.

Je pris mon temps pour digérer la nouvelle.

– Dans ce mausolée ? Attends ! Elle doit en avoir fait quelque chose de spectaculaire pour faire la couverture.

– Assieds-toi, pour l'amour du ciel ! Et dis-moi pourquoi tu es encore en train de pester. J'ai accepté l'invitation. Pour nous deux.

Je parlai à Lalli d'*Inns & Out*, distraitement. J'étais effarée à l'idée d'aller à une réception. Il n'y a rien que j'exècre davantage qu'une proximité imposée. Ça me rend claustrophobe. Hilla est supportable à doses homéopathiques, mais… un week-end à la campagne ! L'idée même est ridicule. Une situation artificielle, coloniale, extraterrestre, qu'une femme *madhyavarti* qui travaille se doit d'éviter. Décidément *déclassé* !

– Je sais, convint Lalli. (Je n'avais pas dit un mot.) Mais c'est un grand événement pour Hilla et je veux lui faire ce plaisir. Tu peux téléphoner toi-même pour t'excuser. Mais il vaudrait mieux que tu le fasses immédiatement. Et non, il n'y aura ni amis ni famille. L'idée, c'est de créer l'événement en mettant des gens ensemble, m'a-t-elle dit. C'est généralement intéressant, ça s'accompagne toujours de débordements divers. Elle m'a donné tout un tas de noms… pas exactement le boucher, le boulanger, le fabricant de bougies… mais, quand même, différentes professions. Et aussi cette vieille chouette d'Alif Bey. Appelle-la et décommande-toi tout de suite pour lui donner le temps de te trouver un remplaçant.

Je fis la grimace à mon intrigante de tante.

– Bon, ça me donnera l'occasion de mettre mon pantacourt couleur cadmium. Le décollage est pour quand ?

– La semaine prochaine. On va faire le pont. À ta place, je ne gaspillerais pas ce pantacourt pour Alif Bey. Je l'ai déjà rencontré. C'est un primate gras, poilu et prétentieux.

– Et alors ? Qu'est-ce que ça fait ? Il est génial.

Et je sortis, outrée.

Depuis des années, j'idolâtrais Alif Bey, mais l'homme était un mystique, aussi mystérieux que son nom. Il se laissait rarement interviewer, jamais photographier. De temps à autre, il dénonçait par écrit la récente tendance de l'édition à vendre aux enchères les auteurs avant que leurs livres soient écrits. Il n'avait pas publié un livre en dix ans et, depuis cinq ans, le bruit circulait qu'il venait d'achever son chef-d'œuvre. À mon avis, Alif Bey est le seul écrivain qui ait écrit la phrase parfaite au cours des cinquante dernières années.

Il n'y a personne comme lui.

Son apparence physique n'a rien à voir avec sa prose. Pas plus que le pantacourt jaune cadmium que j'ai acheté la semaine dernière dans un accès de folie passagère. Quand on mesure un mètre cinquante-cinq les jours où on est en jambes, on ne porte PAS de pantalons qui veulent faire croire qu'on a les genoux à deux mètres au-dessus du plancher des vaches. Je préparai du café frais et m'installai pour ciseler mes adjectifs.

Hilla nous attendait le jeudi soir.

Le mardi, Lalli fut saisie d'une fièvre acheteuse. Nous allâmes dans l'une de ces nouvelles et fastueuses galeries marchandes qui semblaient se cloner chaque semaine. Lalli est, en tant que cliente, une catastrophe ambulante. Elle semble ne jamais savoir ce qu'elle veut. Cela me réjouit de la voir en proie à l'indécision. C'est un spectacle rare dans le cas de ma tante si véloce. Elle acheta une paire de boucles d'oreilles en argent pour Hilla, délicatement émaillées de *meenakari* et une paire un peu plus flamboyante pour moi. Elles ne sautillaient pas autant que celles que je rêvais de m'offrir pour aller avec la Rolls et les Manolo Blahnik. Cela dit, c'était un début prometteur dans la bonne direction.

Mes finances furent englouties dans un *dupatta* orange brûlé pour Lalli, le genre qui, à en croire la page mode, était totalement incontournable, sans vous dire en quoi. Cela complétait une soie élégante couleur bronze qu'elle ne manquerait pas d'emporter pour le week-end. Pour la maison de Hilla, avec beaucoup d'appréhension, j'achetai une poterie. Pour finir, nous prîmes le chemin de la caisse. Presque.

D'abord, Lalli faisait patiemment la queue avec moi. L'instant d'après, elle s'était évaporée.

Ce genre de chose me fait craquer. L'abîme devient béant. Je me souviens brusquement que tout un ramassis de malfrats libérés sur parole sont sur la piste de ma tante.

Je dus faire deux fois le tour des quatre étages avant d'apercevoir son halo argenté au comptoir des parfums. Je fonçai et la trouvai partagée entre deux bandes d'échantillons parfumées, les yeux hermétiquement clos, en pleine concentration ou en extase. Les deux parfums avaient pour moi une odeur verte. Herbe fraîche et menthe. Lalli ouvrit les yeux et secoua tristement la tête devant la vendeuse.

– Ce n'est pas le même, constata-t-elle.

La jeune fille haussa les épaules.

– Vous ne vous souvenez peut-être pas exactement de ce que ça sentait. C'était il y a longtemps, m'avez-vous dit. Peut-être que vous ne vous en rappelez pas.

– Je ne risque pas de l'oublier, affirma Lalli d'une voix aigre en tournant les talons.

La vendeuse me regarda, ahurie, et haussa les épaules.

Je pris ma place dans la queue à la caisse et me trouvai à lorgner une silhouette découpée de Pierce Brosnan. Il ne me fut d'aucun réconfort. Je m'inquiétais pour Lalli. Quelque chose au comptoir de la parfumerie l'avait mise dans un état second. Dans le langage de 007, elle était « frappée, pas remuée ».

– Ça alors ! Si je m'y attendais !

Une voix vaguement familière, un visage tout sauf familier… mais je la connaissais de quelque part.

Heureusement, la partie dormante de mon cerveau, qui intervient quand j'ai des défaillances de mémoire, vint à la rescousse avec un nom.

– Meenal ?

– J'ai cru que tu ne me reconnaissais pas !

En effet. La dernière fois que nous nous étions rencontrées, elle était mince, élégante, coiffée et un rien décadente. Depuis, elle avait évolué. Elle avait une joyeuse tignasse poivre et sel. Ses formes explosaient dans un *khadi kurti* tombant sur un *salwar* blanc sale. Envolées, les chaussures à lanières, qu'elle avait troquées contre des *mojdi*. Il lui manquait une cigarette, mais sinon, elle était l'image même du look féministe pur et dur. Sur-le-champ, elle fouilla dans son sac à dos crasseux pour en sortir un paquet de cigarettes. Elle en alluma une et l'interrogatoire commença.

– Alors qu'est-ce que tu deviens ?

– Oh, rien de spécial.

– Tu enseignes toujours à des tarés ?

– Ça, c'est fini. Et toi ?

– Oh, moi !

Elle roula les yeux. Je savais que j'étais sur le point de recevoir la Révélation, avec toutes les références détaillées. Mon inquiétude dut se voir, car elle dit assez brusquement :

– Il faut qu'on s'appelle. Maintenant il faut que je file. *Ciao !*

Je me demandai si j'avais paru mal élevée. Je ne l'avais jamais trouvée sympathique.

– Une de tes amies ? me demanda Lalli.

– Quelqu'un que j'ai connu. Mais elle a changé de façon radicale.

– À quoi tu t'attendais ? demanda Lalli.

Je ne compris pas.

Nos sacs à la main, nous nous apprêtâmes à plonger sous la pluie.

Presque aussitôt, j'entrai dans quelqu'un. Un homme.

Il fit un pas de côté et s'excusa. Je levai les yeux, mais son regard était passé par-dessus ma tête pour se fixer sur Lalli qui était occupée à esquiver les flaques et avançait bravement sur le parking.

Puis il se tourna vers moi.

Une lueur curieuse jaillit dans son regard comme si, en un éclair, il avait pris un instantané de mon âme.

Puis il disparut.

Je ne me retournai pas. Je savais que je n'oublierais jamais ce regard.

J'entrai dans la voiture dans un clapotement délicat de vêtements mouillés et de sacs en nylon.

– Il est arrivé quelque chose, déclara Lalli.

– Hein ?

– Il t'est arrivé quelque chose.

Je haussai les épaules d'un air désinvolte, mais il m'était bien arrivé quelque chose.

Lalli attendit, dans l'expectative.

– Il y avait un type. Il avait un regard si étrange…

– Le genre bizarre ?

– Non, pas du tout. Un type correct. (Il avait une belle tête. Ridé, la quarantaine, comme *illuminé*.) C'est juste sa façon de me regarder.

Lalli sourit, exaspérante.

– Ce n'est pas ça, lançai-je sèchement. Je ne suis pas née de la dernière averse. Il avait l'air – comment dire ? – comme s'il plongeait le regard dans mon âme.

Elle n'écoutait plus, elle avait les yeux perdus dans le lointain.

La Fiat fit un bond en avant, surprise comme un chien perdu qui s'ébroue après la pluie.

Jeudi arriva plus vite que prévu. J'avais une échéance à tenir. Mes finances avaient récemment connu un bonus avec l'arrivée de Lulu, ma chineuse gaffeuse de vingt-sept printemps. Elle se tracassait pour toutes les choses qui semblaient sans importance. Je tirais de ses lamentations un papier assez long pour tenir une chronique et, pour une fois, le rédacteur en chef ne me chercha pas des noises. *Le journal de bord de Lulu* payait actuellement mes factures. Je devais remettre jeudi matin une actualisation de deux pages sur sa carrière et, cette semaine-là, Lulu ne partit pas avant midi. Lalli était encore occupée par son faussaire et même si mes bagages étaient bouclés et si j'étais prête à quatre heures, nous ne décollâmes qu'une heure plus tard.

Nous parvînmes chez Hilla dans la lumière dorée de la fin du soir. Cette fois, nous arrivâmes en grande pompe par une route parallèle à la plage, puis, pour la montée, un chemin lisse en lacets nous fit tourner le dos à la mer. La propriété de Framroze s'étendait probablement jusqu'au pied de la colline, ce qui expliquait les travaux sur la route.

Les hautes grilles de fer forgé n'avaient pas changé, mais la feuille de zinc que Framroze avait clouée pour écarter les curieux avait été retirée, et les interstices de l'ouvrage métallique avaient été amoureusement restaurés. Le mur d'enceinte, dépouillé des crocs qui le surmontaient, était peint dans un crème neutre et rehaussé de cascades flamboyantes de bougainvillées couleur terre-cuite et jaune. L'effet me charma au point de me faire oublier que ces murs faisaient de la bâtisse un bastion imprenable.

La maison en tant que telle avait acquis une délicatesse de ligne que je n'aurais pu imaginer. Ses proportions trapues se trouvaient domestiquées par l'usage intelligent de la peinture. Débarrassés de ce cramoisi peu engageant, les murs gris prenaient un ton nacré dans la brume du soir. Envolées, les fenêtres borgnes aux vitres tels des cristallins opaques. De hautes fenêtres à deux battants promettaient des pièces baignées de lumière. Une large baie évoquait la présence d'un fauteuil à proximité, profond et rembourré. Zut ! Je n'avais pas emporté de livre. Des vasistas renvoyaient les derniers rayons du soleil en faisant naître un brusque feu d'artifice.

Au portail, une plaque de bronze (faussement vieillie) indiquait Ardeshir Villa – un hommage de Hilla à son père. Il est difficile de remonter une allée majestueuse dans une Fiat qui gémit quand on se met en seconde mais, vous comprenez, c'était ce genre d'allée. La colline herbue de notre précédente visite était presque méconnaissable. Dans le langage du *Homemaker's Supplement*, on dirait que l'endroit avait été paysagé. Une pelouse impeccablement passée au rasoir entre les jaillissements et les bouillonnements de la végétation.

La porte d'entrée qui, dans mon souvenir, était grotesque, affichait à présent une élégance raffinée. La façade à colonnes n'était nullement ostentatoire. Le capuchon en obus, qui m'avait paru comique lors de ma première visite, paraissait moins incongru à la lumière du couchant. Dans la nuit, adroitement éclairé par une lampe ancienne, il enchanterait l'œil avec une fragilité de porcelaine. Mes craintes s'évanouirent. Il y avait un frisson d'attente dans l'air.

La porte s'ouvrit et la nièce de Hilla sortit en trombe.

– Vous avez apporté la glace ? brailla-t-elle, puis elle s'arrêta net en nous voyant. Excusez-moi, je croyais que vous étiez la glace, expliqua-t-elle. Le cuisinier en a commandé des tonnes, et je croyais avoir entendu arriver un camion.

Ses yeux nous dépassèrent pour se porter sur la Fiat de Lalli, rendue asthmatique par la montée. Elle réquisitionna ma tante décrépite, qu'elle hala par le coude en haut de l'escalier raide. Quand je revins du parking, elle me cria du haut des marches :

– Vous pouvez vous débrouiller ? Il faut absolument qu'on installe un ascenseur.

Au bout d'une journée en compagnie de Ramona, Hilla a généralement l'air d'avoir réchappé d'un typhon. Je commençais à comprendre pourquoi. Ramona est une de ces adolescentes bien intentionnées à qui tout adulte ordinaire apparaît comme sénile.

– À bout de souffle ? me demanda-t-elle gentiment quand je grimpai les marches quatre à quatre, en regrettant de ne pas être nu-pieds pour sentir la pierre chauffée par le soleil. J'entrevis un vasistas de verre teinté tandis qu'elle me faisait franchir la porte à toute allure. Un peu plus tard, le soleil déploierait un riche tapis de couleurs par terre… si le vasistas était en verre véritable, c'est-à-dire pas le plastique bosselé qu'on trouve partout.

Le vestibule octogonal dans lequel nous pénétrâmes irradiait de cette lumière que j'avais vue lors de ma précédente visite, mais elle n'avait plus rien de sinistre. De hauts cache-pots avec une espèce de végétation vert sombre dégringolant en frondes encadraient les entrées cintrées qui, de chaque côté, donnaient accès à une vaste véranda, laquelle semblait faire le tour de la maison. Les minces piliers qui formaient l'octogone avaient des chapiteaux cannelés. Ornés d'une envolée de tulipes, ils rehaussaient la hauteur du plafond s'élançant vers le ciel. La petite pièce était vibrante de lumière. J'aurais été contente de camper ici même pour le week-end, mais Ramona avait décidé d'organiser nos vies.

– Tante Hilla n'aurait jamais dû vous donner des chambres au premier, s'insurgea-t-elle. Vous allez vous éreinter complètement à courir sans arrêt dans l'escalier.

– Je suis une alpiniste, mentit Lalli avec dignité.

– Votre tante ne vous l'a pas dit ? ajoutai-je. On rentre tout juste du Kanchenjunga[1].

Ramona pouffa, se débarrassant de ses manières d'hôtesse, pour retrouver la joyeuse spontanéité de ses dix-sept ans.

L'escalier s'élevait en une courbe subtile d'ondulations se propageant de marche en marche. Les délicats balustres étaient équilibrés par un noyau dépouillé. La rosace du palier avait un œil-de-bœuf de verre transparent. Au-delà, l'escalier bifurquait, conduisant à une véranda comme celle du rez-de-chaussée.

Ramona courut en avant, abandonnant les sherpas à eux-mêmes.

– Deuxième et troisième à gauche, nous cria-t-elle. Hilla est avec le cuisinier. Je vais la prévenir que vous êtes là !

Comme je tournais dans le couloir, je me heurtai à un de ces épouvantables bouddha riants[2] nains qui me filent toujours la chair de poule. Framroze semblait avoir acheté ces rigolos à la douzaine. J'en aperçus un autre, campé avec un rire diabolique, à l'autre bout du corridor.

Ma chambre était ravissante. La fenêtre orientée à l'ouest faisait face au soleil couchant et dessinait d'épaisses ombres violettes sur le sol. Il y avait une autre porte qui conduisait – du moins l'espérais-je – à la terrasse. Mais c'était trop tôt pour explorer.

Il ne subsistait plus grand-chose du vieux Framroze dans les chambres que Hilla nous avait attribuées, mais

1. Un sommet de l'Himalaya (8 586 m) à la frontière indo-népalaise. (NdT)

2. Appelé aussi Gros Bouddha ou Bouddha heureux, et considéré par les Chinois comme l'incarnation de Maitreya (Bouddha du futur). Il est représenté sous l'aspect du Moine au sac de toile, un moine bouddhiste ayant vécu en Chine vers l'an mille. Ses rondeurs symbolisent la générosité. (NdT)

son architecte s'était tenue à l'écart du *nouveau* kitsch. Elles n'étaient meublées ni en faux Belle Époque, ni en antiquités de Mohenjo-Daro [1].

Je m'attendais au chic ethnique : des murs d'argile, des motifs warli [2] faussement peints à la détrempe sur du *gobar,* des écrans de bambou, des nattes de paille et des chaises d'accouchement courtes sur pattes dénichées au Tilonia Bazaar [3]. Au contraire, le sol était une superbe mosaïque ancienne, datant de Framroze et restée intacte. Le *dado* en carreaux ivoire était décoré de roses en bas-relief. Il y avait un secrétaire dans ma chambre, avec un bloc de papier et le choix entre deux crayons et trois stylos-billes. La bibliothèque, irrésistiblement proche du lit, offrait un choix respectable. Hilla y avait introduit une édition joliment reliée du *Vélo dans la tête*, le chef-d'œuvre d'Alif Bey. L'exemplaire était dédicacé à Hilla et, visiblement, personne ne l'avait ouvert.

Ramona surgit tandis que je venais à bout des joyaux du premier paragraphe.

– Pensez-vous que je devrais commander du thé ? demanda-t-elle.

Quoi ? Du thé ? Allions-nous être privés de dîner ? Il était presque huit heures.

– Commander ? Il n'y a pas de cuisine ?

Elle me toisa avec pitié. Elle rassembla mes deux mains en dégoulinant de bienveillance.

1. Mohenjo-Daro : ce site de la vallée de l'Indus, situé à environ 80 km de Sukkur, Sind, Pakistan, fut construit en 2600 avant J.-C. (NdT)

2. Les Warli sont des habitants de la forêt du Maharashtra et du Gujerat. Ils décorent les murs extérieurs de leurs habitations de motifs inspirés de la vie quotidienne des Aborigènes d'Australie. (NdT)

3. Fête annuelle (très branchée) où l'on vend beaucoup d'artisanat. (NdT)

– Je veux que vous oubliiez tout concernant la cuisine et la vaisselle et toutes ces corvées pendant trois journées de rêve. Vous bullez, c'est tout !

– C'est toi qui prépares le thé ?

Son visage se durcit. Elle laissa tomber mes mains.

– On a un cuisinier. Un chef, en fait. Alors, vous voulez du thé ou non ?

– Non. Qui vient à part Alif Bey ?

– Oh, lui ! Il est sans importance ! Devinez qui doit venir… Rafiq Khan !

C'était agréable d'entendre de nouveau sa vraie voix, une voix exubérante, pour prononcer le nom de l'idole des dix-sept ans.

– Rafiq Khan le danseur ? Le jazz, la breakdance et ce genre de choses ?

– Mais ça n'a rien à voir ! Lui, il fait de la fusion dance ! Il est supercréatif, il a ce rythme dingue qui vous donne l'impression de devenir molle comme du caoutchouc, on se sent fondre… J'ai un ensemble fabuleux avec plein de paillettes et tout. Vous voulez le voir ?

Bien entendu ! Elle partit au trot et revint avec une paire de pantalons argentés coupés et un bustier blanc couvert de paillettes et de brillants.

– Maman a voulu que j'y ajoute des manches, dit-elle tristement.

Repliés comme des ailes de secours se trouvaient deux petits bouts de dentelle vaporeuse.

– Vous croyez que je devrais le mettre ? demanda-t-elle en tournant vers moi un regard inquiet. Ce n'est pas trop… ?

– Bien sûr que non, dis-je avec un peu trop d'enthousiasme en pensant à mon pantacourt cadmium. Et tu peux prendre ça si tu penses que ça ira avec ta tenue.

Je plongeai la main dans mon sac pour trouver mon minuscule papillon en filigrane. Je l'avais acheté quand j'avais à peu près l'âge de Ramona, et pour une occasion identique.

Elle piailla de plaisir et l'épingla immédiatement à son bustier.

– Oh, mais vous ne voulez pas le porter ? Regardez ses yeux ! Il est si *craquant* !

Et en effet, il l'était.

– C'est un bakchich. Maintenant, parle-moi des invités, je veux tous les tuyaux confidentiels, attention !

Elle éclata de rire et s'installa sur le lit.

– D'abord il y a Lalli et vous… vous êtes amies.

– Merci bien.

– Rafiq Khan, je vous en ai déjà parlé. Il fait de la danse-thérapie, vous savez ? Pour les enfants handicapés ! Puis il y a le docteur Sane. Vous ne le connaissez pas ? Il était l'ami de l'oncle Jimmy. Je n'ai pas bien connu l'oncle Jimmy, j'étais petite quand il est mort.

Jamshed, le mari de Hilla, était mort dix ans plus tôt dans un accident de la route, sans assurance sur la vie et en laissant des dettes de succession.

– Le docteur Sane n'est pas trop embêtant. Je l'ai rencontré. Mais sa femme est censée être un vrai canon ! Glamour et tout. Je ne l'ai jamais vue. Ils viennent ce soir avec leurs deux gamins. Je déteste les gamins. Pas les bébés, j'adore les bébés, mais ceux-là sont des grands. Le genre complètement collants !

Ramona s'interrompit le temps de considérer sombrement le destin qui la guettait. Je dus la relancer plusieurs fois avant qu'elle reprenne.

– Et puis, il y a Felix Rego… vous en avez entendu parler ? L'auteur de best-sellers ?

Elle s'arrêta, un peu gênée d'avoir vanté une célébrité devant quelqu'un dont les ventes n'arrivaient pas à décoller.

– Des thrillers. Je ne les ai pas lus. Vous savez comment c'est, deux cents roupies, qui peut se permettre de gaspiller ça pour un bouquin ?

Bon… Pas pour *Meurtre mystique*, peut-être. Ni pour *Taches de sang et Bacardi*. Ni pour *Les Égouts du succès*, ni d'autres joyaux de l'école des tripes et du sexe.

– Ensuite, il y a Mr Bajaj. Sa femme a appelé aujourd'hui pour s'excuser parce qu'elle a une réunion urgente à laquelle elle doit assister à Calcutta. Mais son mari vient, lui. Un autre ami de l'oncle Jimmy. Affreusement riche, des chevaux et tout. C'est tout ce que je sais d'eux.

– Alif Bey. Parle-moi d'Alif Bey… l'écrivain.

– Oh, ce n'est pas un auteur ! Ce n'est pas comme Felix Rego ! Personne ne le lit. Je ne sais pas pourquoi Hilla l'a invité. Elle l'a sûrement fait par pitié, vous connaissez tante Hilla… parce que ses chemises sont reprisées ou quoi.

Je me demandais dans quelle catégorie j'entrais. Le papillon m'avait sans doute permis de gagner du temps.

– Et il y a Lola Lavina. Vous la connaissez.

– Pas du tout. Ramona, ce n'est pas un nom, ça : Lola Lavina. C'est un pseudo. C'est un mannequin ?

– Non. Ça, c'est Chili. Vous connaissez Chili. On l'a placée à côté de vous.

Certainement, je connaissais Chili. Qui ne connaissait pas Chili ? À côté d'elle, une jambe normale avait l'air d'une souche d'arbre. Elle était svelte, ondoyante et belle à mourir. Mon cœur sombra quand je pensai à ce pantacourt cadmium.

– Ma tantc dit qu'elle est gentille. Mais elle dit ça de tout le monde, et quand tout va mal et qu'elle ne sait plus quoi faire, elle se tire et bonsoir ! C'est ce que dit papa, ajouta-t-elle pour étouffer toute bouffée de mauvaise conscience. Bref, Chili est là.

Avec un mannequin aux longues jambes, un danseur de jazz, un cuisinier, un médecin heureux en ménage, un chroniqueur insatiable, un écrivain reclus et le mystérieux Bajaj, le week-end ne manquerait pas de variété. Seule Lola Lavina restait inexpliquée.

– C'est une féministe, dit Ramona. Hilla dit que c'est une femme qui a de la substance.

Hilla semblait avoir complètement intégré le jargon de la page 3.

Elle se joignit à nous, hors d'haleine et agitée.

– Te voilà, Dieu merci ! Je viens d'avoir une dernière empoignade à cause de l'alcool. Tu sais à quel point je déteste cette saloperie. Je refuse d'en avoir sous mon toit, ai-je dit, mais tu crois que le cuisinier m'écouterait ? Heureusement, il est à court d'alcools forts, mais il veut absolument du vin. Du Moselle. Du Chardonnay. Jamais entendu parler de ça. On va se shooter à la culture, coco, et paraître en page 3, en train de déguster du vin en grignotant des petites croûtes de fromage, et si tu crois qu'on vend ça chez Amul ou Kraft, va sentir ce qu'il a commandé. Berk ! Ça pue les pieds. Le cuisinier veut faire une fondue. Il dit que ça va plaire au public. Je ne te l'ai pas dit ? Felix Rego est « notre correspondant gastronomique ». Vous savez, je me demande si j'ai encore envie de donner une fête ! Il ne me reste que quelques heures pour mal me conduire. Les Sane arrivent ce soir. « Sur le tard », m'a-t-elle dit. J'imagine que ça veut dire minuit.

– Mais enfin, Hilla, n'est-ce pas sans gêne ? Pourquoi ne restent-ils pas chez eux jusqu'à demain matin ?

Hilla haussa les épaules avec désinvolture.

– Viens, allons retrouver Lalli et soyons malheureuses ensemble avant que l'ennemi arrive ! Ramona, emporte l'alcool à la cuisine, il est dans la véranda, et que je ne te retrouve pas soûle sur les marches.

Ramona prit la fuite en riant. Lalli eut son effet apaisant coutumier sur Hilla et nous paressâmes sur le ravissant *namda* bleu et blanc dans sa chambre en échangeant des potins à satiété.

– Mais pourquoi aviez-vous besoin d'un correspondant gastronomique ? demandai-je. Et pourquoi des plats aussi farfelus ? Pourquoi vouloir à ce point figurer en page 3 ? On n'est pas tout à fait le genre de la page 3.

– Tu crois que je cherche à faire classe ? Comme ces parvenus qui veulent en jeter plein la vue dans leur trou paumé de Khedegaon East ?

– Pour ça, il vous faut un jacuzzi. Et pour ce qui est de la classe, difficile d'enfoncer feu Framroze. Je parie que son spectre a grincé des dents quand vous avez vendu la Rolls.

– C'est mon cuisinier, expliqua Hilla. Il veut mettre cet endroit sur la carte gastronomique.

– Grâce à la page 3 ? dis-je, incrédule. C'est quoi et où, cette carte gastro ?

– Il s'est mis ça dans le crâne. Il est convaincu qu'on va vers une cuisine bidon, en particulier dans les colonnes gastronomiques. Il dit que les journaux tournent en dérision le véritable art culinaire. Les seuls mets qu'ils considèrent comme digestes sont ceux dont l'étiquette indique un nombre à trois, voire quatre chiffres… ou ceux servis dans des trous à rats branchés. Il refuse les truffes par principe, bien que Felix n'ait pas franchement apprécié ça. Mais il trouve moralement dépravé de manger des moisissures qui atteignent les quinze mille roupies le kilo.

– Un cuisinier haut en couleur, murmura Lalli.

– Ouais. C'est quelqu'un. Il tient à ce qu'on l'appelle cuisinier et pas chef. Il refuse de se mêler aux convives, il en a fait une condition *sine qua non*. « Regardez les

Français, me dit-il, voyez combien ils respectent leur propre cuisine. Pourquoi pas nous ? »

– Je ne sais pas pour les Français, mais ce cuisinier m'a l'air d'un vrai poseur, dis-je. Pourquoi une fondue ? Ça ne fait pas partie de notre tradition culinaire. Et, je le tiens de la plus haute autorité, ça a exactement le goût du vomi de bébé.

Hilla se leva précipitamment.

– Je vais lui dire d'en faire très peu. Juste assez pour en donner à Felix Rego, puisqu'il l'a réclamée. J'espère que le reste de la liste de Felix n'est pas aussi mauvais, étant donné que ça occupe deux pages.

– Et ce ver solitaire compte avaler tout ce qui se trouve sur la liste ?

– Nous aussi ! Il dit que c'est la seule façon de mettre le cuisinier à l'épreuve. C'est nécessaire si je veux cadrer avec les plans du cuisinier.

– Qui est ?

– Transformer ce lieu en une auberge pour de la vraie cuisine indienne. Tu sais, comme à la maison.

– Tu t'es entichée de ton cuisinier, décréta Lalli, laconique.

– Attends de le rencontrer, il est vraiment chouette. Mais tu ne risques pas de lui parler tant que Bajaj, Felix et Alif Bey seront dans les parages. Et Ujwala Sane… grrrr ! Elle vaut le détour, celle-là !

– Et Chili ? Qu'est-ce qu'elle a de tellement particulier, Hilla ?

– Oh, Chili est un de mes bébés. Tous mes bébés sont particuliers pour moi.

J'attribuai mentalement à Chili une maladie infantile irrémédiable, quelque chose de périlleux et aléatoire, sans représenter exactement un danger mortel. Étonnant à quel point elle me parut plus sympathique après ça.

– Et Lola Lavina ? Pourquoi cet authentique faux nom ?

Toutes deux me regardèrent, le regard vide.

– Mais tu la connais ! s'exclamèrent-elles en chœur d'un ton de reproche.

Je levai les mains dans un geste de désespoir. Tout le monde semblait avoir à dessein de me refiler cette féministe à pseudonyme.

– Je t'ai vue lui parler mardi dernier, précisa Lalli. Quand je me suis perdue au comptoir de la parfumerie.

Ciel ! Meenal !

– Elle a changé de nom ?

– Naturellement.

– Mais pourquoi Lola Lavina ?

– Pourquoi pas ? Lavina était le nom de sa mère.

– Vous la connaissez ?

J'étais surprise par Lalli.

– Moi non. C'est par elle.

– Alors qu'est-ce que je ne connais pas sur Meenal ?

– Peu importe. Tu entendras toute l'histoire de sa propre bouche, tu n'y échapperas pas, et pas seulement une fois, crois-moi, dit Lalli, assez cruellement à mon avis. Alors, Hilla, dis-moi, pourquoi tu t'obliges à faire ce cirque, en fin de compte ? Pourquoi toutes ces invitations ?

Le visage de Hilla redevint sérieux.

– Je leur suis redevable à tous, Lalli. Tu as vu juste. Je n'en supporte aucun, à part les garçons, Rafiq et Felix, et, bien sûr, cette petite mignonne, Chili. Mais je leur suis redevable et jamais je ne l'oublierai.

Cela paraissait être une explication curieuse, mais je vis un éclair d'intelligence dans les yeux de Lalli.

– L'idée du cuisinier n'est pas mauvaise, dis-je. Les gens paient des sommes astronomiques pour avaler n'importe quelle pâtée dans un endroit branché, alors pourquoi pas servir à la place de la bonne cuisine bien présentée ? Ça devrait être un bon investissement. Et, Hilla, la maison est magnifique.

– N'est-ce pas ? La Rolls et les bijoux, n'oublie pas.

– J'en suis heureuse, Hilla, dit Lalli doucement.

À ma grande surprise, les yeux de Hilla se mouillèrent et elle quitta brusquement la pièce. Je suppose que ce luxe soudain avait ravivé le souvenir des souffrances de ses parents avec une amertume renouvelée. C'était une Hilla différente de la femme imprévisible que j'avais connue. Sa détresse avait quelque chose de plus profond, de plus intérieur.

Un peu plus tard, Hilla nous conduisit au rez-de-chaussée pour visiter la maison. Je trouvai la salle à manger assez grandiose avec sa longue table et ses chaises rembourrées. À cette heure, les rideaux étaient tirés devant les larges baies, mais ce serait agréable le matin.

Il y avait une multitude de fenêtres partout. L'architecte semblait avoir cassé les murs et posé des vitres partout où elle le pouvait. C'était malin, car cela avait radicalement transformé la masse compacte, étouffante, du bâtiment.

– Ria Negi, vous avez dû entendre parler d'elle ? Elle est vraiment la coqueluche du moment, nous informa Hilla.

– Au moins elle ne vous a pas accablée de *vaastu*, dis-je. Ou de *fengshui*, avec des instruments à vent et des bambous bonsaïs pour contrebalancer ces rigolos dans le couloir.

– Elle est brillante, reconnut Hilla. Mais ne me parlez pas des factures. Cela dit, une fois dans ma vie, au diable l'avarice ! Je peux claquer le fric de ce grippe-sou. Il avait mis tous ses meubles dans un entrepôt et il vivait dans une seule pièce misérable au premier, vous imaginez ça ?

Le séjour était étonnamment confortable, après le décorum de la salle à manger. La seule touche façon boudoir venait d'un divan avec un chatoiement d'un motif fleur-de-lys doré sur fond bleu soutenu. Ça, d'après Hilla, c'était du Framroze d'origine, bien que les coussins empilés en velours gris et lamé or fassent partie du nouveau look.

– Elle a dit que le séjour devait fonctionner autour du divan, comprenne qui pourra. Bleu, mais pas un bleu chambre à coucher, d'après elle. « C'est quoi, un bleu chambre à coucher ? » lui ai-je demandé. Crois-moi, Lalli, elle m'a regardée avec pitié. Elle n'a pas répondu, comme si je n'avais plus l'âge pour les chambres à coucher, et qu'est-ce que ça pouvait me faire ? Ce bleu-là, tu sais comment elle l'a appelé ? Un bleu Van Gogh ! Tu t'imagines ?

En fait, oui. Pour la tonalité, *La Nuit étoilée*. Un bleu tournant involontairement au violet pris dans un brouillard doré. Oui, j'aurais pu m'y faire.

Nous suivîmes Hilla autour de la maison, passant devant une porte fermée à clé dont elle dit que c'était la bibliothèque.

– Tous ses bouquins. Des livres anciens. Je l'ouvrirai dans la matinée, on l'a laissée pratiquement intacte, précisa-t-elle en haussant les épaules.

La véranda, sur l'arrière de la maison, était dépourvue de plantes et autres obstacles. C'était un endroit splendide pour se promener. Il y avait quelques fauteuils à l'autre bout. Nous passâmes devant ce que Hilla appelait le studio, une grande pièce vide avec un sol en parquet destinée à Rafiq Khan. Puis vint une fenêtre brillamment éclairée, avec les rideaux tirés. Hilla dit que c'était la chambre du cuisinier. En fait, elle chuchota pour le dire, malgré le bourdonnement de l'air conditionné. Elle semblait être intimidée par lui. Sa chambre était la seule à avoir l'air conditionné. La cuisine, à l'extrémité du corridor, était bouclée. Cependant, le dîner nous attendait.

Un buffet était disposé à l'office, une petite pièce annexe à la cuisine. Le cuisinier ne se montra pas. Le passe-plat au-dessus de la table resta obstinément clos. Nous transportâmes nos assiettes sur la véranda et mangeâmes en regardant tomber la pluie. Les chaises en fer forgé, qui évoquaient à première vue les tortures médiévales, se révélèrent étonnamment confortables.

Le menu était simple, mais délicieux. De la nourriture *dhaba*, de bistrot, dans le genre de ce que j'avais avalé sur l'autoroute de Ludhiana il y a dix ans. *Baingan bharta*, *urad daal*, *roti*, *lassi.* On n'aurait pu rêver mieux. (Je laisse à notre correspondant gastronomique ses adjectifs incongrus. Je dirais simplement que le *brinjal* défendait avec esprit sa saveur fumée contre une légère pointe d'épices.)

Hilla avait retrouvé son entrain et taquinait Ramona au sujet de son nouveau copain, à la grande joie de la jeune fille. Celle- ci pardonnait presque à l'assistance d'avoir un âge aussi canonique, et était à demi convaincue que la mort ne commence pas à trente ans.

– Si seulement tu n'avais pas invité Chili, ce serait parfait ! laissa-t-elle échapper.

J'aurais pu ajouter Lola Lavina sur la liste noire, mais, au diable, je pouvais me permettre de me montrer généreuse, avec un week-end entier en compagnie d'Alif Bey.

Sans raison apparente, l'homme dans lequel j'étais rentrée mardi me hantait. Le souvenir de ce regard que j'avais surpris me donna le frisson. Était-ce du plaisir ? Était-ce de la peur ?

La conversation se tarit.

Nous nous languissions dans le silence hypnotique de la pluie.

Il n'était pas dix heures quand nous nous transportâmes à l'étage.

– Le cuisinier fera entrer les Sane, dit Hilla en bâillant. Je suis dans l'aile qui part de là.

Elle indiqua le bout du couloir où le bouddha se cabrait, aussi noir et énorme que le sommet évoqué par Wordsworth [1], avec un sentiment de puissance délibéré.

Ramona annonça qu'elle remettait à plus tard son intention de se laver la tête et de se sécher les cheveux.

– S'il ne les aime pas comme ils sont, il faudra qu'il s'y fasse ! déclara-t-elle avec superbe.

Même un danseur de jazz peut se faire remettre à sa place quelquefois.

1. *Le Prélude,* I, 1, de William Wordsworth. (NdT)

4

J'eus le malheur de me réveiller de bonne heure. Cela m'arrive tout le temps quand je suis ailleurs que chez moi et me laisse avec une vague migraine en toile d'araignée qui me tient toute la journée. Je louchai sur ma montre dans le vague badigeon de lumière grisâtre. Cinq heures et demie. Je fermai résolument les paupières et essayai de ne pas entendre les voix, vagues survivances d'un rêve. Mais elles persistèrent et, fatiguée de les combattre, je cédai et prêtai l'oreille.

– Qu'est-ce que vous me voulez ?

Maussade. Un homme. La quarantaine.

L'autre éclata de rire.

– Oh, je ne veux rien ! Pourquoi ne pas oublier qu'on s'est déjà vus ? On ne se connaît pas.

Également une voix d'homme, rude, sarcastique.

– Non, non, ce n'est pas nécessaire. Je serais ravi si je pouvais faire quelque chose pour vous. Ce sera un plaisir.

– Je ne suis pas à vendre.

La voix n'était plus qu'un filet, avec un soupçon de menace. On y sentait de la colère, maintenant, et un orgueil blessé.

– Écoutez, ce n'est pas ce que je voulais dire. Je vais me montrer franc avec vous. Je ne peux pas prendre de risque. Ça pourrait m'anéantir.

Le silence durait, tendu, implacable. Puis l'autre homme dit, le mépris dans sa voix mordant comme de l'acide :

– Sortez-vous ça de la tête. En ce qui me concerne, docteur, il ne s'est rien passé. Ça n'a plus d'importance pour moi. Ceux qui comptaient pour moi sont morts. C'est terminé. Vous ne m'avez jamais vu jusqu'ici.

À ce moment-là, le rêve se dissipa et le sommeil me reprit… un sommeil troublé que je repoussai dès les premières lueurs de l'aube.

Il était près de six heures. Une douche chaude dans la minuscule salle de bains couleur nacrée était exactement ce qu'il me fallait. Dans le miroir en forme de coquillage, mon visage du petit matin avait meilleure mine que jamais.

Je ressortis vivifiée dans une chemise écarlate pour montrer le poing aux éléments. Il avait plu toute la nuit et le matin avait l'air trempé, avec des nuages gris qui pendaient bas pareils à des draps mal lavés.

Je poussai du coude la porte à laquelle je n'avais pas touché la nuit dernière, en espérant qu'elle ne donnait pas dans une autre chambre. Elle s'ouvrait sur la terrasse. Je sortis avec ravissement. Sa large surface était dallée. La balustrade était un enchantement. Le délicat entrelacs de fer forgé était surmonté d'une rampe de bon aloi qui semblait suffisamment solide pour s'asseoir dessus. Les dalles, délicieusement irrégulières et froides, épousaient la forme de mes pieds nus. La mer battait directement en dessous. Je me perchai sur la balustrade, dominant les flots qui frappaient en contrebas. Les palmes effleuraient la balustrade, leur chuchotement répercutant le souffle tourmenté dc la mer.

– Bonjour !

Je me retournai, irritée par cette intrusion. Et je restai ébahie quand je le reconnus. C'était l'homme du mardi.

Il dut discerner un éclair de reconnaissance dans mon regard, car il dit :

– Pas totalement surpris. Je vous attendais.

Ça, c'était une surprise.

Nous bavardions sous la pluie, de façon banale.

Puis il dit, avec une timidité soudaine :

– J'ai aimé votre livre.

Ma joie pouvait-elle être plus complète ? Sans fausse modestie débile, je n'y croyais pas ! L'avait-il vraiment lu ? Après tout, *Compartiment pour dames* n'est pas exactement sujet à débat. Ce que dit ce texte a été dit avant, et avec plus d'esprit.

– Vous vous en tirez avec une certaine candeur, dit-il. Sans perdre votre innocence.

Super.

J'étais en train de tomber amoureuse. Se pouvait-il qu'il soit Alif Bey ?

– « Que le cœur au comble de sa joie s'abandonne avec délice à des choses indifférentes… »

Bien sûr, c'était Alif Bey. Qui d'autre aurait pu citer Wordsworth par un matin de pluie à l'heure du petit déjeuner ? M'en voudrait-il si je l'interrogeais maintenant à propos du *Vélo dans la tête* ?

– Café ? dit-il, interrompant le fil de mes pensées.

– Oui ! bêlai-je. Même si c'est sans doute un affreux produit instantané.

– Absolument pas ! s'exclama-t-il, piqué au vif. Du Popayan. Grillé à la main. Fraîchement moulu. Fort. Robuste. Velouté, avec un nez parfois âpre. Café filtre, bien sûr, avec une écume de cinq centimètres obligatoire et servi dans un gobelet en acier.

– Qui êtes-vous ? demandai-je, quelque peu émerveillée. (Il n'était pas réel. Rien n'était réel, ce matin.) Je rêve ?

Il eut un sourire entendu.

– Réfléchissez. Je suis le cuisinier.

Le *cuisinier* !

Le cartographe gastronomique, l'enquiquineur à fondue… tout ça !

Ma mâchoire dut heurter le sol, car il y eut plus qu'un soupçon de raillerie dans sa voix.

– Dois-je vous servir votre café sur la terrasse, madame ? grinça-t-il, le regard brusquement lointain.

– Pas la peine d'être aussi susceptible. Je pensais à la fondue, c'est tout.

– Alors qu'est-ce qu'il y a de mal à être cuisinier ? insista-t-il, extrapolant à partir de ma voix. Certains de mes meilleurs amis sont cuisiniers.

– Aucun de mes amis ne l'est, en fait, dis-je en battant en retraite. Je viens de faire l'erreur de croire que peut-être l'un d'eux pourrait le devenir.

– Alors descendez à la cuisine pour prendre votre café, proposa-t-il pacifiquement. Je suis un ours en général le matin.

Et moi donc !

Je le suivis en empruntant l'escalier en fer forgé qui descendait en spirale sur le bord de la maison, prenant plaisir à recevoir quelques gouttes de temps à autre sur le visage. Nous descendîmes sur la véranda où nous nous étions gavées de nourriture façon *dhaba* la veille au soir. Je remarquai que les chaises avaient disparu.

– Bienvenue dans mon domaine ! annonça-t-il.

Nous passâmes la première porte et, par la suivante, pénétrâmes par un court passage dans la cuisine.

Je retins brusquement mon souffle. C'était une cuisine à tomber par terre. Il rit en voyant ma tête. La lumière matinale formait une brume délicate qui inondait la haute fenêtre à deux battants. Le comptoir en L courait le long de deux murs. Des rangées de bocaux en verre de couleur vive clignotaient sur les hautes étagères. Le bois était vieux, granuleux et noueux. Il y avait un tabouret assorti, aussi large qu'un champignon géant et juste à la bonne hauteur.

– Je suis content que Hilla ait sauvé ça, dit-il en tapotant l'établi. Pour moi, c'est la meilleure partie de la cuisine.

Le café était excellent, même si je pris une chope à la place d'un gobelet, car je n'aime pas la brûlure du métal chauffé à blanc sur ma lèvre.

– Attendez.

Il emporta la chope que je lui tendis et en sortit une autre du placard comme par enchantement. Celle-ci était d'un bleu roi brillant et d'un noir lisse à l'intérieur.

– Ça va avec votre chemise.

Il remplit pour lui-même la chope mise à l'écart et nous restâmes assis dans un silence complice, savourant l'arôme.

Fort. Robuste. Velouté. Il avait choisi les bons adjectifs, même si la note âpre était davantage qu'un soupçon.

Avec la première gorgée revigorante, j'éprouvai un inexplicable sentiment de bonheur. Je levai les yeux, surprenant son regard, et je ris. La vie était magnifique.

Évidemment, il pouvait être marié.

– Je ne le suis pas, dit-il.

Je n'avais rien demandé.

– Vous n'êtes pas quoi ?

Là, j'étais furieuse.

– Rien, rien. Je pensais tout haut.

Menteur !

Il remplit ma tasse.

– C'est quoi, cette histoire de fondue ?

– Hilla a dit que vous alliez en faire une.

– Et alors ?

J'hésitai. Je l'avais énervé avec le café pour commencer. Il risquait de se péter un vaisseau si je lui disais que la fondue avait le goût du vomi de bébé.

– Une fondue bien faite n'a pas le goût de vomi, dit-il. (Voilà qu'il me refaisait le coup.) C'est un plat rustique : trois sortes de fromage, du vin blanc, une gousse d'ail, on remue pour faire fondre et on laisse mijoter jusqu'à ce que ce soit lisse. Je suis cuisinier et ma fondue est bonne.

– Je vous ai pris pour Alif Bey.

– Quoi ?

– Parce que vous aviez lu mon livre.

– Et un cuisinier ne sait pas lire ?

– Comme vous dites. Cette maison n'est-elle pas extraordinaire ? La terrasse a des dalles, vous avez vu ? N'est-ce pas une merveille ? Exactement comme si on avait un grand trottoir vide pour soi tout seul.

– Oui, j'avais remarqué. Et non, ce n'est pas merveilleux d'avoir un grand trottoir vide pour soi tout seul. J'ai connu ça.

Vlan ! Un autre nerf qui claquait.

– Sauf qu'on appelait ça la voie publique, pas un trottoir. Vous connaissez le chemin entre Victoria Station et le marché Crawford à Bombay ? C'est là que j'ai vécu pendant six ans. Entre 1972 et 1978. J'ai été un *footpathia*, un sans-abri…

Il ne plaisantait pas. Je ne savais pas quoi dire.

– Vous êtes trop jeune pour vous souvenir de la guerre du Bangladesh, je suppose. La libération ! C'était une espèce de libération quand je suis arrivé sur ce bout de trottoir. C'était le premier endroit où je n'entendais plus de cris. Ça faisait six mois qu'on courait quand on est arrivé ici, six mois où tout ce que j'avais entendu, c'était des cris. Et des coups de feu. Une fois que je suis arrivé sur ce passage, les bruits de la rue ont recommencé. La circulation. Les trains, les voix. Il y a trente et un ans, presque jour pour jour. C'est un bon mot, réfugié. Le trottoir a été mon refuge. Mais je l'aurais quitté encore plus vite si j'avais pu. Croyez-moi, ce n'est pas une telle merveille.

Il prit ma chope. Nos doigts s'effleurèrent.

– Je vous en parlerai un jour, si je survis au fait d'avoir été pris pour Alif Bey !

Le moment passa.

Je me jetai sur *Le Vélo dans la tête*, heureuse de ce dérivatif.

– Et quel reclus ! finis-je par dire après dix bonnes minutes. Quel misanthrope ! Il est comment ? Personne ne connaît son vrai nom. Bien sûr, pour un esprit comme le sien, le monde matériel n'est qu'illusions.

– Ne croyez pas ça. Il est dans la publicité.

– Non ?

– Mais si. Vous connaissez cette publicité pour l'après-rasage qui rappelle *Pippa Passes*[1] ? C'est d'Alif Bey. Oh, bonjour, madame.

Hilla nous tomba dessus, l'air d'une morte-vivante dans sa robe d'hôtesse fleurie.

– Tu es déjà en piste, hein ? Du thé, si tu veux que je vive.

– Rungli Rungliot[2] ? Earl Grey ? Family Mixture Number Eleven ?

– Bonté divine ! Un *chai* ! N'importe quoi.

Elle s'affala à côté de moi.

– Dans ce cas, vous mériteriez du thé en sachet. Mais compte tenu que vous êtes le boss, je vais vous préparer du Rungli Rungliot. Dégustez, ne l'avalez pas d'un trait.

– Je croyais que tu te conduirais en cuisinier. Et voilà que j'ai des problèmes syndicaux dès le premier jour.

1. Titre d'un poème de Robert Browning, écrit en 1841. (NdT)
2. Un Darjeeling à longues feuilles. (NdT)

Insubordination. *Dadagiri* ! (Elle se tourna vers moi.) Je vois que vous avez fait connaissance. Tarok Ghosh le cuisinier, pour dire les choses gentiment et dans les formes. Quand j'ai connu ce type-là, c'était un gosse de dix-huit ans. Un ami de ma mère. Non, le maître chanteur de ma mère, devrais-je dire, puisqu'il lui a extirpé, à force de cajoleries, tous ses secrets culinaires. Et maintenant, il m'appelle « madame » !

– La discipline, *mai-baap*.

– Qu'y a-t-il pour le petit déjeuner ?

– Le petit déjeuner est à neuf heures et demie, et pour le moment, il est sept heures un quart.

– Ça prend du temps de cuisiner.

– Pas le petit déjeuner.

Lugubre, Hilla sortit un bout de papier d'une poche de grande contenance.

– Je t'ai dit que c'était de l'inconscience de demander aux gens ce qu'ils voulaient pour le petit déjeuner. J'ai peur de t'annoncer la nouvelle.

– Gardez-le. Ça, c'est pour demain. Aujourd'hui, ils mangeront ce que je leur donnerai.

Hilla eut l'air méfiant.

– Mrs Sane veut prendre son petit déjeuner au lit. Peut-être quelque chose sur un plateau ?

– Dites-lui de se lever et de se brosser les dents. Ici, ce n'est pas l'Occident décadent. Donnez-lui un *neem daantoon.*

– Va le lui dire toi-même. Eh non… attends ! Je vais prendre ce plateau.

– Non. Elle descend sauf si elle est à l'agonie. Dites-lui que l'omelette va se dessécher.

– C'est ce qui est au menu ? Alors à quoi bon s'assurer tes services ?

– Pas pour vous. Seulement pour les gosses. Un soufflé à la confiture d'ananas.

– Tu ferais mieux de t'en tenir aux œufs durs, rétorqua Hilla avec inquiétude. Ce sont des gamins qui tartinent tout de ketchup. Ils risquent de faire la fine bouche devant ton soufflé à l'ananas.

La réponse de Tarok Ghosh fut glaciale.

– Les enfants mangent toujours ce que je leur donne.

Et il avait raison. Éloignés de leur mère par Hilla, les enfants Sane prirent leur petit déjeuner à l'office. Tarok les laissa sans surveillance, chronométrant son retour à la perfection. Ils vidèrent à la hâte leurs chopes de lait et partirent en s'extasiant sur leurs cadeaux : une betterave rouge sculptée en forme de rose pour Arpita et une locomotive taillée dans une carotte pour Darshan.

– Et pas un mot sur les préjugés sexuels, avertit Tarok, me coupant la parole.

Je découvris plus tard avec bonheur qu'Arpita avait piqué la locomotive, laissant Darshan grignoter la rose.

Felix Rego, Alif Bey, Rafiq Khan et Chili étaient censés arriver plus tard ce jour-là. Je m'installai pour prendre mon petit déjeuner, curieuse de voir si Mrs Sane avait été domptée par le cuisinier. Elle n'était toujours pas descendue. Lalli partageait une table avec un homme rondouillard. Je décidai de ne pas les déranger.

De petites tables ovales avaient été installées dans un renfoncement de la salle à manger. Par beau temps, ce serait un endroit en plein soleil à cette heure-ci. Malgré la pénombre ambiante, une lumière perlée se répandait sur le sol. Je me penchai par la fenêtre. La grille dentelée de la jardinière méritait mieux que ces végétaux d'un vert fluorescent, quels qu'ils fussent.

Je me retournai pour croiser le regard inquisiteur de Tarok.

– La fenêtre a un besoin criant de géraniums, remarquai-je et, de nouveau, je vis passer cette lueur fugace sur son visage.

Il m'apporta une chaise. J'allais protester quand je m'aperçus qu'il ne l'aurait même pas remarqué. Il installait le petit déjeuner comme par magie. La table se remplissait à une rapidité consternante. Pour finir, il disposa la pièce maîtresse, un gerbera jaune dans une flûte de verre noir, et il recula d'un pas, l'air grave.

Je faillis applaudir. Tout semblait superbe, mais le jus d'orange était la seule chose que je reconnaissais. Je le goûtai avec l'air d'un œnologue.

– Je crois que le bouquet est satisfaisant ?

– C'est une bonne année pour les oranges, convins-je. Du corps, fruitées, pas trop acides. Jeunes et impulsives, mais sobres dans les notes de fond. Zut ! Pas les notes de fond, ça, c'est le parfum.

Il éclata de rire, approcha une chaise et se mit à me parler d'aliments étranges. Les asperges, de pâles bourgeons soumis au supplice du chevalet. Cela semblait faire œuvre de bonté de les manger, de tremper les pointes délicates dans les volutes de beurre citronné déposés dans une coupelle de verre opale. Après la première, je ne pus m'arrêter.

Il découvrit un petit ramequin en terre cuite. Ravissant ! Une fleur de frangipane blanche, les pétales crème repoussés pour dégager un cœur d'or.

– Œufs en cocotte à la crème.

Je traduisis à la hâte : *baida in bartan* avec crème. Peuh ! Je pouvais faire ça ! Mais à chaque cuillerée, cela avait un goût qu'aucun œuf n'avait jamais eu, un goût de crème, de beurre, fastueux, au bord de la décadence. Je grignotai avec délice des ovales odorants de pain français grillé. Il avait l'air content. Et avant que j'aie compris ce qu'il faisait, il avait subtilisé le pain.

J'étais légèrement agacée. Je n'aime pas qu'on réquisitionne mon petit déjeuner. J'avais préparé un petit discours efficace, mais quand il revint, chargé de présents, je l'oubliai totalement. Il rabattit une serviette d'un blanc immaculé pour laisser apparaître... un croissant. Mais ce n'était pas un croissant de supermarché, pas de la pâte à modeler sortie du micro-ondes avec une fine couche cloquée sur le dessus et un nœud de pâte aigre à l'intérieur. Odorant, palpitant de vapeur, cédant dans un soupir quand je pénétrai sous la carapace de pâte feuilletée. Il y avait du beurre et de la marmelade, mais je résistai à une pareille subversion.

En ce qui concerne le pain, je suis une jouisseuse solitaire. En cavale, je peux manger tout ce qui passe à ma portée dans une boulangerie. Imaginez alors l'austérité qu'inflige à votre âme le pain conditionné en tranches ! J'aurais volontiers accepté de mourir de faim pendant le reste du week-end pour un autre croissant, mais il leva les mains en signe d'impuissance. La haute tasse qu'il avait placée devant moi avait une couronne de crème, pas de mousse, de cinq centimètres, embaumant vaguement la vanille. Le café bouillonnait, avait la douceur du velours, était délicieusement parfumé, laissant un soupçon satiné de chocolat sur la langue.

– *Moka chocolatta.* Le début de vacances de rêve !

Il me montait à la tête comme du champagne.

– Tarok, mon ami !

Le bonhomme rondouillard qui était assis à la table de Lalli hélait le cuisinier. J'échangeai un regard avec ma tante. Elle haussa les épaules avec une suprême indifférence et retourna à son café (un café ordinaire, notai-je). Ainsi, le docteur Sane était... un raseur, aux yeux de Lalli. Il tenait à dire quelque chose au cuisinier. Tarok me décocha un regard impuissant.

Le sourire sirupeux du docteur Sane s'adressa également à moi.

– Je voulais dire à Mr Ghosh qu'il ne devait pas être contrarié ! Ma femme est en retard, mais c'est le privilège des dames ! Dommage qu'elle soit en retard pour ce petit déjeuner mémorable. Dommage ! (Il rit grassement.) Finalement, ce sont les enfants qui ont raison. Ils ont mangé il y a longtemps et sont partis sur la plage. « Faites ce que vous voulez, je leur ai dit, vous êtes en vacances ! Amusez-vous ! »

Tarok se servit une nouvelle tasse de café. À ce rythme, c'est de la caféine pure qui circulerait dans ses veines à midi.

Ujwala Sane apparut enfin. La peau laiteuse, les yeux gris, la quarantaine, ondulant dans un étroit pantalon de velours blanc et un dos-nu, un air de diva. Les vêtements lui allaient bizarrement, comme si elle n'était pas habituée à en porter. Peut-être était-ce le cas. Elle s'était inondée de *Dune* et avait eu la main lourde sur le rouge à joues.

Avec un instinct infaillible, elle fila droit sur le cuisinier et lui prit sa tasse de café, effleurant ses doigts avec impudence.

– Du café… mmm ! Divin, fit-elle d'une voix éraillée et, immédiatement, eut l'air contrariée.

Elle avait raté sa réplique : elle s'était souvenue de son entrée soigneusement répétée, mais avait oublié de baisser la voix. Ses yeux couleur de galet firent le tour de la pièce. Moi, elle me dédaigna. Elle adressa un signe de tête à Lalli, l'air grave. Elle croisa le regard de Hilla et agita les doigts pour faire bonjour. Elle nous engloba tous dans un sourire lumineux et, prenant le cuisinier fermement par le coude, l'entraîna vers la fenêtre.

Le docteur Sane sourit affectueusement. Il tira une chaise jusqu'à ma table et regarda alentour. Les pots à beurre et à marmelade intacts lui renvoyèrent un regard de reproche. Il se leva. Il déambula. Il revint avec une demi-baguette dénichée Dieu sait où. Il la fendit et la tartina de beurre et de confiture, et y planta fermement les dents.

Mrs Sane avait également trouvé de quoi se restaurer. Elle picorait furieusement dans son assiette pendant que sa voix grinçait sans discontinuer. Le docteur Sane, obligé de se taire pendant qu'il se goinfrait, n'avait aucune exigence de politesse et me laissa libre de tendre l'oreille aux propos de sa femme.

– C'est assommant ! Insupportable ! Pas de room service, impossible d'avoir le petit déjeuner au lit, vous vous rendez compte ?

– Vraiment ? demanda Tarok d'une voix étonnamment calme.

– Absolument ! Qu'est-ce que Hilla s'est imaginée ? Un cinq étoiles, d'après elle. La pauvre ! Tout ça a été si soudain qu'elle n'a pas encore l'habitude. Quelqu'un devrait la conseiller.

– Quelqu'un le fait sûrement, non ?

– Comme ici ?

Le doigt méprisant d'Ujwala Sane décrivit un cercle autour de la pièce. Tout parut se rétrécir sous son œil implacable (la majeure partie de la nourriture avait déjà disparu). Hilla, qui était à portée de voix, affichait son nouveau sourire torve. Je commençais à m'y faire.

– Où est Felix Rego ? s'écria Mrs Sane. Il faut absolument qu'il parle de ce petit déjeuner.

– La cuisine ne vous plaît pas ?

Je fus ravie d'entendre une note menaçante s'insinuer dans la voix du cuisinier.

– Ça va, mais ça manque de variété. (Elle mordit dans son croissant d'un air vorace.) Des œufs durs, du pain. Du beurre. De la confiture. Des serviteurs peuvent se charger de ça. (Elle rit tout bas avec un air de conspirateur.) Hilla nous a demandé de choisir le petit déjeuner de demain. Tout ce que vous voudrez. La malheureuse, elle est si naïve ! J'ignorais que son fameux chef cuisinier était un cuistot de quartier genre *idli-dosa* ! Il va avoir une crise cardiaque en voyant ce que j'ai demandé.

– Et vous avez demandé quoi ?

– Un petit déjeuner continental. Des crêpes Suzette… vous savez ? Des champignons. Nous avons passé l'été dernier en Europe.

– Ah bon ?

Elle gara son assiette sur une chaise à proximité et se tourna pour faire face au cuisinier.

– Maintenant, dites-moi, qu'est-ce que vous faites ?

– Quand ?

Elle eut un rire de gorge. Le cuisinier eut l'air étonné.

Le docteur avait fini son sandwich. M'ayant saluée d'un léger signe de tête, il se traîna lourdement vers sa femme. Mais c'était le cuisinier qu'il voulait.

Ujwala Sane haussa ses sourcils soigneusement épilés et vint tranquillement vers moi. Hilla avait depuis longtemps déserté et était juste visible à travers le passe-plat, assise au comptoir de la cuisine, où elle avalait son thé comme un poisson qui se noie.

– Salut ! J'ai entendu parler de vous.

Je m'abstins de demander à quel sujet.

– Et si on mettait un peu d'ambiance, toutes les deux ? Avant que Felix Rego assassine cette pauvre Hilla dans son papier. On était justement en train d'en discuter. Pourquoi vous ne viendriez pas avec ?

– Oh ! Qu'est-ce qu'on devrait faire, d'après vous ?

– Faisons une descente à la cuisine pour remonter les bretelles au cuisinier ! On va lui dire qu'il a intérêt à faire des efforts d'ici le déjeuner. J'adore Hilla, vous savez ! Une si brave personne, au fond, malgré ses excentricités !

– Vous la trouvez excentrique ?

– Tous les *bawa* le sont ! Et ce doit être particulièrement pénible pour elle en ce moment. La ménopause peut être une chose terrible !

– Vous en avez beaucoup souffert ?

Elle ne m'entendit pas. Ramona avait choisi ce moment pour surgir dans la pièce et le docteur l'avait interceptée avec plus de chaleur que nécessaire. Ramona sourit poliment et s'éloigna dès qu'elle le put, fonçant droit sur Lalli, en état d'urgence. J'avais déjà remarqué que Ramona avait gratifié Lalli d'une sorte de glorieux passé et s'en était vite fait une alliée.

– Ramona, la nièce de Hilla, expliquai-je.

Ujwala plissa le front. Manifestement, Mrs Sane était de ces femmes qui mènent les jeunes filles à la baguette. Elle allait étouffer l'étincelle incendiaire de ces dix-sept ans d'un mot, avec aussi peu de considération que s'il s'agissait d'un mégot. J'eus pitié de sa fille. Heureusement, Arpita avait encore quelques années de répit avant que l'adolescence en fasse une proie aux yeux de sa mère.

Pour distraire l'attention de Mrs Sane, j'admirai son bracelet. La fine chaîne d'argent portait une minibouteille en breloque.

– C'est un cadeau de nos amis suisses, les Schmidt, dit-elle en s'éclairant. Nous avons passé un mois avec eux l'an dernier.

Une nation tolérante, ces Suisses.

Elle retourna à son plan de sauvetage pour Hilla.

– Mais vraiment, il faut faire quelque chose pour elle. Je disais justement à ce… Bel homme, non ? (Elle haussa un sourcil en direction de Tarok qui s'était fait piéger par le mari.) Je l'ai déjà vu quelque part. Nous n'avons pas encore été présentés. C'est un industriel. Quelle personnalité ! *Agdi* magnétique ! Je l'ai su tout de suite. Un industriel ! Voilà, ça y est, ça me revient.

– Mais non, la contredis-je, non sans malice. C'est le chef cuisinier.

Son expression avide se transforma instantanément. Elle prit l'air soupçonneux.

– Vous auriez pu me dire ça plus tôt, laissa-t-elle tomber, glaciale.

Elle s'éloigna. Les mœurs de Shivaji Park ne permettaient pas aux cuisiniers de faire partie de la bonne société.

Il y eut un brouhaha de voix à l'extérieur, que dominaient les accents mélodieux de Hilla souhaitant la bienvenue. Un taxi s'éloigna. Toutes les conversations cessèrent brusquement dans la pièce.

Trois hommes entrèrent… et une femme.

La femme, je la reconnus. C'était mon amie du mardi après-midi, qui s'était métamorphosée sous le nom de Lola Lavina.

Le premier homme, je le connaissais de vue. Extraordinairement mince, il ne pouvait être que danseur ou acrobate. Il était les deux, au point que sa façon de danser semblait éprouver les nerfs et les muscles à l'extrême. Rafiq Khan. Ramona eut un hoquet et se mit debout instantanément.

Le deuxième homme s'attarda sur elle avec un regard appréciateur. Mais Ramona n'avait d'yeux que pour Rafiq Khan.

Je me tournai vers le deuxième et, déçue, je le reconnus.

C'était Alif Bey.

Mais ce n'était pas en tant qu'Alif Bey que je le reconnus. Son visage astucieux, assez cruel, hantait souvent la page 3, où ses opinions prenaient la force des déclarations péremptoires d'un dieu du désert. Indiscutablement, il avait écrit la publicité pour l'après-rasage *Pippa Passes*, et plusieurs autres, par-dessus le marché. Personne, bien sûr, ne savait qu'il était Alif Bey. Dans son rôle de la page 3, il ne vivait que de pain sec.

Aujourd'hui, malgré un effort pour se montrer à la hauteur sur le plan vestimentaire (un *kurta* fripé, un pantalon de coton sale, des *chappal*), il n'avait pas totalement abandonné sa façon d'être au quotidien.

J'eus l'impression angoissante que celui que j'allais rencontrer n'était pas l'écrivain, mais son sosie.

Néanmoins, après-rasage, ou pas, c'était Alif Bey. Et son improbable copine n'était autre que Lola Lavina !

Évidemment, ils partageaient plus que le lit. Leurs vêtements étaient les mêmes, ils allaient de pair. Alif Bey était un soupçon plus poilu, mais on aurait cru voir des clones ou des jumeaux habillés pareil. Meenal – désormais, je devrais l'appeler Lola – poussa un cri de triomphe ou de soulagement quand elle m'aperçut, mais ne fit aucun geste dans ma direction. Peut-être étaient-ils siamois après tout ? Elle semblait collée à son bras par du Velcro.

Le troisième homme, par élimination, ne pouvait être que Felix Rego. Notre fameux critique gastronomique portait la tenue de week-end de rigueur, un vaste bermuda à fleurs, avec des bouts de cordons qui pendouillaient. Le T-shirt blanc était d'une grande platitude. Peut-être que le dos portait la recette secrète de sa sauce préférée. Il avait une petite tête de fouine et jetait partout des regards furtifs en prenant des notes.

Hilla fit les honneurs. Je m'aperçus qu'Ujwala Sane avait disparu.

Rafiq Khan paraissait mal à l'aise, si l'on pouvait dire une telle chose d'un être aussi gracieux. Il marmonna quelque chose au sujet des bagages. Ramona, éblouie par son idole, le conduisit à l'étage.

– Voici quelqu'un qui a beaucoup de choses à vous demander à propos de vos livres, déclara Hilla à Alif Bey.

Il me toisa un quart de seconde et décida que je n'étais pas à son goût.

– Je ne discute jamais de mes livres, déclara-t-il sèchement.

– Quel plouc ! observa Felix Rego plaisamment. De toute façon, personne ne les lit plus de nos jours.

– C'est vous qu'on lit, je suppose.

Il rit avec condescendance, se frottant l'oreille avec une fausse modestie de bon ton.

– Alif Bey va vous tuer pour ça. Il est d'une jalousie maladive.

– Signe d'une névrose profonde ?

Il mordit à l'hameçon avec empressement.

– Je suis un observateur attentif de la nature humaine. Je me dois de l'être, dans mon métier.

Je lui décochai un regard suspicieux, mais l'homme n'aurait pu être plus sérieux.

Lola Lavina avait été « descotchée » d'Alif Bey par le docteur Sane. À présent, elle parlait d'une voix haletante et il avait le regard fasciné des médecins quand ils n'écoutent pas. D'après les quelques mots que je saisis – les adjectifs concernaient essentiellement la région pelvienne –, une consultation était en cours.

Alif Bey réclamait, inflexible, un doigt de whisky et se montrait attentionné envers Lalli, qui s'ennuyait ferme et ne faisait aucun effort pour le cacher.

À présent, Ujwala Sane était de retour. Elle avait l'air subtilement différente. Il y avait une nouvelle couche, plus dangereuse, plus dense, de *Dune*. Elle s'était laissée aller à du fard à paupières vert qui donnait l'impression que ses yeux gris étaient injectés de sang.

Son arrivée eut un effet catalyseur. À mon côté, Felix Rego respira à fond et fit résolument un pas en avant. Alif Bey s'étrangla avec son whisky. Lola Lavina stoppa net son anecdote pelvienne au milieu d'une phrase et ses paupières se rétrécirent.

Ujwala Sane n'accorda un regard à personne et fondit sur moi, pendant que le regard brûlant de Felix Rego lui ratissait le dos. Dans un sursaut, je me rendis compte qu'Ujwala était une sorte de figure centrale dans l'imaginaire de Felix Rego. Elle apparaissait de façon répétée, la mère chatte possessive, dévoreuse, elle rôdait dans sa prose, plus ou moins dévêtue. Elle était du pur Rego. Je pouvais presque entendre les mots éclater dans son cerveau. « *La lueur des dents sous une envolée de bouclettes noires. Une nuque lisse offerte en sacrifice... qui disparaît, aguicheuse, quand elle se tourne, deux fentes rusées vertes s'ouvrant au-dessus de hautes pommettes. La sueur perle sur ses tempes, salée, sauvage. Les narines palpitantes, s'écartant sous l'effet d'une odeur primitive qui remonte dans la tendre colonne du nez. Dans la lumière qui sculpte sa douceur boudeuse, la petite bouche rouge frémit, humide...* »

Felix ouvrit prudemment le ban avec l'aide d'Ujwala Sane. Je les laissai poursuivre et rejoignis Rafiq Khan qui revenait d'un pas nonchalant, telle une grande feuille, et restait debout au milieu de la pièce, l'air perdu.

– On fait quoi, maintenant ? demanda-t-il. On attend ? Ou il va y avoir à manger ?

Je proposai de faire des sandwichs, mais Ramona, apparemment, était déjà à l'œuvre.

– La gamine va mettre une demi-heure.

Il considéra, l'air un peu effaré, Felix, qui flirtait maintenant avec sa muse.

– Vous ne parlez pas comme eux, remarqua Rafiq. Avec vous, je peux parler, aussi avec le docteur Hilla. Les autres, ils me rappellent mes élèves. Pour parler, pas de problème. Mais pour danser, zéro.

– Je ne danse pas. Je ne connais rien à la danse.

– Inutile. Vous n'y connaissez rien, c'est pas grave. Mais croire qu'on sait... c'est affreux. Le docteur Hilla m'a demandé de venir, et moi, je viens. Je peux donner le rythme, un, deux, bougez ! *Bas*, assez. Tous ces gens lisent des gros livres, écrivent même des livres. Moi, je n'ai pas le bac. Je sais seulement danser.

– Je ne vous ai jamais vu danser sur scène. Seulement à la télévision.

– Alors ce soir, vous me verrez. Je danse le *Shiv tandav* pour le docteur Hilla. Sur du jazz. Pas besoin de connaître le *Shiv tandav*. Vous regardez. Et vous comprenez.

– Vous connaissez Hilla depuis longtemps ? C'est l'amie de ma tante.

– Votre tante, cette belle femme ? Les cheveux blancs ?

Je suivis son regard vers la fenêtre, devant laquelle Lalli se tenait avec Lola Lavina. Je lisais de l'irritation plutôt que de la beauté dans sa posture. Mais je vis aussi ce que Rafiq voulait dire. Quand elle est très en colère, Lalli se retire derrière un masque et on remarque le beau relief de son visage. J'observai Lalli regarder autour d'elle, sans doute en quête d'un secours.

– L'autre femme est très connue, je pense. Elle était dans *Mid-day* la semaine dernière. Elle va sûrement venir bientôt à mon cours, à moins qu'elle n'attende d'avoir cinq kilos de plus. Mais vous m'avez demandé si je connaissais le docteur Hilla depuis longtemps. Oui, mais j'espère la connaître deux fois plus longtemps encore.

Ainsi Rafiq aussi espérait quelque chose. Ramona entra avec le sandwich et le lui remit, l'air d'une jeune dévote offrant un *aarti*. Rafiq lui accorda le sourire impersonnel qui vous vient à force de mettre de l'ordre dans des classes de filles.

– Vous aussi, Miss, vous voulez danser ?

– Oh, oui !

Sa réaction le fit rire.

– Toutes, toutes veulent danser, articula-t-il en postillonnant, la bouche pleine. Regardez Rafiq bondir sur la scène et cherchez pourquoi c'est génial. Je peux aussi faire semblant. *Main bhi Madonna* [1], comme Baba Sehgal.

1. En français : « Je suis Madonna », chanté par Baba Sehgal, un chanteur qui s'est travesti en Madonna. (NdT)

– Non, non, ce n'est pas ce que je voulais dire !

– Pas vous, Miss. Vous êtes encore une enfant, ma petite sœur a votre âge. À votre âge, les garçons et les filles dansent, pas besoin d'apprendre, le *taal* est dans le sang. Mais après quarante-cinq ans à rester posé comme une pierre et, brusquement, parce que c'est la mode, elles vous disent : « Apprends- moi à danser ! » Non, c'est trop ! Manger comme un éléphant et, après ça, vouloir danser comme un cygne ! J'ai envie de leur dire : « Rentrez chez vous, regardez la télévision, faites la fête, mais fichez-moi la paix. » Je veux m'arrêter. Mais comment faire ? C'est le péché de gourmandise.

À point nommé, la voix d'Ujwala leur parvint, traversant la pièce.

– Oh, rien de tel que la danse pour garder la ligne ! Je vais demander à Rafiq Khan de m'apprendre. Je peux facilement apprendre en un jour. Je vais courir dans ma chambre enfiler mon collant… ensuite, comment pourrait-il refuser ?

– Vous voyez ? demanda Rafiq.

5

– Je meurs d'envie de t'avoir pour moi toute seule, souffla Lola Lavina. Mais Alif est *siiiii* possessif !

L'observateur ordinaire aurait cru que le bât blessait ailleurs, mais allez savoir !

Elle adressa un regard enamouré dans la direction d'Alif Bey et quand il croisa enfin ses yeux, elle lui envoya un baiser du bout des doigts. Il le lui retourna.

– Tu as envie de le rencontrer ? demanda Lola. Je vais te présenter…

– C'est déjà fait, merci. C'est quoi, cette histoire de Lola et tout ? Tu t'appelais Meenal il y a deux jours.

Elle éclata de rire. Elle fourragea dans le sac à dos en jean crasseux qui restait accroché à elle comme une excroissance et trouva l'inévitable paquet de cigarettes. Des 555, remarquai-je.

C'est une question de sexe. Les hommes, aussi grossiers soient-ils, vous demandent systématiquement l'autorisation d'allumer leur taffe. Les femmes, jamais. Elle inhala profondément la fumée et la recracha avec quelque chose d'un dragon.

– Je ne savais pas que c'était ton genre, dit-elle. Les week-ends à la campagne et le reste.

– Des partouzes ? La bringue ? Des saturnales ? C'est exactement mon truc.

– Tu n'as pas changé. Quand vas-tu devenir sérieuse ?

– Toi, en revanche, tu as sérieusement changé. À commencer par ton nom !

– Oh, ça. C'est le moins important. Après tout ce que j'ai vécu. Bien sûr, Lalli t'a tout raconté.

– Tout quoi ? Lalli ne répète jamais rien.

– Elle m'a sauvé la vie.

Ce n'était guère instructif. Mais elle fut distraite. Alif Bey, à présent complètement rond, lorgnait Felix avec une malveillance confirmée.

– Je ferais mieux d'y aller, marmonna-t-elle. Je viendrai te voir dans ta chambre quand il sera installé et on pourra bavarder tranquillement. *Ciao*.

Avant que je puisse l'en dissuader, elle était partie. Je l'observai soutirer un sourire à Alif Bey et l'entraîner vers la porte. Indiscutablement elle l'avait dressé.

Je me sentis brusquement seule au milieu de ce monde. Comme Rafiq, j'avais l'impression que personne ne parlait ma langue.

C'est vrai que j'ai traîné mes guêtres à droite et à gauche, et qu'on doit me trouver complètement loufoque. En fin de compte qu'est-ce que je fichais là ?

Lalli avait fui depuis longtemps. Sauf erreur de ma part, elle était sur la terrasse à contempler la mer. L'idée de passer le week-end avec ces étrangers paraissait incongrue, voire effarante.

Je partis, paniquée, en quête du cuisinier. Il était assis à l'établi et fixait, morose, la fenêtre. En entendant mes pas, un sourire plissa ses paupières et l'expression sévère de son visage se détendit.

– Vous voulez du thé ?

– Non.

– Du café, alors ? Un *nimbu pani* ?

– Pas même des crêpes Suzette au Cointreau.

Il éclata de rire.

– Elle vous tue, non ?

– Je vous en prie, pas vous ! Felix est déjà fou d'elle, et si je lis bien les signes, Alif Bey aussi.

– Oh, ça fait longtemps qu'il a tourné la page !

– Quoi ?

– Peu importe. Tenez, j'ai quelque chose à vous montrer.

Mais quelque chose près de son coude attira mon attention.

Il y avait là un petit poêlon en terre cuite, délicieusement moulé, avec une queue guillerette qui s'adapta parfaitement à ma main. Il avait un poids agréable. Il était petit, peu profond, avec une lèvre plutôt qu'un bec verseur, et un riche vernis rouge à mourir.

Je dois expliquer : je suis nulle en cuisine, mais je craque pour toute la quincaillerie. Mes biens matériels, en dehors des livres, consistent entièrement en ustensiles de cuisine dévoyés, en pierre, en bois, en verre, en émail et en alliages non identifiés. Des chopes difformes qui avaient besoin d'être secourues. Des tasses pleines de charme, orgueilleuses, solitaires, dépareillées pour la vie, survivantes d'un lointain divorce avec la soucoupe et le service.

– J'avais raison, alors ! (Il ne dit pas à quel sujet ; il se contenta de rire.) Vous prendrez un thé avec moi ? J'ai une surprise.

J'éclatai de rire.

– C'est tellement bizarre ! Que vous m'invitiez pour le thé. Je n'arrête pas de manger !

– Tous les deux, je veux dire. Les masses seront nourries dans la salle à manger. On peut s'échapper, je connais un endroit spécial.

– Et vous avez une surprise ?

– À cinq heures, alors, sur la terrasse ?

– J'ai l'impression d'être à l'intérieur d'une orgie romaine.

– Le banquet de Trimalcion ? Un reportage irresponsable ! Je ne crois pas que les Romains mangeaient comme ça ! Mais ça faisait un bon papier. À l'époque comme maintenant, tout dépend du reportage.

– D'où Felix Rego ?

– D'où Felix Rego, la corruption mondiale en sauce blanche.

Il lança un bref coup d'œil sur la plaque. Il était temps de décoller.

– Il ne faut pas que je vous dérange avant le déjeuner. À cinq heures alors !

– Non, ne partez pas. J'ai cru voir un rat. Bon, il n'y en a plus, en fait, mais l'endroit faisait penser à Hamelin quand la cuisine était en travaux, alors je suis encore méfiant. Je continue de voir filer des petites ombres grises. Vous êtes venue chercher quelque chose.

– Ouaip. De la force d'âme. Dès l'instant où je quitte ces lieux, Lola Lavina va me raconter l'histoire de sa vie.

– Justement, je comptais vous raconter la mienne pendant le thé.

Des mots en l'air, mais qui me donnèrent le frisson. Les choses allaient un peu trop vite pour moi.

– Ah, te voilà ! s'exclama Lola dans mon dos. Lalli m'a dit que je te trouverais à la cuisine.

Il y a des fois où je pourrais tuer ma tante.

Lola Lavina, les jambes croisées sur mon lit, fumant comme le Krakatoa, m'observait en plissant le front.

– T'as l'air démolie, dit-elle. (J'eus l'impression d'être un patrimoine en danger.) J'ai entendu dire que tu avais eu des coups durs.

Comme je refusais de me livrer, elle insista, sûre que je finirais par craquer.

– Tu as perdu ton boulot ?

– J'en ai trouvé un autre.

– Tu as rompu avec ton copain, hein ? La vie est dégueulasse, non ?

– Donc tu sais tout. Maintenant raconte-moi pour toi.

Elle alluma une autre cigarette.

– Je commence par où ? C'est tellement long. Voyons... ça fait bien un an, non ?

– Presque.

– Je crois avoir vécu davantage durant cette dernière année que pendant le reste de ma vie. J'étais mariée avec Guru Bhagwat, tu le sais ? Tu connais Guru ?

– Vaguement.

– Ah ! Comme moi ! Et au bout de quatre ans de mariage, je me suis rendu compte à quel point je le connaissais peu. Tout a démarré quand sa mère est venue habiter chez nous...

C'est alors que ses mésaventures commencèrent. Elle découvrit que Guru la trompait. Elle le somma de s'expliquer. La belle-mère intervint. Ils l'enfermèrent. L'affamèrent. La battirent. Lui firent signer des documents sans les lui laisser lire. Ses parents ne lui furent d'aucun secours. Maintenant tu es mariée, c'est pour la vie.

Elle vécut dans l'angoisse quotidienne d'être arrosée de kérosène et d'une allumette qu'on jette, d'une cuisinière qui explose, du poison. Une nuit, il lui brisa le poignet. Le lendemain à la première heure, elle s'enfuit. Elle alla trouver la police. Celle-ci ne lui fut d'aucun secours, mais elle put porter plainte. Heureusement pour elle, elle avait précédé son mari. Il se présenta au *chowki* à l'instant où elle finissait de faire sa déposition. Hors de lui, il la traîna dans la boue et l'injuria copieusement. Il voulut se jeter sur elle et il fallut le retenir.

Elle était libre. Pas totalement en sûreté néanmoins, mais elle n'avait plus à retourner dans ce lieu infernal qui avait été son foyer.

Alors, où aller ?

L'assistante sociale lui présenta un avocat. Il lui dit qu'elle avait des motifs suffisants pour divorcer. Il l'aida à trouver un endroit pour vivre. Il savait écouter. Elle avait confiance en lui. Au cours des longues heures qu'ils passèrent à travailler ensemble sur son affaire…

– La psy m'a dit que j'étais tombée amoureuse de lui. C'est impossible. On n'avait rien en commun. Il n'a aucune éducation. Il a fait son droit, bien sûr, mais n'a pas de véritable culture. C'est une idée révoltante. J'ai arrêté la thérapie après avoir entendu ça. Ce n'était pas l'amour. C'était l'alcool.

Apparemment, à chaque fois qu'il l'écoutait, il la soûlait.

– Je n'avais pas l'habitude de l'alcool. Mon Dieu ! Je savais à peine ce qu'était l'alcool, mais il m'a fait boire. Il ne m'a pas forcée, mais il m'a persuadée. À partir de là, tout ce que j'ai fait, je l'ai fait sous la contrainte, tu vois ? Il avait un pouvoir absolu sur moi.

À chaque fois qu'elle buvait, elle se réveillait dans une chambre d'hôtel.

Ce fut sa vie trois mois durant.

Je ne lui demandai pas ce qu'elle faisait entre deux cuites, mais, manifestement, il y eut un tas de verres, et un tas de chambres d'hôtel, et puis elle découvrait, à chaque fois qu'elle se réveillait, qu'elle était dans un hôtel différent et avec un homme différent.

– Tu étais bourrée ?

– Avec de la drogue ? Je n'en sais rien. Mais pour être abrutie, je l'étais, et affreusement traumatisée. Je ne me rendais plus compte de rien.

Mais elle n'était pas au bout de ses horreurs. L'avocat l'enferma quand elle protesta. Elle brisa la fenêtre des toilettes et s'enfuit, mais il la rattrapa. Il l'enchaîna au lit et la laissa là pendant deux jours et deux nuits. Finalement, la police a débarqué.

– Sans Lalli, je serais morte.

Je ne voyais pas ce que Lalli avait à voir avec ce récit sordide, à moins qu'elle ne fût avec les policiers qui vinrent à la rescousse, mais, en principe, ce n'était pas son rôle. Ses jours de bagarre étaient derrière elle. J'étais de plus en plus en colère contre Lalli et ne voulais pas parler d'elle.

J'interrompis sèchement le récit des aventures qui avaient suivi. C'était un problème gynécologique extrêmement compliqué, qu'il valait mieux abandonner au docteur Sane.

– Et quand as-tu rencontré Alif Bey ? demandai-je.

Elle lissa sa crinière poivre et sel.

– Il est chou, non ? minauda-t-elle. Oh, ça n'a pas été du gâteau au début, mais maintenant je l'ai bien dressé. Je vais te dire comment ça a commencé, tu ne devineras jamais. Ça a commencé par la nourriture.

– Non ?

– Si. La nourriture est très érotique, tu sais. Je faisais la cuisine chez une amie quand il est passé. Je savais qui il était, bien sûr, mais on ne s'était jamais rencontrés. Il est venu faire un tour à la cuisine, et voilà ! Il a suffi qu'il hume mon basmati pour le catapulter directement dans mon lit. Au moins, maintenant, il attend qu'on soit seuls !

– Et alors, tu as changé ton nom ?

– Il fallait bien, non ? Ciel, il faut que je coure, Alif doit mourir de faim et il faut que je lui redonne figure humaine pour le déjeuner.

Je lui laissai cinq minutes pour quitter le couloir, puis je frappai à la porte de Lalli.

Elle lisait le dernier roman de Felix Rego : *Avra Cadavera, le cadavre volatilisé.*

– Étonnant, déclara-t-elle. C'est le mystère d'une chambre hermétiquement close. Comment le corps a-t-il pu disparaître ? Notre Felix a un énorme aimant en dehors de la chambre et Avra – c'est son cadavre – porte un bracelet en fer. Alors pfuit ! elle flotte en l'air quand l'aimant bouge. J'ai cru qu'elle allait se cogner la tête au plafond mais, au dernier moment, Felix me dit qu'il y a un ventilateur. Un habile mouvement de torsion de l'aimant et la fille glisse simplement par le conduit.

Je la fusillai du regard.

– Lola Lavina m'a dit que tu lui avais sauvé la vie.

Elle eut un haussement d'épaules.

– Je croyais que tu ne la connaissais pas.

Lalli posa son livre avec une exclamation d'impatience.

– Bien sûr que non. Je l'ai rencontrée ce matin pour la première fois. Quelle casse-pieds !

– Alors tu te situes où, dans son épouvantable récit ?

– J'ai brisé le réseau. La police louchait de trop près. Il fallait une longue-vue. J'ai compris le schéma. Les femmes en détresse disparaissaient avec une régularité déconcertante. Si elles portaient plainte pour viol ou violence domestique, elles étaient hors circuit dès le lendemain matin. Puis quand on en découvrait quelques-unes dans les bordels, tu peux t'imaginer les huées, tout le discours paternaliste : Voyez ce qui arrive aux femmes qui désobéissent ! On vous bat pour vous protéger, on vous brûle pour vous sauver du déshonneur. J'ai vraiment vu rouge.

– Et alors ?

– J'ai trouvé ce qui leur arrivait.

– L'avocat allait à leur recherche ?

– Non, c'était pire que ça. C'était elles qui allaient à sa recherche. C'était très habilement conçu. Je n'ai jamais eu à m'occuper d'une affaire plus sordide de toute ma carrière.

Je me sentis malade et furieuse. J'étais malade d'entendre la kyrielle des malheurs de Lola, et furieuse contre moi-même de me sentir malade.

– Et en quoi ça fait de Lola une femme qui a de la substance ? explosai-je. C'est une survivante, mais, Lalli, ça ne suffit pas.

– Pas assez pour que tu l'aimes, ou pas assez pour Alif Bey ?

– Pas lui ! Il s'est jeté sur elle à la première bouffée de son basmati.

– C'est ce qu'elle t'a dit ? Ils se méritent mutuellement. Présente-la à Felix. Il en fera l'héroïne de son prochain polar.

– Pour le moment, il s'occupe d'en tirer un de Mrs Sane.

L'histoire de Lola m'avait bouleversée plus que je ne voulais le reconnaître. Ce n'était pas la première fois que je m'étonnais du courage et de l'endurance des femmes dont l'intelligence était un gouffre sans fond. Non seulement elles survivaient, mais elles réussissaient même à écrire leur histoire. « Le récit d'une victime célèbre de la violence domestique », ai-je vu l'autre jour sur un argumentaire de vente. Une pub pareille, ça veut dire quoi ?

Encore une fois, l'intelligence n'a sans doute rien à y voir. La véritable mesure de l'évolution est peut-être le défi.

Je comprenais l'impuissance de Lola dans le brouillard de la drogue et de l'alcool, je comprenais la question qui devait la harceler : Comment ai-je pu descendre si bas ?

J'admirais le culot, la témérité crâne, insolente, dont elle devait faire preuve. J'admirais tout cela. Mais plutôt mourir que l'aimer pour ça.

6

Pour le déjeuner, ce fut une cuisine familiale. La nourriture fut délicieuse, sans complication, abondante.

– C'est pour ça qu'on est venu ici, Hilla ? Du *varan bhat*, je peux en avoir chez moi, s'insurgea la diva d'une voix aigre.

Hilla éclata de rire.

– C'est pour préparer vos papilles pour demain. Ce soir, le dîner sera aussi simple, et servi de bonne heure pour qu'on puisse assister au spectacle de Rafiq sur la terrasse. Demain, et le jour suivant, le cuisinier pourra se réaliser.

Ujwala Sane fit la grimace. Tarok et Felix étaient absents, mais des *phulka* chauds, avec de suaves bouffées d'air parfumé, arrivaient en un flot continu de façon magique. Rafiq et moi étions assis sur les marches et mangions en balançant les jambes au soleil. Il dit que le *do piyaza* était presque aussi bon que celui de sa mère et, avec une pile de *phulka* pour l'accompagner, il était parfaitement à l'aise. Aucune discussion. Ce qui était exactement ce dont j'avais besoin après une overdose de Lola. Le riz était un basmati, avec une odeur assez forte, mais il semblait avoir un effet antiaphrodisiaque marqué sur Alif Bey. Il jeta un regard noir quand Lola réclama un deuxième service.

Les enfants me réclamèrent après le déjeuner. Mrs Sane était de celles qui considèrent que les femmes célibataires sont des bonnes d'enfants nées et me les refila avec un sourire généreux.

– Je suis sûre qu'avec vous ils ne feront pas de bêtises, fit-elle, péremptoire.

Les enfants avaient l'air pleins d'espoir.

– On s'embêtait avec Ramona, déclara Darshan dans un accès de confiance. On l'a laissée sur la plage.

– Elle n'est pas coopérative du tout, expliqua Arpita avec la voix de sa mère. On l'enterrait dans le sable, mais elle s'est rebellée.

Je partis en courant.

– Attendez ! précisa Darshan en soufflant derrière moi. On voulait laisser seulement sa tête sortir du sable pour qu'un éléphant puisse l'écraser, comme dans les livres d'histoire. Vous pouvez faire l'éléphant, si vous voulez.

– Tu parles d'un jeu. C'est pour les cinq ans. Ramona et moi, on va en haut de la tour pour regarder les bateaux. Vous voulez venir ?

On alla libérer Ramona, qui était ensevelie sous le sable. Elle se jeta sur eux férocement et les poursuivit sur tout le trajet de retour à la maison.

Nous grimpâmes le petit escalier conduisant au nid d'aigle de Framroze sous la girouette. Une large baie ouvrait sur une vue spectaculaire. Je me sentis flotter, j'avais l'impression d'être en ballon. Le vieux télescope en cuivre, en parfait état de fonctionnement, eut tôt fait d'occuper les enfants. Même Ramona cessa de rouspéter à cause du sable dans ses cheveux.

Un camion grimpait péniblement la côte.

– Mr Bajaj, supposa Ramona. Vous vous imaginez Chili arrivant en camion ?

– Je croyais que Mr Bajaj avait des chevaux de course !

– Ouais. Mais je crois que c'est récent. Peut-être a-t-il commencé par des tricycles et des camions ?

Darshan couina.

– C'est la glace ! Le glacier arrive ! Oncle Tarok a dit qu'on aurait de la glace.

Les gamins dégringolèrent bruyamment les marches de bois. Nous restâmes, observant Tarok qui apparut au coin de la maison et traîna à l'intérieur, à l'aide d'un crochet, un énorme bloc couvert de sciure.

– Pourquoi a-t-il besoin d'autant de glace ? demandai-je distraitement. Il y a un réfrigérateur et un congélateur.

– Il dit qu'on ne peut pas s'en servir quand la recette dit « servez frappé ». Il faut que ce soit placé dans la glace. Et, pour la crème glacée, il n'utilise pas le congélateur non plus, il a une espèce de seau pour ça. Des soucis à la pelle, *hazaar*, mon pote. Génial si tu n'as rien d'autre à faire dans la vie.

– Il va probablement faire tourner la manivelle par les gamins. Cool !

– Ces gamins sont épouvantables, affirma Ramona avec conviction. Et qu'est-ce que vous pensez de Rafiq Khan ? me demanda-t-elle. Il danse superbien et tout, mais il n'est pas…

Je savais ce qu'elle voulait dire. La matinée avait été pleine d'imprévus, à commencer par le cuisinier. Personne, apparemment, n'était tout à fait comme nous l'avions imaginé.

– En fin de compte, c'est plus marrant quand les gens sont différents, dis-je à Ramona.

Elle soupira.

– Je ne vais jamais pouvoir mettre mon bustier. Jamais, jamais, jamais.

– Mais si, je ne vois pas pourquoi ! Pourquoi tu ne lui demandes pas de t'apprendre quelques pas ? Et toi et les enfants pourriez donner un spectacle pour nous.

Rafiq est là pour danser le plus possible, il sera d'accord.

– Demandez-lui.

– Moi ? Mais je n'ai pas l'intention de danser !

Elle rectifia avec agacement :

– Pour moi, bien sûr.

Je le fis, dès que nous fûmes redescendues. Le studio, la vaste salle derrière la bibliothèque, était dépourvu de tout mobilier, hormis un miroir qui couvrait le mur du fond. Le parquet n'était pas encaustiqué. Il avait déjà subi des pas de danse.

Rafiq se déclara parfaitement d'accord pour enseigner.

– Amenez aussi les enfants. D'abord on regarde, après on apprend. Venez maintenant, pendant que je répète.

Les deux gamins cavalèrent partout dans la pièce.

Rafiq leva les yeux au ciel quand il me vit partir en direction de la porte, mais je refusai de me laisser fléchir et je m'enfuis.

Pourtant, comme j'avais envie de danser ! Seule, loin des regards, sur une plage blanche tout l'après-midi, sur le sable noir sous la lune d'argent, mes cheveux saupoudrés par la clarté des étoiles… ce genre de chose.

Un panneau « Ne pas déranger » était accroché sur la porte de la cuisine. J'aperçus Lalli et Hilla sur le patio, qui prenaient une tasse de thé en tête à tête. Il était un peu plus de quatre heures.

Je montai dans ma chambre. J'avais besoin de solitude comme on a besoin d'une gorgée d'eau fraîche. Je voulais simplement être tranquille et laisser la tension incessante de la conversation me sortir de l'esprit. Je feuilletai *Le Vélo dans la tête*, mais les mots ne réussirent pas à me charmer. Je restai allongée sur le dos à fixer le plafond, et je partis à la dérive, à la dérive…

La porte de la terrasse grinça sous l'effet de la brise tournante. Super ! J'avais oublié de mettre le verrou. Je déteste les portes entrouvertes. Je me relevais pour la fermer quand je fus arrêtée par un bruit de voix.

Ujwala Sane et Alif Bey se disputaient sur la terrasse et je n'étais pas prête à servir de témoin. Je restai figée sur place, essayant de ne pas écouter, mais les accents métalliques de la voix d'Ujwala arrivaient à franchir la porte.

– Dis-moi pourquoi tu es venu, alors ? (Un défi.) Si tu as des tripes, dis-le-moi !

– Je ne te dirai pas ce que tu veux entendre.

– Pourquoi ? Pourquoi ? Tu as peur de cette femme ? D'ailleurs, je ferais mieux de parler carrément d'une *fille*, hein ?

Il se tut. Quand il parla de nouveau, sa voix était hésitante.

– Je ne savais pas que tu étais invitée. Je ne serais pas venu si je l'avais su. Tu as toujours été mon tourment, Mohini [1].

– Oh, ce nom idiot ! Tellement ringard.

– C'est ainsi que je t'appelle quand je pense à toi.

– Ah ! Donc, tu le reconnais, tu penses à moi ?

– Très souvent.

– Alors tu as amené cette pouffiasse pour te moquer de moi. Pour me l'agiter sous le nez !

– C'est une phrase terrible, Mohini.

– Oh ! Mohini, Mohini, Mohini ! J'en ai assez de Mohini ! Et si mon mari t'entendait ?

– Qu'il m'entende.

La voix aiguë changea, baissa d'une ou deux octaves.

1. Littéralement : « enchanteresse ». Un des vingt-cinq avatars de Vishnou qui, sous la forme d'une beauté merveilleuse, réussira à vaincre les démons. (NdT)

– C'est donc ça, ton plan. C'est pourquoi tu es ici. Tu veux bousiller mon mariage. Tu veux me torturer avec mon seul petit innocent…

– Je ne suis pas intéressé par ta vie ni par ton mariage.

– Ni par moi ? Et tu veux que je te croie ? Tu crois que je vais avaler ça ? Ça fait combien d'années ? Douze ? Quinze ?

– Quatorze ans, deux mois, et quatre jours.

– Tu vois ? Tu ne peux pas m'oublier. Tu ne m'oublieras jamais. Aucun homme ne m'oublie. Je dois te prévenir. Mon mari est d'une jalousie féroce.

– Il serait jaloux de moi ?

– S'il savait…

– Il n'apprendra rien par moi. Nous sommes des étrangers, Mrs Sane, vous et moi.

Si elle entendit la tristesse dans sa voix, cela ne parut pas l'émouvoir.

– Comment as-tu pu descendre si bas ? Tu ramasses une *kachra* sur le trottoir ? gronda-t-elle, implacable.

– Ce qui veut dire ?

– Cette Lola Cola, Coca Lola. C'est quoi, ce nom ? C'est de cette Lola que je te parle.

– Arrête, je te prie.

– Et pourquoi ? Tout le monde a le droit de parler. Pourquoi pas moi ? Sauf que je viens juste de comprendre quel genre de femme c'était. Et crois-moi, je vais le dire à Hilla. Elle ne le sait pas encore. Je vais lui annoncer qu'Alif Bey, le grand intellectuel, passe un week-end cochon chez elle avec une putain. C'est bien ce qu'elle est, non ? *Arre* ! eh ! Nie-le, nie-le, mais à quoi bon ? Tout le monde le sait. Quand Hilla saura la vérité, elle va la jeter dehors.

– Je t'en prie, arrête. Lola est mon amie et je ne veux pas que tu l'insultes.

– Je l'insulte ? Non, le grand écrivain se trompe. C'est elle qui m'insulte, moi. Elle m'insulte par sa présence. Hilla m'insulte si elle l'autorise à rester une minute de plus sous le même toit qu'une femme respectable. Se trouver assise à la même table qu'une prostituée quelconque… ça, c'est trop !

– On peut dire ce qu'on veut de Lola, mais elle n'est pas quelconque.

– Ah bon ? Monsieur a droit à des spécialités ? J'ai entendu parler de ça. Des films pornos…

– Je pourrais t'étrangler !

– Et moi, je peux appeler la police. Mon oncle est le commissaire adjoint de Bandra. Tu connais ? Gudhade-Patil ? Le frère de ma mère.

Là, Alif Bey ricana… Et il y eut un cri de rage quand Ujwala Sane fondit en larmes.

Au bout d'un moment, j'entendis Alif Bey marmonner entre ses dents. Le silence qui lui répondit me dit qu'il était seul.

Je perçus aussi son tourment intérieur. Mohini, l'essence de la femme qui imprégnait ses livres, c'était donc… *ça* ?

Il la voyait à présent avec les mêmes yeux que le reste du monde. Non plus éclairée après coup par le souvenir, lumineuse et irrésistible, la muse fantasque. D'où les mots pourraient-ils surgir désormais, vers quel monde ses idées pourraient-elles aller, et dans quel espoir ? L'homme était anéanti.

Encore une fois, je méditai sur les trahisons impitoyables dont l'amour était complice. Toujours trop prudente pour mon propre bien, j'avais tôt découvert ses scories. D'un livre à l'autre, j'avais envié à Alif Bey son amour obsédant pour Mohini. Chaque ligne qu'il avait écrite exaltait cet amour. Désormais, telle la morale d'une pièce dont je serais le seul public, cet amour était mort, étranglé à l'heure tranquille d'un après-midi somnolent.

Un coup à ma porte me ramena à moi.

Mon Dieu ! Tarok. Je l'avais oublié. Trop tard pour les coquetteries. Je m'aspergeai le visage à la hâte et ouvris la porte.

– Vous dormiez ?

Des plis sur ma joue, je suppose. Je la frottai.

– Vous avez l'air ailleurs, dit-il.

J'étais sur le point de lui confier ce que je venais d'entendre et m'arrêtai juste à temps. J'affrontai son regard inquisiteur en prenant un air de surprise.

Il piqua un fard. Je compris qu'il croyait que j'avais oublié notre rendez-vous.

Nous dégringolâmes l'escalier en colimaçon. Ce fut mon premier coup d'œil sur l'arrière de la maison. Je corrige : l'arrière après rénovation. Je me souvenais des deux margousiers lors de ma première visite. Le sol en pente conduisait à un monticule gazonné. Une bouffée de parfum me picota le nez, épicée, piquante, provenant d'une exubérance de fleurs roses et blanches devant nous. Nous passâmes sous la pergola de quiscaliers d'Extrême-Orient pour nous diriger vers un petit kiosque octogonal au sol couvert de carreaux craquelés aux arabesques fanées de turquoise et d'or terni.

Installé sur une petite table se trouvait le thé. Pour deux.

À partir du kiosque, une volée de marches descendait vers un petit bassin rond. Au milieu duquel, comme si j'étais parvenue au centre secret d'un rêve, fleurissait une unique fleur de nénuphar pourpre.

Je tournais le dos à la table. Tarok me fit faire demi-tour et je poussai un cri. Je ne pus m'en empêcher. J'avais cru que le bassin était la surprise, mais sur la table se trouvait le service à thé le plus exquis que j'eusse jamais vu. Sa vue me rendait folle de désir !

J'aurais pu tuer Tarok pour l'avoir. Il était d'un rose cendré, la porcelaine était translucide et veinée, peinte d'une jonchée de petites fleurs crème.

La gourmandise qui se peignit sans masque sur mon visage le fit rire.

– N'est-ce pas parfait ? Prête pour l'ultime désacralisation ? Buvons.

J'étais dans un de mes rêves préférés. Cela n'avait pas le goût du thé. C'était du citron, de la menthe, du miel. C'était la brume et le soleil. C'était du thé.

Le soleil lissait l'herbe en longs rais dorés. Nos paroles s'assoupirent dans le silence. Au bout d'un long moment, après des années et des années, j'étais totalement, absolument comblée.

Il poussa une assiette vers moi. Autre surprise.

– *Murukk !*

Du vrai *kai murukk*, des spirales à six tours roulées à la main.

– Vous vous attendiez à quoi ? Des *oblaten* ?

– Je ne sais pas ce que c'est, mais je m'attendais à quelque chose de croquant et danois, ou de crémeux et viennois.

J'étais prête au pire et je pris un tortillon de pâte par politesse. Sans vouloir faire la fine bouche, quand il s'agit des classiques, je n'aime que l'authentique. Pas des produits tout faits achetés en magasin, gras, lourds sur la langue, avec le piquant acerbe du bicarbonate.

Surprise, surprise… Cela croustillait et craquait sous la dent, s'effritait avec un fondant aromatique sur la langue et attisait ma gourmandise.

– Je suis reçu à l'examen ?

– C'est vous qui avez fait ça ?

– Ce nouveau ton de respect me plaît. Mais c'est un bakchich. Six devraient vous retenir ici assez longtemps pour que je puisse vous raconter l'histoire de ma vie.

J'en pris un de plus. Sous ses airs désinvoltes, je le sentais nerveux. Le *murukk* était vraiment bon. Juste suffisamment de sel et gonflé à cœur. Il avait même utilisé de l'huile de palme. Un vrai bonheur !

Aucune école de cuisine n'avait pu lui apprendre ça. Il l'avait soutiré aux spécialistes qui avaient pour métier d'organiser des mariages et les *upanayanam*. Beaucoup sont des femmes seules, des *mami* et des *paati*, survivances d'un patriarcat qui leur accordait ce seul moyen de subsistance. Elles avaient dû succomber à son charme. À moins que sa mère ne le lui ait appris. Je mis encore une fois le pied dans le plat en posant carrément la question.

– Ma mère ne m'a pas appris à faire la cuisine. Elle n'en a pas eu le temps.

J'attendis sur le fil du rasoir la catastrophe qui devait s'abattre sur moi, mais il changea de ton. La souffrance dans ses yeux fut remplacée par de l'amusement.

– Vous avez entendu parler de Nataraj Iver ?

Qui n'en avait pas entendu parler ?

Certains se souviennent de lui comme d'une légende vivante, pour reprendre un cliché bien médiatique et recyclé tous les dix ans. Mais pour la majorité, ce n'était plus qu'un nom. Quand on célébrait un mariage ou un *upanayanam*, les Tamouls de Bombay comptaient sur Nataraj Iver et nul autre. S'il n'est pas libre, changez de date ! Même les planètes devaient attendre Nataraj Iver. Peu l'ont vu pour de vrai. En tout cas, pas moi. Ce qui, étant donné que j'ai grandi dans un *agraharam* aussi fermé qu'un ghetto, est un peu injuste. J'ai mangé sa cuisine toute ma vie.

Chaque année, à chaque mariage, il était le génie qui faisait apparaître le festin : un *saddi* de Nataraj Iver, ça ne se ratait pas. On n'attendait pas d'être invité. S'il y avait un *saddi*, on y allait. Et si c'était votre pire ennemi qu'on y honorait, on restait tout de même pour le déjeuner et on y prenait plaisir. Bien sûr, je connaissais l'homme. Il faisait partie de ma mémoire.

Mais c'était il y a longtemps.

Comme je visitais récemment le quartier après dix ans d'absence, je suis allée à un mariage. Le déjeuner était une triple excentricité mélangeant sans vergogne la cuisine sino-punjabite et celle de Palakkad[1]. Tout le monde mangeait debout, les assiettes remplies de tout à la fois. C'était grossier, barbare. Il y avait même des gens autour de moi qui se servaient de fourchettes.

– Ça fait longtemps qu'on n'entend plus parler de lui, dis-je lentement.

Tarok hocha la tête. Il joua distraitement avec le dernier *murukk*. Je le lui retirai. Son regard était absent.

– C'est lui qui m'a enseigné ça, dit-il. Il m'a appris tout ce que je sais. Il m'a retiré du trottoir quand j'avais seize ans et a fait de moi un cuisinier. Puis il m'a jeté dehors avec un seul ordre succinct : « Apprends toutes les sortes de cuisines qui existent. Je n'ai pas pu le faire. Fais-le pour moi. »

– Et vous l'avez fait ?

– En partie.

La théière était froide à présent. Il regarda autour de nous, cherchant de quoi distraire l'attention avant de pouvoir de nouveau se fier à sa voix.

J'avais depuis longtemps cessé d'entendre ses paroles. Je l'écoutais, j'écoutais tout ce qui était exprimé de façon si soudaine, mais aussi m'était confié tacitement en dépôt. Son silence étouffait de mots qui mettraient toute une vie à se répandre. Ses doigts se refermèrent sur les miens.

Puis une voix nous traversa telle une lame. Le moment fit comme peau de chagrin.

1. Village situé à la frontière du Kerala et du Tamil Nadu. (NdT)

– Salut ! claironna quelqu'un.

Des pas, légers, rapides, à talons, se précipitaient vers nous.

– Ce doit être Chili, fis-je à regret, et je me levai pour l'accueillir.

Il eut l'air désarçonné par cette interruption, tel un homme à la dérive.

J'interceptai la nouvelle venue à la hauteur de la tonnelle. Je ne supportais pas l'idée que quelqu'un pût partager la table avec nous.

Elle était exactement comme ses photographies, grande, mince, des yeux immenses, des fossettes et les cheveux souples. Elle portait un pantalon en coton crème et une chemise noire. Et des talons, bien sûr. (Les femmes comme elles naissent avec des talons aiguilles de dix centimètres soudés à leurs pieds de nouveau-nées.) Le visage dépourvu de maquillage avait l'air tendu et un peu boursouflé. Elle me plut immédiatement.

Nos paroles s'emmêlèrent, en riant, et j'étais sur le point de la conduire à l'intérieur quand elle se figea au milieu d'une phrase. Son sourire s'affaissa, de travers, les yeux incrédules, horrifiés. Je me retournai, effarée, mais il n'y avait que Tarok derrière moi.

Elle fit un bond en avant et poignarda l'air d'un talon pourpre étincelant.

– Quoi ? Vous ici ?

Puis avec un sanglot de rage, elle balança son sac dans l'herbe et courut vers la maison.

Tarok leva les mains au ciel en signe d'impuissance.

Une agrafe plongea dans ma chair, ses dents rouillées tendues par un ressort, et elle se mit à serrer, serrer.

– Attendez, laissez-moi vous expliquer, dit-il.

Je l'interrompis par un haussement d'épaules.

– Ça n'est pas mes oignons, coupai-je, les yeux brûlants.

Ça n'aurait pu être pire si je l'avais giflé. Et j'en fus contente.

Avec un regard assassin, il s'éloigna, me laissant seule avec les reliefs de la fête, l'herbe qui me picotait les chevilles et l'amoncellement de la tempête qui se préparait.

7

Chili était encore bouleversée quand je retournai à la maison. Ramona courait dans les étages pour aller chercher de la glace, de l'eau chaude, du thé et des tonnes de biscuits. Lola Lavina allait et venait avec un baume antidouleur qui empestait de façon phénoménale. Le docteur Sane restait posté dehors, dans le couloir, lui recommandant le calme, par-dessus tout le calme. Sa femme n'était pas visible. Alif Bey réclamait une pompe gastrique. Hilla, à l'épicentre de cette tourmente, avait l'air sur le point de prendre la fuite à tout moment.

– Là, là, disait la voix de Felix dans la chambre de Chili. Reprenez-vous, du calme.

Seule ma tante, imperturbable, contemplait le coucher du soleil, debout sur la terrasse.

Au milieu de ce chaos, Chili pleurait. Ses sanglots, violents, spasmodiques, gutturaux, étaient parfois interrompus par un cri. Par moments, on entendait marteler le sol, ce qui laissait imaginer qu'elle le frappait avec ses talons aiguilles.

– Laissez-vous aller. Allez, *baby*, poursuivait Felix d'une voix lasse. Ça va passer.

Avec ce nouvel encouragement, Chili repartit de plus belle. J'espérais qu'il n'y avait rien de fragile dans sa chambre. Il y avait une modeste ménagerie d'animaux en terre cuite dans la mienne.

Ramona chuchota que, juste avant l'arrivée de Hilla, Chili avait avalé des pilules.

– Un suicide, s'extasia-t-elle, tout excitée. Six cachets, vous vous rendez compte ? Quel courage, non ?

Le cœur me manqua.

Tarok s'était enfermé dans la cuisine après avoir mis Chili dans cet état. Il aurait au moins pu tenir la pompe gastrique pour se faire pardonner.

– Heureusement, ce n'était que des vitamines ! ajouta Ramona.

– Ça n'a pas grande importance, dis-je d'une voix glaciale. C'est l'intention qui compte.

– Vous voulez dire qu'elle peut mourir avec six comprimés de vitamines ?

– Aucun risque. Mais elle peut recommencer. Avec quelque chose de pire.

Ramona, ébranlée, s'enfuit sur la terrasse pour rejoindre ma tante.

Je me débarrassai de Lola en lui signalant qu'Alif Bey pourrait vouloir déguster ce que le cuisinier avait concocté spécialement pour lui. Sur ce, le docteur aussi se précipita vers l'office. Hilla partit après m'avoir adressé un regard de pure gratitude. Felix, découvrant que tout le monde faisait une descente dans la cuisine, décampa à son tour.

Ma gestion de plateau, aussi adroite que mal intentionnée, avait marché. Très bientôt, j'allais apprendre le pire.

Je pris la chaise près de la porte et attendis. Au bout d'un moment, les sanglots de Chili se calmèrent. Elle se traîna dans la salle de bains et revint avec un sourire éclatant.

– Quel soulagement de pleurer ! Ça fait une semaine que j'en avais envie, t'imagines ? Je suis écœurée de toute cette affaire. Je me demande sans arrêt : Est-ce possible, comment une chose pareille peut m'arriver à moi ?

– Je connais.

– Ah oui ? Oui, j'imagine. Mais je ne peux pas pleurer avec mon métier. Enfin, je ne peux pas me le permettre. Le visage gonflé, les yeux rouges, la séance de photos est fichue, et qu'est-ce que je deviens ? Je n'ai même pas le droit de passer une nuit blanche à cause des cernes. Un kilo de patates a dû y passer depuis que c'est arrivé.

– Des pommes de terre ?

– Tu sais, contre les cernes.

– Oh ! Je vois.

– Tu prends quoi ?

– Des *brinjal*, dis-je d'une voix ferme. Les grosses aubergines violettes.

– Bien sûr. C'est bon aussi. Où est ce thé ?

Il s'était refroidi entre-temps, mais cela ne parut pas la déranger. Elle vida la chope d'un trait et posa une assiette de biscuits sur ses genoux.

– Mon Dieu, je déteste les biscuits ! marmonna-t-elle en se bourrant la bouche.

– Tu veux que je te fasse un sandwich ?

– Non, non. Ça va. C'est juste que je ne peux pas m'arrêter d'en manger. Tiens, tu vois ? Il n'y en a plus.

En effet.

– Ça fait une semaine que je n'ai rien avalé, la galère ! Pas de vrai repas. Rien que des salades et des produits de régime. Je n'y ai même pas pensé. Tu sais ce que je veux dire, quand le jour a l'air de ne jamais vouloir s'arrêter pendant une semaine et peut-être que ça va continuer comme ça pendant toute la vie ?

Je comprenais tout à fait. C'était exactement ce que je commençais à éprouver.

– Alors quand Hilla m'a appelée, je lui ai dit : « Au secours, je vais craquer », et elle m'a dit : « Viens tout de suite », et me voilà. Je veux dire, quand même, c'est plus sûr, non ? avec un médecin dans les parages. Mais enfin, il faut croire que c'est le destin, ce serait quoi, sinon ? Je suis à peine arrivée, et sur qui je tombe ? Lui !

On y arrivait. C'était le glissement de terrain.

– Le dernier type, je veux dire vraiment le dernier type que j'aie envie de voir. Le temps de dire : « Eh, salut, quel endroit génial », et vlan ! Ça te tombe dessus !

– L'horreur, quoi !

– L'horreur ! Je veux dire, après tout, c'est qui, ce type ?

– Exactement.

– Non, mais franchement, c'est qui, bon sang ?

– Absolument. La poussière sous tes semelles.

– Non, je veux dire, sérieusement. C'est qui ?

– Le cuisinier.

– Le cuisinier ? Naan, il n'est pas cuisinier. Il se fait passer pour le cuisinier. C'est un déguisement. Je le connais. Il est le messager. C'est ça. Le messager, voilà ce qu'il est.

Après cette révélation, elle se laissa glisser gracieusement sur le lit, flanqua le coussin sur son visage et devint si parfaitement immobile que je craignis qu'elle se fût étouffée. Mais bientôt, je l'entendis ronfler.

Je me rendis sur la terrasse. Ramona était partie. Elle était sans doute retournée au cours de danse, j'imagine.

– Alors, comment se porte notre suicidée ? s'enquit Lalli, le ton un peu acerbe, me sembla-t-il.

– Le cuisinier lui a brisé le cœur.

– Absurde.

– Je l'ai vu faire.

Lalli me toisa d'un de ses regards au laser.

– Tu vas bien ?

Je haussai les épaules.
– Pourquoi ? Quel est le problème ?
– Aucun. Strictement aucun. Viens, allons affronter Mr Bajaj ensemble.
– Il est arrivé ?
– Il y a quelques minutes. Ne t'inquiète pas pour Chili. Elle survivra.
Je croisai Tarok sur les marches. Nous nous évitâmes. Une brusque vague de tristesse s'abattit sur moi. Je retins mon souffle et, involontairement, je soupirai.
– Tu connais Mrs Bajaj, déclara Lalli.
– Ah bon ?
– Lata Sandeha.
– Pas possible !
Et moi qui croyais que ça ne pouvait pas être pire.
C'était vraiment tomber de Charybde en Scylla.
Être poursuivie à travers la ville jusqu'au fin fond de cette retraite sylvestre, quels tentacules ! Même le cancer n'était pas aussi acharné que Lata Sandeha. Le professeur Lata Sandeha était ma juste punition, celle qui avait changé le cours de ma vie d'un trait de plume.
Je m'étais préparée à raconter cette longue histoire à Tarok. Maintenant, bien sûr, je ne la lui dirai jamais. Avec une absence de logique formidable, j'en voulais à Lata Sandeha pour cela aussi. À mon côté, Lalli ne remarqua pas mon agitation.
Qu'ils aillent tous au diable, le cuisinier et tout le bazar.
– Pourquoi l'a-t-elle appelé le messager ? demandai-je enfin.
– Hein ?
– Pourquoi Chili a-t-elle dit que Tarok n'était pas un cuisinier mais un messager ?
– Oh, elle se méfie, répondit Lalli promptement. Chat échaudé… tu sais…
Je restai sur ma faim.

Nous trouvâmes Hilla qui s'affairait autour du nouveau venu. Il y avait du thé et un plateau en céramique chargé de petits croquants si légers qu'ils semblaient prêts à prendre leur envol.

Je n'avais aucune idée de ce que c'était, et cela ne m'intéressait pas.

Comme d'habitude, Hilla semblait guetter le moment de se sauver. Dès que les présentations furent faites, elle s'en alla. Lalli murmura quelque chose concernant les enfants qui attendaient et, avant que j'aie pu comprendre, sans rien pour assurer mon autodéfense à part une théière et une assiette, je fus seule avec le mari de Lata Sandeha.

Mr Bajaj ne ressemblait en rien à l'horreur à laquelle je m'attendais. C'était un grand homme au visage buriné, frisant la soixantaine. Il luisait du lustre du vieil argent. Il y avait chez lui un éclat sourd, ses cheveux, son costume gris, sa montre et ses nombreuses bagues. Ses yeux étaient animés de paillettes de glace, un gris laiteux relevé d'un éclat vert. Il avait de grandes mains noueuses. Les ongles manucurés semblaient nacrés. Les doigts incolores qui tenaient la tasse de thé me firent penser à une pince de homard.

– J'ai beaucoup entendu parler de vous, dit-il. Je suis un ambassadeur de bonne volonté. Ma femme est en déplacement à Calcutta. Elle a préféré s'y rendre. Ce n'était pas d'une nécessité absolue. J'aurais préféré qu'elle m'accompagne pour essayer de récupérer une amie.

Eh bien ! C'était un élan de franchise virile. Eh, ce type me plaisait.

– Hilla me dit que la Rolls Royce vous intéresse ?

Le mystère s'expliquait. Il se montrait aimable parce qu'il venait de découvrir que j'étais millionnaire. Avec exactement 450 roupies et 68 paise sur mon compte en banque, il risquait d'avoir une sévère déconvenue.

– Elle était en excellent état. L'oncle de Hilla était un perfectionniste. Même les pièces du moteur étaient astiquées. Et l'intérieur ! Un cuir merveilleusement travaillé. Superbe !

– Et le moteur ?

– Parfait. Soulevez le capot, passez les doigts sur le mécanisme, pas un grain de poussière ou de saleté.

– D'accord. Mais elle roulait ?

– Comme le vent. Silencieuse comme un chat. Avec un ronronnement régulier. Je vous le dis, ma Pajero a l'air d'un camion comparée à cette Rolls.

– Vous avez conduit la Rolls ?

Il sourit. C'était comme un coucher de soleil sur un iceberg.

– Ça vous ferait plaisir ?

– Qu'est-ce qui me ferait plaisir ?

– Ça vous ferait plaisir de conduire la Rolls ?

Le cœur me manqua. C'était donc lui qui avait acheté la Silver Dawn ! Voilà donc l'enchérisseur anonyme. L'idée de Lata Sandeha se prélassant sur le cuir finement travaillé me rendit malade, malade, malade.

– Je connais le propriétaire, poursuivit Mr Bajaj, sans remarquer la nausée qui m'avait saisie. Un homme formidable, malheureusement trop malade pour profiter de sa nouvelle acquisition. J'espère que quand la voiture sera de nouveau sur le marché, vous aurez vendu votre roman et serez devenue millionnaire.

Ses yeux me donnèrent l'impression désagréable qu'ils pouvaient voir jusqu'au solde de mon compte chèques.

– Mon roman va me rendre millionnaire ? demandai-je bêtement.

– Bien sûr, comme on dit sur France Télécom : « Veuillez patienter, s'il vous plaît… » Votre tour viendra. Vous serez la prochaine Purnima Bidri.

Il n'aurait pu choisir meilleur argument s'il avait voulu faire de moi une ennemie.

– Ah, je sais comment vous l'appelez, vous, les jeunes, poursuivit-il, l'air entendu. Pourtant, c'est une femme merveilleuse. Elle a de la chance, bien sûr, mais aussi du talent.

– Vous avez lu son livre ?

– La lecture est le domaine de ma femme. Le mien, c'est l'argent. Ah, voici notre ami journaliste.

Felix apparut, considérant un morceau de papier, le front plissé.

– Je ne peux pas croire le menu qu'il a établi pour le dîner de demain, glapit-il. Regardez-moi ça !

Mr Bajaj intercepta adroitement la feuille et y porta un rapide coup d'œil. Il eut l'air déconcerté. Il me la tendit.

– D'où ça sort ? D'un bouquin d'histoire ? demanda-t-il.

Je compris ce qu'il voulait dire.

Chaque plat du menu était accompagné d'une date. Tarok nous servait trois millénaires de gourmandises, la date la plus ancienne remontant à 2500 avant J.-C. Avec un peu de chance, on aurait du *soma*, la boisson de l'immortalité, à l'apéro.

– Il pousse le bouchon un peu loin, grommela Felix.

Et après avoir bourré ses poches des petites choses aériennes qui se trouvaient sur l'assiette intacte de Mr Bajaj, il s'éloigna.

– C'est quoi, cette nouvelle idée de Hilla ? gronda Mr Bajaj. Qui est ce drôle de cuisinier ? « Si vous voulez un chef, je lui ai dit, laissez-moi vous en trouver un. Le Taj, L'Oberoi, The Ambassador, dites-moi quelle cuisine et je vous fournirai le meilleur de l'équipe. Vous n'avez qu'un mot à dire. » Mais Mrs Driver est une entêtée. Elle n'en fait qu'à sa tête ! Et maintenant, elle doit avoir son propre chef ! Fort bien, je vais veiller à ce qu'elle ne se fasse pas mener en bateau. Comment est la nourriture ?

– Excellente.

– Et notre ami journaliste doit en parler ?

– Apparemment.

– Vous n'avez pas l'air très emballée ?

Je haussai les épaules.

– Je ne connais rien au monde de la gastronomie, dis-je franchement.

Mr Bajaj sourit. Un sourire glacial qui m'évoqua les nuits froides et l'impossible distance des étoiles.

– Je vais devoir me rendre compte par moi-même, conclut-il aimablement.

Felix était encore en train de ruminer le menu quand je le trouvai une demi-heure plus tard sur la véranda, les pieds posés sur une chaise en fer forgé. Je tirai une autre chaise et regrettai que les sièges ne soient pas un peu plus accueillants.

– C'est à chaque fois pire, compatit Felix. Et pourtant, c'est comme une drogue, au bout d'un moment, on ne peut plus s'en passer. C'est comme si je ne pouvais plus me lever pour me chercher une chaise ordinaire. Je risque d'en faucher une quand je pars.

– J'avertirai Hilla.

– Tarok a le culot de dire que le *dum pukht* sur lequel j'ai fait mon papier la semaine dernière n'était pas authentique. Et regardez-moi ce menu !

– Encore ! Vous y tenez ! Vous savez, je m'en balance.

– Oh ! C'est comme ça ?

– Comment, ça, quoi ?

– Ça. Vous vous en remettrez. Ce type est un charlatan, de toute façon. Je n'ai jamais entendu parler de la moitié de ces plats.

– N'est-ce pas tout à son honneur ?

– Il est censé être un cuisinier, pas un inventeur. Il y a des règles, vous savez.

– Non, je ne sais rien. Tenez, Mr Bajaj m'a parlé de Purnima Mudbidri.

– La Garce de Bidri, soupira-t-il.

Nous grinçâmes des dents en chœur.

La Garce de Bidri, comme on l'appelait couramment, était la bête noire de tous les pisse-copie du pays. Comme tout le monde, elle avait écrit un livre. Il y avait eu quelques critiques gênées. Sous couleur de féminisme, elle avait réussi à faire le grand écart entre la critique littéraire et la littérature « libérée », et malgré ça, dans le fond, elle continuait de se plaindre.

Et puis, la bombe ! Son roman, *L'Épine de Shakhungala*, s'était vendu pour la somme incroyable de quatre millions de dollars. À présent, bien sûr, les médias trouvaient le livre tchékhovien, proustien et woolfien tour à tour, une semaine après l'autre. Naturellement, nous avions une indigestion de la Garce de Bidri. Tout aussi naturellement, Lata Sandeha l'avait adoptée comme mascotte du département.

Désormais, Purnima avait raccourci Mudbidri pour faire plus chic. « Parce que mon livre a été publié en Angleterre, avait-elle expliqué. Et je trouvais que Mudbidri était trop compliqué. Bidri est tellement plus facile à retenir. »

Le tout pour expliquer que Mr Bajaj était, au fond, un grand naïf, et qu'on pouvait compter sur lui pour gaffer à la première occasion.

Felix revint au menu de Tarok.

– Je pourrais tuer ce type, marmonna-t-il.

– Pourquoi ne pas situer votre prochain meurtre pendant le dîner ? Vous pourriez l'intituler *Le Meurtre du Millénaire*.

– C'est une idée… eh, attendez, j'y suis : amandes, acide oxalique, arsenic…

– … insecticide, antimite, noix de muscade.

– De la noix de muscade ?

– Râpée.

– Ah bon ? Je dois aller vérifier, si vous le dites. Je vais introduire votre tante là-dedans.

Je fus effarée à l'idée de Lalli accompagnée d'une garniture de noix de muscade râpée.

– Un personnage mystérieux, vous savez. Distante. Un certain âge et tout. D'une beauté folle dans sa jeunesse.

– Lalli adorerait ça.

– Ouais. Du sexe en flashback. Quelque chose chez elle me fascine. C'est quelqu'un, vraiment. Qu'en dites-vous, Tarok ? On met Lalli dans une histoire de meurtre ?

Je ne l'avais pas vu entrer. Maintenant, il prenait le menu en évitant mon regard. Felix répéta sa question. Tarok haussa les épaules.

– « En terre de Vishnou, quel avatar[1] ? »

Nos regards se croisèrent, nous échangeâmes un sourire, et tout fut arrangé. Je ne suis pas moi-même une grande fan de Browning, mais la citation était pleine d'à-propos, bien que Felix ne s'en rendît pas compte. Il eut l'air désemparé. Quand Tarok se fut éloigné, Felix émit son diagnostic.

– Un croyant. On ne sait jamais sur qui on tombe, de nos jours, avec l'Hindutva[2] et le reste.

Nous retournâmes à l'importante question de la muscade que Felix écarta finalement comme fantaisiste.

– Une noix suffit à envoyer dans le coaltar un adulte, dis-je en me rappelant l'étrange incident qui avait mené Lalli à la solution du mystère de la Belle Endormie.

Lalli vint nous rejoindre à point nommé, mais comme elle déteste discuter de ses enquêtes, je perdis la partie.

1. Fin du poème *Waring*, de Robert Browning (1845).
2. L'extrême droite hindoue. (NdT)

Prenant l'air de lui conférer un grand honneur, Felix lui apprit qu'elle allait être la vedette de son prochain meurtre.

Lalli, ce qui me surprit, fut amusée.

– Je serai l'assassin ou la victime ? s'enquit-elle.

– Oh, l'assassin, bien évidemment. Une femme avec un passé. Ce sera pendant le dîner de demain. Dix personnes. En apparence, des étrangers, mais chacun invité dans un but spécifique.

– Une vendetta ? suggéra Lalli.

– Exactement. Mais personne ne le sait. Et vous… distante, sereine, un vestige de beauté sur vos pommettes…

– Trop aimable.

– Des scènes de sexe en flashback, n'oubliez pas, intervins-je.

– Pas pour vous, assura-t-il à Lalli, apaisant. Pour un autre personnage, pas vous. Vous faites le tour de la pièce d'un regard souverain. Tout le monde est assis autour de la longue table richement décorée. Cristaux, argenterie, lustre, musique, conversation. Puis, brusquement… il… votre amant, vous savez, ou peut-être le violeur, je ne sais pas encore… tombe tête en avant et plonge lentement dans la soupe… non, disons plutôt dans le dessert. Une mousse à la framboise ? Un machin à la framboise. Rouge, vous savez. Tout le monde croit qu'il saigne. Vous êtes la seule à savoir la vérité. Vous souriez. L'acide oxalique… dans le sel… agit en quelques secondes.

– Pourquoi mettrait-il du sel dans son dessert ? demandai-je.

Felix écarta ma réflexion d'un froncement de sourcils.

– On verra les détails plus tard. D'abord, l'ambiance. Lalli sera en pourpre. De la soie pourpre. Les tempes ivoire. Des demi-lunes sur les yeux.

– L'acide oxalique, n'est-ce pas un peu dépassé ? minauda Lalli. Je parie que je peux faire mieux que ça !

– Ça ne fait pas de saleté, c'est le principal, expliqua Felix d'un ton sévère. Pas question d'avoir de la pagaïe à table pendant le dîner.

– Est-ce que je serai pendue pour ça ?

– Pas du tout ! Chez moi, jamais. Vous vous en tirerez. Donnez-moi un peu de temps et je vais trouver quelque chose d'un peu mieux que l'acide oxalique.

Hilla apparut sur la véranda. Elle semblait fatiguée.

– J'ai l'impression que Hilla me cherche, dit Lalli en se levant. Merci, Felix, je suis sûre que je vais faire un très bon assassin.

– Mettons-le aux voix pendant le dîner, proposai-je inconsidérément.

– Non ! s'exclama Lalli avec véhémence. Je ne plaisante jamais avec le meurtre, ajouta-t-elle en s'éloignant.

– Je n'aurais pas dû l'effrayer, dit Felix Rego en suivant d'un œil affectueux la silhouette de Lalli qui s'éloignait, et en renouvelant ma foi en la crédulité humaine.

Ujwala Sane entra, une assiette à la main. Elle mangeait des sandwichs.

– J'ai demandé de quoi grignoter, et voilà ce qu'on me donne ? Des sandwichs ! Au *kakdi*, pas même du chutney. Où est ce fichu cuisinier ?

Le fichu cuisinier se matérialisa. Elle lui flanqua son assiette dans les mains.

– Tenez ! Mettez-moi un peu de sauce là-dessus.

– De la sauce, madame ?

– De la sauce, de la sauce. Du ketchup, du ketchup à la tomate. Quoi ? Vous ne savez pas faire ça ? On trouve ça en bouteille.

– Du calme, du calme, dit Felix tout bas.

Tarok lui prit l'assiette et s'en alla. Je le suivis à la cuisine.

Il jeta les sandwichs dans la poubelle. Puis, après réflexion, il jeta l'assiette aussi. Pour rester dans le ton, je balançai la tasse à thé de Bajaj et, pour faire bonne mesure, y ajoutai une cuillère.

Nous éclatâmes de rire et toute ma colère s'envola.

– Racontez-moi, lui dis-je, ce qui me demanda un sacré cran.

– Vous en êtes sûre ? Vous m'avez dit que ça n'était pas vos oignons.

– Je viens de changer d'avis.

– Ah ? Alors racontez-moi pour Bajaj. Vous étiez horripilée.

– Ah bon ? Il est correct, en fait. Mon problème, ce n'est pas lui, c'est sa femme. Une longue histoire.

– J'ai tout le temps qu'il faut.

– Moi aussi.

Ses yeux soutinrent mon regard.

Et, bien sûr, nous fûmes interrompus.

– Je dois attendre combien de temps ? vociféra l'irrésistible Ujwala Sane.

Privée de sauce tomate, Mrs Sane se montra amère pendant la demi-heure qui suivit. Elle m'entraîna avec elle pour que je compatisse avec « cette pauvre Hilla ».

– Qu'arrive-t-il à notre pauvre Hilla ? C'est vraiment une malédiction ! Cette fille, cette Chili, qui se suicide, non ? « Seulement des comprimés de vitamines, m'assure mon mari le docteur, ne t'inquiète pas », mais je me dis : « Aujourd'hui des vitamines, demain la mort-aux-rats. » Mieux vaut dire à Hilla de cacher la mort-aux-rats.

– Parce que Hilla a de la mort-aux-rats ?

– Il y en a dans toutes les vieilles maisons. Évidemment, cette maison a été restaurée, mais les rats s'en fichent.

Comme je digérais la nouvelle, elle réattaqua.

– Pourquoi vous portez les tasses et les soucoupes à la cuisine ? C'est au cuisinier de le faire, qu'il se débrouille. Il abuse de la bonté de Hilla. Il s'est fait passer pour un chef cinq étoiles, et qu'est-ce qu'on a eu pour le déjeuner ? Du *varan bhat*. Maintenant, peut-être qu'on aura des *bhajiya*. Ensuite, il y a cette *fille*, Lola. Vraiment, Hilla est une grande naïve ! Il y a des choses qui ne se font pas en société !

– Pourquoi dites-vous ça ?

– Le docteur est très contrarié. Il voulait qu'on parte sur-le-champ. Sur-le-champ !

– Pourquoi ?

– *Ai-la ! Mama mia !* Vous n'êtes pas au courant, vous non plus ? Je ne connais pas les détails, mais elle a une réputation plus que douteuse.

J'étais choquée et prête à défendre Hilla jusqu'à mes dernières forces.

– Cette Lola, précisa Ujwala. Ce n'est pas quelqu'un de bien, de respectable. « Je n'accepterai pas que ma femme reste un instant de plus sous le même toit que cette créature », a-t-il dit. « Assez, lui ai-je dit, ne fais pas de scandale. » Il est toujours comme ça. Il me traite comme une *devi*, une déesse.

La consultation entre deux portes de Lola Lavina concernant ses déboires pelviens me revint à l'esprit, mais j'eus la sagesse de me taire.

– Ils partagent la même chambre, vous savez. *Khullam khullah !* Un si grand écrivain, et il a fallu qu'il tombe si bas. Les hommes sont de vrais idiots. Oh, vous savez ce que Felix Rego m'a dit ? Vous ne devinerez jamais !

– Quoi ?

– Vous savez d'où il sort, ce danseur ? De Govandi ! Un bidonville ! Je vous le dis, ces habitants des *zopadpatti*...

– À quelle heure danse-t-il ce soir ? la coupai-je, agacée.

– À dix heures. Sur la terrasse. J'aime beaucoup la danse. Mais seulement la danse classique.

– Le *kathak* ?

– Toute la danse classique. Pour vous, originaire de Madras, c'est le *bharata natyam*. C'est aussi très bien. Je connais ça aussi. J'apprends très vite. Au lycée, j'étais une sportive et j'avais la réputation d'être l'élève la plus douée : pour la gym, le hockey, la danse, le chant, le tennis, les imitations…

Et devant mes yeux étonnés, elle me fit une imitation parfaite de Felix Rego.

Je jetai un œil sur Chili avant le dîner. Elle était assise sur son lit, l'air sonné.

– Je suis effondrée, marmonna-t-elle. Tu crois que Hilla m'en voudra si j'en écrase jusqu'à demain matin ?

– Bien sûr que non. Tu as besoin de sommeil. Je vais te chercher à manger ?

– Non, j'ai un peu la nausée quand je pense à la nourriture.

Lola jeta un œil.

– Salut, je t'apporte des fruits.

– Oh, merci.

Chili, prenant conscience de ses devoirs d'hôtesse, nous jeta des coussins et agita la main en direction des chaises.

– J'imagine que vous savez ce qui m'est arrivé, dit-elle.

Je me raidis. Cette pauvre enfant s'imaginait sans doute que nous attendions en rang d'oignons derrière sa porte pour entendre les détails de ses malheurs. Ramona arriva à point nommé. Super ! Il ne manquait plus que la star des dîners en ville pour faire une soirée pyjama.

Chili agita une main avec magnanimité pour inviter le bon peuple à prendre ses aises.

Ramona s'installa sur le tapis, assise en tailleur, son animosité totalement balayée par une grande vague d'adoration.

– J'allais juste leur dire ce qui s'est passé, dit Chili à Ramona.

– Vous vous êtes séparés.

– Ouais, j'ai rompu. Je lui ai dit que c'était fini.

Ramona explosa :

– C'est vous qui avez rompu ? Alors pourquoi ça vous met dans cet état ?

Je me sentis vieille, chargée du poids de trente-trois ans d'expérience. Lola et moi échangeâmes un regard de solidarité féminine.

Chili haussa les épaules.

– Il est marié. Je viens de l'apprendre. (Elle se tourna brutalement vers moi.) Et c'est lui qui me l'a dit, d'accord ? Ton *chef cuisinier* ! C'est comme ça que je l'ai découvert. Je le hais. Après six mois, j'ai découvert ça. Je ne peux pas croire que ce soit fini.

– Ça l'est, clama le chœur des vierges, composé de Lola et moi.

Chili nous regarda, étonnée.

– Il y a toujours un espoir, plaida-t-elle.

Comme quand on dit : il reste un dernier espoir, c'est le divorce.

– Surtout ne crois pas ça, lança Hilla qui se trouvait sur le pas de la porte.

– Il a des gamins aussi, bien sûr.

– Et ces gamins grandiront. Ils seront bientôt adolescents. On ne peut pas les perturber à un âge aussi délicat. Ensuite il y aura la fac. Puis leur carrière. Finalement, ils seront grands, mais ce sera le tour de sa femme. La ménopause, le cancer. Un homme se doit de rester présent dans ces moments-là. Et quand il aura mené à bien tout ça, la vieillesse sera là. Quel est le goujat qui abandonne sa femme à soixante-dix ans ? Et au cas où ça t'aurait échappé, il aura soixante-dix ans, lui aussi, avec une insuffisance coronarienne ou une attaque cérébrale qui ira de pair avec l'arthrite de sa femme. Alors, Chili, l'espoir va te clouer au sol combien de temps ?

– Oh, comme je suis malheureuse ! se lamenta Chili.

Lola passa un bras autour des épaules de Chili. Ramona pleurait aussi, et Hilla et moi l'emmenâmes sur la terrasse, où Lalli contemplait les vagues.

Le dîner du lendemain préoccupait Hilla. Mais en cet instant, c'était pour Chili qu'elle s'inquiétait, pas pour le menu.

– Je donne cette fête pour Ramona, dit-elle. J'espère que Chili ira mieux d'ici là.

– Il lui faudra du temps, elle n'est pas près de s'en remettre, déclara Lalli.

Je ne m'attendais pas à trouver ma tante aussi pessimiste. Elle haussa les épaules face à mon incrédulité.

– Est-ce qu'on surmonte son chagrin ? On survit. Oui, on survit à tout. Même à – aussi incroyable que ça paraisse – Mr Bajaj… ! Le voilà. Hilla, fuyons !

Et sans vergogne, elles s'éclipsèrent.

Ramona se moucha et partit chercher les lanternes prévues pour la danse.

Une fois encore, je me retrouvai seule avec Mr Bajaj. Il m'expliqua qu'il était allé voir le cuisinier.

– J'espère que vous n'avez pas faim, m'annonça-t-il. Ce fameux cuisinier nous prépare pour dîner… un *khichidi* !

– Je suis sûre que ce sera délicieux.

Il me fit un sourire d'orque et s'en alla.

Je fus contente de voir Lola. Chili s'était rendormie, me dit-elle. Lola avait l'air distrait. Elle cherchait Alif. Il n'était pas dans la chambre. Il n'avait pas été lui-même de toute la journée, m'expliqua-t-elle.

Je m'efforçai de ne pas avoir l'air coupable. Écouter aux portes se révélait être plus inconfortable que je ne l'aurais cru. Mes secrets commençaient à m'oppresser. Je ne trouvai rien à dire pour rassurer Lola. Elle s'éloigna, l'air abattu.

Je me réfugiai dans ma chambre, en quête de solitude pour recharger mes batteries. Il y régnait une tranquillité bienfaisante. Je cherchai *Le Vélo dans la tête* et en entrepris la lecture. Les rires des enfants montaient du jardin. Le tonnerre résonnait comme un tambour lointain, impatient, contenu. Tout à coup, la vie contenait une promesse de bonheur. Je résistai au désir de me précipiter dehors et de courir vers la mer, non pas seule, pas seule…

La mer grondait. Et son grondement devint colère.

Les enfants étaient rentrés à l'intérieur.

La brise gonflait les rideaux. J'espérais qu'il ne pleuvrait pas avant la fin de la danse. J'aimais le calme menaçant de l'orage qui se préparait, le sombre augure des nuages, le craquement de l'air, la lumière qui baissait, la brusque contraction du cœur qui précède l'instant incendiaire. J'aspirais à tout cela, j'aspirais au zigzag en *zari* de l'éclair sur un ciel tendu, au cri brusque du *koel* qui vous étreint le cœur.

Une chaude clarté pourpre illuminait le couchant et s'épaississait subtilement. J'éteignis la lampe et laissai s'installer les ténèbres. Bientôt il y aurait des étoiles.

Des pas.

Rapides, des pas rageurs sur la terrasse.

J'allais de nouveau être obligée de prêter l'oreille. Je tendais la main vers l'interrupteur quand Alif Bey gronda :

– Je croyais t'avoir dit de me foutre la paix.

Sa voix me glaça. On y sentait une dose de haine effrayante.

– Il est l'heure du dîner. (Cette fois, c'était Lola.) Hilla va nous attendre.

– Il n'y a pas de nous. Je croyais avoir été clair sur ce point durant ces dix dernières minutes. Tu descends si tu veux, et je fais ce qui me plaît.

– Pourrions-nous nous conduire en personnes civilisées, s'il te plaît ? Pouvons-nous remettre ça à notre retour ?

– Le retour où ? Tu n'as pas compris ? Tu ne remets pas les pieds chez moi. Je te ferai envoyer tes affaires. C'est fini, Lola. Terminé. Je ne veux plus jamais te revoir.

Elle éclata de rire. C'était pire que d'entendre la voix d'Alif Bey.

– Pourquoi ne pas en décider lundi ? demanda-t-elle.

Elle ne comprenait pas. Elle était ivre du pouvoir de son basmati. Et elle appliquait le principe de la psychologie de bazar selon lequel il faut être deux pour se faire la guerre.

– Qu'est-ce qui cloche chez toi, femme ? rugit Alif Bey. Tu ne captes pas le message ?

Il y eut des pas précipités, un cri étouffé et un bruit sourd.

Mon cœur cognait. J'aurais voulu être morte, partie dans l'espace, n'importe où plutôt qu'être emprisonnée dans cette pièce à écouter sinon voir un moment excessivement intime.

Dehors, il y avait un silence de mort.

J'attendis. Mon angoisse devint insupportable. Je poussai la porte aussi doucement que je le pus.

La terrasse était vide.

Je me faufilai dans ma chambre, allumai la lumière et restai assise, raide, sur une chaise au dossier droit, attendant Dieu sait quoi.

8

Je descendis dîner à neuf heures et demie en espérant que tout le monde aurait fini de manger. Ce devait être un buffet, et un buffet rapide. Mais non, ils étaient encore tous là. À mon grand embarras, Lola aussi. Elle était vêtue d'un chemisier noir moulant avec un pantalon assorti, constellé d'espèces de perles scintillantes. Elle avait fait quelque chose de très adroit avec l'ombre à paupières et coloré ses lèvres en corail vif pour aller avec la soie brillante du foulard jeté avec panache sur une épaule. Quant aux *mojdi*, ils avaient disparu. Elle portait des chaussures à lanières pailletées avec des talons en argent : quatre cent cinquante roupies sur Linking Road. Ses boucles d'oreilles étaient des sculptures en fil jaune et noir, remarquables, de véritables mobiles miniatures façon Alexander Calder.

Alif Bey était également présent, et déjà solidement éméché.

Lola agita les doigts vers moi et, pleine d'entrain, se pencha pour écouter Mr Bajaj qui inspectait son décolleté et ne disait strictement rien.

Tout le monde s'activait autour d'un poêlon fumant à une extrémité de la pièce. J'entraperçus Felix à travers une volute de vapeur bleutée, en train de tourner le contenu du chaudron telle une des trois sorcières.

Le *khichidi* que Mr Bajaj avait prédit se révéla être un somptueux *mahabhog*, un mélange épicé de riz, *daal*, potiron, pommes de terre, chou-fleur, surmonté de larges rondelles d'aubergines frites. Croquant, piquant, sucré, ça vous brûlait la bouche avec le frisson du clou de girofle, du laurier et la chaleur du gingembre. C'était délectable.

La pièce était baignée de chaleur. Tarok entra en chancelant sous le poids d'un autre chaudron qui contenait un plus petit récipient dans un nid de glace. Le contrepoint : lait caillé et riz, dont les grains ramollissaient dans le nuage crémeux. D'une fadeur trompeuse, jusqu'à ce que les têtes de moutarde fassent jaillir des feux de soufre sur la langue. La vivacité de l'ase fétide, la verve du gingembre, le tout rafraîchi par un zeste de feuille de curry. Parfait.

Tarok servit le repas à la manière traditionnelle, sur des plateaux de feuilles, leur forme moulée étant une petite concession à la modernité.

– Où vous étiez ? Je commençais à m'inquiéter, dit-il, le sourcil froncé en me passant ma corne d'abondance. C'est exactement le genre de repas que j'adore. Pas de vaisselle.

Je répondis quelque chose, mais il n'écoutait pas. Il fixait Lola et Mr Bajaj.

– C'est une amie à vous ? demanda-t-il avec nonchalance.

– Oui.

Hier, j'aurais hésité.

– Ce type n'est pas quelqu'un de bien. Vous devriez peut-être le lui dire.

– Elle est prise entre le marteau et l'enclume.

Alif Bey les avait interrompus. Il essaya d'entraîner Lola. Hilla s'interposa pour sauver la situation. Je les regardai s'éloigner.

Ujwala Sane louvoya en direction de Mr Bajaj en ondulant des hanches.

Tarok aspira entre ses dents. Il épiait toujours Mr Bajaj.

– Pourquoi Chili a-t-elle dit que vous étiez le messager ? lâchai-je sans pouvoir m'en empêcher.

– Chili a dit ça ? Bizarre. J'ai été le messager dans son cas, c'est tout. Vous savez, le type qui apporte les mauvaises nouvelles. Je lui ai dit que son ami était marié.

– Cool ! C'est tout de même une drôle de façon d'en parler.

– Espérons que ce n'est pas de mauvais augure. Vous savez ce qui arrive aux messagers.

Je ris, mal à l'aise.

Une fois de plus, je me trouvai avec Mr Bajaj. Je me demandai vaguement s'il essayait de me draguer, et dans quel but. Ce n'était pas un type bien, avait dit Tarok. Et qu'en savait-il ?

– J'étais un ami de Jimmy Driver, attaqua Mr Bajaj d'un ton solennel. Sa veuve est de ma responsabilité.

Cela me hérissa. Encore qu'il ne le remarquât pas.

– Et maintenant, je la trouve dans ce cocktail inouï de cuisiniers et de danseurs ! On nous a promis un chef gastronome et qu'est-ce qu'on nous sert ? Un *khichidi* ! Maintenant on nous promet un *Shiv tandav* sur un air de jazz. Vous pouvez me dire à quoi ça rime, tout ça ? Je croyais que le jazz, c'était de la musique, maintenant voilà que ça devient de la danse.

– Mrs Sane ! cria-t-il. Expliquez-nous donc ce que c'est qu'un *tandav* sur de la musique de jazz, voulez-vous ?

L'interpellée, un plateau en feuille fumant à la main, haussa imprudemment les épaules. Du *mahabhog* éclaboussa sa grosse cuisse luisante. Elle portait avec audace un pantalon noir et un corsage rose collant, une étole argentée à franges jetée négligemment sur l'épaule. Mr Bajaj répéta sa demande et Ujwala haussa de nouveau les épaules, agitant cette fois l'étole.

– Ce n'est pas possible, trancha-t-elle tranquillement. Le *Shiv tandav* n'est possible qu'avec le *kathak*.

– Tiens, vous voyez ! Je pose la question à Ujwala parce que c'est une autorité en ce qui concerne la danse, triompha Mr Bajaj, rayonnant. Vous devriez en parler à Hilla, Ujwala. Expliquez-lui votre point de vue. Le *Shiv tandav*, comme vous dites, est *kathak* par essence, impossible sur une musique de jazz.

– Ce que je veux dire…

La voix d'Ujwala Sane s'éleva d'une octave. Le bourdonnement des conversations diminua respectueusement. Elle avait conquis son public.

– Ce que je veux dire, c'est : comment quelqu'un qui s'appelle Rafiq Khan peut-il connaître quelque chose au *Shiv tandav* ? C'est un musulman, non ? Comment peut-il *comprendre* ? Le sens du *Shiv tandav* est très profond. Hilla se trompe tout à fait en lui faisant faire le *Shiv tandav* quand il ne danse que du Michael Jackson. C'est une insulte aux hindous.

J'éclatai de rire.

Mon propre rire me choqua. Il était méprisant, railleur, persifleur. Il était fort, mais il détendit l'atmosphère qui était devenue assez électrique avec le coup d'éclat d'Ujwala. Les invités sourirent et se détournèrent. Mr Bajaj battit en retraite, abandonnant toute autorité sur la danse. Le docteur jeta un regard assassin à sa femme. Alif Bey, apoplectique mais muet, se versa un autre verre.

– Qu'y a-t-il de drôle ? m'apostropha Ujwala. J'ai reçu une tout autre éducation que vous. Je viens d'une très bonne famille. Excellente réputation, très respectable, très orthodoxe. Dans la maison de ma mère, on ne met pas le pied dans la cuisine sans avoir pris son bain. Jusqu'à ce jour, cette règle est respectée.

– Ainsi, vous n'assisterez pas à la danse ?

Elle haussa les épaules avec humeur et s'éloigna pour aller remplir son verre.

– Chère Ujwala, marmonna Hilla à mon oreille. J'attends de voir sa tête quand Rafiq va apparaître dans un *thong* en daim.

À dix heures, nous nous transportâmes à l'étage. Nos voix s'éteignirent comme nous approchions de la terrasse. L'air y était pénétrant, un froid qui mordait au-delà de la houle menaçante de l'orage qui se préparait. Il faisait nuit noire, la lune perdue dans un capiton d'épais nuages. La mer rugissait comme une bête enchaînée.

La terrasse était éclairée de lanternes qui tressautaient sur une corde à linge. Quatre autres étaient posées par terre en guise de feux de la rampe.

Ramona, en maîtresse de cérémonie, nous conduisit gravement à nos sièges. Les chaises étaient disposées bien à l'intérieur du surplomb du toit, laissant pour scène la vaste superficie carrelée. Ma chaise était disposée confortablement contre le revêtement étanche d'appoint, une pile de toile goudronnée pliée. Le scintillement orange des lanternes fumait contre l'obscurité noire de suie et je me demandais dans quelle mesure le *tandav* de Rafiq serait visible.

Ramona dépassa les éclairages posés au sol et réclama notre aimable attention, les dames et les messieurs applaudirent et poussèrent des vivats, et le spectacle commença. Elle articula quelques mots hésitants rédigés à partir des indications de Rafiq sur la danse, et nous laissa médusés.

Ujwala Sane poussa un éclat de rire strident.

Tout le monde applaudit résolument et Ramona s'échappa dans l'obscurité.

Un roulement sourd à distance. Un pas hésitant. Un autre. Puis un autre. Chaque pas, défini par le tintement assourdi de clochettes. Pas les notes argentées des bracelets de chevilles du danseur, mais un carillon étouffé, sourd, qui résonne.

Le tambour changea de cadence. Plus rapide maintenant, plus aiguë, en brèves séquences jouées *staccato* et s'interrompant toujours, allant *crescendo*. Les pas lui faisaient écho, de plus en plus vite.

Et puis avec une vive explosion de tapotements et de carillons, Rafiq resplendit brusquement devant nos yeux.

D'abord, il n'y avait que la nuit noire, monotone, lourde, inanimée. Brusquement, ce fut une colonne de feu montant du néant en tournoyant.

Rafiq surgit de l'escalier en spirale dans une rapide pirouette, une tache floue or et rouge de plus en plus éclatante à mesure qu'il entrait dans le cercle de lumière.

Les enfants crièrent, surpris.

La silhouette éclatante ralentit, cessa son tourbillon étourdissant et se figea, complètement immobile, nous donnant le temps d'intégrer cette immobilité, ce silence.

La posture de Rafiq, immobile comme un roc, mit en relief son torse splendide. Il portait non pas un *thong* en daim, comme l'avait sournoisement présagé Hilla, mais un maillot de tissu doré éclaboussé de rouge. Dans son jersey flamboyant, ses muscles semblaient couler tandis qu'ils se tendaient et ondulaient en s'appliquant à maîtriser leur force.

L'inclinaison téméraire de ses épaules avait repoussé sa tête dans l'ombre la plus noire. Il présentait l'illusion surprenante d'un homme décapité. Pendant que nous regardions, sa poitrine se gonfla et ses côtes cessèrent leur mouvement. Sous leur arcade généreuse, la caverne de son ventre se creusa et se mit à trembler. C'était une secousse sismique, saltatoire, qui mit le feu à un muscle après l'autre de son corps immobile. Les piliers de ses jambes se tendirent quand il se dressa sur la pointe des pieds, la position inchangée, retenant toujours son souffle, animé seulement par la convulsion qui circulait à l'intérieur de sa carapace ardente. Plus haut, plus haut, au point de paraître en état de lévitation, à demi absorbé par l'obscurité tandis qu'il ondulait, ondoyait et vibrait sans bouger.

Un léger murmure grossit autour de lui, prenant de la voix, de la force, jusqu'à évoquer le bruissement de millions de feuilles. Il était un arbre secoué par un orage intérieur. (Je remarquai alors que son *ghungroo* n'était pas la large bande de grelots habituelle, mais un objet beaucoup plus modeste.)

Le son culmina. Sans tête, il s'embrasa dans la nuit.

C'était volcanique, c'était spectaculaire, et au moment où l'on aurait pu croire que ses épaules tendues allaient jaillir de leur peau luisante, ses bras fendirent l'air en grands arcs de feu comme si ses mains aussi disparaissaient dans le noir. À cet instant, le joyeux cliquetis du *dumroo* annonça à grands cris :

Regardez, me voici ! Je suis venu !

Rafiq exécuta une pirouette si rapide et si vertigineuse qu'il n'était qu'une tache floue clignotante entre de faibles flaques de lumière. Aussi abruptement, il s'immobilisa, suspendu en équilibre tel Shiva Nataraja, le Seigneur de la Danse, élégant, fluide, contenu dans la géométrie précise d'un bronze chola.

Rafiq dansait-il de mémoire ? L'antique mémoire universelle du langage du corps ? Son visage était un masque. Ses membres, son tronc, son dos sinueux, ceux-ci étaient doués de sensations, ceux-ci étaient son mode d'expression.

Comme il fallait s'y attendre, la musique qu'il avait choisie était un chant populaire tiré des récitals du *bharata natyam*. Grand, aérien, gracile, avec les notes du *vasanta* qui gagnaient en ampleur. J'étais absolument subjuguée par l'aisance avec laquelle le panache du *raagam* s'adaptait au rythme du jazz. Les postures héroïques prêtaient au *sholl* une couleur nouvelle, et je me sentis emportée par la nuance de chaque parole tandis que je suivais la danse :

Il dansait dans les salles dorées
Avec grande élégance
Il dansait le sens de la joie,
Dans la mémoire, dans l'antiquité
Dans le Nord lointain, au Kailash,
Il promit aux sages
Il promit cette danse
Sa promesse il tint
À Tillai il vint
Au printemps, durant le règne de Jupiter,
Dans la lumière matinale
Il dansa le sens de la joie…

Oui, il dansait la mémoire, l'exubérance d'un instant de joie remémoré. Ses cheveux en bataille formaient une cataracte. Dans un tremblement de lumière, Ganga vaporisa l'air. Ses épaules devinrent serpent : d'une extrémité des doigts à l'autre, son envergure déployée devint une contorsion sinueuse. Son cou s'éleva tel celui d'un cobra, et le cercle lent de sa tête traça le capuchon déplié du serpent.

Puis tout – le fleuve, la lune, le serpent – tout explosa en un entrechat qui parut embrasser la galaxie.

À présent, il était de retour, les pieds fermement posés sur le sol, tandis que la musique enchaînait sur un rythme plus grave, plus lent, que le timbre baissait et résonnait, menaçant. Il rassembla de nouveau ses forces en un pilier d'énergie. D'une rigidité absolue, telle une planche, il se fit brusquement élastique, passant d'une position sculpturale à une autre. C'était comme regarder les asanas les plus ambitieuses du yoga en accéléré. C'était effrayant, poussant jusqu'aux limites de la flexibilité. Il se hérissait d'agressivité. À chaque attitude géométrique, il devenait plus menaçant.

La musique devint inutile et s'arrêta d'elle-même, reléguée au second plan par le tonnerre. Un éclair déchira le ciel. Nous nous blottîmes contre le mur. Les lanternes s'éteignirent, sauf une qui projeta des ombres fantastiques, se balançant en tous sens dans le vent et déchirant la pluie tel un tigre.

La lune avait fait une brèche entre les nuages et une étrange lueur de plomb tomba, piquetée de pluie.

Il dansa comme si les gouttes de pluie étaient des rapières. Il esquiva, glissa, para. Il ne manquait plus de sons à présent pour l'accompagner. La mer, les arbres mouillés, la pluie trépidante, tels étaient les éléments de la danse. Il était une ombre parmi les ombres saisies et ballottées par l'orage.

La pluie faiblit. La danse ralentit jusqu'à s'harmoniser avec le goutte-à-goutte énervant des nuages. Lourdement, comme se traînant dans la vase, dans la boue, la danse s'immobilisa.

Avec le soupir qui est l'hommage suprême à l'art, nous revînmes à la vie. Il y eut quelques applaudissements hésitants. Nous nous retournâmes les uns vers les autres, embarrassés, soulagés de trouver nos voisins inchangés après cette heure nue. Nous remîmes nos masques et déguisements, raccrochâmes nos sourires, partagés dans nos sentiments.

Ramona fit un pas en avant avec un long objet blanc qu'elle jeta autour du cou de Rafiq. Pendant un moment fou, je crus que c'était une guirlande de fleurs, mais non, ce n'était qu'une serviette. Rafiq traversa les lumières posées au sol et nous considéra, le regard brillant. Ses yeux cherchaient le cuisinier.

– Maintenant, moi, je mange, annonça-t-il, heureux.

J'avais projeté de descendre à la cuisine et d'aider Tarok à débarrasser après son souper, mais quand je rentrai dans la maison, vacillant, l'idée m'échappa totalement. Tout le monde se bousculait dans l'escalier à spirale. Rafiq s'était volatilisé. Un brouhaha de conversations confuses s'éleva. Le principal sujet était le temps. C'était presque comme si tout le monde s'était tacitement entendu pour éviter de parler de la danse. Lalli était partie en avant. Je pouvais imaginer son agacement en entendant leurs inepties.

Je me sentis bousculée. J'avais dépassé ma chambre avant de m'en apercevoir. Me dégageant de ce vacarme de papotages et de rires, je retournai dans le couloir.

Le *tandav* m'avait laissée dans un état curieux, trop surexcitée pour supporter d'être en compagnie ou pour dormir. L'éclairage assourdi du corridor était apaisant. Dans le passage déserté, à présent clos par une pluie diaphane, on se sentait à l'abri, dans un lieu intime. Je tombai sur un *pradakshina* de la maison, mais je me méfiais de ces terrifiants bouddhas qui surgissaient n'importe quand. Je m'attardai, essayant d'entendre le murmure de la mer, de voir au-delà de l'orage de pensées non déroulées qui tournoyaient dans ma tête comme des tourbillons de poussière.

Habituellement, quand je suis perturbée, je fais les cent pas. Et maintenant, je faisais les cent pas, jusqu'à en avoir mal aux mollets. Je me demandais vaguement où les autres étaient partis. Une poignée au moins aurait dû me dépasser maintenant, dans le but d'aller dormir ou en quête de solitude, mais personne ne se montra. Ils étaient sans doute dans la salle à manger à grignoter des canapés. Incroyable, la quantité de nourriture que ces gens-là pouvaient ingurgiter.

J'avais dû arpenter l'endroit pendant une bonne demi-heure quand des voix éclatèrent.

Alif Bey qui tonnait, rugissait et rageait en montant les marches. Il semblait traîner quelque chose derrière lui.

Dans une horreur totale, je vis que c'était Lola.

Elle se libéra en gémissant et se jeta contre le mur. Bientôt, ils étaient étroitement serrés, se battant violemment telles de noires marionnettes dans un jeu d'ombres chinoises interprétant la haine. Il ne cessa de vociférer, des mots orduriers entremêlés de bruits d'animaux.

– Toi et tes godasses de merde !

Le reste de la maison était plongé dans un silence hébété.

Il répéta ses propos, l'accablant de son mépris. Elle se jeta sur lui et lui martela ses chaussures sur le crâne, les talons d'argent jetant des éclairs tandis qu'elle le frappait encore jusqu'à ce qu'il s'affaisse avec un hurlement de rage. Il me dépassa en vacillant, divaguant de fureur.

Je me demandai si je devais aller retrouver Lola, mais décidai que cela ne ferait que l'embarrasser. Je regagnai silencieusement ma chambre.

La nuit était lourde et étouffante. La chambre était embrumée par la chaleur car tout s'était brusquement figé. J'ouvris la porte de la terrasse. Cela me soulagea un peu. Je m'assis à la fenêtre, sans même le vent pour compagnon.

En fin de compte, la fatigue vint et je m'écroulai sur le lit.

Je m'éveillai en sursaut, certaine qu'on me regardait.

C'était la lune, une présence de plomb à la fenêtre. Le grondement de la mer s'était accéléré, tel un mauvais présage. Tout semblait battre au rythme du *tandav*. La torque du clair de lune balayait de son rayon les nuages tourbillonnants. Les flots agités bondissaient et montaient très haut. Tout l'air semblait être rassemblé par le caprice d'un danseur invisible et de ses pieds cachés.

Le jour derrière moi perdit sa signification, et de même les heures qui m'attendaient.

Puis tout s'éparpilla, tout se figea avec un rire de femme.

Un rire lascif, provocant, intime.

La réponse, comme ce fut le cas depuis le commencement des temps, fut un murmure masculin grave.

Un couple traversait la terrasse à pas rapides et légers.

Il ne pleuvait plus.

Ils s'arrêtèrent. Ils étaient tout proches de ma porte. Elle s'était refermée, poussée par le vent. Elle pourrait tout aussi bien se rouvrir.

La femme rit de nouveau, cette fois d'un rire impérieux.

C'était Lola.

Elle dit : « Non. »

La voix de l'homme s'éleva et retomba, le ton conciliant, qui se disculpe. Les paroles se fondaient dans l'émotion.

– Non, dit à nouveau la voix de Lola.

Sèchement, avec une pointe d'autorité.

L'homme éclata de rire.

Des propos furent échangés à voix basse tandis qu'ils s'éloignaient de la porte. Une quinte de toux, rapidement étouffée. Lola, sans doute. Puis le silence.

J'étais emportée dans un maelström de sentiments de culpabilité. Demain, je dirais à Hilla de me donner une autre chambre, n'importe où, même la cuisine irait. En particulier la cuisine. J'en avais assez de vivre dans cette buanderie où le linge qui séchait n'était pas même le mien.

Enfin, pourquoi Alif Bey et Lola avaient-ils besoin d'entrer sur mon territoire pour leurs ébats nocturnes ?

C'était vraiment un couple assommant ! Après avoir été sur le point de s'entretuer sur les marches il y a une heure, écoutez-moi ça ! Assez de sexe pour que la planète continue de tourner.

Sans raison, l'intermède calma mon angoisse. Les choses retrouvèrent leur banalité. Mais je ne pouvais plus dormir.

Il était un peu plus de deux heures. Je retournai à la fenêtre et me recroquevillai frileusement dans la profonde embrasure à regarder la mer. Je dus m'assoupir alors, car ma montre indiquait la demie quand je me réveillai, les membres raides et endoloris, toujours en position fœtale dans l'encoignure.

Mais je pouvais avoir rêvé car, tandis que je scrutais la nuit ténébreuse, une silhouette sombre se détacha des ombres et traversa l'allée éclairée par la lune. Avant que je puisse me demander qui c'était, elle avait disparu.

J'avais besoin de dormir. Comme je me glissais dans le lit, j'entendis de nouveau des pas – des pas lourds et lents – qui traversaient la terrasse, résolus, en direction de ma porte. Je retins mon souffle. Les pas s'arrêtèrent juste derrière la porte. Quelqu'un la poussa. Je me recroquevillai, tremblante, sous le drap. Puis la porte fut rabattue doucement mais d'un geste ferme.

Les pas s'éloignèrent. L'intrus était parti. Je me blottis sous les couvertures et restai éveillée jusqu'à l'aube.

À la première lueur, comme je m'y attendais, Lalli sortit sur la terrasse pour contempler la mer. Je la rejoignis en silence et restai là jusqu'à ce que je me sente de nouveau sereine. Je ne sais comment elle s'y prend, mais elle arrive toujours à avoir cet effet-là sur moi.

J'ai découvert cela tout à fait par hasard un soir, il y a quelques mois. J'étais encore en train de remettre de l'ordre dans le désordre de ma vie. Je n'avais plus de travail, d'amour, d'argent, et, j'en devenais sûre et certaine, j'étais sans aucun talent. Rien de ce que j'écrivais n'était lisible.

J'étais… bon, vous voyez le tableau.

Je n'arrêtais pas de me heurter dans la maison. Lalli, comme toujours à cette heure de la journée, lisait sur le sofa beige. Je ne sais pas ce qui me fit m'asseoir. Elle ne quitta pas son livre des yeux. Elle ne dit pas un mot. Mais après un moment, l'orage s'apaisa en moi. Super, il y avait encore un tas de choses qui valaient la peine d'être vécues.

Ce matin-là, je ne lui parlai pas de mon aventure nocturne… ou plutôt celle de Lola et Alif Bey. Lalli aurait pris un air doucement critique : tss tss tss. Elle aurait même pu me trouver salace. Elle ne transige pas sur le respect de la vie privée des gens quand il s'agit de ces relations. Donc je la bouclai.

À la maison, nous aurions déjà une chope de café chaud entre les mains à cette heure. Mais c'était trop tôt pour le cuisinier. J'avais mal à la tête et aussi, sans savoir pourquoi, au cœur.

Dans la lumière délavée du matin, la terrasse semblait être une scène impossible pour le *tandav*. Peut-être avais-je tout imaginé, les lumières vacillantes, la danse sauvage des éléments. Sans doute que l'anxiété que j'éprouvais, l'insatisfaction rageuse qui me démangeait comme de l'urticaire, tout cela devait être les retombées d'un long cauchemar compliqué.

– Ils vont être difficiles à tenir ce matin, déclara Lalli. Le *tandav* de Rafiq a pu déclencher plus de choses qu'il ne s'y attendait.

9

Ce fut une bande de ronchons qui se retrouva au petit déjeuner. La pluie s'était arrêtée, mais le temps n'avait rien de réjouissant, avec les nuages qui pendaient bas tels des bouts de flanelle grise détrempée. Hilla était dans tous ses états parce que c'était le jour où Tulsa *bai* devait faire le ménage et la lessive, et son fils avait téléphoné pour dire qu'elle était couchée avec de la fièvre.

Les affaires domestiques à Ardeshir Villa restaient en partie un mystère. Le ménage semblait se faire tout seul. Maintenant j'apprenais que Tulsa *bai*, la perle de Framroze, avait fait le ménage jeudi et laissé aux invités de Hilla quarante-huit heures pour tout saccager avant sa prochaine intervention. Hilla dit qu'elle habitait près de la gare de Malad, à sept ou huit kilomètres. Cela semblait la distance normale pour tous les contacts humains de Framroze, une distance à sa mesure. La seule compagnie qu'il devait supporter était celle de la mer.

À présent que Tulsa s'était portée pâle, Hilla avait le projet délirant de nous envoyer pique-niquer pendant qu'elle allait frotter et récurer l'endroit afin de le rendre convenable pour le dîner de Ramona. Je la ramenai à la raison. La maison était resplendissante, nous n'avions pas encore fait tellement de dégâts. La salle à manger pouvait facilement être astiquée avant le soir. C'est alors seulement que je pensai à la montagne d'assiettes qui devaient s'amonceler dans l'évier de la cuisine depuis la veille au soir. Hilla rit de mes craintes.

– Tarok fait la cuisine d'une main et la vaisselle de l'autre.

– Mes qualités augmentent à chaque minute, railla Tarok avec modestie en posant devant moi ma chope bleu roi. Essaie ça. Les Montagnes Bleues du Brésil. Hilla, on est en pleine crise.

Hilla leva les mains au ciel en signe de protestation :

– Pas Sane *bai*, de nouveau !

Eh si ! Ujwala Sane avait fait savoir qu'elle n'était pas d'humeur ce jour à manger des crêpes. Pire, elle l'avait crié depuis sa fenêtre après avoir lancé, en guise d'introduction, la formule *« Aik re kartya ! »*, oubliant que le *footpathia* commun, comme tout SDF, dispose d'une solide réserve d'insultes. En outre, elle l'avait poursuivi alors qu'il se retirait, et avait braillé du haut de la cage d'escalier pour avoir *idli-dosa-sambar*.

– Je lui ai dit, très poliment, qu'il n'y a pas de tel plat. Je suis désolé, Hilla, si elle ne respecte pas suffisamment un plat pour en connaître le nom, elle ne mérite pas d'en manger. En outre, je ne peux pas faire apparaître la pâte à frire en une heure. Je ne fais rien d'instantané.

Je me souvins alors que c'était le matin du « petit déjeuner de votre choix » et les commandes avaient été présentées la veille (la mienne était – avec imagination – « n'importe quoi »). Tarok et Hilla s'en allèrent en direction de la cuisine pour conspirer.

La salle à manger était lugubre, ce matin-là. Les appliques, allumées pour remédier à l'absence de clarté, donnaient à l'endroit un air de désolation. On se serait cru dans la salle d'attente d'un hall de gare. À moins que ce ne fût mon malaise grandissant, dans lequel je reconnus avec surprise mon envie de rentrer à la maison.

Je voulais partir. Je voulais rentrer, non pas dans la maison où j'avais passé trente années de ma vie, mais au 44 Utkrusha, à présent devenu sans conteste mon chez-moi.

Je chassai mes *megrim* en profitant du spectacle du docteur Sane en train de s'escrimer sur son bacon.

– J'ai demandé un petit déjeuner anglais, annonça-t-il entre deux bouchées. Et tout, tout est absolument correct.

Felix, qui avait l'air blême et frissonnant ce matin-là, s'approcha et inspecta bravement les vestiges du festin.

– Tarok a omis le *kedgeree*, nota-t-il.

Felix ne mangeait pas. Le petit déjeuner n'était pas sa tasse de thé, expliqua-t-il. Les bons jours, il prenait un jus d'orange. Aujourd'hui, visiblement, ce n'était pas le cas.

Nous nous approchâmes de la table près de la fenêtre. Je me souvins de mon premier petit déjeuner à Ardeshir Villa. Hier tout était différent. Felix semblait mis en transe par le petit déjeuner du docteur.

– Quatre œufs, deux tranches de lard, deux tomates grillées, du porridge, une pile de toasts beurrés, de la marmelade, du café, et vous vous rendez compte qu'il n'est que huit heures et demie !

– Pensez plutôt à l'intérieur de son estomac, dis-je avec une cruauté délibérée.

Felix devint mauve et prit la fuite. Framroze, avec une grande prévoyance, avait installé des salles de bains à proximité.

Felix revint, avec un air qui disait qu'il ne me ferait plus jamais confiance.

– Je vais vous mettre dans mon prochain livre, me promit-il, la langue pleine de venin.

– *Taches de sang dans le porridge ?*

Évidemment, il s'y laissa prendre. Il retourna les mots dans sa tête.

– Ça me plaît. Je vais peut-être le retenir. Je ne peux jamais dire jusqu'à la dernière minute, bien sûr, mais bon, merci ! (Il eut un large sourire, ayant retrouvé sa bonne humeur.) Où est Chili ?

– Elle dort encore.

J'avais légèrement frappé à sa porte, ne voulant pas la réveiller. Huit heures et demie est une heure révoltante quand on n'a pas dormi de toute la semaine.

Ramona arriva, en quête de Hilla. Elle m'adressa des signaux désespérés. J'abandonnai Felix et allai vers elle.

– Il me faut un laxatif, chuchota-t-elle. Mon Dieu, oh mon Dieu, qu'est-ce que je vais faire s'il n'y en a pas dans la maison ?

Elle semblait dans les affres, se pétrissant et se tordant les mains. Elle avait un air traqué.

– Je dois y aller au moins six fois, et, sans laxatif, je ne peux y aller qu'une seule fois, grogna-t-elle.

Je me demandais si je devais en croire mes oreilles.

– Pourquoi tu dois y aller six fois ? demandai-je.

– Oh ! s'exclama-t-elle, excédée par ma bêtise. J'aurai l'air de quoi en sari si je n'y vais pas six fois !

Apparemment, elle comptait porter un sari pour les réjouissances de ce soir et tout le monde, mais tout le monde, devait avaler un laxatif avant d'oser mettre un sari, où avais-je la tête ?

Il était inutile de réfuter ses propos. Je n'avais aucune crédibilité, ayant à trente-trois ans franchi le point de non-retour.

– Heureusement qu'on ne peut pas porter de jeans en fac, sinon on ferait tous une surdose de laxatifs, dit-elle.

– On ne peut pas porter de jeans ? Pourquoi ?

Elle haussa les épaules.

– La police du nombril. Zarbi, non ?

Complètement.

Elle s'éloigna afin de poursuivre sa quête.

Il n'y avait aucun signe de Lola, mais, de l'autre côté de la pièce, Alif Bey couvait d'un regard noir un whisky au citron, son choix pour le petit déjeuner.

Rafiq entra, poussant un chariot. Il le gara près de ma table et commença gravement à décharger son petit déjeuner. Il y avait des coupes de fruits. Des céréales. Un verre d'un liquide trouble et un autre de lait.

– Petit déjeuner de mise en forme, expliqua-t-il. *Ghas-poos.*

Finalement, l'air plein d'espoir, il disposa un plat couvert au centre de la table.

– Quand Tarok m'a demandé quel petit déjeuner, j'ai dit un repas *fitness* par précaution. Vous savez que tout le quartier huppé de Breach Candy mange du *poha* importé et qu'il leur suffit de deux ou trois caisses pour devenir beaux et bien portants. Alors voilà que ce Tarok ne me lâche pas. « Mais vous aimez le *poha*, qu'il me demande, vous êtes *ghas-poos* ? » Qu'est-ce que je peux répondre à ça ? Alors là, il me prépare un *keema paratha*, exprès pour moi. C'est la faute de ce cuisinier, je vous le dis. Il vous presse comme un *nimbu*, un citron. Et après, il parle de vous à tout le monde, des paroles douces, aigres ou amères. Ça, ce n'est pas le plus grave. Mais il vous le dit à vous, en face. Et ça, c'est dangereux.

– Dangereux ?

– Le mot est mal choisi. *Khatarnak.*

– Non, dangereux est le bon mot, mais pourquoi dites-vous ça ?

– Parce qu'il ne faut pas réveiller le chat qui dort. Et ça, c'est un *kahawat* cent pour cent correct.

Il fonça sur les fruits avec une énergie consciencieuse et venait à peine d'attaquer le *paratha* quand Lalli se joignit à nous. Elle posa son assiette avec un soupir exaspéré.

– Comment puis-je manger ça ? Je lui ai demandé des fruits et voyez ce qu'il me donne. Ce n'est pas un petit déjeuner, c'est une véritable installation.

Je compris ce qu'elle voulait dire. La composition ornementée sur son assiette ne pouvait être ingérée.

– Un oiseau en fruits ! s'extasia Rafiq.

C'était un oiseau de paradis, en fait, mais ça sonnait mieux sous cette forme.

– Comment est votre *paratha*, Rafiq ? gémit Lalli.

– Fait maison. Mais vous voyez l'*adaa* de ce cuisinier. Moi aussi j'ai demandé des fruits, et j'ai des morceaux de papaye dans un gobelet en acier. Façon gare de Govandi. Et vous, vous avez un oiseau en fruits.

– J'ai un oiseau en fruits parce que c'est le style *footpathia*. Où vous croyez qu'il a appris ça ? À Bali ?

Bali m'aurait paru tout indiqué, mais les paroles de Lalli me rappelèrent le souvenir des vendeurs de fruits sur les trottoirs, qui tapissent le quartier commercial à l'heure du déjeuner. Ananas, melons, papayes devenaient des sculptures abstraites, des natures mortes cubistes. En effet, l'oiseau en fruits était totalement une création de *footpathia*.

– C'est quoi, ce fruit vert avec des points noirs ? Pour vous, il a fait pousser des fruits spéciaux, s'obstina Rafiq.

Lalli cassa une aile en kiwi et la fit glisser sur l'assiette de Rafiq. Il eut un large sourire, heureux comme un gamin.

Mr Bajaj passa au large, le sourire distant. Il portait un verre de jus d'un vert vif dans une main et une assiette qui débordait de ce qui semblait être des carottes râpées.

– Un autre mordu de la mise en forme, dis-je à Rafiq.

– C'est qui, ce Bajaj ? demanda Rafiq. Il vient dans ma chambre la nuit et me fait des propositions comme si j'étais un *chaiwalla chokra*, un petit vendeur de thé. « Je veux faire du disco ici, qu'il me dit. Vous danserez du disco tous les soirs, ce qu'il y a de plus récent. Un contrat de deux ans. » Puis il me raconte que c'est ce que le docteur Hilla veut faire.

Rafiq repousse son assiette, les yeux humides.

– Je ne crois pas du tout que ce soit l'idée de Hilla, assurai-je.

Une affirmation nullement qualifiée.

– Je sais que ce n'est pas possible, appuya Rafiq.

Il avait la bouche tremblante, les poings serrés.

– N'essayez pas de comprendre, dit Lalli.

Il leva les mains pour exprimer son incompréhension.

– Mais… Il regarde *Shiv tandav* et sa première réaction après ça, c'est : faites du disco ! Dites-moi comment vous vous êtes sentie après avoir regardé ma danse. Il n'y avait pas une tempête au-dedans de vous ? Elle n'est pas toujours là, à l'intérieur ? Vous ne pouvez pas l'empêcher, je ne peux pas l'empêcher. C'est le *tandav*, ce n'est pas vous ni moi. Mais… vouloir faire du disco ? Même Peddar Road a plus de jugeote. Les derniers pas, ils veulent, eux aussi, je ne dis pas non. « Apprends-moi vite, vite, qu'ils disent, deux ou trois pas comme au ciné, pour que je puisse sortir cool. » Au début, je leur disais : « Ce n'est pas danser, vous ne pouvez pas apprendre la danse juste pour sortir, apprenez correctement, je vais vous apprendre. » Je leur disais ça. Puis au bout d'un certain temps, j'ai dit : « Ça va, vous voulez la salsa, je vais vous apprendre la salsa comme au ciné, vous voulez Michael Jackson, je vous donne *Thriller*. » J'avais les yeux plus gros que le ventre. Mais jusqu'à ce que je rencontre Mr Bajaj, je ne savais pas à quel point.

Il repoussa sa *paratha* d'un air maussade et se mit à démembrer l'oiseau en fruits de Lalli.

– J'ai vu Uday Shankar danser le *Shiv tandav*, remarqua Lalli. Bien sûr, je n'avais que douze ans à l'époque, mais je m'en souviens comme si c'était hier…

Rafiq abandonna immédiatement les vestiges du volatile et couvrit les deux mains de Lalli avec l'une des siennes.

– Racontez-moi.

J'étais manifestement de trop.

Je cherchai Lola des yeux, mais elle n'était nulle part. Alif Bey boudait encore dans son coin. Il buvait maintenant du café et, manifestement, cela n'était pas à son goût.

L'explosive Mrs Sane apparut, avec Felix à la remorque. J'évitai de croiser le regard de la dame et partis à la recherche de Chili. Sa porte était fermée à clé. Elle devait avoir un sacré sommeil à rattraper. Ramona et les gamins s'exerçaient dans le studio. Rafiq leur avait donné leurs rôles, m'avait dit Ramona la veille au soir. Elle devait jouer celui d'une goutte de pluie.

J'étais encore perturbée par les événements de la nuit. Je voulais être seule. Je courus en haut des marches pour me réfugier dans le nid d'aigle de Framroze.

La petite pièce circulaire avait ses baies hermétiquement closes, mais la vision du soleil sur les tuiles bleu et ivoire était une bénédiction. Le télescope ne me tentait pas ce matin. J'ouvris les fenêtres et laissai le vent m'emporter. La mer était déchaînée et retombait en hauts bouillonnements d'écume. Je me détournai.

La pensée de mon sommeil interrompu la nuit dernière me ramena vers la fenêtre donnant à l'est. Sous moi, un enchevêtrement de branches en filigrane, un lacis de fins rameaux décorés de gouttes de pluie cachaient la cour. La pente gazonnée que nous avions descendue la veille se déployait comme une cape de satin émeraude sur l'épaulement de la colline. Il y avait là notre petit kiosque carrelé. Mon petit bassin chatoyait comme un miroir au soleil. Non, il ne chatoyait pas… il scintillait, projetait une étincelle de lumière sous le film immobile de l'eau. C'était curieux, quand même !

Je fermai les fenêtres et quittai le nid d'aigle.

Je descendis la pente gazonnée jusqu'au lieu de notre infortuné thé en tête à tête et me tins une fois de plus au bord du bassin.

Le nénuphar, la tige cassée, flottait mollement. Quelque chose d'autre fleurissait à sa place. Quelque chose qui arrêtait le soleil et clignotait tel un sémaphore. Cela avait l'air d'une brindille, qui pointait juste à la surface mousseuse du bassin.

Ce n'était pas une brindille. C'était le talon d'une sandale argentée, incrustée de brillants.

C'était la chaussure de Lola.

Le souvenir d'elle frappant Alif Bey avec ses talons aiguilles me revint avec un frisson. C'était exactement le genre de méchanceté que j'attendais de la part de cet homme. Se faufiler hors de la chambre avec ces chaussures pendant qu'elle dormait et les balancer dans le bassin. Comme il avait dû exulter en voyant son désarroi quand elle avait découvert leur disparition ! Je ne repérai que celle-là, mais j'étais sûre que l'autre devait se trouver à proximité, enfouie dans la vase.

Les rencontres rapprochées du troisième type avec des gens en train de se disputer m'ont rendue extrêmement circonspecte. D'une certaine façon, l'équation « c'est la vie » ne marche pas pour moi. Je ne puis étouffer mon horreur ni mon dégoût. Je me suis tenue à l'écart des bagarres ma vie durant. C'est trop compliqué. Et là, durant ce qui ressemblait de moins en moins à un week-end de détente, j'avais l'impression d'avoir plongé au fin fond de toutes les bagarres. Je m'éloignai avec humeur, pensant qu'une promenade sur la plage me remonterait le moral.

Avec ma chance, il fallait s'y attendre. Je ne pouvais tomber à la grille que sur l'auteur du crime en personne.

Alif Bey était encore plus fripé et les yeux plus larmoyants qu'au petit déjeuner. Tous ses whiskys au citron semblaient le rattraper, car il avait l'air inquiet – il était nerveux et transpirait. Toute la bienveillance que son état aurait pu susciter fut dissipée par la question qu'il posa.

– Vous avez vu Lola ? Je n'arrive pas à la trouver.

Trop furieuse pour répondre, je secouai la tête et aurais suivi mon chemin s'il ne m'avait arrêtée d'un geste.

– Non, attendez, je vous en prie. Je sais que je lui ai fait une scène affreuse hier soir… Vous étiez dans le couloir, vous nous avez vus, tout le monde a entendu, c'était épouvantable. J'étais complètement soûl. C'était impardonnable. Je suis insupportable et une source d'embarras. Mais j'aimerais que vous oubliiez tout ça un instant et que vous me disiez seulement si vous avez parlé à Lola ce matin. J'ai sombré hier soir après cette horrible scène. Quand je me suis réveillé ce matin, elle était partie. Personne ne semble l'avoir vue ce matin, donc je suppose qu'elle était en colère et qu'elle est partie. Elle a dû s'en aller en laissant ses affaires, elle n'a pas même pris son sac. C'est tout à fait elle, de partir en claquant la porte. Vous avez l'air amies. Je pensais qu'elle avait pu vous dire quelque chose.

– Elle a peut-être parlé avec Hilla, dis-je malgré moi.

– Non. Personne n'a l'air de rien savoir. Je pense qu'elle est partie furieuse. Elle l'a déjà fait.

– Vous pourriez lui téléphoner.

– Elle n'a pas de portable. Elle… elle vit avec moi en ce moment. C'est ça, le pire. J'ai les clés de la maison, elle ne pourra pas rentrer. Je ne sais pas où elle aurait pu aller.

– Vous pourriez appeler chez des amis, peut-être ? Plus tard ?

Son visage se décomposa sous l'effet de la tristesse. Cependant je restai intraitable.

– Je suis sûre qu'elle appellera Hilla plus tard pour s'expliquer.

C'était le mieux que je pouvais faire. Il hocha la tête et partit d'un pas chancelant vers la plage.

Enfin bon… S'il fallait se fier à ces dernières vingt-quatre heures, elle serait de retour dans sa cuisine lundi matin pour lui mitonner son basmati.

La vie s'illumina presque immédiatement après que j'eus quitté Alif Bey. Je tombai sur Tarok. Il m'esquiva prudemment, écartant de mon chemin le large panier d'osier qu'il portait.

– Je ne peux pas me permettre de le pencher.

Le panier empestait la mer. Il défit l'attache et souleva le couvercle pour que j'y glisse un œil.

Ce que je fis… et reculai à la hâte devant l'arsenal de pinces qui me salua. Des homards !

– Il y en a six ! Une gourmandise corse pour demain.

– Où allez-vous les mettre en attendant demain ? Dans la chambre de la diva ?

Nous rîmes en imaginant le tableau.

– Il vaut mieux pas, elle les mangerait tous, répondit Tarok en reprenant son sérieux. J'ai pitié de ces types-là, ce sont de vrais martyrs.

– Son mari aussi.

– Non, pas lui. Jamais.

La voix de Tarok était devenue sérieuse.

– Attendez d'apprendre mon histoire.

Nous transportâmes le panier entre nous en direction de la maison. Ardeshir Villa somnolait dans une agréable brume de soleil mouillé.

– Parlez-moi de votre gourmandise corse, dis-je.

Ça ne m'intéressait pas vraiment, mais j'avais envie d'entendre le son de sa voix.

Alors la porte s'ouvrit et quelqu'un surgit. Rafiq tenait trois piquets de bois, Darshan, une batte de cricket presque aussi grande que lui. Nous les regardâmes installer le jeu dans l'allée, Felix et Darshan en tant que batteurs. Lalli lança la balle, un coup lent, qui tourbillonnait bien, que Darshan dévia d'un seul geste. C'est alors que Chili fit son entrée.

Aussitôt, ce fut le chaos.

Étant donné qu'elle portait un short très moulant et un corsage à pois noué, la perturbation ne fut pas ce que j'appellerais excessive. Le short était en jean non seulement usé, mais réduit à ses extrémités. Darshan lui offrit crânement sa batte. Felix arbora un large sourire idiot. Le docteur Sane lui tendit son faux sombrero, et Chili le prit en faisant un grand salut, ce à quoi Ujwala réagit en aboyant méchamment un ordre à Arpita. Ensuite, cette femme au tempérament explosif quitta la pièce dans un grand mouvement d'indignation, chose que je n'avais jamais vu faire en dehors des romans. Ramona resta à l'écart, timidement, et regarda ailleurs. Mais la réaction de Rafiq fut la plus surprenante de toutes. Il vira au rouge sombre et son regard se figea. Chili leva la tête et agita les doigts devant ses yeux. Il tourna brusquement sur ses talons.

Pendant que j'enregistrais tout ça, Tarok avait dû m'observer car, quand je me retournai, son regard pétillait de malice. Il me serra rapidement contre lui, et m'avait déjà lâchée avant que je m'en sois rendu compte. Il empoigna le panier et nous fîmes le tour de la maison en courant jusqu'à la cuisine, morts de rire.

Avec ma chance, je fonçai en plein dans Mr Bajaj qui se matérialisa hors des buissons au moment où je ressortais. Je repris l'équilibre en m'accrochant à une branche à ma portée et m'excusai. Il dit avec élégance que c'était de sa faute. Nous restâmes face à face avec un large sourire, comme deux idiots. C'était extrêmement embarrassant.

– Qu'y a-t-il par là ? lâchai-je en pointant les buissons d'où il avait surgi.

Il sourit.

– Un raccourci pour le garage. Je suis pressé, j'ai oublié mes clés de voiture. J'ai promis à Hilla de chercher les fleurs à la gare.

– Des fleurs ?

– Pour le dîner de ce soir. Ça va être très somptueux, d'après ce que j'ai entendu dire. Le fleuriste envoie les fleurs par le train, je vais être en retard.

– Oh, c'est donc là qu'il gardait la Rolls, dis-je.

Je n'avais pas repéré le garage, et l'absence de place pour la Rolls m'avait laissée confondue.

– Oui, en fait il y a deux garages et non pas un.

– Oh, je ne voudrais pas vous retarder, dis-je.

Il hocha la tête et repartit en courant vers la maison. Je suivais mon petit train-train quand il ressortit, toujours le souffle court.

– Où sont les autres ? lança-t-il. Le téléphone a sonné un long moment, personne n'était là pour décrocher. Finalement, j'ai dû le faire. C'était Lola Lavina… j'étais drôlement surpris ! Je croyais qu'elle était toujours ici, mais non, apparemment elle a dû partir ce matin de bonne heure à cause d'un problème domestique. « Pourquoi ne m'avez-vous rien dit ? lui ai-je répondu, ma Pajero est ici uniquement pour ce type d'urgences. » Non, non, m'a-t-elle répondu, elle ne voulait déranger personne d'aussi bonne heure. Elle voulait parler à Hilla, mais je n'ai pas pu la trouver. Dites bien à Hilla qu'elle a téléphoné, je vous prie.

Et il fila. Quelques instants plus tard, j'entendis le rugissement de sa grosse bagnole.

Je n'en voulais pas à Lola d'avoir inventé cette histoire. C'était une façon de sauver la face. Je résistai à la tentation de laisser Alif Bey mariner encore un peu dans son sentiment de culpabilité, mais bon, et puis zut !

Le jeu de cricket avait été interrompu. Ujwala Sane avait été prise d'une migraine et était montée à l'étage pour se soigner. Son mari était dans la cuisine avec le cuisinier. Rafiq, Ramona et les enfants étaient retournés marteler le parquet.

Chili et Lalli étaient en réunion privée. Je rejoignis Hilla qui était avec Felix et lui transmis le message de Lola. Hilla hocha la tête, morose.

– J'en aurais peut-être fait autant à sa place. C'est tellement injuste. Ce devrait être à lui de partir après cette honteuse exhibition, hier soir.

– Oh, il se promène seul sur la plage, remarqua Felix. Il va en tirer un nouveau chapitre, je parie. Avec une vie amoureuse aussi houleuse, où trouve-t-il le temps d'écrire ?

Il avait l'air envieux.

– Ça va devenir encore plus houleux avec le homard que Tarok projette de nous servir demain, remarquai-je.

– Ah oui, le homard, dit Felix, soulagé de quitter un terrain glissant. Il a parlé d'une fricassée. En fait, je ne suis pas d'accord. Ce sera un homard mayonnaise.

Et sur cette mystérieuse ordonnance, il se retira.

– Je suis très mal à l'aise au sujet de Lola, confiai-je à Hilla. Je n'ai pas été particulièrement gentille avec elle.

– N'importe quoi, rétorqua Hilla. Je suppose qu'elle t'a raconté cette histoire scabreuse à propos de l'avocat ? Elle débloque complètement.

Interloquée, je protestai :

– Mais enfin, Hilla, je croyais que vous étiez complètement de son côté !

– Bien entendu ! En principe. Mais tout ce *masala*, se réveiller à chaque fois dans une chambre différente, allons donc ! J'ai entendu cette histoire tant et plus, et elle s'est remarquablement enrichie, crois-moi. Bien sûr, elle s'est montrée très courageuse et elle mérite notre respect. Ne dis pas à Lalli que j'ai dit ça à propos des histoires de Lola. Lalli a une très haute opinion d'elle.

– Oh, non, elle trouve Lola assommante.

– C'est sûr ! Comme tout le monde. Mais elle la tient en très haute estime.

Chili et Lalli vinrent nous rejoindre. Chili eut un petit cri déçu quand elle apprit que Lola était partie.

– Elle est venue dans ma chambre pour bavarder hier soir après la danse. La danse, c'était génial, hein ? Elle était d'accord, c'était, quoi, à tomber par terre. Elle était très rouge et dans tous ses états. Lola est au courant de cette chose. (Chili eut un petit signe entendu en direction de Lalli.) Cette chose dont je veux parler ? Elle m'a dit que je devrais peut-être attendre qu'elle ait fait des vérifications. C'est pour ça que je devais attendre d'avoir de ses nouvelles ce matin. Vous savez, en fait, je pense vraiment que je ferais mieux de vous en parler, mais seulement après avoir parlé avec Lola. Oh, j'espère qu'elle sera de retour à temps pour la fête.

– J'en doute, dit Hilla.

– Oh, mais c'est impossible ! Il faut qu'elle y soit. Elle voulait même m'emprunter un T-shirt pour la fête.

– Un *T-shirt* ?

–Absolument. Je sais que c'est très habillé et tout, mais elle a dit : « Eh, qu'est-ce qu'on ne peut pas faire avec un *glitter-pen* ? » Et je suis d'accord à cent pour cent, vous savez.

– Que porterez-vous ce soir, Chili ? demanda Lalli.

Le visage de Chili s'éclaira.

– Vous voulez voir ma tenue ?

Pensez donc ! Nous la suivîmes à l'étage.

Elle sortit du placard un paquet emballé dans de la soie et, avec un naturel déconcertant, retira son corsage et son short pour enfiler la robe.

Hilla siffla.

Le cœur me manqua. C'en était fini de la pauvre petite Ramona, enfoncée ! Dès l'instant où Chili se pavanerait dans cette tenue, il n'y aurait pas un regard pour Ramona.

– C'est une Rami Kashou, annonça Lalli.

Sur le coup, je crus que c'était un éternuement avorté, mais manifestement pas, car Chili piaula de plaisir.

– Comment vous avez su ? Je l'ai trouvée à L.A., et seulement parce que j'ai eu un tournage là-bas. Je n'aurais jamais pu me l'offrir !

Le corsage décolleté en soie ivoire tombait en plis sculptés sur une jupe moulante rose pâle qui semblait peinte sur elle. Elle se déployait en plis minuscules quand elle bougeait.

Lalli paraissait presque aussi contente que Chili. J'avais découvert, à l'occasion d'une histoire de Tie and Dye, à quel point ma tante était une accro de la mode. Quand elle en a envie, elle peut couper l'herbe sous le pied chaussé en Prada de Suzie Menkes [1].

Ça vous la coupe, hein ? Je veux dire, regardez sa vie : sari, jeans, *salwar kameez*. Mais son état d'esprit… c'est du pur Versace.

Chili nous montra le T-shirt pour lequel Lola avait opté. Il était noir avec VAGINA WARRIOR collé en rose fluo.

1. Responsable de la mode à l'*International Herald Tribune*. (NdT)

– C'est mon amie qui a monté la pièce, tu sais, les *Monologues du vagin* ? (Chili fit subtilement une pause.) Je lui ai promis que je porterai le T-shirt et tout, mais maintenant…

– C'est aussi bien, affirma Hilla.

Alors nous allâmes toutes déjeuner.

Une ardoise était accrochée à la porte de la salle à manger comme à l'entrée des restaurants. « Le riz est prêt », y était-il écrit. Le menu du jour, expliqua Hilla en donnant vaguement l'impression de s'excuser, était le Bombay Special.

Déployée sur toute la surface de la table se trouvait une ligne de chemin de fer tentaculaire. Je ne sais pas si la topographie de Tarok était fidèle, mais les gares sur la Western et la Harbour Lines l'étaient. Je n'ai jamais été très sûre de celles sur la Central Linc.

Chaque gare offrait un plat de sa cuisine locale. Kandivli [1] me donna un *khandvi* et Dombivli [2], de l'*avial.* En apéritif, j'avais du *sol kadhi* et pour dessert, un *lagan nu*, une crème renversée, de Mahim [3], tandis que la ligne allait jusqu'à Colaba. C'était très rigolo. Les enfants – pour lesquels Tarok avait organisé le repas – piaillaient et hurlaient, mais nous, adultes, nous n'en étions pas loin. Tout le monde tournait autour de la table en dégustant et en s'exclamant.

Pour rendre mon bonheur complet, Tarok mangea avec moi. Je me serais délectée avec les mets si nous n'avions été si occupés à nous délecter l'un de l'autre.

Ni Mr Bajaj ni Alif Bey n'étaient de retour. Je pense que cela contribua à détendre l'atmosphère du repas.

1. Quartier de Bombay à prédominance gujerati. (NdT)
2. Quartier de Bombay peuplé majoritairement d'Indiens du Sud. (NdT)
3. Une des sept îles qui constituent le Bombay d'origine. (NdT)

Mr Bajaj aurait raillé et Alif Bey se serait soûlé jusqu'à tomber raide.

Après le déjeuner, Hilla, Lalli et moi nous mîmes au travail afin d'organiser le dîner. Mrs Sane fut terrassée par une de ses brusques migraines. Chili déclara qu'elle était supergéniale pour le ménage, de sorte qu'à nous deux nous fîmes briller la pièce pendant que Lalli et Hilla s'affairaient sur la porcelaine et astiquaient l'argenterie. Tarok glissa un œil aux alentours de quatre heures pour nous prévenir qu'il allait être occupé à partir de là et que si on voulait du thé, c'était le moment ou jamais.

Nous buvions Family Mixture Number Eleven quand Rafiq arriva pour arranger le lustre. Il faillit partir en courant quand il vit Chili, mais reprit son sang-froid et se débrouilla très bien pour hisser l'énorme lustre central.

Vénitien, précisa Hilla. Framroze en avait trois, soigneusement emballés et étiquetés, tous en verre de Murano. Celui-ci, véritable amoncellement de fleurs, était un Canaletto. L'architecte, manifestement une femme de bon sens, n'avait pas permis à Hilla de le vendre. Mais elle avait vendu les deux autres.

– Trop spectaculaires à mon goût, affirma Hilla. L'un était en bronze foncé. C'était Othello, et l'autre, naturellement, Desdémone. Vous auriez dû le voir, celui-là, plein de boutons de roses à demi ouvertes, à demi réveillées, devrais-je dire. Quand je les ai mis côte à côte, il ne m'en a pas fallu davantage pour me briser le cœur.

J'éprouvai du chagrin pour Framroze et me sentis inexplicablement en colère contre Hilla. Qui pouvait dire que Framroze avait vécu insensible dans ce lieu vibrant de beauté ? Hilla traitait tous ses trésors avec un mépris âpre très proche de la vengeance. Elle avait ses raisons qui se comprenaient. De la cupidité de Framroze, il restait peu de traces, mais sa passion pour la beauté était palpable dans la pierre froide de la maison, dans l'étreinte de son cœur aux volets clos. Je me rendais compte que la coquille vide que j'avais vue en août était ce que Framroze avait voulu que voient ses héritiers. Sa vraie vie était depuis longtemps restée en rade. Ces fragments emmagasinés n'étaient que de simples accessoires dans l'épopée perdue de sa solitude.

Chili aida Rafiq dans un silence tendu.

– J'ai demandé à Ramona de prendre un peu de repos, dit-il à Hilla comme il quittait la pièce. Elle est très nerveuse.

– C'est le sari, expliqua Hilla. Elle a peur de faire un faux pas.

– Elle me l'a dit. « Glisse », je lui ai dit. Toutes les femmes glissent avec le sari. C'est très simple. Comme ça…

Et il glissa avec grâce en direction de la porte.

Nous éclatâmes de rire. Chili le regarda disparaître, médusée.

– Vous me croirez si je vous dis que je connais ce type ? On avait l'habitude de se rencontrer à la station de bus quand on allait à l'école. Chaque jour au collège et au lycée. Maintenant il ne me reconnaît pas.

– Vraiment ? Il m'a semblé à moi qu'il vous reconnaissait très bien, affirma Lalli.

– Il est timide, c'est tout, ajouta Hilla.

Elle avait tort. N'importe quel idiot aurait vu que Rafiq était éperdument amoureux.

Chili secoua la tête, l'air pitoyable.

– C'est à cause de toutes ces histoires qui circulent sur moi. Mais tout ça, c'est de l'histoire ancienne. J'aimerais que Lola revienne. Je ne peux rien vous dire tant qu'elle ne m'a pas donné son feu vert. J'ai promis, quoi.

– Vous avez tout votre temps, lui assura Lalli. Je reste.

Mais l'humeur joyeuse de Chili s'était envolée. C'était comme si sa rencontre avec Rafiq l'avait brutalement rappelée à la triste réalité. Un instant plus tard, elle dit qu'elle ferait peut-être bien d'aller se reposer, mais Ramona aimerait-elle avoir un coup de main plus tard pour son maquillage et tout ? Elle était très bonne pour ce genre de choses.

– Ce serait formidable ! assura Hilla, soulagée. Je ne comprends pas ce qui la met dans cet état de nerfs. Ce n'est pas comme s'il y avait des garçons dont il fallait s'inquiéter ! Vous vous imaginez ces gamines dans sa classe qui se bourrent de laxatifs pour exhiber une taille sexy en sari ?

Chili éclata de rire.

– C'est un vieux truc. C'est pire de nos jours parce qu'il faut sans arrêt montrer son nombril avec tout ce qu'on porte !

Peu après le départ de Chili pour une autre de ses siestes compulsives, nous entendîmes le camion de Mr Bajaj approcher. Alif Bey était avec lui. Apparemment il avait arrêté Mr Bajaj sur la route du bord de mer et s'était fait transporter. Tout semblait avoir conspiré pour retarder Mr Bajaj, mais finalement, quand ils parvinrent à la gare, les fleurs n'étaient pas arrivées. Le fleuriste était à Dadar et, après plusieurs coups de fil, il reconnut qu'il était à court de personnel et que le plus tôt qu'il pouvait livrer était à cinq heures. Ils avaient alors décidé d'attendre sur place malgré une faim grandissante, au lieu de faire un deuxième voyage. Finalement, à quatre heures, ils avaient succombé pour un *vada pao*.

Mr Bajaj avait dû se claquer un vaisseau quand il avait compris qu'Alif Bey n'allait nulle part, qu'il voulait juste faire une balade. Je suspectais, à l'humeur agressive de Mr Bajaj, qu'Alif Bey avait parlé (ou pleurniché) sur tout le trajet, à l'aller et au retour. Je commençais à compatir avec Mr Bajaj. Alif Bey était encore dans le van, attendant qu'on l'aide à décharger les fleurs, aurions-nous donc l'amabilité de lui prêter secours ? Mr Bajaj dit qu'il voulait garer la voiture au garage et puis prendre une douche, se reposer un peu. Il avait eu une sacrée journée !

– J'ai l'impression de mécontenter tout le monde, remarqua Alif Bey.

Personne ne le contredit. J'étais sur le point de lui parler du coup de fil de Lola quand je me dis que Mr Bajaj avait dû s'en charger, ne serait-ce que pour interrompre l'insupportable monologue de son compagnon de route. Mais il n'en était rien. Hilla en faisait état à présent et Alif Bey eut l'air ridiculement soulagé.

– Alors tout est éclairci, dit-il en me donnant une vigoureuse poignée de main comme si nous venions de convenir d'une politique de détente.

– Ce type est fou, remarqua Hilla quand nous parvînmes à nous débarrasser de lui.

Je n'aurais su dire mieux. J'étais fatiguée et irritée, après m'être égratignée avec la petite jungle que Hilla avait importée, j'avais un douloureux besoin de prendre une douche.

Nous eûmes un visiteur supplémentaire cet après-midi-là.

Une Tempo bringuebalante grimpa la côte pour rapporter le portrait de la mère de Hilla de chez l'encadreur. Hilla fit déposer le tableau dans la bibliothèque et y demeura un moment. Plus tard, je découvris qu'elle l'avait retourné, face au mur, comme si c'était plus qu'elle n'en pouvait supporter pour le moment.

10

À huit heures, excitées et resplendissantes, nous nous rassemblâmes dans le vestibule. Des monceaux de fleurs conduisaient à la salle à manger. La longue table était drapée d'une toile blanche comme neige, bordée d'une délicieuse dentelle. Hilla dit que Tarok était vexé d'avoir eu à utiliser le linge de table de Framroze pour ce soir. Il trouvait qu'il serait plus en harmonie avec le déjeuner continental élaboré du lendemain. Pour ce soir, il avait choisi une brassée de tissus, un pour chaque région du pays et correspondant à la période du plat. Mais Hilla avait tenu à sortir la nappe blanche de Framroze : ça lui semblait plus logique. Tarok avait eu la sagesse de ne pas encombrer la table de fleurs et de bougies. Il y avait un chemin de table, là encore une antiquité. Un long plateau d'argent avec un miroir qui soutenait une urne centrale (parfaite pour les cendres des aïeux) et deux cornes d'abondance supplémentaires. Les trois contenaient une profusion de fruits.

Nous étions treize (sans compter Tarok), mais la table était dressée pour quinze. Il y avait des cartons pour placer les convives, sauf pour les deux installés en tête et en bout de table. Tandis que je préparais la pièce, j'avais frissonné à la vue des couverts que Tarok avait rassemblés sur une petite table.

– C'est pour demain, expliqua-t-il. La table classique avec des fourchettes et des couteaux séparés pour le poisson et la salade et les pâtes. C'est idiot ! Ce soir, je voulais qu'on mange avec ses doigts comme des gens civilisés, mais Hilla tenait à l'argenterie ! Alors j'ai cédé pour un couteau, une fourchette, une cuillère par personne. Pas plus.

Je compatis avec Tarok. Moi aussi, je déteste quand la table ressemble à un chariot de salle d'opération.

Le lustre diffusait une clarté opalescente, et il y avait des bougies parmi les fougères et les fleurs pour chasser la pénombre des coins éloignés.

Un frisson d'appréhension avait altéré mon plaisir quand Hilla, lors de son invitation, avait spécifié : tenue de soirée.

Quand il s'agit de s'habiller pour une réception, je m'aligne sur Vidal Sassoon : pour moi, c'est : « On lave vite et bien. » Qu'un jour vienne la phase Manolo Blahnik et mon visage se transformera en une palette de Revlon mais, en attendant, c'est simplement ma peau. Pour ce soir, j'avais emballé mon crêpe couleur améthyste avec un entrelacs soyeux de fils d'argent en bordure. Le corsage était un simple corsage. Un soupçon de *Paris*, et je fus prête.

Comme toujours, Lalli était l'élégance même. Elle portait une soie bronze, avec mon *dupatta* orange brûlé qui s'affichait sans complexe autour de son cou. Hilla était en sari, drapé à la façon parsie, retenu par un énorme camée, plutôt moche à mon avis. La riche soie cramoisie lui donnait un air de splendeur.

Ujwala Sane apparut dans un sari fait d'une mousseline de soie noire arachnéenne avec un bustier noir et argent à bretelles spaghetti. Entre le sari et le corsage roulaient des kilomètres de bourrelets de chair laiteuse. Dans son nombril, elle avait collé, chose incroyable, un *bindi* étincelant. Les hommes revinrent immédiatement à la vie. Alif Bey cessa instantanément de balayer la salle du regard en quête d'un verre. Felix Rego s'avança au pas de charge et la prit en main, nombril en diamant compris. Et Mr Bajaj l'examina centimètre par centimètre avec une franchise désarmante.

Rafiq et Tarok étaient absents. Concernant les excès vestimentaires, Alif Bey tenait à mes yeux le pompon. Il avait donné un peu de classe à son inévitable ensemble *kurta*-pyjama de coton immuablement froissé en y adjoignant un foulard tibétain de couleur vive, qui appartenait manifestement à Lola. Felix avait des frous-frous à sa chemise et un gilet de velours noir. Le docteur souffrait en silence dans un costume safari de deux tailles trop petit pour lui. Mr Bajaj arborait un costume anthracite qui avait tout l'air d'être un Armani.

Nous étions donc tous réunis, sur notre trente et un, attendant que la star daigne se montrer. Et c'est alors qu'elle descendit le grand escalier : Ramona transformée.

Oh oui, elle glissait. Avec aisance, en fait, dans un sari de soie vert d'eau ravissant avec une bordure de broderie ancienne pour laquelle j'aurais pu tuer. Le sari était agrafé sur son épaule gauche avec un motif en soleil de diamants et d'aigues-marines. Ses cheveux, élégamment coiffés en une écume de boucles, étaient retenus par un croissant d'aigues-marines assorties au collier et au bracelet. Manifestement, Hilla avait sauvé quelques cailloux. Forte de sa nouvelle apparence, Ramona avait gagné une douceur et une gravité, très différente de sa grâce impulsive coutumière. Elle était maquillée avec adresse. Chili avait fait des merveilles. J'étais heureuse de voir Ramona avoir ses deux minutes d'admiration avant que Chili leur en mette plein la vue.

Et là, voyez-vous, Chili n'a rien fait de tout ça !

Elle fut là tout le temps, marchant derrière Ramona avec les enfants. Pour commencer, elle ne portait pas la petite chose de Rami Kashou mais un *salwar kameez* vert. Les célèbres cheveux avaient été disciplinés en un chignon sage. Même les yeux et les fossettes oubliaient de scintiller. Comme elle restait en arrière, fouillant les visages d'un regard anxieux, elle avait l'air pâle et les traits tirés. En un mot, elle ressemblait à la fille que Rafiq avait connue à l'arrêt du bus.

Il semblait le penser aussi. Car quand il entra avec Tarok, il s'arrêta net quand il posa les yeux sur elle, et s'éclaira visiblement. Derrière lui, Tarok regarda et fit semblant de la siffler.

Et alors nous nous rassemblâmes, excités, heureux, papotant à l'idée d'engloutir trois mille ans de gourmandise subcontinentale.

À chaque bout de la table, Tarok avait disposé des fleurs sur les napperons des plateaux. Hilla fit un petit discours de bienvenue à Ardeshir Villa, enfin restituée à ses propriétaires légitimes, ses parents Ardeshir et Nargis Vakil. En quelques mots d'une voix impassible, elle raconta leur vie de privations et de tristesse.

– Ils sont présents aujourd'hui de cœur sous la forme du jeune couple que je n'ai pas connu, joyeux et plein d'espoir. Je veux que cette maison ressemble à la maison qu'ils auraient voulue, et qu'elle résonne de rires et de plaisir en bonne compagnie. Vous, mes amis, avez déjà une idée des projets que j'ai pour ce lieu. Je n'ai pas encore pris de décision. Hier, nous avons regardé le fantastique *tandav* de Rafiq, et demain notre chef cuisinier relèvera le défi lancé par Felix Rego en proposant un grand dîner à sept services. Mais ce soir, en l'honneur de ma nièce Ramona qui aura dix-huit ans la semaine prochaine, Tarok Ghosh présente son Banquet du Millénaire. Mesdames et messieurs, je vous présente… Tarok Ghosh !

Tout le monde applaudit et l'acclama. Darshan donna des coups dans la table et il fallut l'arrêter. Tarok fit le tour de la pièce de son regard « qui vous pénètre ». Sans aucune raison, mon cœur faiblit. Et si le Banquet du Millénaire était un fiasco ?

Il existe ce qui s'appelle une idée fixe limite névrotique, soyons clairs. Trois mille ans de goinfrerie indienne, nom de nom ! Ça fait environ 3 285 000 mètres carrés de nourriture. Pourquoi n'avait-il pu s'en tenir aux habituels *roghan gosh*, *paneer matar* et glace deux parfums ?

Je savais pourquoi.

Je crois que c'est à cet instant précis, juste avant qu'il commence à parler, que j'ai compris ce qui aurait dû être clair à mes yeux depuis le début. Tarok n'avait aucune place dans les idylles et les fantasmes que j'échafaudais minutieusement. Il ne serait jamais mon luxe, mon indulgence, mon audace. Il était quelqu'un du quotidien. J'avais besoin de lui comme de l'eau, comme de l'air.

Et se tournant vers moi, il lut dans mes yeux.

Quelqu'un toussa.

Tarok sourit.

– Trois mille ans de cuisine indienne, ça ne se raconte pas. Mais ça peut se déguster. *Bon appétit*[1] *!*

Il tint le plateau à apéritif en l'air pendant qu'il disait :

– À propos, quiconque considère que mes connaissances en histoire ne sont pas à la hauteur de mon art culinaire peut venir me voir après à la cuisine. On peut régler la question à la lutte. Le perdant fera la plonge !

Les apéritifs étaient du nectar de grenade et du vin de riz, tous deux portant une étiquette Vallée de l'Indus, 2500 avant J.-C. Alif Bey eut droit à du punch (Calcutta, 1638).

1. En français dans le texte. (NdT)

Avec ces boissons, Tarok servit des petits morceaux tendres de margose farcie à la mangue piquante et au fenugrec (le Pataliputra de Chandragupta Maurya[1], 305 avant J.-C.).

– Vous avez oublié de mettre du piment rouge là-dedans, s'insurgea Ujwala Sane. Le piment rouge est incontournable. Sans piment rouge, impossible de faire des *karela* farcis.

– On n'avait pas de piment rouge en 300 avant J.-C., répliqua Tarok.

– Pourquoi ? Les ancêtres se servent toujours de piment rouge. C'est un vieux condiment indien. Dans les *puja* aussi. Contre le mauvais œil. C'est la tradition.

– Pas l'histoire, hélas. Je préfère ne pas débattre sur ce point, madame, car cela vous condamnerait à faire la vaisselle.

Tarok souleva en l'air un plat couvert.

– Mesdames et messieurs, les Grecs nous ont rendu visite en 327 avant J.-C. Je n'ai pas de plat en leur honneur parce que le menu est trop encombré. Mais je ne pouvais pas complètement les laisser à l'écart. Je vous présente donc ce que les Grecs considéraient comme du grand art : la déipnosophie !

– Si vous nous invitez à dîner, je vous prie de nous laisser dîner, dit Mr Bajaj. La nourriture d'abord. L'art après.

Imperturbable, Tarok poursuivit :

– L'art de la conversation au cours du repas, la déipnosophie, n'est pas nécessairement un talent grec. La bonne nourriture est améliorée par l'esprit, la chaleur et la générosité. Sachez que j'ai préparé une surprise pour chacun de vous. À mesure que chacun découvrira

1. Fondateur de l'empire maurya après l'invasion d'Alexandre le Grand, Chandragupta reçut la cité de Pataliputra (aujourd'hui Patna, capitale de l'État du Bihar) au moment de son mariage. C'est à partir de cette ville qu'il fonda son empire. (NdT)

sa surprise, vous verrez qu'elle a une signification spéciale ! Goûtez d'abord et dites-nous ce que ça veut dire pour vous ! Ainsi pendant que les apéritifs seront à l'œuvre, nous rendrons cette heure vraiment conviviale. Vous trouverez les portions petites, tout juste de quoi grignoter, afin que votre appétit ne soit pas émoussé avant le plat principal. Commençons par votre charmante hôtesse. Hilla, ceci est pour vous.

Hilla découvrit son plat. Dessus se trouvait un seul *khakhra* avec un morceau de mangue mariné rouge brillant. Elle ferma les yeux pendant qu'elle dégustait comme pour en enfermer le goût dans sa mémoire. Puis elle eut un sourire radieux à travers ses larmes soudaines.

– Bien que Tarok appelle ça – c'est atroce – Sanjan [1], 8 ap. J.-C., c'est le fameux *gor-keri* de ma mère. Exactement le même goût, le même picotement plein de verve, la même douceur. Chaque année, quand ma mère préparait ces pickles, nous n'avions pas le droit de l'aider. La recette était trop délicate, disait-elle, on n'arriverait jamais à le faire correctement. Ma mère n'avait plus besoin de le préparer pour gagner sa vie quand nous avions grandi et gagnions la nôtre, mais, bien sûr, on ne pouvait pas l'en empêcher. Un été, elle était malade. Je l'ai trouvée rongée d'inquiétude à cause de ses clients. Ils attendaient leur ration annuelle de *gor-keri* et elle était trop malade pour bouger. Le lendemain, quand je suis venue la voir, j'ai trouvé une espèce d'ado dégingandé qui dosait, tamisait et mélangeait dans sa cuisine conformément à ses instructions pour le *gor-keri*. Naturellement, j'aurais voulu étrangler ce gamin ! « Laisse-le tranquille, m'a dit ma mère. Ce gosse sait comment s'y prendre. »

« Après ça, on s'est habitués à voir le gamin dans les parages. On était un peu jaloux. Mais après avoir goûté ses pickles, plus personne n'a rien dit.

1. Extrême Sud du Gujerat. (NdT)

« L'odeur me rappelle le toucher des mains de ma mère. Je les sens encore maintenant, calleuses à force de travailler, qui me tapotaient la joue comme si j'étais de nouveau une petite fille. Va chercher le bocal, Tarok, que chacun y goûte.

Il le tenait prêt, bien sûr. Quand le pot eut fait le tour de l'assistance, Felix et le docteur Sane tentèrent d'en deviner les ingrédients, et Tarok fit l'arbitre.

Tous les deux perdirent.

– On a livré le portrait de ma mère trop tard pour qu'on puisse l'accrocher ici aujourd'hui. Je l'ai mis dans la bibliothèque. Mais j'aimerais l'avoir sur ce mur, ici. Demain, je ne veux pas déranger Tarok… aussi puis-je demander à des hommes forts de me rendre ce service ?

– Je m'en considère comme personnellement responsable, déclara Mr Bajaj. Donnez-moi un marteau, des clous et de la ficelle.

– Le clou est déjà en place, répliqua Tarok en souriant. La corde et les ciseaux sont toujours posés sur l'étagère de l'office, c'est donc à votre disposition.

La surprise d'Alif Bey venait ensuite, dans un petit gobelet d'argent. Il l'agita et leva les yeux en riant.

– L'offrande abécédaire ! Une soupe à l'alphabet ! Ça fait des années qu'on essaie de me faire raconter cette histoire. Où en avez-vous entendu parler ?

Tarok haussa les épaules et se tut.

Alif Bey, son humeur bougonne envolée, vida rapidement sa tasse avant de commencer son histoire.

– L'étiquette dit : Simla[1], 1890… ça fait très Kipling, Mr Ghosh ! Toutefois, pour ma part, je lui attribue celle de Poona, 1950 ! Ça me ramène à mon enfance épouvantable. J'avais une nourrice anglaise, une vraie

1. Ville de l'Himalaya, capitale de l'Himachal Pradesh, État de l'Inde. (NdT)

mégère. Elle ne trouvait pas nécessaire de donner des mets indiens aux enfants indiens. Ça vous échauffait le sang, d'après elle. Aussi, chaque jour, je devais avaler une espèce de bouillie fade et gluante. Je n'ai jamais osé demander ce que c'était. Le samedi, on avait la soupe à l'alphabet. C'était le seul mets que je supportais. J'avais neuf ans à l'époque, et j'écrivais des histoires dans un cahier secret. Cette nourrice jouait toujours le rôle du méchant. Le héros, bien sûr, c'était moi, mais je lui donnais un nom différent. Alpha Bet. Je faisais des dessins de la nourrice, des dessins affreux avec une barbe et d'autres horreurs. Un beau jour, elle est tombée sur mon cahier et je fus inculpé sur-le-champ. Ma défense fut simple. Je ne l'avais pas écrit, dis-je. Je montrai le titre sur la couverture : *Les Aventures d'Alpha Bet* par Alpha Bet lui-même. Ensuite, ça devint une habitude. Je ne pouvais jamais assumer la paternité de quelque chose que j'avais écrit. Aussi, quand il s'est agi de mon premier livre, mon pseudonyme est venu tout seul : Alif Bey.

« Mais je dois dire, Tarok, que si la nourrice avait servi une soupe à l'alphabet de la qualité de la vôtre, je n'aurais peut-être jamais écrit ! Et Felix, ce n'est pas une histoire que je veux voir paraître en page 3. Je vous ordonne de l'oublier immédiatement !

Mais entre-temps, ce fut au tour de Felix d'avoir l'air transporté devant la surprise qui lui était réservée. C'était une simple figue placée sur un lit d'une sorte de mousse de neige rose. Felix rougit de plaisir quand il ouvrit le fruit et le mangea, prenant ensuite délicatement la neige à la cuillère.

– Tarok a mis une étiquette indiquant : Crème de figues, Raziya Sultana, 1236. La crème est – était – délicieuse, mais la figue était pour moi. Ou plutôt la feuille qui aurait dû venir avec. Tarok, merci. *La Feuille de figuier manquante* a été mon premier livre publié. Il a reçu une Tache vermeil, vous savez, ce qui a donné un formidable coup de pouce à ma carrière.

– C'est quoi exactement, une Tache vermeil ? s'enquit Lalli en profitant délicatement d'un silence impressionné.

– C'est un prix, une distinction. Un prix du polar.

– Jamais entendu parler de ça, marmonna Mr Bajaj avant de se tourner vers moi. Et vous ?

– Mais si, mentis-je, par pure malveillance.

– Et ça parlait de quoi ? s'obstina Lalli avec une naïveté redoutable.

– D'une statue célèbre, le *David*. Une statue de Michel-Ange, qui se trouve à Florence, en Italie.

– Et alors ?

Lalli faisait preuve d'acharnement.

– La feuille de figuier disparaît !

Je jetai un regard prudent à Tarok. Il était secoué par un rire rentré.

– Qu'est-ce que vous nous chantez là, Felix ? Le *David* n'a pas de feuille de figuier ! C'est la première chose qu'on remarque et pas besoin d'aller à Florence pour ça ! intervint Hilla.

Mais Felix resta imperturbable.

– Exactement. Elle disparaît en plein milieu d'une réunion politique de haute sécurité. Le livre se situe pendant la guerre froide.

– Je suis sûre que c'est follement excitant, dit Lalli, d'un ton apaisant.

– Les Indiens n'utilisent pas de feuilles de figuier, affirma Ujwala Sane.

– C'est pourquoi elle a disparu, lâcha Alif Bey, aux anges.

Elle ne lui accorda pas un regard.

– Les feuilles de curry, de *dhaniya*, de *pudina*, oui. De *methi* aussi. Mais pas de feuilles de figuier. Je n'ai pas vu un seul Indien avec une feuille de figuier.

– Moi non plus, madame, renchérit Tarok avec le plus grand sérieux. Maintenant puis-je vous présenter votre surprise ?

Elle découvrit le plat avec impatience et poussa un petit cri de plaisir.

– Le *Bombay Duck* au chutney vert ! Mon plat préféré ! Comment l'avez-vous su ?

– Ce plat est originaire de Mahikavati, aux environs de 1260. Ou devrais-je dire : Silvassa, 1988 ?

Ujwala écarquilla les yeux, son large visage brusquement effondré et livide.

– Je ne peux pas manger ça, c'est trop salé. Remportez-le !

Et elle repoussa le plat avec humeur, bousculant un verre d'eau au passage.

Tarok ne fit aucun geste pour essuyer. Il avait disparu dans la cuisine et revenait à présent avec une omelette qu'il plaça devant Rafiq.

– Un plat français, dirent-ils en chœur, et ils rirent d'un commun accord.

– Pondichéry, 1750, lut Rafiq sur le papillon que Tarok avait posé sur son assiette.

– Je ne sais pas pourquoi Pondichéry, mais je sais pourquoi c'est une omelette. J'ai passé une année entière en France, à ne manger que de la cuisine française pendant tout le temps. Des gens charmants, mais une nourriture infecte. Mon estomac aspirait sans arrêt à avoir un *daal chawal*. Puis un jour, brusquement, une fille superbe qui habitait l'étage en dessous me donne une *omlet-pau*. « Alors vous apprenez à faire la cuisine indienne, je lui dis, c'est très bien. » Je me dis que peut-être elle connaît aussi le *keema paratha*, le *daal chawal*. C'est de la cuisine française, me dit-elle. « Excusez-moi, dis-je, sans vouloir argumenter car l'omelette refroidissait, mais venez à Govandi et vous aurez une *double omlet bun maska chai* au café Star of

India de six heures du matin à minuit, et vous me dites que ce n'est pas indien ? » C'est français, dit-elle, et elle remporte l'omelette en parlant très vite en français pour dire que j'avais injurié sa cuisine. Et voilà que Tarok me dit que, demain, on mange français ! « *Bas karo !* lui ai-je dit. Assez ! Fais-moi seulement une *omlet-pau* et je la mangerai au studio. » Sur le coup, j'étais contrarié. Je le prenais pour un ami. Et maintenant je me rends compte qu'il est comme cette Française. Il dit aussi que l'*omlet-pau* est française. Mais cette fois, j'espère que l'omelette ne va pas s'en aller.

Quand nous eûmes cessé de rire, Chili demanda :

– Qu'est devenue la fille ?

– Quelle fille ? Une fille ?

Les yeux de Rafiq lancèrent des étincelles diaboliques.

– La jolie petite Française ?

– Ça n'existe pas. Il n'y a pas de jolies filles en France.

Ramona reçut une truffe au chocolat que Tarok attribua aux Hollandais (Coromandel, 1790). Cela fit ressurgir l'histoire d'une farce d'écolier un premier avril.

Chili se vit offrir une unique chips que Tarok présenta comme portugaise (Goa, 1700).

Chili éclata de rire et déclara que l'année passée, quand elle était grosse, elle transportait partout sur les lieux de tournage une unique chips dans sa lunch box et tout le monde trouvait ça dément.

– Maintenant, je suis plus raisonnable, déclara-t-elle. Mes vitamines de onze heures font l'affaire. Tarok, c'est ce que tu aurais dû me donner ! Une pilule de vitamines. Une pilule à onze heures et je suis boostée pour la journée ! Pour moi, c'est sacré, quoi qu'il arrive.

– Je discuterai de cette pilule plus tard, Chili, l'interpella Hilla. Mais tu vas devoir me prouver maintenant que tu as la tête sur les épaules en mangeant un bon repas.

– *Shorshe maach.* Poisson sauce moutarde. Les cuisines de Siraj ud-Daulah [1], 1756.

Le docteur en goûta.

– C'est tout ce que vous avez fait ? demanda-t-il, piteux.

Tarok sourit.

– Il y en a plus qu'assez pour tout le monde. C'est sur le menu principal. Mais qu'en pensez-vous ?

– Superbe !

– Merci. J'apprécie votre opinion. Comme vous le savez, l'âme du plat, sa pulsation pour ainsi dire, est le piquant de la moutarde dans la sauce. Rien ne peut convenir que la meilleure moutarde. Et le docteur Sane, mesdames et messieurs, est un grand connaisseur de l'huile de moutarde, il est connu comme une des autorités de premier plan sur le sujet. D'un seul regard sur un échantillon d'huile, il peut déduire sa pureté. En hommage à son talent auquel j'ai déjà eu l'honneur de faire appel, j'ai utilisé simplement, hélas, la meilleure huile que j'aie pu trouver. Je regrette de n'avoir pu utiliser, docteur, la même qualité d'huile que celle sur laquelle je vous ai entendu émettre un jugement.

Le docteur Sane tenta de protester faiblement durant ce long discours, mais il y renonça vite. Il nous regarda en clignant stupidement des yeux.

– Ne voudriez-vous pas nous dire quelques mots de votre expérience, docteur ? demanda Tarok en s'interrompant avec tact.

– Non, non, rien ! Merci de tout cœur ! articula le docteur d'une voix sans force.

– C'est fou, remarqua Ujwala. On n'utilise jamais d'huile de moutarde.

1. Il fut le dernier nabab indépendant du Bengale, du Bihar et de l'Orissa, avant le début de la Compagnie anglaise des Indes orientales. (NdT)

– Comme vous voulez. Mais Arpita et Darshan ne s'en tireront pas si facilement. Et voilà !

– Berk ! Des œufs durs ! pleurnicha Darshan. Je déteste les œufs durs.

Ils avaient l'air déçus. Deux simples œufs posés dans de grosses coupelles de faïence blanche.

– Remportez-moi ça ! aboya Ujwala. Tu n'es pas obligé de manger ça, Darshan.

– Oh, mais si, je vais le manger, rétorqua Darshan le Brave. C'est mon « spécial ». Merci, oncle Tarok.

Arpita le regarda casser le haut de l'œuf.

Le visage de Darshan fit un large sourire.

– Vous m'avez bien eu ! C'est de la glace ! Arpita, casse vite le tien, ça va fondre !

Celui de la fillette était en chocolat et celui du garçon à la fraise.

– Ce n'est pas de la glace normale, hein, Tarok ? s'enquit Darshan.

– Ce n'est même pas de la glace. C'est une bombe.

– Une bombe ? Cool !

Les gamins étaient aux anges.

Comme il fallait s'y attendre, Tarok étiqueta cela comme français, Chandernagor, 1710.

– Tu ne racontes pas une histoire, Arpita ? s'étonna Felix.

Mais leur régal suffisait à notre plaisir. Cela fit oublier le côté déplaisant de la méchanceté de leur mère.

En partie, mais pas tout à fait.

– Dommage que Lola n'ait pu rester pour ce dîner, Hilla, déclara Ujwala Sane en élevant la voix. Je suis sûre qu'elle nous aurait donné une histoire *chatpata*, vraiment piquante. À moins qu'elle ne soit partie parce qu'elle craignait qu'on apprenne son histoire ?

À la surprise générale, Chili intervint :

– Lola n'a rien à cacher, contrairement à certaines personnes autour de cette table.

Tarok posa une main apaisante sur l'épaule de la jeune fille et se pencha pour lui chuchoter quelque chose à l'oreille. Elle eut un sourire gêné et hocha la tête.

– Et maintenant, Mr Bajaj. Un plat venu tout droit de la yourte de Gengis Khan. Les Mongols étaient de fins connaisseurs en viande de cheval. Non seulement ils montaient leurs chevaux, mais ils s'en régalaient. Le steak tartare, Mr Bajaj, est aussi vieux que Gengis Khan. Mais pour vous, j'ai choisi quelque chose de plus récent. Entre 1630 et 1632, le pays était en proie à la famine. Les historiens parlent de festins soudains à la suite de journées de privations. Nombre de ces festins étaient des événements impromptus, cuisinés en bordure de routes fréquentées par des voyageurs sans méfiance. Cette recette date de cette époque.

La présentation du steak tartare par Tarok aurait paru un chouïa délicate aux hordes mongoles. La pimpante motte de viande rouge était couronnée d'un œuf cru dans sa demi-coquille et entourée de petits tas de légumes coupés en dés et râpés.

Mr Bajaj écouta son laïus macabre sans sourciller. Il rit et huma son steak.

– L'histoire ! l'exhorta Felix.

– Trop d'histoires qui se bousculent entre lesquelles choisir, protesta Mr Bajaj. Après dîner, peut-être.

Alors je fus distraite par Tarok posant une assiette devant moi. Ne s'y trouvait qu'un simple *murukk*.

– Inspiré par un bracelet de cheville de Kannagi, expliqua Tarok. Silappadikaram, en l'an 8. Brisons-le et voyons si les perles se répandent.

Il le rompit et en prit la moitié. Je ris et mangeai l'autre.

Et parce que le regard vide d'Ujwala Sane me dit qu'elle ne connaissait pas l'histoire de Kannagi, je choisis de la raconter.

Comme d'habitude, les hommes étaient tous pour Kannagi et les femmes avaient toutes l'air sceptique, à part Ujwala Sane qui déclara :

– L'histoire me rappelle qu'aujourd'hui on est samedi. Normalement je ne prépare pas de dîner le samedi. Seulement du fast food.

– Pizza ? s'enquit Tarok. Un hamburger ou un *pau bhaji* ?

Elle lui lança un regard qui aurait dû le glacer sur place.

– Fast food. Pas de riz. *Sabudana vada*, ce genre.

Un murmure admiratif l'encouragea.

– Le samedi, pas de riz. Le vendredi, pas de piment rouge. Le lundi et le mardi, pas de sucre ni de sel. Mercredi et jeudi, plein régime.

– Et à quoi riment toutes ces privations, Ujwala ? s'enquit Hilla.

– C'est pour mon mari.

Le docteur protesta fortement en entendant ces propos, mais elle le réprima sans remords.

– Non, il ne le permet pas, mais je jeûne quand même pour que dans ma prochaine vie aussi je ne sois mariée qu'avec lui.

Ramona gloussa et faillit s'étrangler avec son verre d'eau.

– En attendant que Ramona se remette, je prends le temps de préparer la dernière surprise et, pour moi, la plus importante de la soirée.

Il se retourna avec une assiette argentée qu'il posa avec cérémonie devant Lalli. Toute une gamme de feuilles de *badam* était déployée dessus, rouge, or et vert clair. Niché au centre se trouvait un petit tas de *halwa* luisant, couronné incroyablement d'une piécette en or. J'étais assise à table en face de Lilla et la richesse de l'arôme me fit me pâmer. Une bouffée soyeuse de *ghee*, le souffle subtil du safran et puis la pente abrupte plongeant dans la plénitude des amandes, onctueuses, voluptueuses, à l'effet presque narcotique. J'inspirai à fond. Tarok effectua une pause pour tendre à Lalli une petite cuillère en argent sur un plateau et reçut les compliments en inclinant la tête d'un air grave.

Lalli prit une cuillerée de halwa et ferma les yeux.

– Incroyable !

– De la cour de Harihara Ier, Vijayanagar, 1336. Mais il serait plus correct de dire : en souvenir d'une certaine rencontre en 1976.

– Mais ça n'avait rien à voir avec des amandes ! protesta Lalli.

– Exact, mais j'ai entendu parler de vous à travers l'affaire de Crawford Market.

Lalli éclata de rire.

– C'était avant votre époque, Felix, sinon vous vous seriez emparé de ce titre pour un livre ! Vous savez comment les journaux hindis l'ont baptisé : Les amandes des amants !

– Et pendant que tout le monde goûte de ce halwa, ayez la gentillesse de nous parler de 1976.

– Vous croyez ? demanda-t-elle à Tarok.

– Absolument.

– Très bien, parlons donc de 1976. Par un après-midi pluvieux dans la prison d'Arthur Road, comme j'attendais pour interroger un suspect, j'ai été distraite par une bagarre. Quand je suis entrée dans la pièce, il y avait un gosse maigrichon de quinze ans en train de cogner sur un gros dur et, qui plus est, il le défonça sous mes yeux ébahis. J'ai été frappée par la détermination du gamin, bien que sa technique de combat laissât sérieusement à désirer.

« L'homme sur le sol était bien connu de nos services, un multirécidiviste inculpé pour agression. Il terrorisait un vieil homme arrêté pour vagabondage quand le gamin était intervenu. Je ne savais pas alors pourquoi le gamin était en taule, mais j'ai découvert qu'il faisait partie d'une bande de jeunes Bangladais qui travaillaient comme polisseurs à Kalbadevi. Le bijoutier avait signalé un vol, un sac de pièces d'or manquait… et ces gamins avaient fait figure de coupables tout désignés. Ça m'a encouragée. J'ai repris l'enquête. C'était en fait une fraude à l'assurance, comme je m'en doutais. Les gosses étaient innocents.

« Cinq ans plus tard, un jeune homme est venu me trouver. Il travaillait pour un traiteur à Matunga. Il m'a dit qu'il avait quelque chose à me donner. C'était cette pièce. Je l'ai reconnue avant de reconnaître le jeune homme. La pièce venait de la bande de ce bijoutier. Et c'était le gamin que j'avais rencontré en prison. Je ne pouvais pas accepter cette pièce à l'époque, Tarok, mais je l'accepte aujourd'hui, avec fierté. Merci, Tarok.

– Ben voyons ! s'exclama Ujwala Sane, triomphante. Il vous a bien eue, hein ? En fait, ce type n'est qu'un voleur.

– Ce que tu dis est absurde, Ujwala, répliqua son mari, mal à l'aise.

– Absurde ? Au contraire : ça saute aux yeux. Plus sensé que ce que raconte cette dame. Il avait la pièce sur lui. C'est une preuve ! Hilla, comptez vos petites cuillères, votre cuisinier est un voleur adroit !

– Vraiment, Ujwala, soupira Lalli, vous avez une drôle de tournure d'esprit. Ce jeune homme a économisé je ne sais combien de mois de salaire pour pouvoir racheter cette pièce à ce voyou de bijoutier.

– Quatre mois, pour être précis. Entre-temps, j'étais passé du stade de la plonge à celui de marmiton, celui qui coupe et qui râpe.

– Vous voyez bien, Ujwala, qu'il est impossible de donner une valeur à cette pièce. On ne peut que la conserver précieusement.

– Parlez-nous des amandes des amants, avança Felix bravement dans le silence menaçant.

– Oh, Felix, vous savez que je ne parle jamais de meurtre ! C'était juste une petite épidémie d'empoisonnement au cyanure. Les victimes, qui n'avaient aucun rapport entre elles, n'avaient qu'un seul trait en commun : c'étaient des fanas du bio. Sans entrer dans le détail, la piste m'a menée aux amandes.

– Vraiment ? On peut s'empoisonner avec des amandes ? Les amandes contiennent du cyanure ? demanda Chili.

– C'est incroyable ! glapit Ujwala avec satisfaction. Écoutez-moi, Chili, si vous cherchez du cyanure garanti, utilisez plutôt la mort-aux-rats la prochaine fois. Vous aurez un suicide heureux et réussi. Hilla a de la mort-aux-rats de très bonne qualité, pour les gros rats, les rats terrestres, des rats géants, ça devrait donc suffire pour une petite fille comme vous. Vous le trouverez dans une tasse en plastique rouge sur l'étagère du haut dans le placard sous les marches. Demandez à Hilla. J'ai raison, Hilla ? Ce n'est pas du cyanure ?

– La mort-aux-rats n'est jamais un composé de cyanure, intervint son mari imprudemment. C'est normalement un anti-coagulant, comme la warfarine.

– Non, Ujwala a raison, affirma Hilla à ma grande surprise. Je lui ai confié combien c'était dangereux de la laisser comme ça à portée de main. Ce sont des granules de cyanure de sodium. Quand on a construit l'allée, des tas de terriers ont été défoncés et l'endroit s'est trouvé envahi par les rats. J'ai failli laisser tomber la maison et partir en courant. Les employés de la dératisation ont fait un superboulot. Ils ont dissous les granules et injecté le liquide dans les terriers. Ils ont insisté pour que je conserve le reste dans la maison en cas d'une seconde attaque.

– Alors, Chili, ne perdez pas plus de temps, s'obstina Ujwala, avec des trilles dans la voix tellement sa propre blague lui faisait plaisir. Prenez une dose de cyanure au lieu de vos vitamines de onze heures et sentez la différence !

Il y eut quelques rires mitigés.

Chili sourit avec une politesse forcée et se tourna avec reconnaissance vers Rafiq qui amusait Arpita et Darshan en mettant un citron en équilibre sur un couteau qui pivotait.

Ujwala Sane avait arraché la piécette à Lalli.

– Ça ne vaut même pas un demi-carat, fit-elle, écœurée.

Rafiq se pencha à travers la table, prit une feuille de *badam* sur l'assiette de Lalli, enveloppa la pièce à l'intérieur et la rendit gravement à Lalli.

– Vous feriez mieux de la cacher, dit-il. Cette dame l'a rendue plus légère simplement en la regardant. Déjà ce n'est plus qu'un demi-carat. Si elle la garde plus longtemps, ça risque de n'être plus que du laiton !

Tarok éclata de rire le premier, mais j'eus du mal à sublimer mes propres sentiments. Il le sentit et fit le tour de la table pour me rejoindre. Il se tint derrière ma chaise pour annoncer le menu.

– Et maintenant, mesdames et messieurs, que la fête commence !

11

Menu

Apéritifs

NECTAR DE GRENADE – Harappa, 2500 avant J.-C.
Jus de grenade sucré au miel de champak

VIN DE RIZ – Harappa, 2500 avant J.-C.
Vin doux dont le bouquet évoque le riz cuit à la vapeur

PUNCH – Calcutta, 1638
D'après la recette d'Albert de Mendeslo
pour le palepunch

Bitters

KARVELLAMRUTAM – Pataliputra, 305 avant J.-C.
Karela (melon amer) farci à la mangue et au fenugrec

Hors-d'œuvres

RESHAM KEBAB – Awadh, 1765
Kebab de poulet haché
KHAMAN DHOKLA – Kathiawar, 1560
Channa daal levés, cuits à la vapeur et garnis

BOMBAY DUCK – Mahikavati, 1265
Bombil grillé

AMMINI KOZHAKATTAI – Tirunelveli, 1465
Petites boulettes servies sur un lit de daal épicé

MADDUR VADAI – Mysore, 1800
Rondelles plates, croustillantes,
pleines de verve

MAKHMALI SHORBA – Delhi, 1645
Bouillon de mouton aux pignons et aux noix

ANASI PAZHA RASAM – Madras, 1850
Rasam (jus) d'ananas

SOL KADI – Konkan du Sud, 1660
Lait de coco au kokum (mangoustan)

Condiments

CHAAT DE PÊCHES – Delhi, 1857
Pêches relevées d'épices

PULI INJI – Palakkad, 1780
Gingembre, doux-amer

KACHUMBER – Bombay, 1900
Salade de concombres

BOONDI RAITA – Bénarès, 1700
Boondi in dahi
(pois chiches frits et sauce) croquants

Plat principal

Riz

Riz cuit à la vapeur
Nourriture des dieux

NAVRATTAN PULAU – Fatehpur Sikri, 1590
Riz émaillé de fruits et de légumes

TANDLACHI ROTI – Savantvadi, 1560
Galette de farine de riz

BISI BELE HULIYANNA – Mysore, 1700
Mélange épicé de riz, daal, légumes

Céréales

HALEEM – Golconda, 1676
Mélange épicé de blé, agneau et orge

ALU PARATHA – Amritsar, 1628
Paratha feuilleté fourré de pommes de terre aux épices

GODUMAI RAVA PONGAL – Coimbatore, 1800
Mélange parfumé de boulghour de blé et de moong daal (haricots mungos)

Viandes

SALI NE JARDALOO MA GOS – Navsari, 1800
Mouton parfumé à l'abricot
et garni de pommes paille

NARGISI KOFTA – Awadh, 1765
Kofta (boulettes) de mouton haché et d'œufs durs

TABAK MAAZ – Cachemire, 1622
Côtelettes

Volailles

MURGH MUSSALLAM – Delhi, 1632
Poulet entier farci

AGRA BATTAKH PASANDA – Agra, 1628
Canard à la crème

PURA KICHILI PAZHAM MILAGU VARAVAL – Nagapattinam, 1776
Pigeon à l'orange

Poissons

SHORSHE MAACH – Calcutta, 1756
Poisson à la sauce moutarde

FISH RECHEADO – Goa, 1560
Pomfret farci

SHEVANDA MOILEE – Calicut, 1510
Homard à la noix de coco

Légumes

KADAMBAM – Madurai, 800 avant J.-C.
Mélange de légumes sautés

ALU POSTO – Calcutta, 1900
Pommes de terre parfumées aux graines de pavot

SARSON KA SAAG – Punjab, 1800
Feuilles de moutarde

Palette de légumes

Daal

OSAMO – Baroda, 1800
Toovar daal aigre-doux

RAJMA – Ludhiana, 1947
Haricots épicés

THAYIR VADAI – Madras, 1900
Urad daal vadai en sauce au lait caillé aromatisé

Mithai

Les friandises et mignardises remontent à la nuit des temps, constamment renouvelées, et elles traversent les frontières régionales

Riz

Vel avil
Flocons de riz au sucre jaggery ou gur, parfumés à la cardamome

Blé (entier)

Halwa

Maida

Mallika Pasandi
Choux fourrés à la crème et aux amandes

Noix de coco

Narkel naru
Bonbons à la noix de coco croquants

Fruits et racines

Gajjar halwa
Carottes, cuites à la crème et au ghee

Elai adai
Boulettes de riz à la vapeur fourrées aux jaques cuits dans une feuille de banane

Glace au sitaphal
Anone, crème fraîche, sucre. Sans conservateur.

Besan (farine de pois chiches)

Pateesa, Mysore pak, Mohan thaal

Fruits secs

Kaju katli – cajou
Badam halwa – amandes
Chikki – arachides

Lait

Rossogolla, Aflatoon, Paal poli

La surprise du chef

Plat principal

Rui maacher kaliya en morceaux
servi avec le Shokti Ghor chaal
Dacca, 6 septembre 1971
Curry de rui servi avec du riz à la vapeur

Dessert

Ishrat ul firdaus, gâteau au fromage

12

Le menu de Tarok ne suivait pas l'ordonnance habituelle des plats. Il avait préféré regrouper ceux-ci d'après leur contenu. L'anglaise élégante de l'écriture était la seule concession à quelque artifice : pour le reste, les explications étaient concises et brutales. Je ne trouvai pas, par exemple, *pasanda* traduit par filet mignon, ni *kachumber* par salade.

– On sert la soupe en premier, clama Ujwala d'entrée de jeu. (Elle avait fini par manger le bombil, et Tarok avait discrètement placé un deuxième plat à sa portée. Maintenant, elle plongeait le nez dans les petits pots de condiments, humant une cuillerée ici et là avant de la remettre en place, la mine dégoûtée, sans y toucher.) Vous auriez dû nous servir la soupe avant le kebab.

Mr Bajaj, qui avait sorti ses lunettes cerclées d'argent pour scruter le menu, s'exclama, incrédule :

– Quoi ? Il n'y a pas de soupe ?

Tarok sourit.

– La soupe est une invention des nations indisciplinées. Son but est d'inspirer le respect à peu de frais pour le cuisinier. Pour freiner ceux qui se goinfrent et engloutissent les mets de façon inconvenante. Pour faire taire les estomacs afin que la langue puisse savourer. Avec notre longue discipline de la faim et des privations, nous autres, Indiens, savons respecter la nourriture. Nous n'avons pas besoin de soupe.

– Je ne suis pas d'accord, protesta Felix. Nous avons des soupes, des soupes traditionnelles. Et la *shorba* ? Le *rasam* ?

– Vous avez vu comment on les sert à la maison, Felix ? Jamais en tant que soupes. La *shorba* est dégustée en tant que sauce. Le *yakhni* est un bouillon nourrissant. Quant au *rasam*, on le sert entre les plats pour raviver le palais et stimuler l'estomac. L'arôme fait tout. Par sa texture, il est délicat, pour ne pas dire éphémère. Servir une *shorba* ou un *rasam* en tant que soupe nous vient des restaurants. Une convention qui n'a aucun antécédent domestique. Mais ce soir, vous aurez *shorba* et *rasam*, les deux.

(La *shorba* était un mélange suave de noix et de pignons, très subtil. Le *rasam*, servi dans un *donnai* – une feuille pliée d'une main experte – était garni de petits cubes d'ananas qui faisaient tourbillonner un envol de sucre jusque dans son cœur ardent.)

– Je croyais que les pickles et les chutneys étaient chargés d'amener les papilles à se concentrer, dit Hilla. Et je constate que tu en as mis des quantités infimes sur la table. Pourquoi ? D'habitude il y en a des dizaines au choix.

– Seulement si le cuisinier manque de conviction. Personnellement, je me sens insulté quand quelqu'un réclame des condiments à ma table ! s'insurgea Tarok.

Ujwala Sane le fixa un instant et renversa un pot de pickles sur son assiette.

Tarok lui servit presque immédiatement du *resham kebab*. Comme il était prévisible, elle ne toucha pas aux pickles. Le *khaman dhokla* n'avait pas l'âpreté suffocante de l'Eno's Fruit Salt qui, en ces temps de cuisine instantanée, remplace le plus souvent la levure. Le *vadai* de Maddur, demeuré tel un pur délice dégusté sur un quai au hasard d'un voyage en train dans son enfance, était plus croustillant que celui mangé à la gare.

– Faites-moi plaisir encore un instant, dit Tarok en apportant les plats de riz. Sous le menu, chacun trouvera une enveloppe à son nom. Je vous prie d'attendre la fin du repas pour l'ouvrir. Elle contient une prédiction. Contrairement aux biscuits chinois, c'est mon idée des plats que chacun de vous va préférer.

– Tu pousses, protesta Rafiq. Comment tu peux deviner ? Je n'ai pas entendu parler de la moitié des plats qui sont ici, et je ne sais même pas ce que je vais aimer.

– Mais moi, je le sais, rétorqua Tarok. Prétentieux, non ?

– Un riz banal. En quoi c'est historique ? demanda Mr Bajaj non sans hauteur.

– C'est évident ! murmura Alif Bey. Il y a plus d'histoire dans un grain de riz que dans tous les champs de bataille du pays !

– Pour chacun de nous, l'histoire commence avec la mémoire, expliqua Tarok. (Sa voix s'était tendue et on y sentait la colère.) Chacune des petites surprises que je vous ai préparées a raconté son histoire par le biais de ce qu'elle a réveillé dans votre mémoire. Vous, Mr Bajaj, avez eu un steak tartare parce que l'étiquette que vous avez dans votre mémoire…

– Course de chevaux, viande de cheval, prononça Felix judicieusement.

– Peut-être, convint Tarok en haussant les épaules. Le riz est là où ma mémoire commence. Quand j'ai organisé ce repas, j'ai choisi chaque plat dans un livre de cuisine familiale. J'avais presque fini quand je me suis rendu compte que, à moins d'y introduire un plat fait maison dont je me souvenais, le repas ne serait pas complet. Je vous donne à savourer le goût de chez moi, de ma maison, le dernier déjeuner dominical que j'ai dégusté avec ma famille à Dacca. Un *rui maacher kaliya* avec *Shokti Ghor chaal.*

Le repas était simple et délicieux, mais il avait le goût des larmes.

– Ton *navrattan pulao* devrait figurer dans la vitrine d'un bijoutier, déclara Hilla. Vraiment, Tarok, c'est trop joli pour qu'on le mange.

– Le *navrattan pulao* n'appartient pas à la cuisine familiale, avoua Tarok.

– Peuh, ce n'est qu'un *pulao* de légumes, piaula Ujwala Sane en haussant les épaules. Rien de bien génial. Et le *tandlachi roti* qu'on trouve dans les villages. Trop fade.

– Essaie le *bisi bele*, lui suggéra son mari.

Il y avait en accompagnement trois plats de riz et trois de blé. Ujwala Sane décréta que le *bisi bele* et le *haleem* étaient la même chose.

– Non, contesta Chili. Ils ont un parfum différent.

Il fallait plus qu'une simple gamine pour en remontrer à Mrs Sane.

– Qu'est-ce que vous en savez ? l'apostropha-t-elle. Vous avez déjà mis les pieds dans une cuisine, miss ?

Et brusquement, tout le monde se mit à parler.

Tarok apporta des saladiers de légumes éclatants de couleur.

– Le parfum est une chose aléatoire, remarqua-t-il. Quand nous parlons du *masala*, nous admettons un mélange indistinct des sens. *Masala*, cette mixture d'épices, est un mot que j'exècre, il n'a pas sa place dans le lexique culinaire. J'aimerais que vous goûtiez ces légumes. Chaque plat est cuit avec un parfum différent. L'épice reste deux pas derrière la saveur du légume lui-même. Felix, à vous l'honneur.

Il y avait du chou avec une pointe de cumin, du chou-fleur avec du fenouil. Des pommes de terre rendues croquantes par le sésame. De la pomme au gingembre, du *brinjal* avec de l'*ajwain*. Des *green moong* à la cannelle et des *urad* aux clous de girofle. Des oignons avec, ma foi, rien que des oignons. « Seulement du sucre », précisa Tarok en souriant comme je cherchais à déchiffrer celui-là. Il me retira les saladiers avec détermination.

Au bout d'un moment, tout le monde se tut. Le visage de Tarok s'éclaircit. Il aida Darshan avec son poisson et glissa un *puranpoli* sur l'assiette d'Arpita pendant que sa mère regardait ailleurs.

– Tout est merveilleux, Tarok, mais on doit se réserver pour le dessert, protesta Hilla. Que vas-tu nous donner ?

– En Suisse, ils ont le tiramisu, lança Ujwala haut et fort. Après le tiramisu, il n'y a pas d'autre dessert à mes yeux. Il n'existe pas de dessert indien.

– Permettez-moi de ne pas partager votre point de vue, répliqua le maître d'œuvre. Et j'espère que vous changerez d'avis dans quelques minutes quand je vous apporterai le chariot des desserts.

– Oh, un chariot de desserts ! s'exclama Darshan en sautant en l'air.

– Encore du *puranpoli*, ironisa Ujwala.

Mais c'était plus que cela.

– J'ai choisi des friandises qui expriment le mieux la richesse et la subtilité de leurs ingrédients. Là encore, j'ai évité les arômes artificiels.

– Vous n'avez pas aromatisé le *ghee* de la cuisine non plus, remarqua Felix en plissant le front. On ne peut pas faire de cuisine mughlai sans aromatiser le *ghee* à la cardamome.

– Exact. C'est pourquoi les cuisiniers moghols n'étaient pas capables de faire le *ghee*. Ils n'ont jamais pu et ils n'arrivent toujours pas à le réduire en faisant s'évaporer l'eau correctement. Ça laisse un arrière-goût rance que n'a pas le *ghee* authentique vendu par les *halwai*. Sans la cardamome, leur *ghee* n'a aucun caractère. Pour connaître l'arôme du vrai *ghee*, essayez leurs trois confiseries au *besan* : chacune est différente et pourtant c'est la même base, un mélange de pois chiches, de sucre et de *ghee*. *Pateesa*, *mohan thal* et *Mysore pak*.

Des trois, *mohan thal* est le plus aimable à l'égard des capacités du cuisinier. *Pateesa* est rarement tenté sauf par les plus expérimentés. Même auprès des confiseurs les plus habiles, un morceau de brique brute passe souvent pour un *Mysore pak*. Les trois cubes dorés que Tarok posa sur mon assiette fondirent dans ma bouche.

– C'est trop tendre pour être un *balu shahi*, remarqua Felix en mordant, sourcil froncé, dans ce qui ressemblait à une boule de duvet d'or pâle.

– Il a changé de genre. Maintenant c'est une *mallika pasandi*, fit Tarok avec un large sourire.

– Incontestablement, convint le docteur Sane. À l'intérieur, du pur *mawa*.

Ujwala fit entendre un bruit grossier.

Tandis que nous exprimions notre émerveillement avec force exclamations, Tarok apporta la pièce de résistance.

– De ma propre invention, dit-il, jouant les chevaliers blancs. Le gâteau au fromage passe pour la plus voluptueuse des douceurs. Mais j'appelle celui-ci *Ishrat ul firdaus*, Les délices du paradis. Dites-moi si vous êtes d'accord.

Je l'étais. Tout le monde aussi, à part Mrs Sane et ses enfants qui réclamèrent quelque chose de plus sucré. Felix et Rafiq martelèrent la table pour exprimer leur enthousiasme. Tarok piqua un fard, s'inclina et fit glisser une autre tranche sur mon assiette. C'était bien un gâteau au fromage, mais avec des complications, comme dit Hilla. Il y avait une frange de vermicelles tendres sur l'épais nappage de crème non sucrée subtilement teintée de safran. Le gâteau était savoureux, moelleux, et le biscuit de base était un croquant de noix.

En définitive, même le docteur en eut fini et nous ouvrîmes nos enveloppes. Il y eut des cris de surprise et d'indignation. Nous lûmes nos listes à haute voix, estomaqués de voir autant de nos goûts mis au jour. Ma liste énumérait : *chaat* de pêches, légumes assortis, *tandlachi roti*, *pateesa*, *Ishrat ul firdaus*. C'était troublant.

Ramona et les gamins se jetèrent sur Tarok, et nous nous levâmes pour l'acclamer. Il nous répondit par un grand geste de la main et courut se réfugier dans la cuisine.

Rafiq et moi débarrassâmes la table pendant que Tarok prenait seul son repas spartiate habituel composé de riz et de légumes. Rafiq alla de la salle à manger à l'évier en swinguant et sifflotant en même temps. Il tournoyait sur la pointe des pieds en tenant les plats en équilibre. Il prit des citrons au frigidaire et jongla adroitement en faisant des claquettes.

Tarok l'observait, l'œil amusé.

– Alors pas de jolies petites Françaises, hein ?

– Pas une !

– Et toutes les petites Indiennes sont jolies ?

– Non, non. Une seulement. Une seule jolie fille dans le *mera Bharat mahan*. D'accord, disons deux, peut-être ? Incontestablement, deux.

Et avant que je comprenne ce qui m'arrivait, je fus entraînée dans un tango effréné à travers la cuisine.

– Observe Tarok qui se prépare à me casser la gueule, me chuchota-t-il en se penchant à mon oreille. Il me fit tourbillonner et me projeta loin de lui pendant qu'il s'éclipsait de la cuisine.

C'était enivrant, même si ce n'était pas Rafiq avec qui je voulais danser le tango. Renonçant à son repas,

Tarok me rattrapa au moment où Rafiq me libéra. Si j'étais étourdie par la danse, je le fus plus encore au cours des cinq minutes suivantes. Question baisers, les nôtres furent un apéritif, léger, tendre, et cependant plein de promesses. Mais quand il se recula, ses yeux étaient troublés.

– Pourquoi avez-vous fait ça ? laissai-je échapper.

Il tressaillit comme si je l'avais giflé. Je dus m'expliquer aussitôt.

– Je veux parler de ce que vous avez fait au dîner. Pourquoi les avez-vous asticotés de cette façon ?

– Je les ai asticotés, moi ?

– Parce que ce n'est pas ce que vous avez fait ? L'expert en huile de moutarde ne savait plus où poser les yeux.

– Ah, *ça* ?

– Oui, *ça*. Et vous avez également charrié Alif Bey, mais il l'a accepté de bon cœur, et Felix aussi, bien qu'il soit trop bête pour comprendre.

– Et vous ? Je vous ai mise en boîte aussi ?

– Bien sûr ! Vous nous avez tous mis en boîte.

– Ça vous a embêtée ?

– Bien sûr que non ! Mais j'aurais pu l'être si j'avais eu quelque chose à cacher.

– Exactement ce que je pensais.

– Alors les gens n'ont pas le droit d'avoir des secrets ?

– Pas des choses honteuses.

– Mais pourquoi les faire sortir au grand jour ?

Debout dans l'embrasure, Rafiq s'interposa.

– Alors, on se dispute déjà ? Vous avez besoin d'un arbitre ?

– Elle dit que les gens ont le droit d'avoir leurs secrets. Elle croit que leurs secrets les regardent.

Rafiq haussa les épaules.

– Quelquefois oui, quelquefois non. Ça dépend si ce sont des secrets heureux ou malheureux. Si je suis triste pour l'omelette de la petite Française, ça doit être un secret. Pas de souffrance, pas de secret. Toi, Tarok, tu veux trouver le secret qui fait mal.

Tarok fit la grimace.

– La vie est un champ de mines. Ça aide de savoir quand ça va sauter sous tes pieds.

C'était complètement insensé.

– En quoi les secrets des autres peuvent-ils vous faire du mal ? demandai-je.

– Je n'en sais rien. Mais j'aime que la vérité soit claire et nette. Je ne veux pas savoir les secrets des autres, je veux juste qu'ils sachent que la poudre aux yeux ne marche pas avec moi.

– Comme le fait que vous ne vouliez pas qu'on vous appelle un chef, mais un cuisinier ?

– Exactement.

Nous nous fusillâmes du regard, deux ennemis jurés.

Manifestement, j'étais allée trop loin.

À la suite de ce premier baiser, le paysage était un flou impressionniste. Évidemment, pas pour lui. Les lignes étaient encore clairement visibles. Mon cœur flancha d'un centimètre ou deux, mais je ne cédai pas d'un pouce. Je m'étais trop avancée pour reculer maintenant.

Toutes mes paroles étaient fausses. Je voulais lui dire qu'il avait été éblouissant et profondément troublant. Je clignai des yeux, malheureuse, ne sachant pas quoi dire.

Son visage s'éclaircit. Il effleura ma joue et toute ma tristesse s'envola.

Rafiq l'arbitre reprit la parole.

– Tarok n'aime pas qu'on se paie sa tête. Je suis d'accord. Moi non plus, je n'aime pas ça. Mais la différence entre nous, c'est que quand quelqu'un se paie ma tête, j'attends. Le moment viendra où c'est mon tour de me payer sa tête, zéro partout. En fait, ce n'est même pas nécessaire d'attendre qu'on se paie ta tête. Celui qui se paie la tête est un *ullu*, un idiot.

– Alors c'est ce que tu me conseilles ? demanda Tarok avec plus de curiosité que d'animosité.

Rafiq leva les mains en un geste d'impuissance.

– Tu veux que je te dise quoi ? Ce que je fais avec le *tandav*, tu le fais avec ta cuisine... mais pas, j'espère, à l'intérieur de ton estomac. Nous sommes des artistes. À Paris, j'ai appris ça : le but de l'art est de déranger. De planter une épine dans le cœur. Ce que le cœur fait ensuite, ce n'est pas ton problème. C'est assez qu'il sente l'épine. (Il se tourna, songeur.) Tu sais, je suis embêté pour cette femme, Lola. Une telle vie, d'abord ce mari, puis cet avocat, maintenant cet ivrogne. Et personne, personne, aucune amie. Mais pourtant, elle sent les épines dans son cœur et n'a pas peur que les autres se moquent d'elle. Je pense que c'est du courage. C'était quoi, sa surprise, Tarok ? Peut-être que tu ne lui en as pas fait ?

– Si, je l'avais préparée, je me suis dit qu'elle pourrait revenir pour le dîner. Tiens.

Il prit sur le réfrigérateur un concombre ingénieusement sculpté.

– J'avais prévu de le lui servir avec une sauce à la menthe. Je l'ai vue interviewée à la télévision une fois. Le présentateur lui a demandé quel était son message pour les femmes qui souffraient et elle a dit : « Restez cool. Quoi qu'il arrive, restez cool. »

Je repensais à cela plus tard tandis que je débarrassais les fleurs de la salle à manger. Nous avions décidé de les sortir sur la véranda où l'air frais les conserverait mieux durant la nuit. Quand je bougeai une fougère à plumet, quelque chose de brillant m'arrêta l'œil. C'était la boucle d'oreille Alexander Calder de Lola. Elle l'avait sans doute perdue pendant cette bagarre qu'elle avait eue avec Alif Bey, la nuit dernière, et elle s'était accrochée à une longue branche de fougère qui traînait quand on avait déposé les pots ici ce matin. Chili n'était vraiment pas douée pour le ménage si un morceau pareil lui avait échappé !

Ce bijou allait lui manquer. Il y avait quelque chose de pitoyable dans sa façon de jeter ses biens par-dessus bord comme pour se libérer avant de prendre la fuite.

Tarok vint à la rescousse et je lui montrai la boucle. Il fronça le sourcil et la remit doucement sur la fougère où elle pendit d'un air piteux telle une décoration de Noël oubliée.

Très vite, la cuisine fut bourrée de monde. Hilla d'abord, le docteur Sane, et même, de façon fugace, Mr Bajaj en route, apparemment, pour la salle de bains. Lalli, que Félix ne lâchait pas d'une semelle. Alif Bey qui cherchait désespérément un verre. Tout le monde parlait fort et congratulait le chef. Pas l'ombre, pas un semblant de reproche. Par-dessus leurs têtes réjouies, le regard de Tarok croisa le mien, un éclair d'ironie dans l'œil.

Je ne comprenais pas. Je n'y comprenais rien.

Je fis ce que je fais toujours quand je suis déroutée. Je m'en allai.

Comme j'entrais dans le vestibule ténébreux, je tombai presque sur Chili. Elle se tenait, dos au mur, immobile. Elle me fit penser à un chien de prairie, chaque poil en alerte, flairant ce que chaque bouffée d'air transportait. Elle leva une main en signe de reconnaissance ou pour ne pas être dérangée. Je répondis par le même geste et poursuivis mon chemin.

J'étais trop énervée pour lire. Je m'assis au bureau et me mis à écrire. Ce n'était pas un exercice tranquillisant. Nous autres, « scribomaniaques », ne chassons jamais nos démons. Nous les transférons seulement sur un autre plan.

Je passai à mon gagne-pain et fus bientôt débordée par les malheurs de Lulu qui semblait avoir une semaine plus foldingue que d'habitude.

Et puis, vers le bas de la page, je m'aperçus que les angoisses de Lulu trouvaient leur réponse par la voix de Tarok.

– … Je ne sais pas quoi faire ! gémit Lulu, dont c'était le lamento inévitable toutes les dix minutes.

– Va dormir, ça ira mieux, répondit Tarok.

Évidemment, ce n'était pas ce qu'il disait à Lulu.

Cette fichue porte s'entrebâillait à nouveau et je me retrouvai à écouter ce qui ne me regardait pas.

Puis, inversant joliment les rôles, Tarok prononça cette réplique rendue célèbre par toute ingénue minaudant dans les romans :

– Oh, tout ça est si inattendu ! sussurait-il. Vous devez me laisser un peu de temps.

Je me sentis aussi idiote que Lulu.

Il ajouta d'une voix basse, suppliante :

– Je vous en prie.

– Promettez-moi de ne pas me laisser tomber. (C'était Chili.) On m'a laissée tomber une fois et je ne supporterai pas que ça recommence.

– Je vous le promets.

– Promettez-le pour toujours.

– Je ne vous laisserai jamais tomber.

– Pourquoi ne peut-on pas le dire à tout le monde maintenant ? insista-t-elle. Pourquoi ne peut-on pas le crier sur les toits ? On a des raisons d'avoir honte ?

– Je vous en supplie, Chili, donnez-moi du temps.

Oh, il n'était pas impatient du tout. Pas une once de friction entre eux. Manifestement, Chili pouvait aller aussi loin qu'elle voulait.

– Mais pourquoi ne peut-on pas le dire à Hilla maintenant ? Seulement Hilla. Je vous en supplie ! S'il vous plaît, s'il vous plaît !

– Non, je ne veux pas faire de peine plus que nécessaire. Il me faut du temps.

– Ça va, d'accord. Je demandais juste. Comme vous voudrez. D'accord.

Ils se turent.

L'embrassait-il ?

Je ne savais pas.

Il fallait que je sache.

Non, je ne voulais pas savoir.

Mon cœur rugissait entre mes tympans comme une scie électrique et la bouche me brûlait.

Avant de m'en rendre compte, j'avais poussé la porte et je me tenais sur la terrasse.

Chili était partie.

Tarok se tenait près de la balustrade et fixait la mer. Il ne se retourna pas.

Mais quelque part dans l'ombre dense de l'auvent, j'entendis un souffle qui répondait au mien. Léger, rapide, tendu.

Quoi qu'il se soit passé entre Chili et Tarok, il y avait quelqu'un d'autre que moi qui s'y intéressait.

13

Après une nuit façon *Tête raphaëlesque éclatée* de Dali, je m'endormis à l'aube. Il était huit heures largement sonnées quand je fus éveillée par une cacophonie qui faisait penser au marché aux poissons de Khar en plein midi. À vrai dire, on n'entendait qu'une seule et unique voix. Une voix de femme.

Le temps que je me douche et m'habille, les vociférations s'étaient calmées, réduites à un simple grondement. Je me traînai au rez-de-chaussée et tombai sur Hilla qui était assise sur le palier, le visage enfoui dans ses mains.

– Hilla ! que se passe-t-il ?

– Tu n'es pas au courant ? La diva exige que je vire mon cuisinier. C'est elle ou lui.

– Personne n'ira nulle part aujourd'hui, cria Lalli du haut des marches. On est bloqués. Vous ne l'avez pas remarqué ?

En fait, non. Chose surprenante, Hilla non plus. La pluie était tombée sans discontinuer depuis la veille au soir. Cependant, le déluge tonitruant n'était qu'un faible crépitement comparé au rugissement inquiétant de la mer. Aussi régulière qu'un battement de cœur, elle fouettait l'air comme si une bête géante invisible était accroupie sur nous. L'œil-de-bœuf, un ornement si éclatant sur le mur, brillait d'une lueur maléfique, pareille à un œil de verre. On ne pouvait distinguer par la fenêtre qu'un épais rideau d'eau grise et la cataracte qui dégringolait de la gouttière.

Nous courûmes sur la véranda pour regarder la mer. À présent, la pluie s'était affaiblie et on pouvait voir plus loin. La mer s'avança sur nous tel un mur de ciment mouvant, lourd, impénétrable. Elle avait complètement englouti les récifs. La route du littoral était à présent territoire sous-marin. Les segments de la route en contrebas étaient à peine visibles tandis que la mer frappait et se retirait en laissant derrière elle une écume de frustration, mise en échec par la montée abrupte de la pente. Ardeshir Villa surnageait, échouée sur le mont Ararat, la cale pleine d'animaux mécontents, dont aucun n'était accouplé selon son cœur.

À l'est, le village était totalement isolé. Il y avait de l'eau aussi loin que le regard portait, un vaste et immense miroir d'eau sombre et craquelée.

Alors que nous regardions, la pluie devint plus dense et se rapprocha jusqu'à tout noyer dans un flou incertain.

– On a de quoi manger, de l'eau courante, de l'électricité, et assez de bagarres pour nous distraire jusqu'à l'arrivée des secours, résuma Hilla, prosaïque.

– Le téléphone doit être hors service, maintenant, ajouta Lalli. Qui a un portable ? En dehors de Mr Bajaj ?

Personne, apparemment. Hilla avait laissé le sien en ville. Lalli et moi n'en avions pas. Quant aux Sane, d'après Hilla, ils n'avaient pas apporté le leur. Tout le monde semblait avoir considéré ce week-end comme une joyeuse escapade. Il ne restait donc que Chili, Rafiq, Tarok et Felix. Je savais que Tarok et Rafiq n'en possédaient pas. Chili avait balancé le sien sur le trajet dans l'*autorickshaw* pour s'empêcher d'appeler son ex. Felix pourrait en avoir, intégré quelque part dans son corps, c'était son genre. Alif Bey ne devait même pas savoir que cela existait.

Lalli conclut mon récapitulatif d'un signe de tête approbateur.

– Alors on est vraiment coupés de la civilisation, et on va pouvoir se conduire comme de vrais sauvages si on en a envie.

Ce qui vraiment était une drôle de chose à dire.

Les hurlements reprirent, la voix d'Ujwala Sane grimpant jusqu'à l'hystérie furieuse. Avant que nous puissions nous cacher, elle fondit sur nous.

– Alors qu'est-ce que vous comptez faire, Hilla ? Votre cuisinier s'en va ou c'est moi qui dois partir ?

– Le temps ne permet à personne de s'en aller ce matin. Vous ne pourriez même pas rentrer en ville à la nage, c'est trop dangereux. Quel est le problème, Ujwala ? Nous pouvons sûrement trouver une solution.

– C'est cet enfoiré de cuisinier. Il a frappé à la porte alors que je dormais, il a fait irruption dans ma chambre avant que j'aie pu me lever, m'a flanqué un plateau sur le lit, a renversé quelque chose sur une assiette et y a mis le feu. « Il est huit heures et demie exactement, m'a-t-il dit. Madame, vos crêpes sont servies ! » Vous vous rendez compte ?

Indiscutablement. Même si mon hilarité fut vite douchée par le souvenir des événements de la nuit passée. Mais elle n'en avait pas fini.

– « Pourquoi me réveiller au milieu de la nuit ? » lui ai-je demandé, et vous savez ce qu'il a eu le front de me dire, à moi ? « Je dois préparer le petit déjeuner. Je ne peux pas faire attendre tout le monde à cause de vos caprices. » Oser me parler sur ce ton ? Un cuisinier ! C'est intolérable !

– Ne les mangez pas, lui dit Hilla, conciliante. Je vais les rapporter à la cuisine et vous pourrez avoir un œuf à la coque à la place.

– Mais je ne veux pas d'œuf à la coque ! Je ne mangerai pas une bouchée de ce que cet homme aura touché, je vous avertis.

Le docteur se joignit à nous, visiblement mal à l'aise. Il avait une serviette nouée autour de sa vaste brioche et la moitié du visage couvert d'une affreuse mousse vert citron.

– Pourquoi ne me laisses-tu pas me raser en paix ? grommela-t-il à sa femme. Des histoires, tu fais des histoires sans arrêt. J'ai mangé ce machin, de toute façon c'était en train de refroidir.

– Venez en bas, proposai-je. On trouvera du café chaud.

Mais Ujwala repoussa ma proposition avec agacement et retourna précipitamment dans sa chambre en claquant la porte au nez de son mari. On avait du mal à s'empêcher de sourire.

En femme pratique, Hilla conseilla au mari de passer par la chambre des enfants et lui dit qu'elle lui enverrait un plateau plus tard. Il rentra, l'air sombre.

– Qu'est-ce que je vais faire avec cette bande-là ? se lamenta Hilla. Il y a Alif dans la chambre voisine de la mienne qui gémit sans arrêt à cause de sa gueule de bois. Je ne peux pas mettre un pied dans le couloir sans me faire coincer par Mr Bajaj et ses documents. Le docteur va commencer son numéro dès que sa femme aura un instant de lucidité. Et Dieu sait quel *tamasha* elle va nous inventer après ça. Quant au cuisinier…

Elle pointa sur moi un index accusateur.

– *Ton* cuisinier, qui a les nerfs en pelote parce que Felix Rego lui a changé son menu *in extremis* pour le déjeuner.

– Felix ne peut pas faire ça !

– C'est une sorte de pari ou quelque chose de ce genre. Ces hommes se comportent comme des gamins de dix ans. Quoi encore ?

Ramona surgit en trombe au coin de la véranda, l'air d'une vraie furie.

– Je l'ai giflé ! annonça-t-elle, telle une sainte proclamant son martyre.

– Youpi ! Ils ont tous besoin d'une bonne gifle. C'était lequel ?

– Alif Bey.

– Très bien. Je peux le flanquer dehors sous la pluie. Bas les pattes avec ma nièce et tout.

– Mais non, tante Hilla ! s'exclama Ramona, horrifiée. Ce n'était pas ça du tout. Il pleure.

– Hein ?

– Oui. Il a le cœur brisé. Il est vraiment très triste, mais quand il a mis les bras autour de mon cou et s'est mis à pleurer, je l'ai envoyé promener. Quand il a fait ça, je lui ai filé une bonne claque.

– Il est complètement soûl, remarqua Hilla, dégoûtée. Franchement, ça doit être plus facile de s'occuper d'un zoo.

– Docteur Hilla ! Un moment, je vous prie.

Mr Bajaj surgit, large et auréolé d'argent, brandissant une liasse de feuilles. Hilla poussa un petit cri et décampa sans se gêner.

Lalli s'avança bravement à la rencontre de Mr Bajaj.

– Hilla a une urgence à la cuisine. Vous avez pris votre thé ? J'ai remarqué que vous ne buviez pas de café. Je suis sûre qu'un bon petit déjeuner bien chaud nous ferait du bien à tous par un temps pareil.

Et avec ce pouvoir de persuasion que je lui avais souvent envié, elle entraîna Mr Bajaj.

Je tournais les talons pour me glisser dans le nid d'aigle de Framroze quand la porte de Felix s'ouvrit brusquement.

– Quelle femme ! J'ai tout entendu. Ujwala, notre diva, je veux dire, s'expliqua-t-il à la hâte. Quel tempérament, quelle fougue, un vrai volcan.

– *Erumpent.*
– Ah ? Vous croyez ? Je dois vérifier. *Eros Erumpent*, ça sonne vraiment bien, en fait. Merci.
– À votre service. C'est quoi, cette histoire de changer le menu à la onzième heure ?
– Ah oui ! J'avais oublié que vous défendiez sa cause.
– Absolument pas. À propos, comment se fait-il qu'il n'y a pas eu d'acide oxalique renversé hier soir ?
– J'étais trop occupé à comprendre l'histoire pour remarquer.
– Vous devez avoir de quoi faire un bon papier.
– Et comment ! Et avec la danse de Rafiq, l'autre soir. La tempête. Les éléments déchaînés. Un panneau de verre rouge sang transpercé par un double éclair déchiqueté. Silhouette ou chimère ? Le lendemain matin : une tache de sang séché.
– Vous avez donc renoncé à Lalli ?
– Mais pas du tout ! Elle était vraiment dans la police ?
– Je le crois.
– Personnellement, je crois que c'est une superidée. Les assistantes sociales s'occupent des délinquants sexuels et des femmes tuées pour la dot, ce genre. Du coup, les flics ont les mains libres pour se concentrer sur le crime. Oh, bonjour, docteur ! Qu'est-ce que ça dégringole, aujourd'hui !
Sane, tiré à quatre épingles, répondit :
– Ma femme a la migraine. Elle souffre terriblement. Je lui ai demandé de garder le lit jusqu'à l'heure du déjeuner.
Je laissai à Felix le soin de murmurer quelques paroles compatissantes et retournai dans ma chambre où je trouvai Ramona s'admirant dans la glace, mon pantacourt couleur cadmium serré contre elle. Aujourd'hui, elle portait un bandeau jaune qui repoussait ses cheveux frisés en une cascade auburn.

– Essaie-le, suggérai-je.

– Oh ! Je peux ?

Aussitôt, elle retira joyeusement son jeans et enfila le pantacourt. Il lui allait à la perfection. Je lui donnai aussi la tunique, et elle transféra soigneusement le papillon épinglé sur son corsage abandonné.

– Et vous ? se lamenta-t-elle, l'air affligé. Qu'allez-vous porter ?

– Le diamant de nombril d'Ujwala Sane.

Ramona gloussa.

– Je parie qu'elle va débarquer en collant dans le cours de Rafiq. Arpita dit qu'elle a un collant en peau de tigre.

– Ça va de soi.

– Vous avez vraiment le cafard, ce matin, non ?

– J'ai l'impression que je ne suis pas la seule.

– Pauvre Alif Bey. Il empeste.

– C'est un écrivain formidable, dis-je. Un grand intellectuel.

J'avais l'impression de me répéter.

– Il n'arrêtait pas de dire qu'il n'avait plus aucune raison de vivre. Il ne fera pas de bêtise, n'est-ce pas ? Je veux dire comme se tuer ou un truc comme ça ?

– On ne peut pas l'en empêcher s'il le décide. Mais espérons qu'il attendra pour ça d'être rentré chez lui au lieu de créer des complications à Hilla.

– Oh, vous me faites marcher ! Je parie que vous hurleriez si quelque chose devait lui arriver. On a fait une dissertation en seconde, c'était d'un chiant. Impossible de savoir de quoi ce type voulait parler. J'ai laissé tomber au milieu.

– Viens, allons boire un café.

– J'ai eu le mien. Tarok a piqué sa crise. Ma tante vous en a parlé ? Felix a demandé de la mayonnaise, des tonnes. Ce n'était pas au menu et maintenant Tarok n'a plus le temps, alors il est dans tous ses états. Il doit finir de faire la cuisine pour pouvoir monter tranquillement ses œufs dans la glace, m'a-t-il dit. Quelle vie pour un homme !

– Que veux-tu qu'il fasse ? À l'impossible nul n'est tenu !

– Pour le petit déjeuner, *hoppers*, ragoût de légumes et œufs florentine avec confiture d'ananas. Il m'a demandé de vous mentionner spécialement les *hoppers*. C'est quoi, des *hoppers* ?

– Viens, je vais te montrer.

Nous dévalâmes les marches pour nous donner du courage.

Chili entrait d'un pas nonchalant, l'air pâle. Elle approcha une chaise de notre table et bâilla.

– Alors comment se porte la princesse ce matin ? plaisanta-t-elle.

– Oh, merci, Chili. Vous ne pouvez pas vous imaginer à quel point ce sari m'a rendue folle ! s'extasia Ramona. J'aurais sûrement laissé tomber si vous ne m'aviez pas aidée.

Chili lui fit une grimace.

– Pourquoi tu fais cette tête ? me demanda-t-elle.

Je ne croyais pas que ça se voyait. Lâchement, je mis ça sur le compte du temps.

Chili approuva.

– Ouais, moi aussi, j'aime le soleil. Tu sais, une fois, à Londres, je n'ai pas vu le soleil de toute une semaine. J'en étais tellement malade que j'ai cru mourir. Mais le docteur a dit que c'était le SAD. « Vous ne m'apprenez rien, je lui ai dit. Je sais bien que je suis *sad*, triste quoi, et ce n'est pas normal. » Mais apparemment il y a une maladie qui s'appelle SAD. On l'attrape quand on ne voit pas le soleil.

Toutes deux me dévisagèrent comme si j'étais en phase terminale.

Il était impossible de détester Chili. À vrai dire, je ne lui en voulais pas. C'était Tarok que je détestais.

– C'est aujourd'hui le grand challenge du déjeuner, non ? Les sept services, hein ? Bon sang, on vit vraiment pour manger ! Je parie que j'ai pris dix kilos ce week-end.

Les protestations de bonne foi de Ramona furent coupées court par la voix de Rafiq.

– *Chalo !* Venez ! Un peu de gymnastique, mesdames ! Ramona, amène tes amies !

Ramona se dépêcha de vider son assiette. Je déclinai, mais Chili dit qu'elle allait tenter un peu de gestuelle, pour reprendre les termes de Ramona.

– Mais seulement une demi-heure, *okay* ? Je dois rattraper mon sommeil ou je serai une loque demain. Je dois retourner dans ma chambre à onze heures, prendre mes vitamines et dormir deux heures avant le déjeuner ou demain j'aurai la peau comme de la boue.

Je me sentis bêtement seule après leur départ. Je résistai à l'envie d'aller frapper à la porte de la cuisine. Il était de notoriété publique que Tarok avait pété un câble à cause de la mayonnaise. Aller lui réclamer des explications maintenant était certainement la dernière chose à faire.

Entre nous, lui réclamer des explications pour *quoi* ?

Finalement, comment juger d'une relation ? Si c'est par les mots, alors nous devons nous préparer à être trahi à chaque fois.

J'eus une pensée plus réjouissante. Peut-être que les homards s'étaient tous échappés du panier et faisaient route vers le boudoir des Sane. Bientôt, nous devrions entendre un hurlement…

– Te voilà enfin. Je t'ai cherchée partout. Je ne t'ai pas vue ce matin. Quoi de neuf ?

Son visage rendu flou par la vapeur qui montait de la chope bleu roi qu'il m'apportait était la vision la plus plaisante du monde.

Et là, je me rappelai, et mon sourire s'affaissa, et ses yeux s'embrumèrent. Ma colère se calma et laissa dans son sillage un rire dur comme des éclats de verre brisé.

– À quoi tu pensais ?

– Que les homards ne vont pas tarder à débarquer chez cette chère Mrs Sane à l'heure qu'il est.

– Hélas, je viens de les coller au congélateur il n'y a pas dix minutes.

– Alors ils ne sont plus au menu ? Et la mayonnaise ?

– Rego aura ce qu'il veut. Un homard mayonnaise, bien que je ne comprenne pas ce que ça a d'extraordinaire. Le flanquer au congel pendant vingt minutes est la meilleure façon de donner le coup de grâce à un homard. En revanche, Felix ne mérite pas ce traitement de faveur. Cela dit, ce n'était pas ce à quoi tu pensais.

– Non, en effet. Mais c'est sans importance.

– Tes yeux me disent le contraire.

– Alors après le déjeuner. Après le homard mayonnaise.

– Pas pour toi. Pour toi spécialement, je sers ma gourmandise corse.

– Qui est ?

– Un pur délice. Le homard dans toute sa plénitude, rehaussé d'une crème légèrement assaisonnée, servi dans un nid de cheveux d'ange.

Et, couvrant mes mains des siennes, pendant un instant, il fut ailleurs.

14

Je finis mon café et décidai de garder mon analyse et mes conjectures pour moi jusqu'à la fin du déjeuner. Tarok n'avait pas l'air accablé par un quelconque secret, triste ou joyeux. Probablement, en parfait professionnel, il avait chassé de son esprit sa promesse à Chili en attendant d'en avoir fini avec le repas.

C'était stupide de ma part, vraiment, de penser au-delà du week-end.

Et le week-end touchait à sa fin.

Je resterais cool jusqu'à demain matin. Là, on partirait et je n'aurais plus jamais besoin de le revoir. Je retrouverais alors mon existence bien ordonnée à Utkrusha, ferais une sortie en tant que Lulu une fois par semaine et, le reste du temps, il y aurait des livres à écrire, des histoires affreusement glauques conduisant les lecteurs à un suicide assuré.

Là-dessus, naturellement, je pris le chemin de la bibliothèque.

Depuis mon arrivée, j'attendais de pouvoir le faire, mais jusqu'à ce matin, je ne m'étais pas trouvée seule au moment opportun. Je ne peux pas, mais vraiment pas supporter une présence humaine quand je suis près d'un rayonnage de livres. Le cabinet de lecture de Framroze était la seule pièce que l'architecte de Hilla avait laissée intacte. Elle était spacieuse et, par beau temps, elle devait être ensoleillée. De hautes fenêtres avec des banquettes profondes tapissées de coussins surmontaient l'allée. Ce matin-là, un tourbillon d'eau était tout ce qu'on pouvait voir par les carreaux. Il y avait une lueur fantomatique dans l'air et, pendant un moment, je fus tentée de me perdre dans le fauteuil matriciel pour m'enfoncer encore plus profondément dans le marais du désespoir.

Je finis par allumer les lumières et l'endroit s'anima brusquement. De chaque étagère, les livres me regardaient, la dorure terne de leurs reliures usées s'enflammant à la chaude lueur des lampes. Celles-ci aussi dataient de l'époque de Framroze, leurs larges abat-jour en porcelaine formant des flaques dorées sur le parquet.

L'heure suivante fut un vrai bonheur. Je finis par emporter mon livre jusqu'à la banquette de la fenêtre en évitant le fauteuil. J'étais légèrement agacée d'avoir choisi Browning. Je trouvai le vers que je cherchais, mais cela me ramena aux difficultés du présent. Que je le veuille ou non, je devrais y faire face après la gourmandise corse. Pour laquelle je ne me sentais plus d'appétit.

Un toussotement me tira de ma torpeur. Alif Bey.

– J'avais l'intention de discuter avec vous. J'ai lu votre livre hier soir.

Alif Bey avait récupéré un semblant d'assurance et s'apprêtait à jouer les gourous.

– Vous êtes en danger de devenir un écrivain habile. Habile au sens péjoratif, bien entendu.

« Péjoratif ». Comme « acquiescer », un mot qu'on n'entend pas souvent dans la conversation.

Je cherchai une réplique pour faire une sortie convenable.

– Vous n'avez pas l'esprit assez curieux. Vous êtes trop confiante. Vous ne ferez jamais un bon écrivain à moins d'apprendre la méfiance. Il ne faut rien prendre pour argent comptant. Il faut avoir l'esprit de notre cuisinier.

– Il a un esprit soupçonneux, lui ?

– Si vous avez besoin de poser la question, j'en conclus que vous n'avez rien compris au petit jeu qu'il nous a joué hier soir.

– Il nous a fait marcher.

– Que non ! Le mot est trop faible. Il s'est foutu de nous. Il nous a menacés. Il nous a cuisinés. Il nous a poussés à un doigt du meurtre.

– Là, vous exagérez !

– Vous croyez ? Posez donc la question à votre tante un jour.

Je haussai les épaules. Je n'avais pas envie de parler du cuisinier.

– Un esprit comme celui de Tarok est inestimable. J'aimerais avoir un esprit pareil ! Bon, alors qu'est-ce que vous écrivez en ce moment ?

– Le *Journal de bord de Lulu*, rétorquai-je tout de go, dans l'intention de le choquer.

Il éclata de rire.

– Putain ! C'est de vous ? J'adore ! C'est génial.

Là, je restai sans voix. Je ne pouvais l'imaginer en train de se délecter en lisant les mésaventures d'une idiote comme Lulu. Mais apparemment, si, puisqu'il fut capable d'en parler en long et en large pendant un moment.

Cela m'aurait beaucoup plu si j'avais pu m'empêcher de penser pendant tout ce temps à la chaussure de Lola. Ce geste de méchanceté ne collait pas avec ce type, mais ça voulait tout dire, non ?

Aurais-je pu me douter à dix heures hier soir que, avant minuit, Tarok jurerait un amour éternel à la douce Chili ?

Allez savoir !

Il ne fallut pas longtemps avant qu'Alif Bey prononce le nom de Lola.

– Tenez, prenez Lola par exemple. Son histoire est intéressante. Elle est même super. Mais elle ne sait pas comment la raconter. Son manuscrit se lit comme un bulletin municipal. Au fait, c'est comme ça qu'on s'est rencontrés. Elle essayait d'écrire son autobiographie. Finalement, cette semaine, elle a réussi à boucler ce satané truc. C'est carrément nul. Je le lui ai dit. Je vous laisse imaginer comment elle l'a pris.

Je gardai mon sang-froid et m'attribuai mentalement un dix sur dix pour autant de tact.

– Remarquez, je ne lui reproche pas de vouloir écrire sa vie. Il y a du fric à en tirer. De plus, elle n'a pas besoin de faire preuve d'imagination. C'est une chance ! Vous et moi, qui menons une vie triste à mourir, devons nous en inventer une dangereuse pour écrire correctement.

– Ce que fait Felix.

– Vous n'appelez sûrement pas ça « écrire ». Ce type ne fait que geindre. J'ai entendu dire qu'il avait rendu le cuisinier fou ce matin.

Je refusai de me laisser entraîner sur ce terrain.

– Maintenant que vous m'avez parlé de mon livre au-delà de ses mérites, dis-je fermement, parlez-moi du *Vélo dans la tête*.

Il fit une pause, une main sur le front. Le geste n'avait rien de théâtral. C'était désespérant.

– Il n'y a pas de *Vélo dans la tête*, marmonna-t-il. Tout est bidon. *Le Vélo dans la tête* n'a jamais existé.

Je ne sus pas quoi dire.

– C'est trop tard à mon âge pour se rendre compte qu'on a construit sa vie sur un mythe, trop tard.

Il se leva pour partir.

– J'ai une affreuse migraine, dit-il en recourant au style mondain. On ne peut plus avoir de café, le cuisinier s'est enfermé dans la cuisine.

– Il a dû en laisser à l'office. C'est ce qu'il fait en général.

Il partit en se traînant, ayant à jamais perdu sa foi en tout ange de bonté. Où étaient les splendides créatures qui peuplaient ses livres ? Les femmes aux bras comme des polochons, des seins comme des Dunlopillo, le cœur comme une cuisine à l'heure du déjeuner ? Mais où sont les neiges d'antan ?

Ma fragile quiétude était mise à rude épreuve.

Il n'était pas encore onze heures et demie. Il me restait deux heures à tuer avant d'affronter à nouveau Tarok.

Je lisais par à-coups. Au fond de la pièce était accroché un grand tableau, face au mur, probablement le portrait dont Hilla avait parlé la veille au soir. Je l'écartai du mur avec difficulté et jetai un coup d'œil. Je sursautai quand je découvris Ramona dans ce cadre ornementé, qui me regardait. Si c'était la mère de Hilla, la ressemblance était frappante. La femme du portrait était très jeune, à peine plus âgée que Ramona. L'artiste avait été subtilement flatteur, utilisant des pastels ensoleillés pour exacerber la fraîcheur de la jeunesse. Elle ne ressemblait en rien à la figure tragique de l'enfance de Hilla. Mais c'était ainsi que Hilla souhaitait se souvenir d'elle.

– Vous savez s'il reste du café ?

Ujwala Sane cette fois, avec un air de martyr, son *salwar kameez* pourpre accentuant le côté tragique.

– La cuisine est bouclée. Le cuisinier refuse d'ouvrir. Qu'est-ce qu'il fabrique à l'intérieur ?

La porte-parole du cuisinier, *c'est moi*[1].

– Il y a du café à l'office. Le cuisinier ne doit pas être dérangé. Il doit monter des œufs.

1. En français dans le texte. (NdT)

– C'est dingue ! Le délire total. Je n'ai jamais eu mes champignons sur toast.

– Vous avez aimé la danse de Rafiq ? demandai-je au hasard, bien décidée à changer de sujet.

– Horrible ! Je n'aime que le classique !

– Les enfants vont monter un spectacle demain. Ils sont complètement surexcités !

– Ha ! La Danse de la Pluie, la danse qu'on s'appuie ! Elle est tellement gauche, Arpita, aucun charme, aucune grâce, rien ! Qui croirait que c'est ma fille ?

Heureusement, son mari m'épargna d'avoir à répondre.

– Que fais-tu ici ? lui demanda-t-il sèchement. Va t'allonger jusqu'au déjeuner. Tu veux nous faire une crise cardiaque ?

– Je voulais du café, lui répondit-elle d'une voix de petite fille qu'on fâche.

– Je t'apporterai du café plus tard. Tu peux avoir deux heures de repos avant le déjeuner. Allez, viens.

Ils s'en allèrent.

Cette fois, rien n'aurait pu m'empêcher de plonger dans le fauteuil matriciel. Je sombrai dans ses coussins luxuriants, savourant le silence.

Des bruits se heurtaient à l'extérieur de ma coquille. Le murmure de la mer, le clapotis de la pluie. La voix de Rafiq battant le rappel. Quelque chose de lourd qu'on déplace. Des pieds qui vont et viennent dans le couloir.

Je me demandai ce que fabriquait Lalli. J'avais quelque chose à lui dire…

J'avais dû m'assoupir.

Quand je me réveillai, sonnée et avec une faim de loup, ma montre indiquait près de deux heures.

Je m'extirpai du fauteuil avec mauvaise conscience et quittai la pièce.

15

Ils étaient tous rassemblés dans la grande salle. Le séjour, devrais-je plutôt dire. Mais c'était vraiment une salle au haut plafond décoré, des baies profondes et de nombreux espaces élégants percés et mis en valeur par une décoratrice intelligente. Les meubles étaient principalement ceux de Framroze, en rococo, mais il y avait une ou deux pièces moins ostensiblement tape-à-l'œil. Les antiquités les plus fragiles et les plus précieuses étaient disposées hors de portée, bien à l'abri. Il n'y avait pas de tables d'appoint pour m'écorcher les jarrets, le tapis ne se redressait pas furtivement pour me frotter les chevilles, et les images, des photographies ternies du port de Bombay, n'invitaient à aucun commentaire. C'était une pièce confortable et tout le monde devait s'y sentir à l'aise.

Alif Bey était endormi sur le canapé. Le docteur était assis, seul, à un guéridon, et étudiait une liasse de documents. Hilla, Lalli et Felix étaient plongés dans une discussion animée. Chili devait encore faire la sieste dans sa chambre. Rafiq et sa petite troupe n'étaient pas là non plus, et Ujwala devait être encore en proie à une de ses furieuses migraines.

Felix m'interpella.

– Regardez-moi ce qu'on a là ! Mieux que l'acide oxalique. Admirez le tableau : Lalli en soie pourpre…

– Les tempes ivoire, demi-lunes.

– Je suis content que vous vous en rappeliez, approuva-t-il. De la soie pourpre. Non, mieux encore, disons bleue. Pigé ? Un bleu nuit mystérieux. Autour du cou, des saphirs. Deux larmes de feu flamboyant gouttent de ses oreilles, en forme de cauris.

« Elle regarde de l'autre côté de la table et se souvient. Puis elle retire d'un geste vif une boucle d'oreille, se penche et la laisse tomber dans le verre de l'homme. "Buvez à ma santé", *murmure-t-elle d'une voix langoureuse. »*

Lalli prit un air sage.

– Qu'y a-t-il dans le verre ? demandai-je.

– Du curaçao. Bleu aussi. Il le boit. Sauf que ce n'est pas du tout un saphir, c'est du sulfate de cuivre pur. Avant de le savoir… il est mort.

– Le geste de Cléopâtre.

– Ouais. C'était dans nos livres de chimie à l'école. C'était une perle, non ? J'y suis. Le sulfate de cuivre est mortel, bordel, absolument mortel.

– Mais est-ce que ça se dissout dans le curaçao ? demandai-je.

Felix chassa la question d'un revers de main.

– Hilla, vous aurez le plaisir de voir votre mère au déjeuner, annonça Mr Bajaj, ce qui nous prit tous de court.

Il était éblouissant, odorant et immaculé, tout de blanc vêtu. Les cheveux humides, lissés en arrière d'un large front, avaient un reflet d'aluminium. Il expliqua qu'il avait accroché le portrait sur le mur de la salle à manger et avait à présent besoin de Hilla pour approuver l'angle. C'était un travail salissant, dit-il, de sorte qu'il avait été content de se rafraîchir sous la douche, juste à temps pour le déjeuner.

– Vous êtes revenu plus vite que moi, dit-il en souriant de toutes ses dents au docteur qui l'avait aidé dans cette mission. Vous avez rendu la ficelle à Tarok ?

– Non, la cuisine était encore fermée à clé, alors je l'ai laissée à l'office quand j'y suis allé pour reprendre du café, expliqua le docteur.

Apparemment, ils avaient tous tenté de pénétrer dans le domaine de Tarok et aucun n'y était parvenu.

– Néanmoins, Hilla, votre cuisinier est un homme de parole, approuva Mr Bajaj en riant. Vos invités avaient oublié leur promesse, mais, à onze heures tapantes, j'ai rencontré notre homme dans le couloir, qui se rendait dans la salle à manger, un rouleau de fil de nylon et des ciseaux à la main. « Hilla aimerait que ce portrait soit là quand vous viendrez déjeuner », m'a-t-il dit. « Allez battre vos œufs, lui ai-je répondu. Laissez-moi m'occuper de ça. »

La ressemblance entre Ramona et le portrait fit à présent l'objet de commentaires divers, et Felix exprima tout haut ses regrets de ne pas l'avoir comprise dans le désastre du sulfate de cuivre. Quand la pendule sonna deux heures, ils tombèrent des nues.

– Je ferais mieux d'aller chercher Rafiq et les enfants, proposa Felix. On ne peut pas se permettre d'être en retard à un déjeuner pareil.

Le docteur partit également à la recherche de sa femme migraineuse.

À ma grande surprise, Tarok ne se montra pas.

À deux heures un quart, nous étions tous rassemblés dans la salle, à l'exception de Chili et de Mrs Sane. La table n'était pas encore mise. À deux heures et demie, Hilla viola la règle sacro-sainte que le cuisinier ne devait en aucun cas être dérangé. Elle revint, l'air irrité. La cuisine était toujours verrouillée et ses coups étaient restés sans réponse.

– Qu'on lui fiche la paix, conseilla Rafiq. Il arrive à tous les artistes d'avoir le trac. Mr Rego attend avec son papier et son crayon, alors Tarok veut qu'on lui laisse un peu d'espace pour souffler. Attendez un peu. Attendez d'avoir faim.

Impatiente de raconter son incursion matinale dans le monde de la gestuelle, Ramona me tira sur le côté.

Il était trois heures bien sonnées quand Lalli apparut à la porte. Je n'avais même pas remarqué qu'elle avait quitté la pièce.

Elle n'entra pas. Elle resta là, debout, en silence, en attendant qu'on la remarque. Les mots se figèrent. Un frisson me parcourut devant son immobilité.

Je sus ce qu'elle allait dire avant qu'elle ne parle.

J'attendis dans un tourment insoutenable d'entendre les mots.

Le cuisinier était dans la cuisine. Il avait le crâne défoncé et il était bel et bien mort.

16

À partir de maintenant, je dois rester maître de mon récit. Mon propre tourment ne fait pas partie de l'histoire. Je crois que je suis tombée dans les pommes quand Lalli annonça la nouvelle. Ce dont je me souviens ensuite, c'est de la rondeur réconfortante de Hilla qui m'enveloppait comme si je m'étais brisée en morceaux et qu'il fallait ramasser les miettes.

Je retrouvai lentement une pièce remplie d'étrangers qui posaient un regard vide sur la femme à la porte.

Qui était-elle ? Pourquoi s'adressait-elle à moi ?

– Tu vas te sentir dans cet état pendant un bon bout de temps, disait-elle. Irréelle. Comme si c'était un cauchemar et, un jour, tu finiras par te réveiller. Écoute-moi attentivement. Ceci est vrai. Ceci se passe maintenant. Tarok Ghosh est mort.

Et elle se tourna vers les autres.

Ça y est, je la reconnaissais. C'était ma tante. Elle était de ma famille. Elle aurait dû me serrer dans ses bras, elle aurait dû souffrir pour moi, compatir. Mais elle se tenait à l'écart et s'intéressait à autre chose. Je ne pouvais pas voir ce que c'était. Pas encore.

Elle semblait plus grande que d'habitude. Ses yeux avaient un éclat fiévreux que personne n'aurait pris pour des larmes.

– Je vous prie de ne pas quitter cette pièce avant mon retour. Cela peut durer une demi-heure ou plus. Je prends en charge la situation et j'attends de chacun de vous une coopération pleine et entière. Nous allons rester isolés jusqu'à ce que le mauvais temps se lève. Les téléphones sont en panne. Nous avons encore de l'électricité, mais elle peut nous lâcher à tout instant. Je vous prie de rester ensemble. Mrs Sane et Chili sont dans leurs chambres. Je vais aller les chercher. Personne ne doit quitter cette pièce avant mon retour. Restez calmes, je vous prie.

Là-dessus, elle referma la porte sur ses talons.

Les enfants pleurnichèrent en s'accrochant à leur père dont le regard fit désespérément le tour de la pièce.

– Si Tarok Ghosh est mort, déclara Mr Bajaj, j'aimerais voir ça de mes propres yeux. Je ne reçois pas d'ordres des vieilles femmes.

– Cette vieille femme, comme vous l'appelez injustement, a vu plus de meurtres que vous n'en verrez jamais, rétorqua Alif Bey de son coin de la pièce. Sachez, Mr Bajaj, que le commissaire reçoit ses ordres d'elle en cas d'homicide.

– Le commissaire est un de mes amis personnels. Je vais l'appeler immédiatement.

Un portable se matérialisa dans sa main. Il grogna, agacé. Manifestement, l'instrument était aussi inutile que le réseau terrestre.

– Attendons paisiblement que Lalli revienne. Elle va trouver l'assassin et les autres pourront rentrer chez eux, assura Alif Bey.

– Trouver l'assassin ! s'insurgea Mr Bajaj. Vous insinuez que l'un de nous est un meurtrier ?

– Que voulait-elle dire, d'après vous, en nous demandant de rester ensemble ? jappa Felix. Bouclez-la, mon vieux.

Et curieusement, Mr Bajaj la boucla. Arpita et Darshan vinrent furtivement me rejoindre. Leur terreur n'avait pas de mots. Leurs petits corps étaient glacés et tremblants. Je passai les bras autour d'eux et les tins contre moi. Ramona s'accrochait désespérément à Hilla.

Rafiq et Felix se concertaient.

– Hilla, déclara Felix, il va y avoir beaucoup de choses difficiles à faire. Rafiq et moi, nous nous en occuperons. Pour la famille de Tarok ?

– Il n'avait personne, dis-je.

Personne autre que moi.

– Il nous a, nous, répliqua Rafiq brusquement. C'est nous, ses proches.

– Et l'un de nous l'a tué, précisa Hilla. Sous mon toit. Il était mon invité. Quelqu'un l'a frappé et l'a détruit.

Je l'enviai. Elle pouvait pleurer. Je savais que je devrais attendre très longtemps pour que les larmes viennent.

Felix s'approcha de moi.

– C'est vrai, ce qu'Alif Bey a dit au sujet de Lalli ?

– Absolument. À présent, elle travaille pour l'argent. Les assassins, les voleurs, les escrocs, les kidnappeurs. J'en rencontre un par semaine.

– Elle doit me prendre pour un idiot. Vous croyez qu'elle acceptera de me mettre dans le coup ?

– On est tous dans le coup, non ? rétorquai-je non sans amertume.

Tarok était déjà un souvenir. Il ne restait qu'un corps. Tarok n'aurait pas aimé l'idée que Felix se divertisse avec ses taches vermeilles.

– Vous pourriez même en tirer un bouquin, lui lançai-je, vacharde. *On a refroidi le cuistot.*

– Eh, c'est un supertitre.

Il ne fallait pas grand-chose pour le rendre heureux.

Pendant ce temps, mon esprit tournait à toute vitesse, tandis que j'essayais de me rappeler la dernière fois que j'avais vu Tarok. Je ne me souvenais de rien. Je ne pouvais me souvenir de son visage. À cette pensée, l'abîme s'ouvrit, béant.

Lalli revint plus tôt que prévu. Elle m'envoya chercher Chili et Mrs Sane.

– Ramène-les avec toi.

Je détestai quitter le séjour. Je traversai le vestibule à la hâte en essayant de ne pas penser à ce qui se trouvait au-delà. Je gravis l'escalier en courant et frappai à la porte de Mrs Sane. Elle s'ouvrit au cinquième coup. Sa chambre était obscurcie par un épais châle épinglé à la fenêtre. Elle portait ce que les écrivains appellent poliment un déshabillé, mais dans son cas, c'était plutôt un peignoir mal fagotté. Son *dupatta* violet était enveloppé en turban autour de sa tête migraineuse. Elle avait une grosse tache humide là où il couvrait un œil, lui donnant vaguement un air de pirate.

– Que voulez-vous ? demanda-t-elle avec exaspération. J'ai envoyé un message avec Devdutt. Je ne veux pas déjeuner. J'ai une affreuse migraine. Je me suis allongée avec une compresse froide.

Elle fit la grimace quand elle pressa la compresse humide sur le turban.

– Il y a eu un accident.

Je ne sais pas ce qui me fit dire ça. À moins de parler d'un meurtre par accident, ce qui évoquait un titre à la Felix Rego.

Elle attendait que je parte.

Quelque chose me paraissait étrange, mais je n'arrivai pas à trouver quoi.

– Tout le monde est appelé à se rassembler dans la salle de séjour.

– Qui le demande ?

– Lalli.

– Qu'est-ce qu'elle veut maintenant ?

– Elle veut qu'on se réunisse tous dans le séjour pour que nous décidions de la meilleure façon de régler la situation.

– Pourquoi donne-t-elle des ordres ? Quelle crise ? Si quelqu'un est malade, mon mari le docteur est là. Pour un autre genre de crise, appelez la police. Mon cousin est commissaire adjoint.

– Lalli est de la police. Elle mène l'enquête sur le crime.

– Quel crime ?

– Tarok Ghosh a été tué.

Il y eut un moment de silence. Puis Ujwala Sane partit d'un rire hystérique.

– Ça, ce n'est pas un crime. Bon débarras !

Je gardai un silence obstiné. Il devenait vite clair que j'allais passer les prochaines heures à oublier Tarok. Je devais garder les pieds sur terre. Voir, écouter, toucher. Je devais rester en phase avec le présent. *Hic et nune.*

Si Ujwala Sane s'était attendue à ce que son rire me mette hors de moi, elle en fut pour ses frais.

Riant encore, elle balança avec entrain :

– Vous devez vous sentir rudement mal, hein ? Bof, ce n'est pas grave. Ça passera. Bon, mon petit, dites à votre tante que j'arrive.

– Je suis censée vous conduire en bas avec Chili.

– Je ne peux pas venir dans cet accoutrement. Allez chercher Chili, je vais me changer pendant ce temps.

Je suivis son conseil, mais Chili dormait à poings fermés après sa nuit agitée. Avec cet énorme retard de sommeil de la semaine précédente, il fallait s'y attendre. Je renonçai à tambouriner à sa porte et retournai chercher Ujwala. Elle avait enfilé un *salwar kameez* blanc. La *dupatta* mauve était à présent autour de son cou.

Comme nous approchions du séjour, elle me dépassa et fit une entrée de tragédienne, arrachant ses deux enfants à la garde de Hilla pour les couvrir de baisers.

– Devdutt, nous devons partir immédiatement. TOUT DE SUITE. Je ne laisserai pas mes enfants une minute de plus sous ce toit. PAS UNE MINUTE. Je regrette,

Hilla, vous avez bon cœur, mais c'est trop pour nous. Nous sommes des gens respectables, d'une bonne famille, et nous n'avons pas l'habitude de ce genre de situation. Surtout ne venez pas me dire maintenant que je ne vous avais pas prévenue. Je savais que tout ça finirait mal. Dès l'instant où j'ai posé les yeux sur ce cuisinier, j'ai su que c'était un sale vagabond, un vaurien, et, voilà, il l'a prouvé.

J'étais atterrée par sa bêtise. Elle était grandiose, spectaculaire, totalement irréfutable.

Alif Bey laissa échapper un petit gloussement aigu qu'il transforma vite en toussotement. Le docteur porta sur l'assistance un regard suppliant tandis qu'il raisonnait sa femme à voix basse, d'un ton lourd de menaces.

– Chili dort toujours profondément, dis-je à Lalli.

Elle hocha la tête, l'air ailleurs, les yeux balayant la pièce.

Ils s'arrêtèrent de parler et la regardèrent. Pendant mon absence, Mr Bajaj avait dû vider son sac et s'était fait remettre à sa place. À présent, il boudait dans son coin. Il y avait très peu de révolte dans l'air.

– Maintenant, le corps est prêt à être déplacé, annonça Lalli. Rafiq et Felix, j'aurai besoin de votre aide.

Elle me considéra d'un air interrogateur.

– Je dois le voir, dis-je, et elle approuva en silence.

Nous la suivîmes tous les trois dans la cuisine. Quand Lalli ouvrit la porte, Felix se précipita sur ses talons. Rafiq se recula pour me laisser passer.

Tarok était affaissé sur l'établi au milieu de la cuisine. Il était tombé en avant, encore assis sur le tabouret de bois qu'il aimait tant. Il tournait le dos à la porte, et j'en fus contente. Cela me donnait un peu de temps pour me préparer. Un bras pendait mollement à ses côtés. L'autre était étalé sur l'établi, le poing serré sur une fourchette, dont les dents étaient palmées de jaune d'œuf congelé. L'arrière du crâne luisait de pourpre, ses cheveux épais couverts de sang. Un flot sanglant avait teinté son col de cramoisi. Au-dessus, la peau sombre du cou avait un éclat rageur. Le visage, crispé par une douleur intense, était couché dans une flaque de sang et de jaune d'œuf figé. L'établi était rendu lisse par l'humidité. Mes pieds heurtèrent un morceau de glace. Je reculai à la hâte, mais pas avant qu'il ait glissé un peu plus loin sur le sol. Celui-ci était éclaboussé de jaune d'œuf. Je repérai le bol d'acier renversé sous l'évier. Il avait dû rebondir de l'établi quand Tarok était tombé, rouler à travers le sol de la cuisine avant d'achever sa course à cet endroit.

Lalli ne fit pas attention à moi. Elle donna à mi-voix des instructions à Felix et Rafiq, puis tourna sur les talons et me fit sortir de la cuisine. Nous descendîmes le corridor jusqu'à la bibliothèque. Lalli ferma la porte et m'installa dans le fauteuil matriciel. Elle tira une chaise près de moi et resta silencieuse.

Le silence de Lalli me réconforte souvent, mais jamais auparavant je n'avais ressenti son pouvoir dynamisant. À présent, il ne me réconfortait pas le moins du monde. Il intensifia ma détresse et m'insuffla une force nouvelle.

– J'ai besoin de ton aide, dit-elle enfin. Savio n'est pas là. Hilla est trop bouleversée. Rafiq a peut-être des problèmes qui l'attendent. Felix est inutile. J'ai besoin de toi.

– Bien sûr.

– Prends des notes.

Elle indiqua une pile de feuilles posées sur le bureau.

– C'est l'un de nous ?

– Incontestablement.

– Tu vas le coincer ?

– Il ou elle. Oui.

– Mais… tu n'as pas besoin de matériel ? Des résultats du labo ?

Lalli soupira.

– Oui, bien sûr. Je ferai procéder plus tard à un examen en bonne et due forme, et je rassemblerai les preuves. Mais impossible de savoir combien de temps on va être coincés ici. Il me faut les réponses vite. Je ne peux pas attendre les résultats du labo. On va devoir retourner maintenant sur la scène du crime pour inspecter les lieux. Franchement, les éléments pratiques mis à part, tout le matériel dont tu as besoin se trouve entre tes deux oreilles.

Mais j'étais impatiente d'entendre les détails. J'avais besoin de savoir.

– Quand exactement est-il mort ?

– Vers midi, je dirais environ trois heures avant que je découvre le corps. Hilla a une bonne pharmacie d'urgence dans laquelle j'ai trouvé un thermomètre. La chaleur du corps descend d'environ un degré et demi par heure après la mort. Mais comme il était couché, tête en bas dans une flaque d'eau glacée, j'ai dû tenir compte de ça. Ça ne peut pas être plus tard, à cause des œufs.

– Quoi, les œufs ?

Nous fûmes interrompues par Felix. Il entra avec un plateau portant des tasses de café instantané (de l'instantané, rien qu'à l'odeur) et des sandwichs. Je tressaillis.

– Tu as du boulot sur les bras ! m'annonça froidement Lalli en plantant une tasse devant moi.

Le café me brûla la langue, mais je le pris avec reconnaissance.

– Felix, qu'est-ce qu'une omelette norvégienne ? demanda Lalli.

Un éclair d'intelligence traversa son regard.

– Ah ! C'est donc ce qu'il a fait !

– Quoi ?

– C'est ce qu'il a fait des blancs. Bravo. J'ai bouleversé sa carte en lui demandant un homard mayonnaise à la onzième heure. Il a explosé, vous auriez dû l'entendre ! Ça faisait partie du jeu qu'il ne devait pas y avoir de gaspillage. Il lui fallait plusieurs jaunes pour la mayonnaise. Ça lui laissait plusieurs blancs… alors il a décidé de confectionner une meringue pour faire une omelette norvégienne.

– C'est quoi, au juste ?

– Des blancs d'œufs en neige et du sucre pour l'essentiel. Au départ, il avait prévu un autre dessert, mais les ingrédients de base étaient les mêmes, génoise et glace, donc le changement collait assez bien. L'omelette norvégienne, c'est juste une couche de biscuit et de glace, le tout meringué et passé au four au moment de servir.

– Je vous remercie, Felix. Rafiq a terminé ?

– Oui. Quand vous voulez.

Lalli posa doucement la main sur ma tête et m'attira une seconde contre elle.

– Reste là et prends note de cette omelette norvégienne, me dit-elle.

17

Je savais ce qu'ils allaient faire. Ils allaient déplacer le corps. J'avais entendu Savio raconter combien il était crucial d'être auprès du corps quand on le déplaçait. Il y avait toujours quelque chose à trouver. Ou qu'on espérait trouver. Cela paraissait très vague. Je détestais cette idée. Tarok n'était pas du genre à s'en remettre à l'espoir.

Je m'attendais à des appareils photo, un arsenal d'acier et de cellophane étincelant, des doigts affairés ramassant, rassemblant, relevant les empreintes, comparant. Les aspirateurs. Les caméras à infrarouge. De la haute technologie sortie tout droit du journal télévisé. Tarok allait échapper à tout ça.

Rafiq et Felix devaient avoir aménagé une chambre froide. Sans doute la chambre de Tarok, voisine de la cuisine, avec l'air conditionné poussé au maximum. Et toute la glace qui attendait dans le congélateur. Heureusement que l'électricité marchait. Ils allaient l'allonger sur une surface plane, installer un fort éclairage. Peut-être qu'ils avaient déniché un appareil, même s'il ne me semblait pas avoir vu quiconque prendre des photos durant le week-end, pas même de Ramona dans toute sa gloire.

Lalli découperait les vêtements tachés et se livrerait à un examen détaillé.

Le pire, c'est que je n'arrêtais pas de penser à lui, quelle que fût la dimension dans laquelle il se trouvait, suivant les opérations d'un œil ironique. J'avais encore dans l'oreille son ton sarcastique, dans l'œil son regard perçant qui semblait voir jusqu'au fond de moi. Je me rendis compte qu'il demeurerait toujours pour moi par-delà le chagrin, il resterait la pierre de touche de la vérité et de l'ironie.

Et là, je m'effondrai, accablée par son absence. Mais très vite, la colère m'endurcit.

Je fus en colère contre moi-même, pour avoir été d'une humeur massacrante toute la matinée. J'étais en colère contre ma colère qui me faisait encore souffrir.

J'allais parler franchement avec Chili. Je ne lui témoignerais aucune rancune. Je ne lui en voudrais pas d'avoir poursuivi Tarok de ses assiduités.

Je pris ces résolutions tandis que je commençais à transcrire la conversation qu'ils avaient eue la veille au soir et que j'avais entendue.

Quand Lalli revint, elle me pressa d'aller à la cuisine, de sorte que j'abandonnai mes notes sur la rame de papier sans rien poser par-dessus. Il serait temps de m'en occuper plus tard.

Comme j'entrai, je me souvins de mon premier matin ici et je me sentis mal à en crever. Je me souvins du soleil qui tombait entre nous tandis que nous buvions un café dans cette pièce spacieuse délicieusement éclairée par les fenêtres à doubles battants orientées à l'est. J'imaginai Tarok assis à l'établi. Il tournait le dos à quiconque venait de la réserve. (Il n'y avait pas de porte entre la cuisine et la réserve, juste une ouverture dans le mur mitoyen. Le comptoir de la cuisine longeait deux murs. Le passe-plat pour l'office était situé au-dessus du comptoir ; celui pour la salle à manger, plus près des plaques chauffantes.)

Lorsque Lalli était partie à trois heures en quête de Tarok, la porte de la cuisine était fermée à clé de l'intérieur. Attenante à celle-ci, au bout du couloir, se trouvait la porte de la réserve. Cette dernière était verrouillée du dehors. La fenêtre de la cuisine était hermétiquement close à cause de la pluie. Le passe-plat qui donnait sur la salle à manger était fermé et verrouillé de l'intérieur. Le passe-plat qui donnait dans l'office était fermé, mais pas verrouillé.

Si le meurtrier était entré par la porte principale, Tarok lui avait ouvert la porte. Ce qui était fort peu probable étant donné qu'il avait été si déterminé à nous tenir à l'écart. Le panneau NE PAS DÉRANGER, encore pendu à la porte, me rappelait à quel point il pouvait être à cran.

En somme, le meurtrier n'avait pu pénétrer que d'une seule manière : par la porte de la réserve. Celle-ci, je m'en souvenais à présent, n'était jamais verrouillée de l'extérieur. En fait, j'avais vu Tarok la verrouiller de l'intérieur quand il fermait pour la nuit.

Alors l'avait-il laissée ouverte ? Peu probable. La porte se trouvait à l'extrémité du couloir et donnait sur le côté de la maison. L'escalier à spirale arrivait presque sur le seuil. Comme l'endroit n'était pas protégé par l'avant-toit, il était battu par la pluie. Si la porte était restée ouverte, la réserve aurait été inondée en un temps record. Tarok n'aurait jamais fait une chose pareille.

– Alors ? m'interpella Lalli.

Nous nous tenions à la porte de la cuisine.

– Le meurtrier n'avait aucun moyen d'entrer, à moins que Tarok ne lui ouvre. Il avait dû verrouiller de l'intérieur la porte de la cuisine et celle de la réserve.

– Et Tarok aurait-il laissé entrer quelqu'un ?

– Je ne pense pas.

– Moi non plus. Alors c'est un meurtre en chambre close, hein ?

– On dirait que ça te fait plaisir.

Elle sourit.

– J'ai toujours aimé les chambres closes parce que c'est amusant de trouver la réponse.

Je fronçai le sourcil.

– Le meurtrier n'a pas pu se faufiler par le passe-plat.

– Sauf dans un polar signé Felix Rego.

– Alors comment est-il entré ?

– Si tu vas dans la réserve et verrouille la porte, je vais te montrer.

Cela ne me plaisait pas, mais je le fis quand même.

Je verrouillai la porte de l'intérieur à l'aide du loquet en haut de la porte.

Avant qu'une minute se soit écoulée, la main de Lalli apparut par le système d'aération. C'était un carreau pivotant. Elle l'ouvrit sans peine, glissa la main à l'intérieur et retira le loquet qui retomba sans bruit comme s'il était bien huilé. Je tirai la porte et sortis en courant. Elle n'était nulle part.

– Par ici.

Elle attendait sur l'escalier à spirale, trempée jusqu'aux os. En se penchant par-dessus la courbe abrupte, une femme de la taille de Lalli pouvait facilement atteindre l'ouverture. Le reste était facile. C'était si évident que j'aurais pu me flanquer des coups de pied.

– Tu vois tous les dégâts que peut faire une étiquette, murmura Lalli. Tarok le savait. Il détestait les étiquettes. Il aurait détesté l'idée d'une chambre close. Viens, entrons avec le meurtrier.

18

Comme nous entrions ensemble dans la réserve, je ressentis, pour la première fois, le frisson de la mort violente. Jusqu'à ce moment-là, j'avais affronté sa disparition. Quand j'avais vu le corps de Tarok, c'était le désespoir qui m'avait accablée, je m'étais sentie abrutie de chagrin. À présent, comme je me tenais dans la pièce vide, l'acte abominable commis dans cette pièce et le désir de tuer qui en était l'origine vibraient dans l'air humide. Il y avait de la haine, de la colère et de la révulsion dans cette pièce. Je les imaginais tous, je les éprouvais tous.

– Que vois-tu ? demanda Lalli.

Je voyais à présent les lieux comme une scène quand les acteurs l'ont quittée. Je devais reconstruire la pièce à partir des accessoires disséminés.

La réserve avait un congélateur et la caisse sur laquelle j'avais vu les enfants assis cet après-midi-là, en train de manger de la glace. Y avait-il deux jours seulement ? Il s'était passé toute une vie depuis. À côté de la caisse se trouvait un grand bac en zinc avec un bloc de glace qui était encore emballé dans la toile incrustée de sciure. Des morceaux de glace isolés étaient dispersés autour. Une lueur métallique arrêta mon œil. Sur le sol se trouvait un petit pic à glace.

– L'arme ?

Lalli secoua la tête.

– Non, ça ne correspond pas à la blessure.

Je ne voyais rien d'autre.

– Qu'est-ce que le meurtrier a vu d'autre ?

– Il y a trois heures ? Il a vu Tarok.

La porte de la cuisine était à ma droite. Directement dans mon champ de vision se trouvait l'établi de Tarok. Il y était assis, en train de battre ses foutus œufs quand le meurtrier l'avait vu. Il devait tourner le dos à l'intrus. A-t-il levé les yeux, s'est-il tourné pour le saluer ?

– Non. Il n'a pas vu le meurtrier. (Bizarre, mais Lalli est comme ça.) À moins que ce soit toi qui l'aies tué.

– Moi ?

– Je suis navrée si je te fais de la peine, mais je m'en tiens à la logique. Tarok était sur les dents. Il n'aurait pas continué à battre ses œufs en sachant qu'il n'était pas seul. Il aurait raccompagné l'intrus à la porte et l'aurait fermement refermée derrière lui. Mais si l'intrus, c'était toi… il aurait continué à battre les œufs tout en parlant, cela ne l'aurait pas dérangé de te tourner le dos. Il se serait senti en sécurité avec toi.

– En sécurité ?

– Oui. Tu n'as pas relevé ça ? Quelqu'un qui a vécu comme Tarok ne baisse jamais la garde, à moins qu'il ne se sente vraiment en sécurité avec la personne. Il n'a baissé la garde qu'avec toi. Tu aurais pu t'approcher de lui en faisant tout le bruit que tu voulais, continuer à le faire parler et le frapper sur la tête. Il te faisait totalement confiance. Malheureusement, ce n'est pas comme ça que le meurtrier s'y est pris.

– Ah non ?

– Absolument pas. Il ou elle se tenait un peu à ta gauche, hésitant. Je crois qu'il s'est tenu là, fulminant, pas trop sûr de ce qu'il allait faire. Puis son regard est tombé sur l'arme. Il ou elle l'a ramassée, s'est avancé sur la pointe des pieds, a frappé un coup de la main droite de haut en bas.

– Attends. Tu devines. Comment tu peux savoir, par exemple, qu'il a hésité ou qu'il fulminait intérieurement ? Ce sont des suppositions.

– Je te l'accorde. Son état émotionnel, je ne peux que le supposer. Mais il y a des preuves tangibles pour indiquer qu'il s'est tenu là et qu'il a hésité. Regarde.

Sur le carrelage crème se trouvaient des traces de boue et je distinguai vaguement une empreinte de semelle qui se fondait dans une autre empreinte déformée.

– Des grands pieds, du quarante-trois, je dirais. Des tas de femmes ont des grands pieds. L'empreinte est trop barbouillée pour en dire long sur la semelle, mais il y a les crans ici. Une semelle en vinyle, sans doute, mais disons que la plupart des chaussures en période de mousson sont comme ça. Observe la marque. C'est le genre d'empreinte qu'on laisse quand on fait basculer son poids d'un pied à l'autre. Et en plus, il y en a un paquet, je dirais donc qu'il est resté là un certain temps, il était agité. Puis il s'est avancé sur la pointe des pieds.

– Sur la pointe des pieds ?

– Absolument. Deux de ces marques devant toi donnent à le penser. Ensuite, il a frappé.

Je la suivis dans la cuisine. L'établi et le sol n'avaient pas encore été nettoyés. Le bloc de glace n'était plus qu'un petit rocher dans une mer de larmes.

– L'arme était un objet lisse, contondant, arrondi. Il a frappé avec une force considérable, assez pour faire céder la peau et l'étourdir momentanément.

– Momentanément ? Mais ça l'a tué !

– Ce n'est pas vrai. Bien sûr, je ne pourrai en être vraiment sûre qu'après l'autopsie, mais il n'y a pas eu de fracture de l'os pariétal sous la blessure. Il a eu une commotion. Je doute que le coup ait suffi à provoquer une hémorragie cérébrale. Il a saigné un peu.

– Tu appelles ça un peu ?

– Je sais que ça paraît être beaucoup, mais, habituellement, une blessure de ce genre au cuir chevelu, ça pisse le sang. Il y a cette petite flaque sur la table et puis son col est trempé, c'est tout. Il aurait dû saigner beaucoup plus. Il aurait saigné davantage si…

Elle s'interrompit et, plongeant brusquement, passa la main sous l'établi. Quand elle se redressa, ses yeux brillaient. Elle cachait quelque chose derrière son dos.

– Il aurait saigné davantage si… quoi ? la relançai-je.

– S'il n'avait pas été assassiné aussitôt après !

Elle agita un bout de corde sous mes yeux.

– Avec ça !

Je faillis m'étrangler.

Je reconnus la corde. C'était un morceau du fil de nylon qui avait servi à accrocher le portrait dans la salle à manger.

– Peu après s'être affalé sur la table, assommé par le coup qu'il avait reçu sur la tête, en quelques minutes, Tarok a été étranglé avec ce morceau de fil de nylon, prononça lentement Lalli. Je me suis rendu compte, en examinant le corps, qu'il avait été étranglé par une fine ligature. La marque semble indiquer une corde torsadée. Comme celle-ci. Je vais devoir comparer ça avec les traces de strangulation.

– Je ne comprends pas. Pourquoi l'étrangler après l'avoir assommé ? Pourquoi ne pas l'avoir étranglé dès le départ ?

Cela fit naître dans mon esprit une folle vision du meurtrier, chrono en main, penché sur Tarok après l'avoir frappé. S'il n'est pas mort en temps voulu, on passe au plan B.

– Tu ne savais pas qu'il avait été étranglé quand tu es venue nous annoncer sa mort, n'est-ce pas ?

– Mais si, bien sûr. Je n'ai vu la ligature qu'en découpant ses vêtements. Mais il y avait d'autres signes. Tu veux vraiment entendre les détails ?

– Oui.

Je voulais voir l'ennemi en face. Il le fallait.

– Congestion de la face : le visage était plus que violacé. Petits saignements dans la peau provenant de la cavité nasale. Hémorragies ponctuelles, pétéchies. Autant d'indices qu'il y a eu strangulation. Je savais aussi qu'il avait été étranglé peu après la première blessure puisqu'elle a relativement peu saigné…

– Il ne faut pas un docteur pour ce genre de chose ? m'enquis-je. Un médecin légiste, je ne sais pas ?

Lalli sourit.

– Il te faut un diplôme ? J'ai mon diplôme de légiste. Ça te suffit comme ça ?

Pendant ce temps, elle n'avait cessé de rôder autour de la cuisine, ouvrant le réfrigérateur, le four, le micro-ondes, regardant dans les casseroles couvertes et les plats sur le comptoir. Elle n'arrêtait pas de lorgner un bout de papier. Je compris que c'était le menu. Elle prit un bol de mousse blanche dans le réfrigérateur pour me le montrer. C'était le mélange pour la meringue, me dit-elle. Elle s'attarda au-dessus de la composition brillante que Tarok avait préparée pour la transporter à table. Les cristaux, les verres et la porcelaine étincelante, l'argenterie polie et le tas immaculé de linge en dentelle prêtaient une note de luxe funèbre à la chambre funéraire.

– Il venait juste de commencer à battre les œufs quand il a été agressé. Regarde, certains jaunes sont encore entiers. Regarde l'huile.

Il y avait un cruchon en verre d'huile sur l'établi. Encore debout, par miracle. Il était presque plein. Il n'avait probablement pas encore commencé à la verser.

– Quand je suis entrée, le jaune renversé était presque complètement figé. Le jaune met environ une heure à l'air libre pour durcir à la surface. Il a dû être renversé il y a environ trois heures pour être aussi dur. Ce doit être à peu près le moment de l'agression. Ça correspond à l'heure de la mort d'après la température du corps. Comme tu peux voir, tout concorde.

– Mais ça ne répond toujours pas à ma question. Pourquoi tuer un homme deux fois ?

– Je pense que le meurtrier n'a frappé qu'une seule fois. Vite et bien. Il a été garrotté d'une main experte. Le meurtrier n'en était pas à son coup d'essai.

– Mais…

– Oh, la blessure du crâne est une question tout à fait différente. Nous avons affaire à deux esprits différents ici. L'un est impulsif, violent et facilement effrayé. L'autre… glacial, opportuniste, arrogant.

Je n'écoutais plus.

Une onde de peur froide courut aux confins de mon esprit.

Elle déferla en moi, une colonne glacée m'envahit. Je regardai fixement Lalli, trop effrayée pour parler.

Qu'avais-je fait ?

Ma mesquinerie m'avait empêchée de révéler à Lalli quelque chose que j'aurais dû lui confier plusieurs heures plus tôt. Ses paroles retentissaient comme des cymbales sous mon crâne, me brisant les os par leur son métallique.

« Je crois que le meurtrier n'a frappé qu'une fois. Vite et bien. Tarok a été garrotté d'une main experte. Le meurtrier n'en était pas à son coup d'essai. »

Je la laissai me mener vers une chaise dans la réserve. J'avalai le verre d'eau qu'elle m'apporta. J'ouvris la bouche pour parler, mais les mots refusèrent de sortir. Puis je me souvins des notes que j'avais prises. Lalli pouvait les lire. Je bondis sur mes pieds et, la tirant avec moi, je fonçai vers la bibliothèque.

La rame de papier me fixa, blanche et vide. Les notes que j'avais prises avaient disparu…

Alors, les mots jaillirent de ma bouche, toute la terreur qui les avait coincés dans ma gorge pendant dix minutes céda. Lalli n'attendit pas que j'aie fini. Elle grimpa les marches quatre à quatre, avec moi sur ses talons.

Elle frappa à la porte de Chili une seule fois. Puis elle se tourna vers moi.

– Va chercher Rafiq.

Je retournai dans la salle de séjour au pas de course. Il leva les yeux quand j'entrai. Je n'eus pas besoin de parler. Il passa devant moi et courut en haut des marches.

Comment savait-il où aller ?

Lalli était encore en train de s'acharner sur la porte de Chili. Elle recula sans mot dire quand Rafiq s'approcha. Il jeta un regard à la lourde porte à panneaux de teck à deux battants et ne perdit pas de temps à se jeter contre elle. Il prit une chaise, grimpa dessus, retira son T-shirt, enveloppa son poing à l'intérieur et l'enfonça dans le vasistas. Puis il passa le bras et tira le loquet.

Lalli nous fit signe de rester en arrière et entra seule dans la chambre. À côté de moi, Rafiq fit entendre un sourd grondement de désespoir. C'était un cri de douleur animal, un cri ancien, révélateur. Je n'avais pas besoin de regarder derrière Lalli pour savoir la vérité.

Chili était étendue, bras et jambes écartés, sur le lit, les draps emmêlés, ses cheveux étalés formant un noir lacis sur les oreillers. Son visage, rouge et contorsionné au-delà de l'imaginable, était maculé d'une mousse sanglante. Il y avait du sang sur ses lèvres, descendant en un fin filet goudronneux sur le menton. Ses yeux ouverts étaient ternes et vitreux.

Bizarrement, ma première réaction fut d'être outrée que la mort l'ait à ce point abîmée. De sa grâce d'elfe, de son charme vibrant, il ne restait pas la moindre trace.

La première pensée de Lalli, curieusement, fut pour Rafiq. Elle recula jusqu'à l'endroit où il s'était affalé, dos au mur, les yeux fous fixés sur le lit. Il tourna un regard interrogateur vers Lalli.

– Je l'aurai, dit-elle sombrement.

Je ne l'avais jamais vue si en colère. Elle *l'aurait* ? Savait-elle qui était l'assassin ? Avait-il frappé ici aussi ? Ou était-ce un suicide ?

Au fond de moi, j'éprouvai une pointe de jalousie. Encore une fois, Chili me passait devant. Le meurtre de Tarok n'avait pas provoqué autant de rage chez Lalli. Il ne comptait pas autant à ses yeux…

J'avais tort.

– L'assassin a frappé deux fois, dit-elle. Et il ne va pas s'arrêter là.

Son assurance m'irrita. Comment pouvait-elle en être aussi sûre ?

– Retourne dans la bibliothèque. Prends des notes. Écris tout. Chaque mot, chaque geste dont tu te souviens concernant Chili. Tout ce qu'elle t'a dit. Il n'y a rien d'insignifiant. Écris tout. Vous aussi, Rafiq. Faites-le. Tout de suite. J'ai du boulot ici pour lequel il vaut mieux que je sois seule. Ne dites rien aux autres pour le moment.

Je dus tirer Rafiq derrière moi. Je le poussai dans un fauteuil dans la bibliothèque et lui parlai de mes notes qui avaient disparu. Je lui dis ce qu'il y avait dedans. Non sans crainte, mais je le lui dis.

– Vous croyez que quelqu'un a lu vos notes et l'a tuée ?

– Non. Je ne m'y connais pas trop, mais j'ai l'impression qu'elle est morte depuis un certain temps.

Il secoua la tête, effondré.

– Ce matin, elle était si belle, si vive. Je lui ai demandé si elle voulait un rôle dans la Danse de la Pluie. Elle a battu des mains comme une enfant. « Qu'est-ce que je serai ? » m'a-t-elle demandé. Elle était si éclatante de bonheur.

Il s'effondra en sanglots. Tout le monde semblait capable de pleurer sauf moi.

Chacun plongé dans son propre chagrin, nous étions complètement seuls.

Lalli entra. Elle paraissait vieille.

– Chili est morte depuis plus de six heures. Il est six heures sonnées maintenant. Elle a dû mourir autour de midi. L'un de vous l'a vue ce matin ?

Rafiq raconta d'une voix pesante, calme, ce qu'il m'avait déjà confié plus tôt.

– Et quel rôle lui aviez-vous donné dans la danse ?

La question de Lalli me heurta. Étant donné les circonstances, elle semblait frivole, presque grivoise.

– Bijlee. Elle était l'éclair, si soudain, si éblouissant, dangereux…

Sa voix devint maussade et sourde. Il laissa tomber son anglais comme une vieille chemise souillée et poursuivit en ourdou :

– Comme l'éclair, elle m'aveuglait. Comme l'éclair, elle m'a trahi.

Lalli parut ne pas entendre.

Elle se tourna vers moi. Je passai en revue ce qu'il me restait en mémoire de la matinée. Malheureusement, je me souvenais mieux de mes propres sentiments lors de cette rencontre que des paroles que nous avions échangées. Je n'en parlai pas pour le moment.

– Je me souviens qu'elle a dit qu'elle ne pourrait danser qu'une demi-heure. Ensuite elle devait rattraper son sommeil sinon elle aurait une vilaine peau pour la séance de photos de demain. « Je vais avaler mes vitamines et attraper deux heures de sommeil avant le déjeuner », a-t-elle dit.

– Elle a pris ses vitamines, confirma Lalli, l'air sombre. Elle est morte quelques minutes après les avoir avalées. Qu'est-ce qu'elle a eu pour le petit déjeuner ?

J'essayai de m'en souvenir. Elle serrait une tasse de café entre les mains, sans que je puisse me souvenir si elle l'avait finie.

– Tiens ! fit Lalli, comme si j'avais fait une découverte.

– Mais comment c'est possible ! éclata Rafiq. Le premier jour, elle en a avalé six comme ça et il ne s'est rien passé.

– Celles-là étaient des vitamines. Celles-ci, du poison. Les vitamines de Chili n'étaient pas sous forme de cachets, c'était des gélules. C'est facile de trafiquer une gélule. On la vide et on la remplit d'autre chose. (Elle s'interrompit, fouillant nos visages.) Rafiq, je veux que vous montiez la garde devant la chambre de Chili. J'ai verrouillé la porte. Personne ne doit y pénétrer avant mon retour. Je vous prie de rester avec elle.

Il était parti avant qu'elle ait terminé.

– Du poison ! m'exclamai-je, furieuse. À t'entendre, on croirait que les gens se promènent avec du poison dans leurs poches ! De quel poison s'agit-il, d'ailleurs ? Ne me dis pas que c'est cette vieille histoire, ce fameux poison oriental inconnu de la science moderne. Cette blague peut suffire à bluffer Rafiq, mais pas moi.

– Ce n'est pas du bluff. Pas de poison oriental, mais des granules de cyanure de sodium. La mort-aux-rats de Hilla. Celle-là même qu'Ujwala a si aimablement recommandée à Chili, l'autre soir.

– Ça alors ! Tu crois que Chili en a pris ?

– Qu'elle en ait pris dans l'intention de se suicider ? Non. Toutes les capsules du flacon sont trafiquées au cyanure. Si elle l'avait fait toute seule, elle n'en aurait rempli qu'une ou deux, ou si elle était vraiment décidée à ne pas se rater, quatre ou cinq. Pas une trentaine. C'est ce que je viens de faire : vider toutes les gélules une à une. C'est exactement la même composition que le paquet de mort-aux-rats. Du moins, ça a le même aspect. Et il n'y a aucun doute sur la cause de la mort : empoisonnement au cyanure. Ça sent.

Je n'arrivais pas à comprendre. C'était trop théâtral, incroyable.

– Je croyais que le cyanure avait disparu avec les Borgia, dis-je.

– C'était Néron, pas les Borgia. De l'eau de laurier cerise. Il en transportait partout. Les Borgia utilisaient de l'arsenic. Le cyanure reste d'actualité. L'Irak en a utilisé en quatre-vingt-dix-huit contre l'Iran. Bien sûr, entre-temps, les Européens et les Américains avaient complètement oublié le Zyklon B. Pourtant, c'est peu courant d'en trouver dans une maison. La conversation au dîner d'hier soir, les commentaires stupides d'Ujwala, tout a contribué à pratiquement placer l'arme entre les mains de l'assassin. Je ne parle jamais de meurtre. Jamais.

Elle tremblait de rage.

– Tu crois que c'est Ujwala Sane qui a fait ça ?

– Si c'est elle, ses fanfaronnades sont sans précédent dans les annales du crime. Non, c'est une femme dangereuse mais stupide. Bien sûr, tous les assassins que j'ai connus étaient des imbéciles, mais tout de même.

Elle arpenta la pièce avec colère, puis se laissa tomber sur la banquette. Sa voix était étranglée de larmes, mais c'était des larmes de rage, pas de chagrin.

– Il faut qu'on l'annonce à Hilla. Elle va être effondrée. Je vais la conduire ici et le lui dire. Mais ensuite, je dois retourner dans la chambre de Chili. Tu resteras avec Hilla. Tu devras t'occuper d'elle.

Si Rafiq avait été secoué par la mort de Chili, la réaction de Hilla ne fut pas moins intense. Après son désarroi initial, elle insista pour aller immédiatement dans la chambre de la jeune femme. Rafiq et moi attendîmes dehors pendant que les deux femmes allèrent se recueillir auprès de la jeune morte.

J'avais un horrible sentiment de déjà-vu. Deux jours plus tôt seulement, j'avais attendu au même endroit, exactement à la même heure, écoutant les sanglots d'une femme. Ce soir-là aussi, Chili avait avalé ses vitamines dans un grand geste de désespoir spectaculaire. C'était la face sombre de cette comédie. Les vitamines de Chili étaient une sottise qui avait tourné à la tragédie. La mort, qui l'avait fuie quand elle la suppliait en pleurant, la possédait à présent qu'elle avait séché ses larmes.

À mon côté, Rafiq respirait bruyamment. De temps à autre, il faisait des mouvements exaspérés comme s'il allait sortir de ses gonds.

Enfin, Lalli et Hilla sortirent de la chambre. Elles emmenèrent Rafiq avec elles dans le corridor. Elles passèrent devant moi sans un mot, me laissant le soin d'annoncer la nouvelle.

19

J'essayai de prendre un ton pragmatique, je préparai mon annonce comme au journal télévisé. Et bien sûr, quand je le leur dis, les mots sonnèrent faux.

Tout le monde leva les yeux quand j'entrai.

Je fermai la porte soigneusement derrière moi et la verrouillai. Je me souviens de m'être demandé pourquoi.

Ils levèrent les yeux et déchiffrèrent mon visage avant que j'aie réussi à baragouiner la nouvelle.

– Chili est morte. On a dû forcer sa porte. Lalli pense qu'elle a été empoisonnée.

Le silence fut total.

Puis Ujwala Sane pouffa de rire.

– Robert Bruce ! Je savais que le nom me reviendrait. Quand on n'y arrive pas du premier coup, on recommence. Vous vous rappelez, Arpita, Darshan, votre leçon d'histoire ? Elle a dû s'y reprendre combien de fois avant d'y arriver, cette Chili ? Finalement je lui ai donné un bon conseil, je pense. Cent fois sur le métier remettez votre ouvrage. Vous voyez, Arpita, Darshan, exactement comme l'araignée de la comptine : à force d'essayer, elle y arrive !

– D'après Lalli, elle a été assassinée.

– Lalli, Lalli ! C'est qui, cette Lalli ? D'où elle sort ? Pas même un nom de famille. Juste comme ça, Lalli ?

Comme n'importe quel bouseux. Pour qui elle se prend ? fulmina Ujwala.

– Je crois que c'est son métier, répliqua son mari avec rudesse. Et le tien, c'est de la boucler. Ne dis plus rien, tu m'entends ? Rien. C'est une catastrophe à chaque fois que tu l'ouvres. Maintenant, la ferme.

Sa femme eut un petit cri blessé et se mit debout, indignée.

– J'ai supporté beaucoup de choses mais, là, c'est la fin, déclara-t-elle.

Au registre des sorties, celle-ci fut du pur V. Shantaram [1]. Mais l'image de la féminité outragée ne dépassa pas la porte, car je me tenais le dos fermement appuyé contre elle. Elle changea d'idée et prétendit perdre connaissance, sans grande conviction, sur un divan particulièrement mou.

Cette brève diversion ne servit qu'à exacerber l'horreur de notre situation.

– Lalli va avoir besoin de mon aide, ajouta le docteur. Maintenant, la situation devient grave.

Comme si le meurtre de Tarok était une simple frivolité.

– Si vous voulez bien patienter encore un instant, Lalli ne va pas tarder. Je suis sûre qu'elle ne manquera pas de se tourner vers vous. En ce moment, elle est avec Hilla.

Là, je m'attribuai mentalement vingt sur vingt pour ma duplicité. Ma prochaine mission était de découvrir qui avait quitté la pièce vers six heures.

Il ne fallut pas insister beaucoup pour obtenir des réponses : tous. N'importe lequel aurait pu voler mes notes, mais c'était sans doute Felix. C'était le genre de choses que ses personnages faisaient dans ses livres.

1. Un des fondateurs du cinéma indien, il fut aussi un des maîtres de Bollywood. (NdT)

Surtout, ils avalaient les preuves. S'il collait à ses scénarios, les premières coliques devraient survenir d'une minute à l'autre.

Ramona et les enfants s'attroupèrent autour de moi. D'une petite voix, Arpita dit qu'ils avaient mangé. Felix avait fait des sandwichs.

– Je pense que c'était notre déjeuner, dit Ramona. On les a vite avalés sans vouloir y penser.

Darshan se mit à pleurer. Il pleurait en silence à vous briser le cœur, et rien ne parvenait à le réconforter.

– Il est embêté parce qu'on a mangé ce que Tarok nous a donné, expliqua Arpita avec mépris. La loco et la rose et la pelure de pomme la plus longue du monde. Il dit qu'on aurait dû les garder. Maintenant on n'a plus rien.

Au bout d'un moment, elle demanda :

– Où est Chili, maintenant ?

Personne ne répondit.

– Où est passé ce danseur ? demanda Mr Bajaj avec hargne. Il y a eu un autre meurtre et je ne le vois nulle part.

– Exactement !

Ujwala Sane se leva en se drapant d'importance.

– Hier, je l'ai vu regarder Chili. « Vous avez vu comment cet homme vous regarde, lui ai-je dit, ne lui parlez pas. Vous connaissez son passé. Pas respectable. » Je l'ai mise en garde. Mais il a continué de la regarder comme ça, très longtemps ! C'était anormal.

Alif Bey éclata de rire.

– On regardait tous Chili comme ça. C'était parfaitement normal.

Ujwala ne put pas réagir à cause de Hilla et Lalli qui arrivèrent à cet instant précis. Hilla se laissa tomber dans un fauteuil, l'esprit ailleurs.

– Vous avez appris la mort de Chili, déclara Lalli. Elle est morte vers midi aujourd'hui, peu après être retournée dans sa chambre pour se reposer. Elle a été empoisonnée. Les gélules de vitamines qu'elle prenait le matin étaient remplies de mort-aux-rats.

Ujwala fit à nouveau entendre les lamentations de Cassandre.

– Je vous l'ai dit ! Je l'ai dit à tout le monde ! Je le savais ! Dès que je l'ai entendu dire, je le savais !

Lalli ne fit pas attention à elle.

– Alors qu'est-ce qu'on fait maintenant ? demanda Alif Bey avec un signe désespéré en direction de la fenêtre contre laquelle la pluie continuait de battre sans répit.

– Vous voulez dire : à qui le tour ? intervint Felix.

– Assez de meurtres, implora Ujwala. C'est fini. Cette Chili a assassiné le cuisinier, puis elle s'est suicidée. Ils avaient une aventure. C'est terminé, rideau.

Elle déclara cela avec beaucoup d'assurance, hochant la tête pour confirmer qu'elle était d'accord avec ses propres propos. Tout le monde la fixait, incrédule.

– Non, ce n'est pas vrai. Chili n'a pas tué Tarok, répondit Lalli. Mon examen indique qu'elle est morte il y a plus de six heures, probablement avant Tarok. Je ne crois pas que le motif derrière ces meurtres soit une aventure qui a mal tourné. Nous sommes tous impliqués dans cette affaire. Je vois que vous avez eu à manger. Très bien. Vous ne devez pas quitter cette pièce pour la nuit. Vous n'êtes pas autorisés à aller dans vos chambres à l'étage. Je vous prie d'utiliser la salle de bains du rez-de-chaussée. Nous n'avons aucun moyen de réclamer de l'aide tant que le mauvais temps persiste. À présent je vais enregistrer vos dépositions dans la bibliothèque.

– Ça va prendre combien de temps ? s'enquit Alif Bey. Ça ne peut pas attendre demain matin ?

– Non, je commence maintenant et je vous entendrai chacun à votre tour.

Elle sortit avec raideur avant qu'ils puissent s'insurger.

Une vague d'indignation balaya la pièce. Hilla leva une main fatiguée pour les calmer. Elle leur parla avec ce que j'appellerais beaucoup de mansuétude et conclut son plaidoyer en faveur de leur coopération en éclatant en sanglots. Naturellement, après ça, plus personne ne fit d'histoires.

Je rejoignis Lalli dans la bibliothèque.

Il était presque neuf heures. Tout paraissait irréel.

Lalli repoussa la rame de papier vers moi. Il y avait une tasse de café frais. Je l'avalai goulûment.

– Felix nous prépare quelque chose à manger. Il voulait assister aux interrogatoires. J'ai refusé.

– C'est un suspect alors ?

– Oui, et toi aussi. Tu avais un motif, l'occasion. L'arme a été facilement retrouvée. J'ai besoin de vérifier ton alibi. J'ai eu la possibilité, pas d'alibi, l'arme, mais pas de motif. Dans les heures qui viennent, on va trouver quelqu'un qui avait un motif, la possibilité d'agir, l'arme et pas d'alibi… mais qui n'a pas commis ces meurtres. Il n'y a pas de règles en ce qui concerne un meurtre.

– Alors comment on trouve ?

– Ça dépend du meurtrier. De la pression qu'il ressent. De sa solitude. De sa détresse.

– Sa solitude ?

J'ai lu des tonnes de romans policiers, mais je n'ai encore jamais entendu parler de ça.

– La plupart des assassins que j'ai rencontrés ont tué par solitude ou désespoir. La peur de la solitude, la peur de l'abandon. Le désespoir parce qu'ils ont l'impression qu'il n'y a pas d'autre option. Mais il y a toujours une autre solution. Les gens font des choses stupides quand ils sont désespérés. Le meurtre est un acte d'une grande stupidité.

– La solitude, le désespoir… ce sont des émotions que j'attribuerais plutôt à la victime !

– Aussi. Il y a donc un dialogue, tu vois, avant que survienne l'acte. C'est important de le comprendre.

– Tu veux dire qu'ils se sont parlés ? L'assassin et la victime ?

– Pas en mots. Non, les mots sont en fait une façon très superficielle d'échanger la pensée. Il s'agit là d'un échange plus profond, plus urgent.

Je secouai la tête. Ses paroles restaient sans écho, dépourvues de sens.

En fait, tout me paraissait dépourvu de sens désormais.

Je ne pouvais songer qu'à la conversation que j'avais surprise malgré moi la nuit dernière. En dépit de tous mes efforts, je ne pouvais me souvenir de ses mains sur ma peau.

– Il y aura bien assez de temps pour ça plus tard, soupira Lalli. On a du pain sur la planche pour le moment. Tu as répété à quelqu'un les paroles que tu as surprises ?

– À Rafiq seulement.

– Désormais, ne dis plus rien. Contente-toi d'écouter. On va commencer par Alif Bey.

Il aurait été logique à cet instant que je lui raconte toutes les conversations que j'avais surprises à la sauvette. Je ne sais pourquoi, je n'en fis rien.

20

Alif Bey pénétra dans la pièce au pas de charge, sans se traîner, l'air avachi, contrairement à son habitude. Il avait l'œil ardent, le menton pugnace, l'allure énergique.

– Je veux que vous sachiez que je me considère comme totalement responsable de la mort de Tarok Ghosh, déclara-t-il.

Puis il s'assit avec un aplomb remarquable et fixa Lalli d'un air de défi.

– L'avez-vous assassiné ? demanda-t-elle.

Sur le ton de la conversation, comme on parle de la pluie et du beau temps.

– Pas physiquement à proprement parler, non. Mais j'ai été complice des circonstances qui ont entraîné sa mort.

– Vous aviez comploté de le tuer ?

– Pas directement. J'ai été complice de l'idée de ce week-end à la campagne, une situation anormale dans laquelle des gens de tempéraments opposés doivent entretenir un commerce poli. C'est une situation qui serait intolérable pour un rat de laboratoire. J'ai également été complice de l'idée de cette orgie gastronomique prolongée. Ce qui me rend responsable de la nausée qu'il éprouvait devant le spectacle d'une goinfrerie quasi insatiable. J'ai fait partie du vaste mécanisme qui a poussé à sa mort.

– Tarok n'est pas mort d'une crise cardiaque ou d'une attaque. Il a été assassiné.

– Peu importe la méthode. L'homme était destiné à une mort prématurée du fait même des conditions difficiles de son existence.

– En cela, je suis d'accord avec vous, concéda Lalli, ce qui me désarçonna.

– Et s'il a été assassiné, je suis inscrit dans l'esprit de ce meurtre.

– Ça aussi, je l'accepte.

– Bien. Alors il n'y a rien d'autre à dire.

Il ne tendait pas vraiment les poignets pour qu'on lui passe les menottes, mais on n'en était pas loin.

– Juste quelques détails à clarifier, murmura Lalli.

Avec un grand geste pour l'inviter à poursuivre, il s'adossa à sa chaise. Je remarquai qu'il n'était pas affalé sur son siège. En cet instant, il avait la prudence d'un chat.

– Vous connaissiez bien Tarok Ghosh ?

– C'était la première fois que je le rencontrais.

– Dites-moi, je suis curieuse, ce que vous pensiez de lui ?

Alif Bey me jeta un bref coup d'œil, puis détourna les yeux.

– C'était un chef cuisinier hors pair, bien sûr. Un véritable artiste. Cela dit… un esprit agité, curieux, intelligent. Qui pouvait être dangereux. Comme je le disais, un véritable artiste.

– Dangereux ?

– C'était quelqu'un qui fourrait son nez partout, non ? Il en a agacé plus d'un l'autre soir au dîner.

– Est-ce qu'il vous a agacé ?

– Il l'aurait pu, si j'avais été dans un autre état d'esprit. Normalement, je n'aime pas qu'on fourre son nez dans mes affaires.

– Ça a eu l'air de vous plaire, l'autre soir.

– L'homme me plaisait. Je regrette sa mort, et ce n'est pas une simple formule de politesse. J'aime très peu de monde. Et il y en a encore moins qui m'aiment.

– Quand l'avez-vous vu pour la dernière fois aujourd'hui ?

– Aujourd'hui ? Je ne l'ai pas vu du tout. Il y a eu un foutu bordel, ce matin. Mrs Sane, je crois. Je l'ai cherché vers onze heures, j'avais une migraine épouvantable. J'ai pensé que du café me ferait du bien. Mais la porte de la cuisine était fermée avec ostentation. Un panneau indiquait : Ne pas déranger. C'était juste avant que je rencontre votre nièce ici, dans la bibliothèque. Après quoi, je suis allé dans le séjour pour observer les animaux. Je m'y trouvais toujours quand vous nous avez appris sa mort.

– Ça vous arrive souvent d'avoir la migraine ?

– Seulement quand j'ai bu. Je n'ai pas touché une goutte d'alcool depuis le départ de Lola. Je suppose que vous êtes au courant pour ça.

– Vous avez eu une scène.

– Assez violente. Elle est partie pendant que je dormais encore. Elle m'a plaqué sans un mot, en me laissant toutes ses affaires à trimballer. Mais elle peut courir si elle croit que je vais m'en occuper. Je vais tout laisser ici. Cette femme prend les hommes pour des bêtes de somme.

– Vous n'avez pas follement envie de faire la paix, hein ?

– Ça ne vous regarde pas. Mais puisque vous posez la question, non. Je ne suis pas facile à dégoûter, mais il y a des choses auxquelles je me refuse.

– Et pas Lola ?

– Apparemment non.

Il était franchement agacé maintenant.

– Et les autres ici ? insista Lalli. Vous avez de vieux amis parmi eux ?

– Aucun, à part Hilla. Et encore, ce n'est pas tout à fait vrai. Jimmy Driver était mon ami. Au début, on allait picoler ensemble, puis on est devenus potes. Il n'était pas le raté pour lequel il se faisait passer. Ou peut-être que si. Comme moi. On était deux ratés.

– Et Chili ? Vous la connaissiez ?

– On s'était croisés quelquefois à des réceptions. Ça fait partie de mon autre vie, celle qui paie mes factures. Une gentille gosse, pas encore dans la catégorie des femmes charmantes, si vous saisissez la nuance. Prête à faire des sottises, si j'en crois la rumeur publique. Tant de jeunesse et de beauté, quel gâchis ! Pourquoi les jeunes ne comprennent-ils pas qu'ils n'ont pas besoin de faire leurs preuves ? Ils n'ont pas besoin de se faire souffrir. Il suffit qu'ils soient jeunes. Rien que ça, c'est le paradis.

Encore un peu de ces fadaises et j'aurais crevé le plafond. Mais j'étais obligée d'écouter puisque je prenais des notes.

– C'est bien de voir qu'on sait encore prendre en sténo, remarqua Alif Bey. Avec l'ordinateur, on a perdu tout le bonheur d'écrire, n'est-ce pas ?

Quand la porte se referma derrière lui, je fis face à ma tante.

– Comment tu peux supporter ce culot ? Putain, Lalli, ce type est un fumiste.

– Vraiment ? Je croyais que c'était un écrivain génial, un vrai intello.

– Moque-toi encore de moi, mais c'est vrai. C'est un menteur éhonté.

– Bizarre, je n'ai remarqué qu'un mensonge. Dis-moi les autres.

J'inspirai à fond et me lançai dans le récit compliqué de ma récente expérience de grandes oreilles. Lalli siffla quand je lui racontai l'épisode avec l'impétueuse Ujwala.

– Bon sang, mais c'est Mohini ? Qui l'eût cru ? Ce type doit se sentir complètement idiot maintenant.

– Ce n'est pas tout. Je ne t'ai pas encore parlé de l'histoire de Lola.

Je lui racontai tout en finissant par ma découverte de la chaussure de Lola.

– C'était de la pure méchanceté de sa part de balancer ses chaussures dans le bassin, quand on sait à quel point elle en était fière comme une gamine. « Toi et tes godasses de merde ! » l'ai-je entendu dire quand ils se bagarraient sur les marches. Ensuite elle l'a martelé avec ses talons. Je me souviens de leur éclat bizarre dans le noir. Et plus j'y pense, plus je suis sûre qu'il lui a arraché ses boucles d'oreilles aussi.

– Quoi, ces espèces de mobiles ?

– Ouaip, j'en ai trouvé une hier soir accrochée dans les fougères de la salle à manger quand on faisait le ménage après le dîner. Tu sais, dans l'un des pots qu'on a mis près de la porte.

– Tu l'as prise ?

– Je ne savais pas quoi faire. Tarok l'a remise. Il était avec moi quand je l'ai trouvée.

– Dans les fougères ?

– Elle s'y balance toujours, à mon avis.

– Quelqu'un d'autre l'a vue ?

– Seulement Tarok. Il avait l'air déconcerté. Il a eu l'air déconcerté toute la journée d'hier.

J'essayai de ne pas penser à l'expression dans ses yeux après notre baiser.

Mais Lalli ne m'écoutait plus. Elle avait le regard perdu dans le lointain.

Je mis fin à mes notes et allai appeler le nom suivant sur notre liste : Rafiq Khan.

21

– D'abord, trouvez qui les a tués. Ensuite, laissez-moi faire.

Après cette entrée en matière, il n'y eut pas grand-chose à tirer de lui. Quand il entendit le nom de Chili, il perdit son sang-froid. Il chercha du regard par où s'enfuir.

Lalli le calma en disant d'un ton apaisant des paroles qui n'avaient aucun sens. Mais elles permirent de le ramener au présent.

– Elle m'a tué, dit-il. Qu'est-ce que je peux dire ? Elle m'a anéanti.

– Oui, répondit Lalli à ma grande surprise. Mais vous allez devoir vous y faire, Rafiq.

Il leva un regard vide, abruti de chagrin et de rage. Il fixa Lalli avec une horreur grandissante.

– Que va-t-il m'arriver maintenant ? chuchota-t-il.

Il étala ses grandes mains sur la table et nous observa. Il attendait une réponse.

– Ça va dépendre de ce qui va suivre, reprit Lalli. Vous le savez, Rafiq. Il faut attendre pour voir. Jusque-là…

– Jusque-là, vous me dites ce que je dois faire, je le ferai. D'abord vous faites votre boulot, puis moi je ferai le mien.

– Vous savez qui aurait pu en vouloir à Chili ?

– Seulement quelqu'un dont elle avait brisé le cœur. Seulement quelqu'un qu'elle aura anéanti. Si elle était ici maintenant je la tuerais pour la peine qu'elle me fait.

Lalli ne parut pas troublée par cette logique terrifiante.

– Rafiq, croyez-vous que Tarok était amoureux de Chili ou elle de lui ?

Pour toute réponse, il se tourna vers moi. Je ne pus soutenir la dureté de son regard interrogateur.

Sans un mot, il quitta la pièce.

– C'était quoi, cette histoire ? demanda Lalli.

– Je lui ai parlé de la conversation que j'avais surprise la nuit dernière.

– Et peut-être qu'il l'avait surprise, lui aussi ?

L'endroit était infesté d'oreilles indiscrètes, une vraie passoire. Et cela malgré le temps pourri. C'était pire qu'un boulevard par une belle nuit d'été. N'importe qui dans une des sept pièces qui ouvraient sur la terrasse pouvait avoir surpris une de ces conversations. Mais, également, quiconque en embuscade dans l'ombre de l'auvent avait également pu entendre.

– Voyons Mr Bajaj, annonça Lalli.

Comme Alif Bey, Mr Bajaj entra d'un pas martial. Cette démarche arrogante, me dis-je, lui donnait cet air d'importance qui devait intimider les conseils d'administration. Mais l'intimidation était très loin de son esprit. Il adressa à Lalli un petit salut respectueux, à moi un regard compatissant, et s'assit en donnant tous les signes d'un homme disposé à se montrer serviable.

– À l'aube, je me mettrai en route, annonça-t-il. Deux cadavres dans une maison où se trouvent deux jeunes enfants, c'est intolérable. Je vais prendre ma Pajero et gagner le village. Je vais me mettre en route.

– Si l'aube se lève aussi.

Lalli indiqua la fenêtre où de hautes flèches de pluie glissaient à travers le rai de lumière électrique pour se perdre dans la nuit indistincte.

– L'aube se lève aussi, assura-t-il avec le plus grand sérieux. Il faut attendre, mais l'aube finit toujours par se lever. J'ai survécu à de longues nuits, aussi noires que celle-ci.

– L'aube paraît encore très loin, remarqua Lalli. À moins que vous ne puissiez nous aider.

– Tout ce que vous voudrez. Je ferai n'importe quoi pour mettre fin à ce cauchemar, ne serait-ce que pour cette pauvre Hilla. Elle a trop souffert. Dites-moi simplement ce que je peux faire. Allons, posez-moi vos questions et je vous répondrai aussi clairement que possible.

– Merci, Mr Bajaj. Si tout le monde était aussi coopératif que vous, mon travail serait grandement facilité. Depuis combien de temps connaissiez-vous Tarok Ghosh ?

– Je ne l'avais jamais rencontré avant ce week-end. J'étais très sceptique quand Hilla m'a entretenu de son projet lors de mon arrivée. J'ai exprimé ma désapprobation. Mais c'était un merveilleux chef cuisinier. Ce *resham kebab* ! Oh là là !

– Et votre steak tartare ?

– Ah, sa plaisanterie à propos de la viande de cheval ? J'ai été flatté ! Avoir un plat spécialement préparé pour vous est un grand honneur. Il a honoré chacun de nous hier. Et voyez comment nous l'en avons remercié.

– Mais le steak tartare était-il de circonstance ? Vous élevez des chevaux ?

– Rien d'aussi ambitieux, je crains. J'ai un étalon, Bruno. Il a remporté deux ou trois courses. J'ai eu quelques bons chevaux autrefois, mais, pour entretenir une bonne écurie, il faut davantage que de l'argent. Il faut avoir du temps. J'aime m'occuper moi-même de mes chevaux. Ils vous respectent si vous les traitez bien.

– Ce n'est pas facile à apprendre.

– J'ai quelque expérience. J'ai participé à un rodéo. Le Texas m'a fait. Oui, on peut dire ça, à bien des égards, le Texas m'a fait. Mais je n'y suis jamais retourné après être rentré chez moi. Jamais. Ici, c'est chez moi. Mes racines sont ici. Je reste ici.

– Vous êtes un homme d'affaires, Mr Bajaj. De quel type d'affaires vous occupez-vous exactement ?

– Une question difficile. J'ai fait plusieurs carrières. J'ai fait fortune dans le pétrole, puis je suis passé à des secteurs moins lucratifs. J'achète des entreprises en mauvais état et je les remets sur pied. Pour le moment, je m'occupe presque exclusivement d'électronique.

– Vous envisagez de vous associer à Hilla pour transformer cette demeure en hôtel ?

– J'y ai pensé plus tôt. Maintenant, j'en suis moins sûr. Après ces tragédies, cette propriété va paraître moins attrayante. Les nouvelles circulent.

– Quand avez-vous vu Tarok pour la dernière fois aujourd'hui ?

– Je peux vous répondre avec précision. Onze heures un quart. Je l'ai rencontré dans le couloir, juste devant cette porte. Il portait un rouleau de fil de nylon et une paire de ciseaux. « Hilla aimerait qu'on accroche le tableau avant le déjeuner, m'a-t-il dit. Il me reste encore beaucoup de travail, a-t-il ajouté. Je vais donc m'enfermer dans la cuisine maintenant. J'ai mis de quoi grignoter et du café à l'office pour le cas où quelqu'un aurait faim. Quand vous aurez fini avec le tableau, vous pourrez rapporter ces affaires à l'office. » Ce furent ses paroles.

– Et qu'avez-vous fait avec la corde ?

– Je l'ai gardée le temps de me rendre dans la salle à manger pour vérifier où le tableau devait aller. Puis j'ai pris le tableau dans la bibliothèque et j'ai essayé de faire le boulot d'une seule main. Mais c'était un peu lourd pour moi. Il me fallait l'aide de quelqu'un pour le tenir. En fait, comme je le soulevais, la pendule a sonné la demie, ce qui m'a tellement surpris que j'ai failli lâcher la peinture ! Mais c'est aussi pourquoi je sais l'heure avec autant d'exactitude. J'ai alors laissé le tableau sur place et je suis allé à la bibliothèque pour demander de l'aide.

– Qui vous a aidé ?

– Devdutt et Felix. En dix minutes, l'affaire était bouclée.

– Que s'est-il passé ensuite ?

– On est resté une dizaine de minutes à bavarder. Devdutt a dit qu'il allait faire du café pour sa femme, a demandé si on en voulait, et Felix et moi, nous avons refusé. Je lui ai donné le rouleau de corde en nylon et les ciseaux pour qu'il les dépose. J'étais plein de poussière et fatigué, je suis donc retourné dans ma chambre. J'ai éprouvé un léger inconfort dans la poitrine. On m'a fait un pontage l'an dernier et je dois me montrer prudent. Je me suis allongé sur le lit pendant près d'une heure. Après quoi, je me suis senti mieux. J'ai peut-être dormi un peu, je ne m'en souviens pas. J'ai pris une douche, je me suis changé, et j'avais faim quand je suis redescendu… pour trouver ça !

– Et Chili ? Vous la connaissiez avant ?

– Pas du tout. On m'a dit que c'était un top model international mais, en la voyant, c'était dur à croire. Je l'ai vue à table hier pour la première fois. Je n'ai pas été impressionné.

Lalli hocha la tête d'un air engageant. Aujourd'hui, Mr Bajaj lui plaisait. Peut-être, comme moi, était-elle impressionnée par la réaction de l'homme en période de crise. Un changement agréable après les poses affectées d'Alif Bey.

– Les deux morts ne sont pas nécessairement liées, n'est-ce pas ? demanda-t-il. J'ai entendu dire que la jeune fille avait fait plusieurs tentatives de suicide récemment. Une déception amoureuse. Les filles de cet âge sont excessivement sensibles. Les garçons sont des idiots.

– Vous avez une fille ?

Ses yeux devinrent opaques.

– J'ai eu une fille. Notre seul enfant. Je l'ai perdue juste avant ses dix ans.

– Je suis navrée de l'apprendre.

– Une fièvre cérébrale. Comment ça s'appelle ? Une méningite. Toute tragédie qui touche une jeune fille m'atteint profondément. Elle aurait eu vingt ans cette année.

C'était peut-être pourquoi sa femme traitait avec autant de méchanceté ses jeunes étudiantes. J'aurais voulu pouvoir la juger avec plus de modération.

– Et les autres ici, Mr Bajaj ? Vous les connaissez bien ?

– Seulement Hilla et les Sane. Ce sont de vieux amis.

Ce fut son tour de poser des questions. Il interrogea Lilla sur la procédure, ce qui allait arriver quand la communication serait rétablie. Devrait-il aller au poste de police de Malad ou contacter directement son ami le commissaire ?

À chacune, Lalli répondit avec une infinie patience.

– Je partirai à l'aube, ajouta-t-il pour conclure son récital.

– Alors, combien de mensonges as-tu relevés cette fois ? demanda ma tante quand il fut parti.

– Aucun, pas de conversations secrètes, pas de rumeurs. J'étais tellement prête à le détester, sachant qu'il est le mari de Lata Sandeha, mais il paraît être le plus correct de la bande. Honnête. Serviable.

– Ce que notre suspect ne sera peut-être pas. Appelle notre bon docteur.

Et c'est alors que je me souvins du rêve à demi oublié qui m'avait tirée de mon sommeil vendredi matin. Tarok et le docteur discutant sur la terrasse.

« Peu m'importe à présent. Ceux qui m'importaient sont morts. C'est fini. Vous ne m'avez jamais vu auparavant… », avait dit la voix de Tarok.

Je confiai à Lalli ce que je pus arracher à mon cerveau embrumé. Le reste était perdu dans la grisaille d'un rêve.

22

– Ma femme est en pleine crise, fut la remarque préliminaire du docteur Sane. J'espère que ça ne prendra pas trop longtemps.

– Alors je vais entrer directement dans le vif du sujet. Que s'est-il passé quand vous êtes allé à l'office faire le café pour votre femme ?

– Comment vous savez ça ?

– Tout le monde paraît savoir que c'est là que vous êtes allé après l'accrochage du tableau. Auriez-vous changé d'avis ?

– Non, je me suis rendu à l'office. J'ai préparé du café, en effet. Je l'ai emporté dans notre chambre. Je me suis assis avec Ujwala et je l'ai dorlotée pour l'amener à en boire, puis, après avoir un peu bavardé, je suis redescendu.

– Que portiez-vous en entrant à l'office ?

– Rien. Ah si, Bajaj m'avait demandé d'y rapporter la corde et les ciseaux. La porte de la cuisine était fermée à clé, vous savez. Le panneau « Ne pas déranger » était accroché dessus. Alors j'ai laissé tout ça à l'office.

– Vous les avez posés où ?

– Sur le comptoir. C'est-à-dire pas sur la partie du comptoir avec la bouilloire et les tasses, mais l'autre.

– Sur l'autre partie du L.

– C'est ça. C'est un comptoir en L.

– Le passe-plat était-il ouvert ?
– Je n'ai pas remarqué.
– Il est exactement au-dessus de l'endroit où vous avez posé la corde et les ciseaux. À la hauteur des yeux.
– Il était fermé.
– Maintenant, vous vous en souvenez ?
– Oui, je me souviens que je me suis dit que j'aurais pu échanger deux mots avec Tarok, mais là j'ai vu qu'il était fermé, et je n'ai pas voulu frapper.
– Combien de temps êtes-vous resté à l'office ?
– Le temps que met l'eau à bouillir. Ma femme prend son café noir. Il m'a suffi de prendre une cuillerée de café instantané.
– Et qu'avez-vous fait pendant que l'eau bouillait ?
– Rien.
– Docteur, la mémoire est une chose fugitive. Elle a besoin qu'on lui souffle. Pendant que vous attendiez que l'eau commence à bouillir, vous avez vérifié le contenu des deux boîtes métalliques à côté de la bouilloire.
Il eut un air penaud.
– C'est juste, la première contenait des chips à la banane, j'en ai peut-être mangé quelques-unes.
– Vous n'avez pas ouvert l'autre ?
– Si. C'était des biscuits. Je n'aime pas les biscuits.
– Maintenant que vous vous souvenez clairement des événements, essayez de vous rappeler si vous avez entendu du bruit ou des mouvements.
– Non, je ne me souviens de rien.
Lalli changea brusquement son fusil d'épaule.
– Chili a été empoisonnée avec de la mort-aux-rats. On a entendu Ujwala en parler hier soir. Le meurtrier a suivi ses indications.
– Il ne faut pas la soupçonner, affirma-t-il d'un ton pressant. Ujwala dit parfois des sottises, c'est de l'orgueil de classe. Sa famille est très aristocratique. Elle a honte

de se mélanger avec des gens ordinaires comme nous. Vous ne pouvez pas la soupçonner, vous ne pouvez pas l'interroger, je suis son mari, j'ai le droit de la protéger. Tenez compte du fait que nous avons deux petits enfants innocents.

– Calmez-vous, docteur. Je ne soupçonne pas votre femme d'avoir assassiné Chili. Mais j'aimerais savoir si elle a exprimé de l'hostilité envers Chili.

– Rien de plus que la haine qu'elle ressent ordinairement envers les jolies femmes. Elle est d'un tempérament très jaloux. Mais son cœur est pur. Je vous en prie, croyez-moi.

Lalli haussa les épaules, sceptique.

– De plus, ce n'est pas sa façon d'être, elle est incapable de calculer ou de planifier. Je doute qu'elle sache seulement qu'on peut ouvrir une gélule et la vider.

– C'est quoi, sa façon d'être ?

– Impulsive. Volcanique. Irréfléchie. Et ensuite, un profond regret.

– Une façon d'être qui laisse libre cours aux explosions de colère ? Le genre qui vous fait attraper n'importe quoi à votre portée et en fait une arme ?

Les yeux fixés sur ses mains tremblantes, il garda le silence.

– Pourquoi votre femme était-elle aussi remontée contre le cuisinier ?

Il répondit d'une voix sourde.

– L'orgueil de classe. Dans sa famille, un cuisinier est un serviteur, et un serviteur est un esclave.

– Et vous partagez ce point de vue ?

– Je suis un démocrate. J'espère que mes enfants partageront ma façon de penser. Mais c'est trop tôt pour le savoir. C'est ça, le mariage.

– Eh oui, c'est ça, le mariage, répéta Lalli avec un soupir lourd d'expérience. Qu'avez-vous à voir exactement avec l'huile de moutarde, docteur ?

Un instant, il parut décontenancé. Puis il reprit son calme avec un éclat de rire désinvolte.

– Je crains que mon ami ait quelque peu exagéré en ce qui me concerne. Je ne suis pas un expert ! Tarok en avait l'impression parce qu'il m'avait entendu témoigner dans une affaire qui avait impliqué certains de ses amis.

– En 1985 ?

– Hein ? Non, non, en 1988. Ils ont été disculpés.

– Les amis de Tarok ont été disculpés ?

– Oui, de sorte que pour lui, j'avais fait des merveilles. Mais il était trop généreux.

– Vous vous souvenez de leurs noms ?

– Je crains que non, c'était une petite affaire et ça fait un bail, vous savez. Il s'agissait de petits commerçants, ils avaient également vécu dans la rue, comme Tarok. Ils ne s'en étaient pas tirés aussi bien que lui, mais il restait en contact avec ses amis.

– Je ne comprends pas, docteur. Comment se fait-il exactement que vous ayez eu à témoigner dans cette affaire ?

Sane éclata de rire.

– À cette époque, j'étais aussi pauvre qu'eux. J'avais une petite clientèle à Kalbadevi, constituée surtout d'ouvriers, de petits boutiquiers, de pauvres gens. J'ai dû expliquer à la cour mes diagnostics. Il n'y avait aucun signe d'huile frelatée ou toxique. Je me souviens d'avoir rencontré Tarok à l'époque. Je l'ai reconnu aussitôt quand je l'ai revu ici. Il s'en souvenait aussi. Vous voyez, nous étions de vieux amis.

– Peut-être que Mrs Sane se souvenait aussi de lui ?

– Non, non. Ujwala ne sait rien de tout ça. C'était longtemps avant que je fasse sa connaissance.

– Vous n'exercez plus à Kalbadevi ?

Il rit, très à l'aise.

– Non, Dieu merci. J'ai une bonne clientèle à présent. Des gens civilisés.

– Ujwala vous a apporté la fortune, alors, commenta Lalli en souriant.

Il sourit aussi, un sourire de fin connaisseur qui retira dix ans à sa mine de papier mâché.

– J'ai eu de la chance de l'épouser ! Ma famille appartient à la classe moyenne. La classe moyenne supérieure. Respectable, mais la classe moyenne. Ma femme appartient à la famille des Bolinjkar. Le sucre, vous savez.

– Ujwala savait qu'elle épousait un homme qui allait réussir !

Avec un rire d'autodérision, il se frotta la nuque, un geste de gamin.

– Peut-être ! Je venais juste d'ouvrir mon cabinet à Opera House quand on a fixé mon mariage. Son père pensait que j'étais quelqu'un de prometteur, ce qui lui convenait beaucoup mieux comme gendre qu'un riche bon à rien.

– Il avait donc entendu parler de vos qualités ?

– Ujwala était ma patiente, en fait. Un problème mineur, mais son père a été impressionné par la façon dont je m'y étais pris. Je suppose qu'il m'a trouvé des qualités. Ujwala avait besoin d'une influence stabilisante. Incontestablement, mon mariage a aidé ma carrière. Pourquoi m'en cacherais-je ?

Je serrai les dents et attendis la phrase inévitable. Qui vint.

– Je suis un pragmatique.

Lalli n'en avait pas encore fini avec lui. Et cette fois, elle n'y alla pas par quatre chemins.

– Docteur, étant donné votre expérience, je ne peux m'empêcher de vous poser cette question. Après tout, qui peut être meilleur juge de la psychologie humaine qu'un médecin ? À votre avis, qui est l'assassin ?

Il ne battit pas d'un cil. Il se renversa sur sa chaise avec un sourire égrillard.

– C'est la jalousie ! Il a mangé de tout, chaque plat dépassant ses attentes les plus folles. C'est un frustré, excédé par sa propre impuissance, tant sur le plan sexuel que culinaire, sans doute. Je vous conseille de lire ses livres. D'abord le cuisinier, puis la fille, tous deux des désirs inaccessibles.

– Vous voulez dire… ?

– Ce n'est pas évident ? Felix Rego, voyons.

23

Je fus sévère avec Lalli.

– J'ai honte de toi, lui dis-je. Il a tout avalé. Ce type est tellement candide qu'il avale tout.

– Ah bon ?

– Bien sûr, la facilité avec laquelle il est capable de croire en la culpabilité de sa femme est un peu contrariante, mais tu ne peux pas le juger sur la base de ses valeurs. Elles sont horribles, mais ça ne fait pas de lui un assassin. Du moins, il n'a pas menti.

– Ah non ?

– Pas de façon visible.

– Je dois tout de même vérifier des dates avec sa femme, donc je retiens ma foudre jusque-là.

– Je remarque que tu n'as rien dit du fait que Tarok a été étranglé. Tu ne crois pas qu'il méritait de le savoir ?

– Il le méritait ? En quoi a-t-il mérité ?

De temps à autre, ma tante me rappelle à quel point elle est bizarre.

Je n'avais encore jamais rencontré une telle froideur chez elle. Son regard inflexible, brillant, voire étincelant, était perspicace et vindicatif. Le mépris dans sa voix me fit frémir. Manifestement, d'après ses règles, on ne pouvait plonger plus bas que Devdutt Sane.

Felix Rego entra avec des airs de conspirateur.

Il rapprocha sa chaise et se pencha par-dessus la table, les paumes étalées, comme accroupi, prêt à bondir.

– On devrait la coincer maintenant, gronda-t-il. Avant qu'elle frappe de nouveau.

Content de l'effet produit, il se renversa tranquillement contre le dossier de sa chaise. Puis il se mit à table, comme s'il sortait directement d'*On a refroidi le cuistot*.

Ceux d'entre vous qui ont lu le livre doivent se rendre compte que, à ce moment-là, les trois premiers chapitres n'étaient pas encore écrits dans l'esprit de Felix. Il plongea tête baissée dans le tourbillon psychologique que vous trouverez au quatrième chapitre. Je vous le donne exactement comme il l'a dit alors, à la virgule près.

« Toute la nuit, elle avait étranglé en elle le cri d'une faim vorace, d'une faim qui vous tord les boyaux. Elle se détourna impatiemment de l'homme qui ronflait à ses côtés, rejeta les minces couvertures, et courut sous la pluie.

La pluie est un châtiment. Des tas de chair mouillée nue fouettée jusqu'à faire sourdre le sang, fouettée par les fils de fer piquants du piano scintillant sous la foudre. Le flagellant la poursuit sur la terrasse, ses pieds nus glissent, et elle tombe, la blanche corolle de ses membres déployée. La foudre brille contre le renflement de la nuée rude, noire et palpitante. Les coups frappent sans discontinuer. Ouvrant les yeux sous la brûlure acide de la pluie, du tréfonds d'elle-même, surgi des ténèbres originelles tapies au fond de ses entrailles, s'élève un gémissement primitif. Sa colonne irradie d'un millier de feux.

Elle lève la tête aveuglément et, entre ses lèvres enflées, fendillées et piquetées d'écume, elle gémit son nom. »

Il leva un doigt d'avertissement quand Lalli voulut parler.

– Attendez !

« La pluie s'arrête. La femme se lève. La fièvre l'a quittée. L'odeur du sang frémit dans ses narines. Pour la seule vengeance, elle doit vivre. Tout le reste est mirage. Cela seul est une certitude.

Elle prétend avoir la migraine. Ils la laissent dans les ténèbres, de la braise sous la cendre, du charbon incandescent. Elle s'habille comme pour un rituel. Puis elle descend l'escalier en spirale.

Elle le surprend. Une fois de plus, sa petite vertu n'admet pas la défaite. Elle cajole, elle séduit. Ah, il se moque. Alors elle le frappe. »

– Avec quoi ? l'interrompit Lalli.

– N'importe quoi, n'importe quoi ! glapit-il. Un objet contondant.

– Lequel ? s'obstine Lalli. Rien qui se trouve dans la réserve ou la cuisine ne correspond.

– Ah bon ? Alors elle l'a apporté avec elle.

– C'était donc prémédité.

– Certainement.

– Dans ce cas, Felix, je dois vous dire que la blessure à la tête n'a pas tué Tarok. Il a été étranglé à l'aide d'un morceau de corde en nylon provenant de ce rouleau.

Felix émet un sifflement.

– Mais je n'ai pas remarqué la ligature.

Ligature. Pour moi, le mot comportait un sens courant : attacher, nouer. Mais Felix l'utilisait avec une spécificité qui en faisait l'arme du crime. L'auteur de récits sanglants avait fait ses recherches.

– Non, l'assassin a retiré la ligature du cou de sa victime. Il a été prompt, brutal, efficace. Je ne serais pas surprise d'apprendre qu'il a déjà commis un acte de ce genre.

– Alors l'affaire est entendue, dans ce cas.

– Ah bon ?

– Absolument. Le docteur Sane entre à l'office pour faire du café pour sa femme… nous en avons tous entendu parler. Il ouvre le passe-plat, aperçoit sa femme. Elle se tord les mains, se précipite sur le passe-plat, dit que Tarok n'est pas encore mort, seulement dans les vapes. Le docteur vole à la rescousse. Coupe un bout de corde, saute par la porte voisine. Elle le laisse entrer. Sane finit le boulot. Sortie du couple par l'escalier à spirale, qui ferme à clé derrière lui la porte de la réserve.

– Et le café ? demandai-je. Il a bien monté le café dans sa chambre. La tasse s'y trouvait encore quand je suis allée la chercher.

– Ça, c'est facile. Il la lui a passée par le passe-plat avant de quitter l'office. Ils l'ont emportée ensuite à l'étage.

La vision de Mrs Sane fuyant la scène du crime sous une pluie battante en emportant sa tasse de café noir sortait incontestablement d'*On a refroidi le cuistot*.

– Et Chili ? reprit Lalli.

– C'est un meurtre de médecin, n'est-ce pas ? Remplir des gélules de poison ? Les Sane ont dû passer une nuit blanche à les remplir.

– Leur motif alors ?

– Écoutez, je ne m'intéresse jamais au motif. Le meurtre est un caprice. Ujwala est une vraie primitive, toute faite de colères et d'appétits.

– Vous êtes très convaincant, Felix. Je ne suis pas surprise que vos livres paraissent aussi vrais.

– Merci. Ça n'est pas rien, venant de vous !

– J'attends de voir ce que vous allez écrire quand ceci sera fini. Maintenant dites-moi à quel moment précis vous avez ouvert le passe-plat ?

– Hein ? fit Felix, estomaqué.

– Allez ! Vous n'avez pas cru que je ne le remarquerais pas ! J'ai seulement besoin de savoir l'heure. C'est avant ou après que le docteur Sane est allé à l'office avec ce rouleau de fil ? Et ne me dites pas que vous n'y êtes pas allé, parce que je ne vous croirais pas.

– Ça va, ça va, cool. Je suis allé à l'office, d'accord ! J'y suis allé en revenant des toilettes. J'ai voulu regarder ce que Tarok avait laissé à grignoter. Il était environ une heure et quart. Il y avait deux boîtes en métal. L'une était presque vide – des chips à la banane, l'autre contenait des biscuits. Au gingembre. J'en ai pris un. Je ne prends jamais de petit déjeuner, alors j'avais une petite faim. Je ne me souviens pas d'avoir ouvert le passe-plat.

– Pourquoi ?

– Pourquoi quoi ?

– Pourquoi vous ne vous souvenez pas d'avoir ouvert le passe-plat ?

– Parce que je ne l'ai pas ouvert, tiens !

– À moins que vous ne vous en souveniez pas parce que ça vous arrange. Car vous l'avez ouvert, ce passe-plat, Felix, et vous préférez oublier ce que vous avez vu à travers. Felix, qu'avez-vous vu ?

Felix plongea dans un silence total.

– À partir du passe-plat, quelqu'un jouissant d'un champ de vision normal peut voir le centre de la cuisine. Avez-vous un problème de vue, Felix ?

– Je n'ai pas tué Tarok Ghosh, articula Felix.

– Je ne vous ai pas demandé si vous l'aviez fait. Je veux simplement des réponses à deux questions : A. Quelle heure était-il quand vous avez ouvert le passe-plat ? B. Qu'avez-vous vu par le passe-plat ?

Il avait perdu tout son panache.

Il fit le tour de la pièce, l'air complètement perdu.

À mon grand étonnement, Lalli quitta sa chaise et vint se mettre devant lui, posant une main calme sur son épaule. Il lui fallut un petit moment, mais il finit par se détendre. Lalli ne retourna pas à sa place. Elle approcha une chaise de la sienne.

– Je suis allé à l'office vers une heure et quart, raconta-t-il. J'ai grignoté un biscuit. J'ai ouvert le passe-plat précautionneusement, en espérant que Tarok ne s'en rendrait pas compte. Je ne l'ai pas ouvert complètement au début. Puis, comme je ne le voyais pas, je l'ai ouvert d'à peu près la moitié. Je cherchais des choses normales, vous voyez ? Les plats avant l'assaisonnement et la garniture… Un assaisonnement astucieux peut dissimuler une multitude de péchés. Comme je m'y attendais, la plupart des plats froids étaient disposés sur le comptoir. Oui, je voyais le milieu de la cuisine, mais seulement le sol, je ne pouvais pas voir l'établi ni Tarok de l'endroit où je me trouvais sans ouvrir davantage le volet. Et là, je l'ai vu.

– Quoi ?

– L'œuf renversé sur le sol. Je lui ai donné une mauvaise note pour ça, le Ciel me pardonne. Mais je jure que je n'ai rien vu d'autre.

– Fort bien. Évidemment, quand on vous a appris la nouvelle, vous ne m'en avez rien dit parce que vous aviez compris que l'assassin avait dû entrer par la réserve. Tout comme vous, n'est-ce pas ?

Cela me coupa le souffle, mais Felix était assommé. Lalli maintint la pression.

– Quand vous vous en êtes rendu compte, vous avez décidé de garder pour vous ce que vous aviez aperçu par le passe-plat. Mais vous feriez mieux de parler, maintenant, Felix. Que faisiez-vous dans la réserve ? Quand vous y trouviez-vous ?

– Un peu après midi, disons midi un quart, peut-être. J'ai quitté la salle de séjour pour monter dans ma chambre chercher un exemplaire de mon dernier livre pour Alif Bey. Mais je ne suis pas allé dans ma chambre, pas directement. J'ai fait un détour par la cuisine par pure curiosité, et alors j'ai vu que la porte de la réserve était ouverte. Je n'y suis passé qu'un instant. J'ai juste regardé, attrapé la poubelle…

– Quoi ?

– La poubelle. Il la laissait près de la porte, vous savez. Je l'ai tirée sur le côté de la maison. J'y ai jeté un bref coup d'œil, je l'ai remise à sa place et je suis reparti aussi silencieusement que j'ai pu. J'ai regagné ma chambre après ça. Me suis séché les cheveux. Je n'étais pas trop mouillé et ça ne s'est pas trop vu sur mon T-shirt noir. Je suis retourné dans le séjour. Personne ne s'est aperçu de mon absence.

– Vous cherchiez quoi dans la poubelle ? demanda Lalli.

– Tant de chefs utilisent des sauces, des mélanges et des assaisonnements instantanés ! La cuisine continentale ! Un scandale, de nos jours. Un petit malin peut passer la matinée à Crawford Market pour se concocter un déjeuner de gourmet… en boîte. Je n'aurais pas toléré ce genre de choses, voyez ? J'examine toujours la poubelle. Il n'y avait rien que des ordures de bon aloi dans la poubelle de Tarok.

C'était tellement dans sa manière. Felix Rego avait des mœurs de chat de gouttière.

– Je ne l'ai pas tué, répéta-t-il. Je l'aimais bien. Pourquoi vous ne me croyez pas ?

– Mais je vous crois, affirma Lalli.

Il eut l'air outré.

– Que pensez-vous de la mort de Chili, Felix ? demanda Lalli.

– Si vous voulez mon avis, elle s'est tuée. Je connaissais son ex. Une andouille insensible. Cette gamine avait le cœur brisé, plus qu'elle ne l'a laissé paraître. Et vous savez quoi ? Elle savait comment remplir une gélule. Elle me l'a dit le jour où elle a essayé de se tuer avec ces six gélules. « Le meilleur moyen de se tuer est de remplir de poison une de ces gélules, m'a-t-elle expliqué. Ça paraît si joli et ça ne se sentirait pas du tout. » Lalli, je suis sûr et certain qu'elle s'est suicidée. Et Rafiq le prend très mal. Vous l'avez remarqué ? Quand on aura pris le meurtrier, il faudra faire attention à Rafiq. Sinon on aura un autre meurtre sur les bras !

Je relevai le « on » avec agacement. Lalli resta de marbre.

– Dites-moi, Felix, comment Tarok devait s'y prendre exactement pour faire cette mayonnaise ?

– Eh bien, sous notre type de climat, surtout si vous en faites en grande quantité, il vaut mieux battre le jaune d'œuf sur la glace. Un bon chef n'utilise jamais un mixeur ni un batteur. Trop de chaleur. Vous pouvez mettre le bol dans un creux au milieu des glaçons ou creuser un grand trou dans un gros bloc de glace et poser le bol là-dedans, ce qui vous laisse les deux mains libres. L'huile doit être ajoutée goutte à goutte, sinon ça va coaguler et vous n'obtiendrez pas une émulsion lisse. J'utilise de l'huile d'olive, mais certains chefs aiment prendre l'huile de sésame… C'est ce que faisait Tarok. La technique est simple. On casse les œufs, on sépare les jaunes des blancs, on fouette à la fourchette pour briser les jaunes, on ajoute l'huile goutte à goutte, en battant sans arrêt d'un mouvement vigoureux et régulier du poignet tant qu'on n'a pas incorporé la moitié du volume. Ensuite on peut aller plus vite pour le reste. Il ne faut rien d'autre sauf si on veut assaisonner, avec de l'ail, par exemple, ou de la moutarde, enfin, peu importe.

Lalli n'avait plus d'autres questions pour Felix.

– Ça ne vous ennuie pas que j'utilise le titre ? me demanda-t-il.

Je secouai la tête stupidement pendant qu'il partait.

– Quel titre ? demanda Lalli.

– *On a refroidi le cuistot.* C'est le titre de son prochain roman.

– Ça alors ! Il parle comme il écrit, non ?

– Presque. Il va fouiller encore un peu dans son sac d'adjectifs dégoulinants.

– Berk. Cela dit, nous devons le remercier. Nous avons trouvé l'arme contondante.

– Ah bon ?

– Oui, mais écoutons d'abord Ramona.

24

Ramona entra en coup de vent.

– J'ai cru que vous ne m'appelleriez jamais. Je n'en peux plus. Je dois parler. Il faut retrouver Lola. Tout de suite. Elle sait tout.

– Reste tranquille une minute, Ramona, dit Lalli d'un ton pédagogique. Reprends tes esprits, veux-tu ? Parle en phrases claires et complètes. Ce que tu as à nous dire peut être de la plus haute importance.

Si elle avait dit « très important », cela n'aurait pas marché. Mais en entendant « de la plus haute importance », Ramona eut les yeux exorbités par la gravité du moment.

– Alors, que sait Lola ? demanda Lalli doucement.

– Elle sait ce que Chili voulait vous dire. Je sais que Chili n'a pas pu le faire, parce que c'est la dernière chose qu'elle m'a dite, juste avant d'aller dans sa chambre. Elle m'a dit : « Si seulement Lola était ici, je pourrais tout dire à Lalli et me débarrasser de ce souci. » Ce sont exactement ses mots. « Lola ne voulait pas que j'en parle et maintenant Tarok non plus. "Attends !" m'a-t-il dit. Tout le monde me dit d'attendre ! » C'est la dernière chose qu'elle m'ait dite. C'est peut-être la dernière chose qu'elle ait dite à quelqu'un !

Ramona s'effondra et fut secouée de gros sanglots. Lalli attendit patiemment que le gros de la crise soit passé. Puis elle demanda :

– Que t'a-t-elle dit d'autre ?

Ramona se moucha dans un bout de tissu effiloché.

– Qu'elle n'était pas enceinte, déclara-t-elle.

– Elle t'a dit ça ?

– Pas exactement. Elle m'a dit qu'elle n'était jamais allée jusqu'au bout avec son petit ami, elle ne lui faisait pas assez confiance, et heureusement, parce que sinon elle aurait pu se trouver enceinte par-dessus le marché. Bref, c'est ce que tous les autres sont en train de raconter maintenant. Qu'elle s'est tuée parce qu'elle était enceinte. Qu'est-ce que ça peut leur faire ? En quoi ça les regarde ? Ils n'ont pas d'autres soucis ? Et sa vie ? Sa vie si belle, des années et des années perdues à jamais, ça ne compte pas, ça ?

Et en fait, c'était tout ce que Ramona avait à dire.

Pour le reste, elle tenait des propos tantôt incohérents tantôt indignés.

– J'ai été vraiment méchante avec Chili, le premier jour, dit-elle. Je la croyais puante, du fait qu'elle était riche, belle et célèbre. Mais vous savez, elle n'était pas du tout comme ça. Elle était gentille et amicale. C'était quelqu'un de merveilleux. Et elle n'était pas vraiment riche, en fait. Vous avez vu ce qu'elle portait pour mon dîner ? Je veux dire qu'elle aurait pu se mettre sur son trente et un, c'est vrai. Mais non, juste ce *salwar kameez* mal ficelé. « Je peux te prêter des fringues à moi, si tu veux », lui ai-je proposé, même si je craignais qu'elle me les détende parce qu'on ne fait pas exactement la même taille. Mais elle a ri et elle m'a dit que c'était agréable de se sentir à l'aise pour une fois. Elle m'a vraiment fait de la peine.

Une expression douloureuse passa sur le visage de Lalli et je sus qu'elle pensait à l'ensemble Rami Kashou que Chili ne porterait jamais.

Ramona continuait de pépier.

– Vous savez, on est du même lycée, et elle connaissait tous les potins. Je lui ai raconté qu'on avait tellement peur d'aller au labo de physique et qu'il y en avait plein qui avaient laissé tomber les sciences à cause de ça et, quelle surprise ! Figurez-vous qu'elle était sur place quand c'est arrivé.

– Quand c'est arrivé ? Quoi ?

– La « légende urbaine ». Il y a un fantôme qui apparaît le vendredi soir.

– Et Chili connaissait cette histoire ?

– Non, elle connaissait le fantôme ! C'était sa meilleure amie. Bien sûr, ce n'était pas un fantôme à l'époque, c'était Payal. Et après, elle s'est pendue aux poulies dans la salle de sciences.

– Alors vous appelez ça la « légende urbaine » ?

– Ouais. Le bloc de sciences est censé être comme qui dirait hanté. Et le vendredi, le deuxième vendredi du mois, personne ne s'en approche à moins d'un kilomètre. C'est là que Payal s'est pendue. Ce n'était pas un simple suicide, d'accord ? Un tas d'histoires courent là-dessus. J'étais sûre que Chili connaissait les détails et elle m'a dit que oui, mais elle ne pouvait pas en parler parce que Lola lui avait dit de se taire. Lola savait tout à ce sujet, m'a-t-elle dit. Lola est super et tout, mais elle est un peu, quoi, elle te fout les boules. Je n'aimerais pas la mettre en colère. Mais vous, vous pouvez, tante Lalli. Vous pouvez la faire parler maintenant, l'y obliger. Peut-être que c'est pour ça que Chili est morte.

Ça paraissait ridicule, mais Lalli se montra adorable avec elle, la fit parler, lui dit que, quand tout cela serait fini, demain, ils devraient faire la Danse de la Pluie pour remonter un peu la pauvre Hilla.

– Essaie d'aller dormir maintenant, lui dit-elle. Il doit bien rester un sofa sur lequel Alif Bey n'est pas allé ronfler.

Ramona pouffa. D'un geste spontané, elle serra Lalli contre elle.

– Je sais que vous allez tout arranger, lui dit-elle.

– La foi des enfants est une responsabilité terrible, soupira Lalli. Je ferais mieux de vérifier cette histoire. Je vais m'absenter un moment. Reste ici. Ne t'inquiète pas si je ne reviens pas avant un moment.

Elle allait probablement vérifier quelque détail macabre. La chambre de Tarok avait l'air conditionné et, au grand dam de Rafiq, les deux corps avaient été placés côte à côte.

Lalli mit près d'une heure à revenir, douchée et rafraîchie, dans un ensemble Lucknowi blanc. Elle apportait une assiette de gâteaux secs au gingembre, ceux que Felix avait dégustés. Dans l'autre main, elle tenait un sac en plastique qu'elle posa par terre. Ce qui me rappela…

– Comment savais-tu que Felix avait ouvert le passe-plat ? demandai-je. Il y avait des miettes de biscuits ?

– Non, je n'en savais rien. J'ai supposé.

Ses cheveux mouillés, lissés en arrière avec intransigeance, lui donnaient un air sévère. On la sentait menaçante. Ses petites mains ressemblaient à des serres d'acier. Elle me regarda comme si elle ne m'avait jamais vue.

– Va me chercher Alif Bey.

25

Il entra, l'air bravache. Sa mélancolie avait été remplacée par un sourire sarcastique, un air d'impudence. Il prit un biscuit.

– Dans le jargon du centre d'appels… comment puis-je vous être utile ?

Lalli écarta les biscuits.

Après mûre réflexion, elle sortit quelque chose du sac. Cela retomba sur la table avec un bruit étouffé. C'était une poche en plastique transparent. À l'intérieur, boueuse, déformée, mais encore facilement reconnaissable, se trouvait la chaussure de Lola.

Alif Bey se ratatina sur lui-même.

– Vous reconnaissez ça ?

Il eut un pâle sourire.

– En fait, oui. Ça ressemble beaucoup à la chaussure ridicule de Lola. Je croyais qu'elle était partie avec. Ses autres chaussures sont restées dans notre chambre.

Il éclata d'un rire soudain.

– Vous vous imaginez ? C'est du Lola tout craché. Elle a dû fulminer toute la nuit et s'en aller au point du jour. Je ne le lui reproche pas. Je ne suis pas très beau à voir le matin. Elle a dû partir sur un coup de tête… mais jusqu'où a-t-elle pu marcher avec ces godasses ridicules ! Elle a dû se les arracher, les balancer sur son épaule et continuer pieds nus. C'est bien son genre. Où est l'autre ?

– Je n'ai trouvé que celle-ci.

– Sur la route du littoral ?

– Non. Dans un petit bassin dans le jardin de derrière. Ça fait un petit détour, non ?

– Dans un bassin ? Une corneille a pu la laisser tomber là ou un rat l'aura traînée ? Une corneille, plus probablement. Les corneilles adorent ce qui brille.

– J'ai aussi trouvé ça.

Elle posa le minimobile Alexander Calder sur la table.

– C'est aussi à elle. (Il parlait à présent d'une voix très calme.) Voilà qui m'inquiète. Elle ne les aurait pas laissées. Elle adore ces boucles d'oreilles. Elle aurait mis la maison sens dessus dessous si elle en avait perdu une. Elle est comme une gamine pour les colifichets. Elle se fiche totalement des bijoux, mais elle tuerait pour des colifichets.

– Pourquoi vous vous êtes disputés ?

– Votre question est indiscrète.

– Répondez-moi, je vous prie.

– Comme d'habitude. Les choses n'allaient pas bien entre nous. Nous ne sommes pas vraiment faits pour nous entendre.

– Vos disputes sont souvent violentes ?

– Non, jamais. Je ne suis pas un homme violent. Je déteste la violence.

– Et pourtant, vous vous êtes montré brutal, ce soir-là.

– J'étais complètement beurré.

– Ou hors de vous ?

– Aussi. Je suis souvent ivre, mais je n'avais encore jamais été violent.

– Pourquoi étiez-vous en colère ?

– Sa façon de se mettre en avant, de la ramener. C'est très embarrassant pour moi. Dès qu'elle a commencé à parler de « nous », qu'elle a voulu me mettre le grappin dessus, j'ai voulu me tirer. Je n'ai pas besoin de ça, me suis-je dit. Je n'ai pas besoin de me faire suer à ce point pour gagner du pognon. Qu'elle tire le maximum de ses malheurs, mais moi, ça ne m'intéresse pas.

– Vous ne pouvez pas me donner un exemple de sa façon de se mettre en avant qui vous insupporte ?

– Non. Demandez-le-lui vous-même.

– Et après, vous dites que vous vous êtes endormi.

– J'étais dans le coaltar.

– Et vous ne pouvez pas me dire comment cette chaussure est arrivée dans le bassin ni où elle a laissé tomber la boucle d'oreille.

Écœurée, je l'entendis gémir.

– J'ai peur… j'ai vraiment très peur.

Il lança un regard terrifié vers la porte.

– Donnez-moi quelque chose, supplia-t-il. Arrêtez ça.

– Bordel de bordel !

Je n'avais encore jamais vu Lalli faire preuve d'impatience. Elle le tira de sa chaise et le libéra brutalement. Il n'avait que deux solutions. Il pouvait chavirer, ou se mettre debout en titubant et partir. Il partit.

– Il ment, dis-je. C'est évident qu'il a balancé la chaussure dans le bassin. C'est un sale type. Il a dit des choses affreuses sur elle. Il peut être vraiment méchant.

– Méchant ? Non, ce n'est pas ça. Mais il ne supporte pas la pression et elle, au contraire, ça la stimule. Elle trouve ça exaltant. Lui trouve ça oppressant. Comme elle ne s'en rend pas compte, elle maintient la pression. Et il a fini par péter les plombs.

– Il faut que tu parles avec Lola.

Lalli haussa les épaules.

– Je risque de ne pas pouvoir le faire. Mais Lola va me parler.

J'allai dans le couloir pour prendre l'air.

Comme Alif Bey, je supportais cette bande à contrecœur. Chacun avait le doigt du soupçon pointé sur sa voisine ou son voisin. Ils cachaient leurs terreurs sous un voile de méchanceté. Mais cette brûlure se calmerait dès les premières lueurs de l'aube. Cependant, il n'y avait encore aucun signe de cela. Bien que ma montre indiquât cinq heures, on avait du mal à le croire en voyant le noir déluge qui rugissait au-dehors. Lalli avait dû peiner à atteindre le bassin.

Le bruit rauque de la mer recouvrait, engloutissait tout. Brusquement, mes jambes refusèrent de me porter plus longtemps. Je m'effondrai par terre, le dos contre le mur froid et humide. Tout cessa sauf la pluie. Tout le reste sonnait creux, indistinct, sans nom. Il n'y avait rien que la pluie.

26

Ujwala Sane s'assit à contrecœur. Elle avait le grondement rebelle d'un chat enfermé dans un panier. Le turban était de retour autour de son crâne. Il avait mal séché et laissait échapper des ondes de moisi quand elle bougeait la tête.

– Vous comptez nous garder ici combien de temps ? glapit- elle. Vous dépassez les bornes ! Nous sommes des gens respectables, on n'a jamais entendu de choses pareilles dans notre famille.

– Comportez-vous convenablement, Ujwala, lui intima Lalli. N'essayez pas de passer pour plus stupide que vous n'êtes.

Je fus sidérée. Lalli essayait vraiment de la traiter de façon rationnelle.

– Parlez-moi de votre migraine, lui proposa Lalli.

Ujwala Sane ne parut pas surprise le moins du monde. Comme la plupart des hypocondriaques, elle trouvait normal que ses maux suscitent l'intérêt général. Elle décrivit de façon assez détaillée l'aura, et faillit succomber à une attaque caractérisée quand Lalli l'interrompit.

– D'accord, mais que s'est-il passé aujourd'hui ? Quand votre crise a-t-elle commencé ? Quel traitement avez-vous pris ?

L'inconduite du cuisinier l'avait déclenchée, quoi d'autre ? Lalli avait-elle besoin de poser la question ? Et de la contrarier de nouveau ?

– Entendu, laissez tomber ça, dit Lalli à la hâte. Mais vous avez tout de même essayé de le voir plus tard dans la matinée. Pourquoi ?

– Je voulais mettre les points sur les *i*, dit-elle. Pour qui me prenait-il ? Pour une moins que rien à la manière de cette Chili ou de cette Lola ? (Elle se tourna vers moi, triomphante.) Dans la maison de ma mère, je n'ai pas besoin de soulever un verre d'eau.

– On vous le verse dans la gorge alors ? demandai-je, mais Lalli interrompit cet échange.

– Une idée de l'heure à laquelle ça se situait ? demanda-t-elle.

– Comment je le saurais ? Ce n'est pas mes affaires. Posez rapidement vos questions et laissez-nous partir.

– Juste quelques questions de plus alors. Vous êtes allée dans votre chambre à onze heures passées d'après votre mari. Qu'avez-vous fait ?

– Qu'est-ce que vous faites quand vous avez mal à la tête ? Vous dansez ? Comme ce danseur des *zopadpatti* ? C'est la faute de Hilla. Après tout ce que nous avons fait pour elle, voilà comment elle nous remercie.

Je fus atterrée de voir Lalli se pencher pour tapoter le turban violet.

– Oui, oui, tout ça est très perturbant pour vous, ma pauvre enfant.

Sur quoi, Ujwala Sane lui attrapa la main et fondit en larmes.

– Vous êtes donc montée à votre chambre pour vous allonger. Vous vous êtes endormie alors ? demanda Lalli avec douceur.

– Oui ! Non ! Je ne sais plus. J'avais des coups terribles dans la tête.

– Je vois que vous vous sentez un peu mieux maintenant.

– Mieux ? Avec mes enfants innocents exposés à tout moment aux coups de cet assassin ?

– Et qui est l'assassin, d'après vous ?

– Je ne sais pas. Je ne connais rien à ces choses-là. Je suis simplement une épouse et une mère. Mon mari et mes enfants… c'est tout ce qui m'importe. Je ne suis pas aussi intelligente que vous, mais enfin, vous ne savez pas vous-même ce que c'est d'avoir un mari et des enfants, n'est-ce pas ?

Lalli réagit à cette curieuse attaque en hochant gravement la tête.

– En effet, je comprends ce que vous essayez de me dire. Pour vous, votre mari et vos enfants ont la priorité sur tout le reste.

– Tout à fait ! (Ce fut à mon tour d'être dans la ligne de mire.) Si je n'avais pas été mariée, j'aurais fait beaucoup de choses. J'ai entendu dire que vous aviez écrit un livre. Laissez-moi vous dire que j'aurais écrit beaucoup de livres, pas seulement un.

– Il n'est pas trop tard, rétorquai-je.

Il semblait extrêmement important d'apaiser cette faim dévorante.

– Non, plus maintenant. Tout ça est fini. Seuls comptent mon mari et mes enfants.

– Vous raisonnez comme doit le faire toute bonne mère, assura Lalli.

– Je suis une bonne mère. Je suis une très bonne mère. Demandez à Hilla. Elle rencontre tellement de mères tous les jours que Dieu fait, mais elle n'a qu'une chose à me dire : « Ujwala, je n'ai encore jamais vu une mère comme vous. »

Mrs Sane avait en réserve toute une collection de compliments équivoques.

– Vous formez un mariage très réussi. Le docteur est un heureux homme.

– C'est un dieu, dit-elle sobrement. Un saint homme, vous savez ? Comme Mère Teresa. Il a passé la majeure partie de sa vie à travailler pour les pauvres. *Seva* d'abord, dit-il toujours, et *mewa* après. Le travail d'abord, le plaisir après.

– Ah bon ?

– Absolument. Il travaillait à Kalbadevi avant qu'on se marie. Rien que des patients des classes populaires, des ouvriers vraiment dégoûtants, ivres la moitié du temps et sans aucune distinction, qui ne payaient pas une roupie. Il avait un endroit minuscule pour consulter, une sorte d'appentis. Je l'ai vu de mes propres yeux. Je vais quelquefois à Kalbadevi pour vendre du vieux *zari*, du fil d'or et d'argent ou acheter du *surti undhiyo*, le meilleur de la ville, c'est là qu'on le trouve, vous savez. Il avait l'habitude de trimer jour et nuit.

– Mais il a été récompensé. Il vous a épousée.

– Non, non, ne dites pas ça, il n'a pas eu de chance. C'est moi qui ai de la chance d'avoir trouvé un mari comme lui. Sa récompense lui est venue de ses patients. Il a sauvé la vie de Mirajchand Sethia en personne. Vous avez entendu parler d'eux, les Sethia ? Les Moulins à huile du Taj ? Ils ont eu beaucoup de reconnaissance envers Devdutt. Ils lui ont acheté un petit cabinet à Opera House. C'était très petit, pas du tout comme ce que mon père nous a donné, mais ça lui a permis de démarrer. Tous les amis de Sethia ont commencé à venir consulter Devdutt. Puis, un an plus tard, en 1988, nous nous sommes mariés.

– Votre mari m'a dit que vous étiez sa patiente, vous aussi. Que c'est comme ça que vous vous êtes connus.

– Non, non, pas du tout. À part les migraines, je suis en excellente santé. Pas d'autre maladie. Aujourd'hui, mon mari est le plus célèbre médecin de Bombay. Des ministres, des stars de cinéma, et tous sur rendez-vous. « Je regrette, dit Devdutt. Que vous soyez Premier ministre ou président de la Haute Cour de justice, vous êtes à la merci de ma secrétaire. » Mais une fois qu'ils le connaissent, ses patients ne veulent plus le quitter. Il n'en impose pas à première vue. Au fond, c'est un homme très simple.

– Je crois que vous êtes au fond très simple, vous aussi, Ujwala. C'est pourquoi ça me rend triste que ce soit le docteur Sane qui ait apporté l'arme du crime sur la scène du meurtre de Tarok Ghosh. Vous savez, le rouleau de nylon qui a servi à accrocher le portrait de la mère de Hilla.

Elle eut le regard fixe, ses yeux gris exorbités.

– Quelle arme ?

– Tarok Ghosh a été assassiné avec un bout de corde provenant de ce rouleau. Il a été étranglé. Le docteur l'a emporté dans la réserve quand il s'y est rendu pour vous chercher du café. Quelques minutes plus tard, Tarok a été tué. Le meurtrier s'est approché de lui par-derrière pendant qu'il était assis à son établi pour battre les œufs… et, vite fait l'a étranglé d'une main experte avec ce fil.

Son visage eut l'air d'un origami de travers, translucide, couleur papier mâché, pincé en plis et en creux bizarres.

– Le cuisinier est mort parce qu'il a reçu un coup sur la tête. C'est ce que vous nous avez dit, dit-elle d'une voix lointaine.

– Absolument. Il a été frappé, mais le coup ne l'a pas tué. Ça l'a seulement assommé. C'est après seulement qu'on l'a étranglé avec un morceau de corde.

– C'est impossible !

– Pourquoi ?

– Si vous croyez que mon mari l'a fait, vous vous trompez ! Il est venu dans ma chambre avec le café. Puis il est resté avec moi jusqu'au déjeuner.

– Ce n'est pas ce qu'il dit.

– Je vous dis qu'il n'a pas pu tuer le cuisinier. Je vous le dis. Ça doit vous suffire.

– J'ai trouvé ça dans la blessure de Tarok à la tête.

Lalli posa une enveloppe en plastique sur la table, glissa une feuille de papier blanc dessous. Se tortillant à l'intérieur de la pochette transparente sur fond blanc se trouvait un unique fil mauve. C'était incontestablement la couleur du *dupatta* d'Ujwala Sane.

– Retirez votre *dupatta*, Mrs Sane. J'aimerais l'examiner.

– Non !

– Il me faut votre *dupatta*.

– Je vais appeler mon frère, il va vous faire voir ! Il est avocat. Je ne dirai pas un mot de plus tant que je ne lui aurai pas parlé.

– Comme il vous plaira. Vous pouvez partir.

– C'est elle ! déclarai-je.

Ça paraissait incroyable.

– Je n'ai pas compris ce que son *dupatta* venait fabriquer dans l'histoire.

– Quand tu es allée dans sa chambre pour l'appeler, portait-elle le *dupatta* ?

– Oui, en turban enroulé autour de la tête. Il était mouillé. Elle m'a dit que c'était à cause d'une compresse froide.

– Elle portait un *salwar kameez* assorti hier matin. Quand tu l'as conduite dans le séjour, elle l'avait échangé contre cet ensemble blanc.

– Et alors ? C'est peut-être plus confortable.

– À moins que l'autre ne soit mouillé ?

– Mouillé ?

– C'est la seule caractéristique qui soit une preuve tangible. Quiconque a emprunté l'escalier à spirale pour monter ou descendre devait être trempé. Et quelqu'un qui n'aurait pas été trempé n'aurait pu ouvrir la porte de la réserve en passant par l'aération.

Cela semblait être un argument quelque peu aléatoire pour décider d'un crime.

– Alors pourquoi n'a-t-elle pas retiré aussi le *dupatta* ?

– Ah ! Maintenant, tu réfléchis. Ça ne te rappelle pas *La Lettre volée* ?

La nouvelle d'Edgar Poe avec la phrase immortelle : « Où cacher une feuille ? Dans la forêt. »

Je ne voyais pas le parallèle.

– Ses habits étaient trempés. Elle les a retirés sans réfléchir. Le *dupatta* est une chose plus intime, plus personnelle. Elle l'a caché là où personne n'irait le chercher. Elle ne l'a pas quitté. Elle a pu laver les taches de sang, mais elle ne savait pas si elles se verraient. Alors elle l'a remis bien qu'il soit mouillé, comme remède contre la migraine. Astucieux, non ?

– Mais…

– Écoute, elle l'a frappé avec ce *dupatta*. Elle a enveloppé dedans un morceau de glace pris dans le bac, l'a fait tournoyer et l'a lancé. Ça peut faire une blessure absolument mortelle. Felix nous a dit, tu te souviens que Tarok avait creusé un bloc de glace pour y poser le bol. Tel qu'on le connaît, il aura taillé un bon bloc avec ce pic à glace. Tu te souviens de l'oiseau en fruits ? Tarok n'était pas le genre de type à rester avec de la glace fondue sur les bras quand il s'attaquait à un bloc de glace. Elle a ramassé un bon morceau dans le bac, exactement de la dimension qu'il fallait pour provoquer la blessure. Bien sûr, il aurait été plus commode d'utiliser le pic à glace, mais il était caché sous le sac. Elle n'a pas dû le voir.

– C'est un moyen bizarre pour frapper quelqu'un, un bout de glace.

– C'est bizarre de frapper quelqu'un de toute façon. Il n'est pas courant de céder à une pareille pulsion. Le choix de l'arme correspond à un acte irréfléchi, assez fou. Il témoigne de l'intensité de la pression qu'elle éprouvait. Elle n'est pas venue le trouver pour le blesser, pas physiquement. Elle avait l'esprit égaré par la fureur. Elle a essayé de frapper à sa porte : pas de réponse. Son mari la raccompagne dans leur chambre, la fait s'allonger, la quitte. Elle devient encore plus furieuse. C'est à peine si elle s'aperçoit qu'il pleut, je pense, quand elle surgit dans la réserve. Et il est assis là, lui tournant le dos, froid comme la glace, en train de battre ses œufs. Il y a quelque chose d'insupportable dans le fait que l'objet de sa fureur reste insensible à celle-ci. Elle saisit le premier objet qui lui tombe sous la main, noue son *dupatta* autour. Pour une athlète, le reste a été aussi facile que le lancer du poids. Il est tombé aussitôt. Il saignait. Elle a dû être horrifiée, je pense. Elle a couru en haut des marches, en laissant la porte ouverte.

– Elle l'a tout de même tué, dis-je, têtue.

J'avais un gros poids sur la poitrine.

– En avait-elle l'intention ? Oui. L'a-t-elle fait ? Non. Tarok est assommé, blessé, il saigne. La porte de la réserve est ouverte. Entre l'assassin.

– Par la porte ouverte de la réserve ?

– J'en ai l'impression.

« Et cette personne est venue elle aussi sans intention de tuer. Elle voit Tarok blessé, mais pas mort. Elle finit le boulot : se rend à l'office, prend un bout de fil de nylon, revient dans la cuisine et l'étrangle. C'est assez maladroit.

« Et notre assassin n'est pas un maladroit. Non, je pense qu'il est venu dans l'intention de tuer. Il est entré en emportant avec lui le fil en nylon, et dans l'intention délibérée de garrotter Tarok. Ce n'était pas tant un crime spontané qu'une occasion dont il a tiré profit. Un crime brillant.

– Il me semblait t'avoir entendue dire que les assassins étaient tous des idiots, lui rappelai-je.

– Éblouis par leur propre brio, ils agissent de façon stupide. Celui-là a laissé intentionnellement la corde.

– Intentionnellement ?

– Absolument. Il l'a laissée tomber exprès. Pour nous égarer, et c'est un comportement qu'il s'est appliqué à cultiver depuis.

Et j'eus beau faire, il me fut impossible de lui arracher un mot de plus.

Il n'y avait donc aucun doute dans son esprit. Ujwala avait avoué avoir frappé Tarok. Le docteur avait efficacement achevé le travail. C'était déprimant de penser que Felix avait compris le premier.

Mais je n'étais pas convaincue.

La mort de Chili ne pouvait avoir été combinée par le couple. Cet assassinat aurait été inutile.

En outre, je connaissais l'assassin.

Je n'éprouvais aucune rage. Je n'éprouvais aucune faiblesse. Seulement de la compassion et de la peur, car cela aurait aussi bien pu être moi.

Lalli avait laissé la déposition de Hilla pour la fin. Je me demandai ce qu'elle allait faire maintenant qu'elle croyait tenir l'assassin.

27

– Je crois que je réussirai à tout surmonter à part la mort de Chili, dit Hilla, l'air très malheureux. Ce n'est pas que je ne tenais pas à Tarok, si, beaucoup, mais Chili était mon enfant ! Je m'occupais d'elle depuis sa naissance ! Vous savez qu'elle n'avait pas de famille ? Sa mère est morte d'un cancer quand elle avait cinq ans. Sa grand-mère l'a élevée, et avec beaucoup d'amour, je dois dire. Puis l'an dernier, la vieille dame s'en est allée. Le cancer, encore une fois. Heureusement, à l'époque, Chili avait le pied à l'étrier, pour ainsi dire. Une ou deux critiques internationales, une séance de photos à Rome, une à Paris. Manifestement, elle était lancée. C'était un tel soulagement après toutes ces horribles histoires à l'école.

« Et puis, quand sa grand-mère est morte, la gamine s'est attachée à ce sale type qui lui a causé cette déception. Il ne m'a jamais plu, vous savez. Trop vieux pour toi, lui ai-je dit, mais à quoi ça sert ? Trop heureuse qu'elle ait eu le bon goût de le plaquer quand elle a découvert la vérité.

« Je vais te dire une bonne chose, Lalli, malgré ces folles tentatives plus tôt, Chili ne se serait jamais suicidée. Elle était trop en colère avec la mort. Quand sa grand-mère était malade, elle a vu beaucoup d'autres malades à l'hôpital, elle restait un peu sur place pour aider, elle s'en occupait. C'était une enfant très affectueuse.

Les larmes de Halli ne s'étaient pas vraiment taries depuis que nous lui avions annoncé la mort de Chili et, à présent, son visage restait contorsionné avec une expression d'amer chagrin.

– Chili ne s'est pas tuée, confirma Lalli. Parle-moi de ces histoires au lycée.

– Je pense qu'elle ne s'est jamais remise de son chagrin. Elle avait une amie proche, Piyush ou Payal. Un jour, la gamine s'est pendue dans la salle de sciences après la classe. Des bruits ont couru qu'elle était enceinte, mais enfin, il y en a toujours quand une femme se tue… tu devrais les entendre dans la salle de séjour au sujet de Chili. Bref, l'affaire n'en est pas restée là. La police a découvert que la gamine était une call-girl. Alors les parents se sont retournés contre Chili, qu'ils ont accusée d'avoir corrompu leur fille. Chili venait de décrocher son premier contrat de mannequin, ce qui faisait d'elle apparemment « quelqu'un comme ça ». Ce fut une expérience terriblement traumatisante pour Chili.

– Chili a-t-elle récemment parlé avec toi de cette affaire ?

– C'est curieux que tu me poses la question ! À vrai dire, oui, quand elle était en train de préparer Ramona. Elle a dit qu'il y avait un trafic régulier de filles de son lycée à destination de prétendus hôtels de Juhu. À ma grande horreur, Ramona a confirmé. Apparemment, elles sont toutes au courant, c'est le secret de polichinelle. Et puis Chili a dit, quand nous avons quitté la chambre de Ramona : « Tu te souviens de Payal ? La police m'a interrogée au sujet des petits amis de Payal. Mais elle n'avait pas de petit ami. La seule personne qui venait la chercher au lycée quelquefois, c'était son oncle. Ses parents ont dit qu'elle n'avait pas d'oncle. Je l'ai vu plusieurs fois et Payal me disait qu'il était merveilleux. Ils ont tous cru que j'inventais, mais vous savez, tante Hilla, je continue d'avoir des cauchemars à propos de cet oncle. Et vous n'allez pas me croire, mais Lola le connaît aussi. Elle m'a dit qu'elle me dirait tout à son sujet plus tard. » Je suppose que c'était une peur stupide de la part de Chili. L'oncle ou le loup-garou.

– Pas étonnant qu'elle se soit entichée de Lola, dis-je. Lola a le courage de dire ce qu'elle pense et de cracher sur ceux qui lui font du mal. Parfois, je pense qu'elle a raison d'utiliser son passé comme bélier pour donner des coups de boutoir.

– Mais quelquefois seulement, tempéra Hilla. Elle et Alif Bey… Dis donc ! Pourquoi les gens ont-ils besoin de s'envoyer en l'air en plein milieu du salon ?

– C'est ce qu'ils ont fait ? s'étonna Lalli.

– Pas vraiment, mais cela aurait été plus normal. Je déteste la façon qu'ils ont de se donner en spectacle. Rentrez chez vous si vous voulez vous crêper le chignon, voilà mon point de vue.

– Sauf que là, il y a eu un meurtre.

– Qu'est-ce que ce pauvre Tarok et Chili avaient à voir avec la vie sexuelle désordonnée de ces gens ? Regardez comment ils se comportent, les Sane, et Alif Bey, Lola et Felix.

– Felix ?

– Entiché de la Castafiore, non ? Réponds à ma question, Lalli. Qu'est-ce que Tarok et Chili ont à voir avec la vie de ces gens-là ?

– En effet, convint ma tante.

Hilla prit la main de Lalli dans les siennes.

– Nous surmonterons tout ça. Je vendrai la maison. Nous tournerons la page. Nous oublierons tout ça.

– Je vais arrêter ce délire, Hilla, mais ça ne sera pas fini.

–Tu veux dire qu'il peut y avoir d'autres meurtres ? demanda Hilla d'une voix creuse.

– Je vais essayer d'y mettre fin. Si le temps ne change pas, je serai obligée d'aller jusqu'au bout.

Hilla se leva pour partir.

– Tous des amis de Jimmy. Les Sane, Bajaj et Alif Bey aussi. Ils ont toujours été déplorables, les amis de Jimmy. J'en ai fini avec eux, désormais. Je ne leur dois plus rien. Je ne veux pas dire que tous ces ennuis, c'est de leur faute, mais j'en ai assez !

À la porte, elle s'arrêta.

– Je peux oublier, demanda-t-elle à Lalli, mais pour toi, ça ne s'effacera jamais ?

– Jamais.

– Et alors ?

– Et que va-t-il m'arriver, à moi ?

– Oui, Lalli. Que t'arrive-t-il quand tu attrapes l'assassin ?

– C'est un peu comme quand tu dois veiller un bébé vraiment très malade. Tu crois avoir tout essayé, mais tu sais qu'il y a une chose que tu aurais pu faire, alors que tu es là pendant que le bébé se bat contre la mort. Moi aussi, je fais pareil. J'entre dans un esprit si obscur et solitaire que j'ai peur. Je dois trouver la logique de cette peur. C'est lugubre.

– Quelle vie tu as choisie ! Je ne pourrais pas le supporter, pas une minute.

Lalli sourit.

– Tu ne vas pas les arrêter ? Pas formellement, juste les enfermer ou quoi ? demandai-je.

– Oh, je pourrais effectuer une *citizen's arrest* [1], toi de même. Mais arrêter qui ?

1. Arrestation effectuée en tant que particulier, conformément au droit coutumier. (NdT)

– Ujwala Sane et son mari. Et peut-être Alif Bey.

– Quoi, les trois ?

– Ils ont été amants, non ? Alif Bey et Ujwala Sane ? Un week-end coquin à Silvassa.

– On dirait bien. Et Tarok le savait. Elle a eu peur… peut-être y a-t-il eu davantage qu'un week-end coquin. Je pense qu'Alif Bey s'en fichait pas mal quand Tarok a fait allusion à Silvassa.

– Alors c'était le docteur.

– Ou n'importe qui d'autre. Ils mentent tous. Tous ont quelque chose à cacher. Ça ne fait pas d'eux des assassins.

Nous restâmes assises en silence un moment, à écouter le vacarme du vent et de la pluie.

J'étais si fatiguée que la pièce s'estompa autour de moi.

– Prends des notes, dit Lalli. Je vais m'absenter un moment.

28

À un moment donné de mon sommeil éprouvant et empoisonné, la nuit s'acheva et un jour nouveau se leva.

Il était tard, du moins à en croire ma montre. Sept heures et demie. Dehors, les éléments déchaînés empêchaient de se rendre compte du temps qui passait.

Après un premier moment d'incertitude au réveil, les horreurs qui m'attendaient me revinrent précipitamment à l'esprit et me rappelèrent à la réalité.

Tarok et Chili étaient morts. D'une mort violente. Abattus par une main inconnue qui guettait patiemment dans les coulisses de pouvoir frapper à nouveau. Unis dans l'impuissance, nous étions emprisonnés dans cette vaste prison glaciale qui devenait d'heure en heure plus lugubre. Nos vies étaient sens dessus dessous, et nous mentions et faisions semblant avec le besoin désespéré d'échapper à la culpabilité de notre voisin. Chaque geste était faux, chaque parole un mensonge. Nous étions coincés par la réalité virtuelle d'un dessein diabolique et les règles de la courtoisie.

C'était une situation qui aurait provoqué un véritable écœurement chez Tarok. Pour la première fois depuis que la chose était arrivée, sa pensée ne me fut pas douloureuse. Je trouvai que je pouvais converser avec lui, imaginer ses réponses. C'était sa réalité physique qui était terrible, la coquille brisée que j'avais connue en tant que Tarok, cette chose qui n'était pas vraiment lui.

Ce matin, la conversation que j'avais surprise entre lui et Chili n'était nullement menaçante. Peut-être parce que je comprenais à présent combien Chili était agitée et triste. Chili avait pris une autre dimension avec le récit de Ramona. Elle était plus réelle maintenant que lorsqu'elle était vivante. Mais, devais-je me rappeler, tout ce que nous savions d'elle était le lointain passé, ses peurs et ses angoisses, strictement rien à voir avec les événements bizarres de la veille.

Plus j'y songeais, plus mes soupçons semblaient se confirmer. Je devrai affronter l'assassin. Peut-être opterait-il pour une sortie honorable.

Entre-temps, tout ce que je voulais, c'était le soleil, la vie. Il régnait un froid inexplicable dans la pièce close. La culpabilité et le désir d'évasion rendaient l'air confiné. Recroquevillée dans ce fauteuil matriciel, j'avais l'impression que mes muscles étaient gagnés par la rigidité cadavérique. Je voulais m'en aller.

Je me rendis d'un pas chancelant dans la salle de bains et, en chemin, tombai sur un autre rendez-vous secret. Cette fois, je tendis l'oreille sans vergogne.

– Tu m'as fait attendre assez longtemps, disait Ujwala Sane. Je dois retourner maintenant. Que veux-tu ? Pourquoi m'as-tu demandé de venir te rejoindre ?

– Je sais à peine pourquoi, sauf que je voulais te voir. Tu es toujours aussi imprévisible pour moi, Mohini.

– Pas ce nom. Tu comprends ? Jamais plus ce nom-là. Pas après ce que j'ai vécu hier…

– C'est ce dont je voulais te parler. Pourquoi tu as fait ça ?

Il y eut un silence pesant.

– C'est quoi, ça ? Du chantage ? demanda-t-elle enfin.

Alif Bey prit une brusque inspiration.

– Je ne mérite pas ça. Je n'ai plus rien à te dire maintenant ni à l'avenir. Je te supplie de réfléchir et d'agir dans un esprit plus responsable. De quoi as-tu si peur ?

– Je n'ai peur de rien maintenant. Si tu insistes pour rentrer dans ma vie, j'aurai peur de toi comme j'ai eu peur de ce cuisinier.

– Tu me menaces ?

– Si tu veux.

– Tu as des enfants, de beaux enfants. Je t'en prie…

– Ils ne sont pas à toi.

– Oui, mais Sane est un brave type, tu lui dois de te comporter en personne responsable.

– Tu te tais ou je te ferai la même chose.

– Tes menaces ne me font pas peur. Ton esprit me fait peur. Ta solitude me fait peur. Qui peut te soulager de ta solitude ? Mais je suppose que tu vas me dire que tu n'es jamais seule.

– Bien sûr que je ne suis jamais seule. J'ai mon mari. J'ai mes enfants. Rien ne peut me les enlever.

– Je te laisse t'occuper d'eux, soupira Alif Bey, et il s'en alla.

J'attendis qu'il fût parti, puis je suivis Ujwala Sane dans la salle de bains. Elle leva les yeux du lavabo.

– Quand cette absurdité va-t-elle cesser ? m'interrogea-t-elle.

Comment s'adresse-t-on à une meurtrière ? Je ne pouvais soutenir son regard. J'aurais voulu poursuivre mon chemin, mais elle me barra le passage.

– Dites à votre tante de prendre garde, m'avertit-elle. Dites-lui qu'elle ne sait pas à qui elle a affaire. Dites-lui de s'occuper de ses affaires et qu'elle pense à sa propre sécurité. Dites-le-lui.

Tout en moi me hurlait de me ruer sur elle pour la frapper. Je m'entendis répondre d'une voix qui semblait venir de très loin.

– Je vais lui transmettre votre message.

Quelle réflexion idiote ! Après quoi, je la dépassai, et l'agréable sensation de l'eau froide réveilla mon visage endolori. Quand je me retournai, elle était partie.

J'avais honteusement faim. Je jetai un œil dans la salle de séjour. Elle était encore enveloppée dans les plis du sommeil. Ils étaient tous là, à part Lalli. Tous, sans exclure l'assassin, qui dormait du sommeil du juste.

Je retournai dans la bibliothèque pour trouver Lalli, le front plissé sur mes notes.

– Tu crois que tu supporterais d'aller à l'office ? demanda-t-elle. Felix a eu le bon sens d'y transporter les provisions. Quelques toasts chauds et du café seraient les bienvenus.

Je n'en avais pas envie. Je me refusais à y penser. Mais j'y allai tout de même.

Je me concentrai sur la préparation du café, trouvai le beurre et la confiture, beurrai le pain.

Je ne pus repartir aussi facilement.

J'ouvris le passe-plat.

La cuisine me renvoya un regard vide, avec cette impression de mort qui règne dans les vieux monuments. L'impression d'une vie figée à son paroxysme, de la musique arrêtée sur une note aiguë, d'un rire devenu muet.

L'établi, encore humide après avoir été frotté par Felix hier au soir, semblait noir et mystérieux, un autel dans l'attente d'un abattage rituel en vue d'un culte de haine élaboré.

J'aurais dû voir des fantômes. J'aurais dû voir l'assassin s'avancer furtivement, donner le coup de grâce rapide et brutal. J'aurais dû voir cela.

Je ne vis rien.

Je refermai à demi l'ouverture comme l'avait fait Felix. L'établi et son occupant fantomatique se trouvaient à présent hors de mon champ de vision. Tout ce que je voyais, c'était le sol, un angle aigu de carrelage étincelant, pas une trace des taches de sang laissées par la mort.

Je regagnai la bibliothèque dans un état second. Lalli mordit avec reconnaissance dans son toast. Les effluves sucrés de l'ananas picotaient dans l'air. Je m'obligeai à avaler le café. Il avait un goût infect.

– Rafiq était ici il y a un moment, dit Lalli. Il s'est rappelé quelque chose que Tarok lui avait dit… à propos du docteur. Ça ne voulait rien dire pour lui, mais il voulait me le dire. Tarok lui avait dit qu'il avait connu Sane « avant l'argent ». Il n'a pas demandé à Tarok de s'expliquer et il n'a aucune idée de ce que cela voulait dire.

– Ils vont tous faire ça maintenant, dis-je. Pointer le doigt l'un sur l'autre.

– Tu crois que c'est ce que Rafiq avait en tête ? Enfin, j'ai eu de la chance, ce qui m'arrive souvent. Tiens, regarde ce que j'ai découvert.

Elle poussa vers moi un petit ouvrage. Je reconnus le livre que j'avais lu le matin précédent. Les œuvres complètes de Browning. Je l'avais oublié sur la banquette de la fenêtre.

– La veine fait partie de l'enquête, dit-elle en riant. Et j'ai eu un sacré coup de bol.

J'étais sidérée. Que venait faire Browning dans l'histoire ?

– Tu as entendu Tarok citer Browning ?

En effet.

– Je l'ai entendu citer Browning au moins deux fois, alors je lui ai demandé s'il était son poète préféré. Il a ri et m'a dit que Browning était son seul poète. Quand il a fui Dacca, un des rares trésors qu'il ait pu sauver était l'exemplaire des poèmes de Browning qui appartenait à son père. C'était son bien le plus précieux. Pendant des années, ce fut son seul livre. « Je connais chaque poème à fond, alors j'ai l'impression de connaître l'homme à fond. Et le plus curieux, quand j'étais à Londres, j'ai découvert ce qu'avaient été sa vie, son mariage, et, tu sais quoi, rien de tout ça n'avait de rapport avec l'homme que je connaissais », m'avait dit Tarok. Ensuite bien sûr, quand j'ai vu ce livre, j'ai fait le rapprochement.

– Avec le docteur ?

– Tiens ! *Pour une poignée de pièces d'argent il nous a quittés, pour une médaille à son revers...*

Je me souvenais de celui-là. Je l'avais appris laborieusement à l'école.

– *The Lost Leader*, obstinément présent dans les anthologies.

– Voilà donc l'histoire du docteur Sane ! Cette affaire d'huile de moutarde. Il a menti là-dessus. Je lui ai demandé si c'était en 1985, parce qu'il y a eu une hausse du nombre de morts dues à une épidémie de dropsie cette année-là, un empoisonnement à l'argémone mexicaine à cause d'une huile de moutarde frelatée. Il s'est empressé de le nier, de dire que c'était en 1988. Puis il est passé trop vite sur cette année-là, comme si elle n'était pas importante. Or, il s'est marié en 1988, Ujwala nous l'a dit. Et elle a précisé que, au moment de leur mariage, il avait déjà quitté Kalbadevi et avait ouvert un cabinet chic à Opera House. Elle a dit qu'il avait sauvé la vie de Mirajchand Sethia, le patron des Moulins à huile du Taj. C'est facile à présent de lire l'histoire du docteur Sane !

– Je n'y vois pas plus clair.

– Les amis de Tarok étaient des petits boutiquiers, comme l'a donné à entendre le docteur. Ils étaient ses patients. Mirajchand Sethia était poursuivi pour avoir commercialisé une huile frelatée. Quand l'affaire est passée devant le tribunal, le docteur était chargé de défendre le dossier médical. Les victimes le considéraient comme leur champion… jusqu'à ce qu'il accepte cette « poignée de pièces d'argent » de la part de Sethia. Le docteur a probablement changé son témoignage en arrivant à la barre et a dit qu'il n'y avait aucun signe d'empoisonnement à l'argémone chez ses patients.

« Le jeune docteur désargenté, philanthrope et dévoué ne pouvait plus aider ses pauvres patients. Il ne pouvait pas dire de mensonge. Il ne pouvait pas dire que l'huile de moutarde qui les avait estropiés ou tués était frelatée parce qu'il y avait des analyses qui disaient le contraire.

« Sethia a dû arranger ça. L'huile avait reçu le feu vert des services sanitaires, qui avaient sans doute reçu une somme astronomique de la part des Moulins à huile du Taj. Je me demande de quel nom le docteur a baptisé la mystérieuse maladie qui avait frappé tous ces gens. Une fièvre virale, sans doute, formule qui couvre si commodément les maladies non diagnostiquées. Les victimes étaient pauvres, anonymes, obscures. Le jeune docteur était un ambitieux. Mirajchand Sethia était prêt à se montrer généreux.

« Les Sethia ont été acquittés grâce au témoignage du bon docteur. Les victimes ne reçurent donc aucune compensation. Un an plus tard, Sane a tourné le dos à Kalbadevi et s'est fait acheter par les Sethia, son cabinet huppé d'Opera House.

– Mais c'est un comportement criminel.

– On peut difficilement aller plus bas, j'en conviens.

Je songeai à la colère dans la voix de Tarok quand il avait présenté au docteur Sane son poisson à la moutarde. Je me souvins du mépris de Tarok : « N'ayez jamais pitié de lui, m'avait-il dit. Attendez de connaître mon histoire. »

Il était mort avant de me la raconter. Maintenant, j'allais l'apprendre par morceaux et par hasard, en traquant une à une les pièces manquantes.

Lalli prit le plateau.

– Je vais être occupée pendant un moment. Je vais monter dans ma chambre, si tu as besoin de moi. Si Mr Bajaj veut se risquer à sortir, fais-le attendre avec les autres et viens me prévenir.

Sur quoi, elle s'éclipsa.

Je ramassai le Browning et lus, le cœur blessé, *My Last Duchess*.

29

Tout le monde faisait la grasse matinée. À dix heures, la salle de séjour semblait remplie de corps, des formes en état de torpeur, inanimées. Mr Bajaj parvint à enjamber Rafiq qui s'était endormi après son bref intervalle de lucidité et qui était couché à présent tel un tronc déraciné sur le tapis.

– Je vais me rafraîchir, annonça-t-il. Après une tasse de thé, je ferai démarrer ma voiture. Puis nous verrons alors comment sortir de cette situation.

« Voir » était une formule optimiste. La visibilité était proche de zéro, avec une pluie grise épaisse qui arrivait encore par bourrasques.

– Il faut faire quelque chose. Regardez comment on a dormi ! À croire qu'on était drogués. C'est la tension. Je suis un homme d'action, moi. Je ne peux pas rester assis ici à ne rien faire. Heureusement que ma Pajero est robuste. Voyons si je peux la faire démarrer.

– Je reviens dans dix minutes avec un petit déjeuner chaud, lui dis-je, me souvenant des instructions de Lalli.

Et je me précipitai dans l'escalier pour aller prévenir ma tante.

– Je lui souhaite bonne chance ! répondit Lalli. Et mieux vaut qu'il parte seul. Si Felix ou Rafiq se portent volontaires, dis-leur que j'ai besoin d'eux ici.

Je fis du thé et retournai au séjour en espérant avoir suffisamment de tasses sur le plateau. Ils étaient peut-être tous réveillés à présent. En effet. Mr Bajaj repoussa l'aide que lui proposait Felix. Rafiq avait l'air sombre. Felix dit qu'il allait préparer un petit déjeuner pour tout le monde et il décolla. Au bout d'un moment, le rugissement de la Mitsubishi de Mr Bajaj nous parvint et ses phares dessinèrent des arcs éclatants dans la pluie aveuglante.

– Ces hommes d'action, ce qu'ils peuvent me fatiguer, soupira Alif Bey.

– Au moins, il fait quelque chose, rétorqua Ramona d'une voix sèche.

– Oui, je suis pleine de reconnaissance envers Mr Bajaj, approuva Hilla d'une voix éteinte.

Son thé resta intact.

– Ce n'est plus la peine de rester ici à attendre, déclara Mrs Sane. Devdutt va faire venir un taxi.

Devdutt ne bougea pas.

Rafiq bondit sur ses pieds, nous dominant tous.

– Finissez vite votre petit déjeuner, les enfants. Ramona, tu n'as plus le droit de pleurer. D'abord on s'entraîne, tu pourras pleurer. Venez ! Après le déjeuner, vous devez vous reposer, alors c'est la dernière occasion pour s'entraîner. Le spectacle commence à six heures pile.

– Le spectacle ! s'exclama Hilla d'une voix qui avait l'air d'une lamentation. Vous ne pouvez pas donner un spectacle aujourd'hui, Rafiq ! Ce n'est pas convenable.

– Les enfants ont préparé la Danse de la Pluie, répliqua Rafiq d'une voix ferme. Pendant qu'on attend, pourquoi ne pas regarder ? Après quoi, j'interpréterai *Annapoorna*, dédié à mon ami Tarok.

Nous le regardâmes, éberlués.

– Toutes ces dames de Breach Candy veulent que je donne une représentation exceptionnelle pour la Somalie. Elles me parlent pendant une heure de la Somalie. Alors je fais cette danse, *Annapoorna*, pour les gens qui ont faim. Et je demande : pourquoi pour la Somalie quand les enfants ont faim à Govandi ? Je leur parle des enfants d'ici, ceux qui vivent dans les bidonvilles, sur les trottoirs, ils ont l'air pire que les enfants de Somalie à la télé. Vous voulez faire un spectacle de bienfaisance, dites à vos mécènes que tout l'argent ira aux enfants des bidonvilles, ceux des trottoirs, les enfants de la gare, chaque roupie… de la nourriture, des médicaments, des vêtements, peut-être l'école aussi. Une grosse publicité pour les mécènes, une grosse publicité pour le bon cœur des dames de Breach Candy. Mais elles m'ont dit : NON ! C'est la Somalie ou rien. Alors j'ai dit : rien.

« Maintenant elles disent que Rafiq ne pense qu'à l'argent. Qu'est-ce que ça peut lui faire si les enfants meurent en Somalie, il a le ventre plein, non ? J'ai fait cette danse pour les enfants qui n'ont rien à manger. Je vais la danser aujourd'hui pour celui qui a habité sur les trottoirs et qui a donné à manger à tout le monde. Ce n'est que justice. »

Hilla hocha la tête et Ramona réclama un bref sursis pour se rendre dans sa chambre où le fameux bustier devait être récupéré à temps pour le spectacle.

Vers midi, Mr Bajaj revint… sans sa Pajero. Il avait l'air sur le point de s'effondrer, recouvert d'une couche de boue telle que la pluie diluvienne n'avait pas réussi à l'en débarrasser complètement. Nous entendîmes son malheureux récit après qu'il eut été ramené à la vie par Felix et intégralement détoxiqué à l'eau chaude et au savon. Il eut peur quand il se rendit compte que le café était coupé d'une bonne dose de cognac.

– Absurde, vous devez dormir maintenant, déclara Hilla d'une voix ferme. Pour une fois, je suis pour l'alcool.

Il était parvenu à mi-chemin de la colline quand les freins avaient lâché. Il avait essayé de passer une vitesse. La voiture avait calé, mais s'était enlisée dans un talus de boue qui se liquéfiait rapidement, elle s'était embourbée sans qu'il y eût grand-chose à faire. Il avait essayé pendant une heure de la sortir de là. En vain. Finalement, il avait tenté l'impossible : continuer à pied. Très vite, il avait failli partager le sort de sa voiture.

– J'ai décidé de ne pas vous offrir le plaisir d'avoir un autre cadavre sur les bras, conclut-il avec une alacrité surprenante.

Personne ne rit.

Lalli rata tout cela. Hilla dit qu'elle devait être en train de récupérer du sommeil.

Mais j'avais déjà vu ma tante dans ce type de situation. Elle était résolument insomniaque tant qu'elle n'avait pas bouclé l'affaire.

Je ne pus plus supporter de rester avec eux.

J'allai dans la bibliothèque et enfouis ma tête dans un livre. Je laissai les lignes s'estomper et se dissoudre dans mon vide intérieur. Je pouvais entendre les pieds des danseurs sur le parquet qui ajoutaient à ma propre détresse. J'étais partagée entre mon sens de la justice naturelle et une compréhension horrible du désespoir de l'assassin. Lalli avait pris une tangente. Je ne pouvais lui reprocher, à vrai dire, de tirer de fausses conclusions.

Il lui manquait la force émotionnelle qui me poussait. L'amour peut vous aveugler sur les fautes de votre bien-aimé, mais il braque aussi le projecteur sur votre âme. En me voyant dans cette lumière crue, je pouvais voir aussi, avec empathie, l'assassin.

Je commençais lentement à comprendre que j'allais devoir m'en préoccuper. En outre, je ne voulais pas que Lalli se ridiculise.

Je me rendis à l'atelier pour regarder les danseurs. Ils étaient attentifs à la musique et ne me prêtèrent aucune attention. Finalement, ils firent une pause.

– Vous apportez le soleil avec vous. La Danse de la Pluie est finie, annonça Rafiq.

Il avait raison. Je ne m'en étais pas aperçue. La pluie s'était réduite à la luminosité de la fibre de verre et retenait dans ses trombes d'eau la trace furtive du soleil. Les enfants se précipitèrent sur la véranda avec des cris excités.

Rafiq se tourna vers moi.

– Qu'est-ce qui vous inquiète tant ? La tristesse, oui. La peur, oui. Mais vous n'avez pas peur, vous êtes inquiète.

– Vous devez parler à Lalli, lâchai-je. Ce sera mieux de cette façon, Rafiq. Elle vous dira quoi faire.

Il ferma les yeux et frissonna.

– Elle me l'a déjà dit. Quoi faire, quand, comment. Je vais le faire.

Spontanément, je serrai ses mains entre les miennes, en proie à un tumulte intérieur que je ne pouvais définir.

– Calmez-vous, me dit-il d'une voix glaciale. J'apprends, moi aussi, à rester calme. C'est nécessaire. Pour ceux qui sont morts et pour ceux qui doivent vivre au-delà de ce jour.

Sur ces étranges paroles, il s'en alla.

Je restai dans le studio à contempler le soleil qui s'insinuait comme un félon, franchissant les fins barreaux de la pluie.

30

Felix servit le déjeuner dans la salle à manger. Tout le monde mangea avec ferveur comme si on se préparait à tenir un siège.

Mr Bajaj déclara que, la pluie dût-elle s'arrêter maintenant, il faudrait au moins jusqu'au lendemain matin avant que les routes redeviennent praticables. À présent, tout dépendait du téléphone. Lalli en convint.

– On doit se préparer à passer une autre nuit ici, dit-elle. Mais cette fois, avec moins d'incertitude et d'angoisse.

– Vous en êtes sûre ? demanda Felix, le souffle court.

– Oui. Mais je n'ai pas encore bouclé l'affaire. Maintenant, tout dépend de Rafiq.

Nous restâmes bouche bée, les yeux rivés sur Rafiq. Il se détourna, écarlate.

– Oui, Rafiq m'aide à trouver la solution, dit Lalli. Après la danse – nous devons avoir la danse en l'honneur de Tarok – après, j'espère que Rafiq m'aidera à conclure cette affaire.

– Je me sens vraiment mal, glapit Ujwala Sane. Je ne peux pas manger cette nourriture.

– Alors laissez-moi vous chercher du thé, proposa Lalli d'une voix ferme. Viens, Hilla, allons en préparer. J'en ai bien envie moi-même après le délicieux déjeuner de Felix. Ça ne te dit rien, à toi, une tasse d'un thé subtil et chatoyant avec un zeste de citron… ? Oh, Felix, est-ce qu'on a de la menthe ?

Ujwala la suivit sans broncher.

– Et voilà, souffla Felix à mi-voix.

– Ma femme est très délicate, déclara le docteur. Je me fais du souci pour elle.

– On se fait tous du souci pour elle, rétorqua Alif Bey.

Sane se hérissa.

– Qu'entendez-vous par là ?

Toujours aussi lâche, Alif Bey haussa les épaules et s'éloigna.

– Du calme, Devdutt, déclara Mr Bajaj d'une voix chaleureuse. Venez manger quelque chose.

Sane, qui avait déjà mangé à satiété, le fusilla du regard.

Les enfants, flairant le danger, eurent l'air effrayé.

Lalli ne tarda pas à revenir.

– Laissez dix minutes à Ujwala pour qu'elle finisse son thé, ensuite vous feriez mieux de la conduire à sa chambre et de lui donner quelque chose pour sa migraine, dit-elle au docteur. Arpita et Darshan, laissez votre maman dormir un moment. Vous pourrez m'aider à lui préparer des sandwiches quand elle se réveillera.

– Vous croyez que Lalli me laissera lui parler ? chuchota Felix d'une voix pressante tandis que nous rapportions les plats à l'office.

– Non. Vous cherchez de la copie, un scoop, hein ?

– En fait, j'aimerais avoir une scène avec les gosses. Vous savez, la bonne mère opposée à la mauvaise.

– Laissez les gosses en dehors, dis-je avec colère, sans me rendre compte que je l'avais sèchement remis à sa place.

– Eh ! Du calme, chérie.

– Et ne m'appelez pas chérie !

Avant que je puisse me retenir, je lui flanquai une gifle. Je fus atterrée, mais Felix était écroulé de rire.

– Attendez, j'aurai ma revanche, dit-il, en se tordant. Je vous mettrai dans mon livre.

Ce qui eut le don de me mettre carrément hors de moi. Si Rafiq n'avait pas surgi au même instant, j'aurais éclaté en pleurs.

– Pourquoi vous n'apprenez pas à danser, Rego ? Venez que je vous montre comment danser, et vous me montrerez comment faire ce *bhurji*, très savoureux. Après je peux surprendre mon *ammi*, ma mère, quand je vais à G'ondi, et je lui dis : tu vois, ça, c'est de la cuisine française enseignée par un célèbre chef français.

Felix piqua un fard, mais le comportement de Rafiq était tellement inoffensif que sa mine renfrognée se fendit en un large sourire, et il trémoussa les hanches dans une danse exagérée. Brusquement, je fus prise de fou rire et quand Hilla arriva, elle nous trouva pliés en quatre.

– De l'hystérie, déclara-t-elle sèchement. D'abord Sane *bai* et maintenant, vous trois. Dieu m'accorde la patience !

Or la patience était une denrée qui se faisait de plus en plus rare.

Alif Bey et le docteur commençaient à se montrer les dents. Mr Bajaj, comme il se doit pour un homme d'action, était en train de démonter consciencieusement son portable. Arpita et Darshan se disputaient à haute voix, puis unirent leurs forces pour faire des méchancetés à Ramona. Hilla, en hurlant à tue-tête, tenta de se faire entendre malgré le vacarme. Le docteur fut appelé au chevet de sa femme. Alif Bey se vit offrir un verre… qu'il refusa. Il reprit sa pose façon Mme Récamier, toisant le monde d'un œil furibond. Mr Bajaj jeta les fragments de son portable dans la corbeille et alla faire un somme sur le sofa. Ramona et les gamins se rabibochèrent autour d'une partie de cartes.

Je rencontrai Felix et Rafiq dans le couloir avec Lalli.

– Je ne pense pas qu'aucun d'entre vous puisse m'aider ?

Les deux hommes tournèrent vers moi un regard inquiet.

– Lalli veut descendre au bas de la côte tout de suite, m'expliqua Felix. Il s'est arrêté de pleuvoir, mais il y a un vent très fort…

– Ne vous inquiétez pas, le vent ne va pas m'emporter en route, rétorqua-t-elle. Elle vient avec moi.

Je suivis Lalli à l'étage.

À ma grande surprise, elle monta jusqu'au nid d'aigle de Framroze. Elle avait pointé le télescope vers le nord, sur la face abrupte du coteau, en bas par-dessus les rochers.

– Regarde-moi ça.

Lentement l'image devint nette. Un flou de caillasse et de taillis. Puis une masse noire informe. La lumière était trop chiche pour en distinguer davantage.

– C'est quoi ?

Lalli haussa les épaules.

– On va voir.

Nous partîmes silencieusement par le portail de derrière.

Lalli resta sur la berge verte, enfoncée dans la vase jusqu'aux genoux. Il n'y avait pas d'autre chemin, la route était un tourbillon d'eau se précipitant dans l'urgence au pied de la colline. Nous nous frayâmes résolument un chemin autour de la hauteur. Je suivais Lalli qui, avançant d'un pas expert, trouvait des prises dans les branches et les fissures que j'aurais tenues pour des obstacles.

Le ballot noir avait été déposé par la mer sur les rochers, ou bien c'était quelque chose dont on s'était débarrassé.

– On l'a balancé d'en haut ! cria Lalli contre le vent déchaîné. De là-haut. Regarde !

Sur notre gauche se trouvait une proéminence rocheuse pareille à un promontoire. En contrebas, la mer bouillonnait furieusement, tout près du tas qui était tombé vers l'intérieur, dévié par un épaulement rocheux. Il restait bizarrement étalé à une vingtaine de mètres en contrebas.

La route se perdait dans l'eau boueuse. Quelque part en dessous, le soleil clignotait paresseusement sur les phares chromés de la Pajero submergée de Mr Bajaj. Nous n'avions aucun moyen d'atteindre ce paquet.

– Attends-moi ici. Je vais descendre.

Avant même que j'aie pu protester, elle commença à dégringoler le rocher.

Je la suivis des yeux, terrifiée, me souvenant qu'elle avait soixante-trois ans, un âge où les os se brisent au moindre choc, et si elle tombait, là…

Elle ne tomba pas.

Je ne voulais même pas penser au fait qu'elle devait regrimper. Elle était accroupie par-dessus le paquet noir. Elle se redressa, me fit le geste de se couper la gorge, sortit une paire de ciseaux de sa poche et les leva pour que je les voie.

Une légère bouffée de décomposition monta. Je ne voyais que son dos penché par-dessus le rocher. Puis elle se redressa et recula.

Sur le morceau noir de plastique mouillé, couché sur le ventre, se trouvait un corps de femme.

De cette hauteur, la boule de cheveux courts en pétard paraissait curieusement ébouriffée, le reste de sa personne étant revêtu fort convenablement d'un noir uniforme. Je connaissais ce corsage noir, le pantalon noir retroussé autour des cuisses gonflées. Et je savais, sans regarder, qu'un des pieds enflés était encore enserré dans l'étreinte ornementée d'une chaussure tape-à-l'œil.

C'était Lola.

C'était Lola, et elle était morte.

Je regardais pendant que Lalli retournait le corps. Je ne vis pas le visage de Lola. Je ne vis rien de plus. J'étais dans les buissons, malade, vomissant, en proie à des haut-le-cœur, jusqu'à ce qu'une main se pose sur mon épaule et, comme par magie, Lalli fut de nouveau auprès de moi.

31

Nous nous assîmes sur un rocher plat, Lalli était à bout de souffle. Je me sentais curieusement soulagée. En dessous de nous, la mer continuait de réclamer Lola à grands cris.

– Je t'ai dit que j'étais un détective verni, dit Lalli. Je pensais qu'on devrait attendre une semaine avant de la retrouver.

– Tu savais qu'elle était morte ?

– C'était évident.

Rien d'évident pour moi, pour autant que je sache. Nous restâmes assises dans un silence complice, curieusement en paix.

– Tu le savais aussi, depuis le début, depuis que tu as découvert cette chaussure. Mais tu ne voulais pas regarder la réalité en face.

Et elle avait raison.

Je savais depuis le début que Lola ne reviendrait pas, que la violence qui l'avait poursuivie toute sa vie l'avait finalement rattrapée. Mais que veut dire « savoir » ? Si c'est un sentiment profondément enfoui en vous, une conviction inarticulée, oui, j'avais su que Lola était morte.

– En un sens, tu as réprimé la vérité, dit ma tante lentement. Tu as pris la chaussure à la légère, tu as écarté la boucle d'oreille. Tu ne voulais pas que ce soit vrai.

Pourquoi ? Parce que tu n'as jamais aimé cette pauvre Lola ? Peu probable. Tu l'as réprimée parce que tu protégeais quelqu'un. Quelqu'un dont tu as tout fait pour ne pas voir ses pieds d'argile.

– Alif Bey, oui. Il me dégoûtait. Mais je ne pouvais pas le comprendre non plus, Lalli. Après cette scène épouvantable où ils ont failli s'entretuer, ils se sont promenés au clair de lune en roucoulant comme deux tourtereaux.

– Je maudis le jour où Hilla t'a donné cette chambre. Maintenant je voudrais que tu fasses une chose. Repense à cette dernière conversation que tu as surprise. Essaie de te souvenir des paroles exactes. Essaie.

J'essayais.

J'étais incapable de me souvenir de quoi que ce soit de ce qu'ils avaient dit, sauf du « Non ! » strident de Lola.

Je ne pouvais me souvenir d'un seul mot qu'il avait dit.

– Il n'y a qu'une seule façon de l'apprendre, non ? Posons la question à Alif Bey.

– On ne peut pas la laisser comme ça, protestai-je.

– J'ai remballé le corps dans la toile de bâche et je l'ai tiré autant que j'aie pu vers l'intérieur des rochers. Ça devra attendre jusqu'à ce que les secours arrivent.

Comme nous retournions laborieusement vers la maison, mon esprit était harcelé de questions. J'arrêtai Lalli.

– Pourquoi est-elle revenue ? Quand est-elle revenue ? Où est-elle allée pendant ce temps ?

J'avais l'image de Lola parcourant les rues sans but, enfermée hors de l'appartement, sans argent, peut-être, dans la lumière sensée du matin, regrettant la dispute. Passant ce coup de fil pour tâter le terrain. Puis, comme un animal battu, se traînant jusqu'à lui pour mourir…

Puis, brusquement, je me souvins de Rafiq guettant une accalmie.

L'avait-elle surpris à ce moment-là ?

Si oui, cela voulait dire qu'elle avait attendu un jour et une nuit avant de revenir à Ardeshir Villa. Mais ce n'était pas possible. Il pleuvait trop fort à l'époque, elle n'aurait pu arriver en haut de la côte.

Peut-être que la mort de Lola n'avait rien à voir avec celle des autres. Peut-être était-elle morte de causes naturelles, et Alif Bey avait paniqué et l'avait emballée dans une bâche pour la jeter au pied de la falaise.

– N'essaie pas, me conseilla Lalli qui lisait comme d'habitude dans mes pensées. Lola a été étranglée, comme Tarok. Un coup d'œil hâtif ne m'a pas dit grand-chose concernant la ligature… ça n'est pas très enflé, mais je pense que ça a été fait de la même façon.

– Avec cette corde en nylon ?

– Pas nécessairement. Il a pu se servir de n'importe quoi. Mais elle a été garrottée par-derrière, très vite. Un homme aux nerfs d'acier, prompt, résolu, un opportuniste.

– Ça n'est pas du tout lui !

– Qui ?

– Alif Bey.

– En effet. Mais tous ces traits désignent celui que je connais comme l'assassin.

– Je sais pourquoi Tarok est mort, pourquoi Chili est morte, dis-je lentement. Mais pourquoi Lola devait-elle mourir ?

Lalli me jeta un coup d'œil aigu, repoussa le portail et pataugea à travers le jardin avant de courir en haut des marches. Je la suivis. Nous dépassâmes rapidement la cuisine et la réserve, aux portes scellées. Nous ralentîmes le pas dans l'escalier en spirale et traversâmes la terrasse.

Lalli pointa le doigt sur les toiles de bâche empilées aux plis impeccables sous l'avant-toit. Nous entrâmes et montâmes dans le nid d'aigle de Framroze, et tour à tour nous regardâmes par le télescope.

Lola n'était plus visible.

Lalli ne révéla pas la découverte du corps de Lola.

Elle préféra m'envoyer pour que je fasse venir Alif Bey dans la bibliothèque.

– Quel nouveau tourment m'avez-vous réservé ? demanda-t-il d'un ton théâtral.

– J'insiste pour que vous me disiez quel était l'objet de votre querelle avec Lola. C'est plus important que vous ne l'imaginez. Laissez-moi vous assurer tout à fait sincèrement que vous ne trahirez en aucune façon sa confiance.

Il eut l'air interloqué par son sérieux.

– Je… je ne peux pas me montrer très précis, je le crains. Il y avait des choses qui m'avaient contrarié. Je n'étais pas dans mon état habituel. Ça n'allait pas bien entre nous.

– Peut-être pourrez-vous m'en dire plus si je vous montrais la déposition d'Ujwala Sane. Elle a signé sa déposition ce matin, dans laquelle elle évoque ses relations avec vous. Je dois aussi vous dire que, pour le moment, le docteur ignore tout de cette semaine à Silvassa en 1988. Il devra en être informé dans le cas où sa femme serait mise en examen.

– Pour meurtre ?

– Probablement. Comme vous pouvez le voir, je sais déjà que vous n'étiez pas dans un heureux état d'esprit avec le souvenir constant d'une ancienne aventure. Laquelle, d'après ce que je crois savoir, vous a profondément marqué.

– Ce n'était pas une aventure. Je l'ai épousée. Nous sommes toujours mariés, je suppose, aux yeux de la loi. Nous avons vécu ensemble pendant une semaine. Elle s'était enfuie avec moi. Nous nous sommes mariés civilement, sommes restés cachés pendant une semaine dans une station miteuse du Silvassa. C'était tout ce que je pouvais m'offrir à l'époque ! Les premiers jours – et les premières nuits – ont été enivrants. Et ensuite, elle m'a quitté. Tout est allé de travers. Elle ne me supportait plus, disait-elle. J'étais trop... bizarre. (Son visage se contorsionna sous l'effet de l'amertume ou du dégoût. Il mit un certain temps à poursuivre.) Elle était tout pour moi, dit-il simplement. Pendant des années, j'ai vécu dans le souvenir. Et tout ça n'était que mensonge.

– Vous n'avez jamais essayé de la récupérer ?

Il sourit.

– Son père m'a lancé deux ou trois malfrats aux trousses. Ils m'ont rossé – juste pour la forme, je dois dire. Je suis un lâche, mais ils ne pouvaient m'intimider. J'étais jeune et pas facilement intimidable. Quand le vieux a compris ça, il m'a fait envoyer un faire-part de mariage par sa fille. Elle a épousé Sane, ils ont fait un grand raout. Après ça...

Il haussa les épaules et se tut.

– Vous n'aviez rien dit à Lola à son sujet, n'est-ce pas ?

– Seigneur, non ! Lola aurait bien rigolé. Lola va rire si ça se sait et je devrai le supporter. Je suis un idiot, mais pas à ce point. Notre dispute concernait Lola, pas moi. Il s'agissait de ce foutoir sordide qu'est sa vie. Vous êtes au courant, non ? L'avocat ?

– Oui, c'est moi qui l'ai chopé.

– Ah oui ? Alors voilà qui devrait vous intéresser. Lola a toujours eu un faible pour cet avocat. Ça me dépassait. Vous l'aviez également remarqué ?

– Je n'étais pas en mesure d'en juger. Je n'ai jamais parlé à Lola à ce sujet. Je suis remontée jusqu'à l'avocat par ce que vous appelleriez une voie parallèle. Il s'agissait d'une femme différente, une autre des victimes de cet homme.

– Dans ce cas, permettez-moi de vous dire que Lola a l'impression que l'avocat était un bouc émissaire, juste là pour porter le chapeau. Elle soutient que le trafic continuera, bien que l'avocat se trouve derrière les barreaux. Elle est totalement obsédée par cette idée. Elle dit que les gens, ou la personne, qui tirent les ficelles n'ont pas été touchés par la rumeur ni le scandale. Je supporte mal sa paranoïa. Je ne peux même pas parler honnêtement de paranoïa après tout ce qu'elle a enduré. Mais je ne prends pas ses craintes au sérieux. Enfin, cette nuit-là, tout est ressorti et j'en avais vraiment marre.

– Pourquoi est-ce ressorti ? Pourquoi à ce moment-là ?

– Oh, une de ses idées idiotes. Elle s'était mis en tête qu'elle savait maintenant qui avait monté le coup à l'avocat. Quelque chose que Chili lui avait dit, je crois. Maintenant qu'elle connaissait le nom, elle comptait en faire bon usage.

Il s'interrompit brusquement.

– Poursuivez.

– Non, c'est tout.

– Non, ce n'est pas tout. Elle comptait aller trouver la police avec le nom de cette personne ?

– Sans doute.

– Sans doute que non. Ça ne vous a pas mis hors de vous. Lola avait une autre qualité qui vous laissait désemparé. Elle avait un genre de morale que vous ne pouviez pas encaisser. J'aurais plutôt tendance à croire qu'elle voulait en « tirer parti » en vendant son silence.

– Je ne sais pas, Lalli, je ne sais pas. Pour moi, c'était du chantage. Je n'aime pas ça. Je n'étais pas dans mon élément. Je me suis rendu compte que je ne la connaissais pas du tout. Seigneur, je commence à avoir l'impression que je ne connais personne ! J'ai cogné ! J'en avais ras le bol ! Je ne voulais pas que cette garce dangereuse me tourne autour. Je n'en veux toujours pas. Je regrette. Je sais que je suis un mufle, mais dès l'instant où on pourra partir d'ici, je ferai en sorte que Lola ne puisse plus s'approcher à moins d'un kilomètre de moi.

– Alors pourquoi avoir voulu vous faire pardonner plus tard ce soir-là ? Même dans le cadre des relations amoureuses, une colère comme la vôtre ne se calme pas aussi vite.

– On ne s'est pas réconciliés, je vous dis que j'étais ivre mort. J'étais furieux. Et elle s'est tirée. J'étais toujours aussi furieux quand elle est partie et, tenez ! je le suis toujours autant.

– Alors vous n'avez pas fait de promenade au clair de lune sur la terrasse peu après minuit ?

– Avec Lola ? Après ça ? Vous rigolez. D'abord, j'étais hors jeu. Et si je ne l'avais pas été, après une pareille scène, faire la paix sur l'oreiller, ce n'est pas mon genre. J'en ai un dégoût viscéral.

– Je comprends.

– Ah oui ?

– Absolument. Tout le reste me semblerait déplacé. Dites-moi, Lola vous disait-elle la vérité, à votre avis ?

– Sur le fait qu'elle avait découvert la vérité ? Ou sur le fait qu'elle voulait s'en servir pour faire du chantage ? Les deux, à mon avis, étaient vrais. Elle était dans un état d'excitation si particulier, ce soir-là, que je ne crois pas qu'elle faisait semblant. Et je ne la crois pas incapable de pratiquer un peu de chantage. Elle doit penser que c'est une meilleure façon de rendre la justice.

– Vous ne l'aimez pas beaucoup, n'est-ce pas ?

– Non. Cela dit, je n'aime pas beaucoup de gens.

– Et ils sont encore moins nombreux à vous aimer ?

– Exact.

Lalli n'avait toujours rien révélé.

– Je suppose que vous allez lui répéter tout ce que j'ai dit, remarqua-t-il sans conviction. Elle va se faire inviter partout à mes dépens pendant un mois. Elle peut se montrer épouvantable dans les détails.

Comme nous n'avions rien à lui dire pour le consoler, il partit.

– Il l'a étouffée dans sa rage, dis-je. Je suis sûre que c'est lui, pas le docteur. Ujwala est complice.

Pourquoi la poussais-je dans cette impasse ?

Elle me lança un coup d'œil aigu.

– Voyons ce que Rafiq peut nous dire, me répondit-elle.

32

Encore une fois, nous étions rassemblés sur la terrasse. Chose surprenante, le temps maintint la trêve, bien que le vent soufflât à gorge déployée et que la mer restât sans cesse menaçante. Nous étions une bande de débraillés, auxquels les épreuves des dernières heures avaient donné l'air miteux.

Ujwala Sane jouait les belles au bois dormant, mais le reste des adultes s'était rassemblé sur la terrasse à la demande de Lalli. Ramona, arborant enfin le fameux bustier, toute à la joie de ses dix-sept ans, irradiait en dépit des deux meurtres. Un peu de cette joie se reflétait dans les yeux fatigués et gonflés de Hilla. L'obscure clarté de la fin du jour ne durerait pas longtemps. Les lanternes qui avaient éclairé le *tandav* de Rafiq étaient de nouveau en service, suspendues gaiement côte à côte. J'essayai de ne pas remarquer le fil de nylon qui les retenait et de ne pas voir le tas de bâches pliées, devenu à présent un peu moins haut.

La Danse de la Pluie fut alerte et vibrante.

Arpita était une feuille, et Ramona, couverte de strass, avait le scintillement d'une véritable goutte d'eau. Rafiq était un nuage ballotté par l'orage. Darshan s'abattait en poussant des cris, et faisait la roue autant qu'il lui plaisait pour jouer le rôle du vent. La musique était inquiétante et obsédante, et tant qu'elle dura, tout le monde oublia les meurtres.

Ensuite, nous applaudîmes et serrâmes les enfants dans nos bras. Puis ce fut fini.

Enfin, pas tout à fait.

Lalli annonça l'*Annapoorna* de Rafiq.

Elle précisa qu'il avait imaginé cette danse pour son ami Tarok Ghosh et qu'il voulait qu'elle soit un hommage de notre part à tous à ses multiples talents. Après la danse, Rafiq avait quelque chose d'important à nous dire. Cela résoudrait le mystère qui nous laissait déconcertés et mettrait fin aux événements tragiques de ces derniers jours.

En tant que présentation, c'était assez vaseux.

Mon attention fut un moment distraite par Rafiq qui se matérialisa à côté de mon épaule gauche. Il avait rapidement retiré le treillis gris ardoise qu'il portait pour jouer le nuage d'orage. Il était vêtu à présent d'une combinaison noire. Le contour de ses yeux était souligné d'un trait noir détonnant sur le fard d'un blanc cru qui couvrait le visage. Son regard resta un instant fixé sur moi, puis parut absorbé par une angoisse intérieure. Il tendit la main dans un geste qui me rappela étrangement celui de Chili quand je la dépassai cette nuit-là, dans le vestibule. Mi-salut, mi-refus, à la fois bonjour et je m'en vais. Avec un frisson, je reproduisis le geste. Ses yeux s'attardèrent un instant sur moi, puis il disparut.

La nuit s'était installée pendant que nous nous rassemblions sous l'avant-toit, anxieux et mal à l'aise.

Les lanternes avaient été enlevées.

La terrasse était presque plongée dans la nuit noire.

Rafiq revint sur scène, ombre dans l'obscurité diffuse.

Brusquement, un éclair de lumière jaillit et mourut.

On entendit sourdre la voix grave du *rudra veena*, intense, pesante. Les premières notes profondes du *raag* Jinjhoti tremblèrent tel un présage. Le lent déploiement du *dhrupad* commença pendant que la terrasse s'éclairait autour du pilier noir central, immobile, en attente. Une flaque de lumière virevolta autour de lui. Me retournant, je vis Hilla qui braquait sur lui une grosse torche. Le rayon remonta la silhouette immobile de Rafiq, s'arrêtant sur les épaules. Il était, une fois de plus, décapité, un torse puissant, vidé de vie. Il attendit que la musique eût achevé son premier cycle de notes. Pendant la pause, je pris la mesure de mon angoisse.

C'était un *raag* qui vous tirait doucement par le cœur, le comprimait d'angoisse, le pressait en un poing mélodique serré jusqu'à ce que disparaisse toute résistance douloureuse. Alors la musique se ruait en vous et vous envahissait, avec de multiples douleurs. Toute la désolation de la disparition était contenue dans son harmonie, l'amertume de la mélancolie et la douceur insupportable du souvenir. Ce *raag* ne chantait pas l'ivresse de l'amour. Nulle attente dans le poème, nulle espérance. Il n'y avait pas de deuil. La douleur n'est pas l'histoire. À travers le *raag*, la douleur devient votre géographie, familière, chérie, elle n'est plus le double réprimé, mais un égal, un contemporain où la joie a sa place au soleil.

La musique me brisa, fractura la dure carapace de mon calme et les larmes jaillirent enfin, chaudes, amères, brûlantes. Soit elles m'aveuglaient soit j'avais les yeux fermés, puisque je ratai les premières minutes du spectacle.

Quand je regardai à nouveau, Hilla parvenait à diriger très habilement la lumière du projecteur. À présent, seul le visage de Rafiq était éclairé. Le masque blanc flottait dans l'ombre. Et à présent les yeux de Rafiq étaient ceux de Tarok, du vif-argent dans son miroitement tremblant, qui se rétrécissait avec ce regard « visionnaire » que je connaissais si bien. Il l'imitait à la perfection. Il fit un bond léger, ses yeux sans cesse en quête d'un visage dans le public. Maintenant, la lumière l'illuminait entièrement et sa danse mimait un enfant affamé tendant un bol. La mission de Hilla, somme toute, était très simple. Elle faisait tomber un voile noir toutes les cinq minutes (je chronométrais à l'aide de ma montre). C'était elle qui donnait le rythme. Rafiq improvisait.

À nouveau, Rafiq jouait le rôle de Tarok. C'était Tarok qui nous défiait, évoquait des plats qui nous provoquaient. Voici Tarok maintenant. Assis sur une banquette d'air, nous tournant le dos pendant que la musique prenait un timbre de plus en plus sourd jusqu'à n'être plus qu'une vibration dans l'air. Que faisait Tarok, le dos tourné vers nous ?

La lumière s'éteignit.

Quand elle revint, Rafiq arpentait la pièce, pivotait des hanches, plongeant un regard furieux dans l'obscurité au centre de laquelle nous savions tous que la silhouette assise attendait…

Il n'était plus Rafiq, il était Mohini enragée. Il surgit avec un bond magnifique… et disparut.

Le projecteur revint vers la silhouette immobile. L'homme n'était plus assis, droit. Il était tombé en avant, ses bras étreignant l'ombre, suspendu en l'air par magie. Avec le battement suivant de la musique, la lumière passa de nouveau par-dessus sa tête. Elle se tourna lentement vers nous, ses mouvements répondant à chaque note lente prolongée dans le déchant. Ses mouvements reflétaient l'angoisse contenue dans la musique, elle lutta, se contorsionna, résista jusqu'à ce que, dans un pic de douleur insoutenable, elle s'immobilisât brusquement et tombât en avant, mollement.

La musique cessa.

Le public soupira.

La lumière s'éteignit et revint, presque aussitôt.

À présent, Rafiq exécutait ce dernier mouvement avec toutes les lumières allumées, son tronc exagérant la marque de torsion due à la blessure.

Le *dhrupad* entama la deuxième partie, plus rapide, plus insistante, écartant un voile après l'autre de faux-semblant, s'approchant de plus en plus du cœur chauffé à blanc, tandis que Rafiq bondissait en suivant un grand arc de cercle et atterrissait, figé, à mi-parcours, un bras tendu, l'autre l'équilibrant sur le sol, et formant un triangle parfait avec la ligne du flanc et de la jambe. La géométrie resta intacte tandis que sa tête, noyée dans l'ombre, attendait la dernière note angoissée de la gamme. Comme la musique plongeait et dégringolait toute la gamme depuis la note la plus haute pour se trouver canalisée jusqu'à des profondeurs plutoniques, une fois encore, face au projecteur, son visage se décomposa lentement dans une grimace de la mort.

C'était horrible. C'était indécent. C'était fascinant. Il était absolument impossible de détourner le regard.

Quand la partie suivante commença, le rythme s'accéléra subtilement, et Rafiq prit de nouveau des risques.

Une fois encore, nous regardâmes ses épaules disparaître, et le masque de la mort resurgir lentement dans l'arc incertain de la souffrance.

Un autre déchant, plus rapide, plus déchaîné, cette fois, plus insistant aussi, nous touchions presque au but, nous touchions presque au cœur incandescent, quand ses épaules se fondirent dans le noir.

Et là, encore une fois, la grimace blanche de la mort tourna vers nous sa face odieuse.

La musique plongeait, plongeait vers la note la plus basse.

Le projecteur vacilla comme un papillon de nuit dans le vide.

Un battement de cœur.

Deux.

Puis la voix de Lalli hurla : « LUMIÈRES ! », et tout fut chaos.

Le projecteur dérapa, nous éblouissant tous dans un sursaut tandis que Hilla et Felix se précipitaient. La lumière se stabilisa et nous pûmes voir.

Rafiq était étendu par terre. Hilla se pencha sur son visage.

Je notai cela au passage, car la lumière balaya les silhouettes avant de couler à flots dans les profondeurs de la cage d'escalier. Lalli avait les yeux levés vers moi, hagards, aveuglés par le projecteur. Ses bras se tordaient autour de quelque chose qui pendait contre elle, noir dans la lumière éblouissante. Lentement, comme Felix stabilisait le projecteur, mes yeux enregistrèrent la scène.

Le bras de Lalli était plié autour du cou d'un homme. Fragile contre elle, sa robuste charpente calée contre la rampe métallique, le cou presque brisé, se trouvait Mr Bajaj.

Lalli le lâcha et il s'écroula en un tas immonde sur les marches.

– Ligotez-le !

Elle lança une corde à Felix. C'était le même fil de nylon qui avait servi à garrotter Tarok.

Lalli m'adressa un sourire las.

– La justice immanente, soupira-t-elle.

Rafiq avait recommencé à respirer, dit Hilla, mais il n'avait pas retrouvé ses couleurs.

– Tu as pris un risque terrible, lui cria-t-elle hors d'elle. Tu aurais pu le tuer.

Lalli ne répondit pas. Elle paraissait morte de fatigue.

Je l'entraînai dans ma chambre, la poussai sur le lit et fermai la porte. Elle ne présenta aucune résistance. Sa passivité m'effraya.

Tant pis pour Rafiq ! Lalli ne retrouvait pas ses couleurs. J'avais perdu Tarok. Je ne pouvais me permettre de la perdre, elle aussi.

Peut-être avais-je crié les mots, car elle posa ses mains sur mon visage, mes joues humides et ma bouche jacassante.

Et puis vint Hilla, les bras autour de nous deux, qui riait et pleurait de soulagement.

– Ces foutus gars ont bien raison, dit-elle. Ce n'est pas un jeu pour les dames.

Sous les soins diligents du docteur Sane, Rafiq fut bientôt capable de s'asseoir, l'air bizarre sous son masque blanc de la mort qui avait bien failli lui valoir un rendez-vous avec la camarde. Il avait une trace rouge enflée là où Mr Bajaj avait apposé sa marque avec le fil de nylon.

– C'était très brusque, souffla Rafiq d'une voix rauque. Parfaitement chronométré. (Il semblait presque admiratif.) Comment il va, vous le savez ?

J'avais omis de poser la question.

La dernière fois que j'en avais entendu parler, il était encore dans le coaltar. Lalli s'était vaguement inquiétée pour son rythme cardiaque. « On ne peut pas se permettre de le laisser nous échapper maintenant, avait-elle commenté froidement. Ne reculez devant rien pour le garder en vie. Tout est bon. »

Ironie du sort, ce fut Rafiq qui transporta le corps inerte de Mr Bajaj dans sa chambre, ce fut aussi Rafiq qu'il vit en premier quand il reprit conscience. Il se débattit pour se lever, mais retomba bientôt, vaincu. Il referma vite les yeux quand Lalli prononça la formule lui annonçant qu'il était en état d'arrestation, l'accusant du meurtre de Tarok Ghosh, Chili Divadia et Lola Lavina. Rafiq resta penché sur lui jusqu'à ce qu'il fût contraint de rouvrir les yeux.

J'observais Rafiq avec effroi. La haine contracta son visage puis, tout aussi vite, elle s'effaça. Il tourna les talons et sortit à grands pas.

Il leva vers moi un regard aveugle quand je le rejoignis sur les marches.

– Lalli m'a dit que tu as cru que j'étais l'assassin ? Comment tu as pu croire ça ?

J'aurais pu mentir, mais je lui devais la vérité.

– Parce que tu as entendu Tarok et Chili, toi aussi, cette nuit-là sur la terrasse, dis-je. Mais j'ai eu tort de croire que tu éprouvais la même chose que moi.

Il secoua la tête.

– Tu n'as pas eu tort. J'ai éprouvé la même chose. Mais pas longtemps. La colère est partie.

– Oui, la colère s'en va.

Nous restâmes assis en silence, à écouter la pluie.

33

Il était minuit passé quand Lalli émergea de la chambre de Mr Bajaj. Il avait réclamé un repas chaud et, si possible, une tasse de thé.

Ramona proposa des sandwiches à la mort-aux-rats pour accompagner le thé.

– Quand je pense que je l'ai appelé « oncle » ! Je ne peux pas le supporter, éclata-t-elle. Je ne m'en remettrai jamais.

La pluie continuait de gronder, mais le vent s'était tu. Il y avait tout lieu d'espérer que le matin nous rendrait notre liberté.

Mr Bajaj avait été enfermé à double tour. Rafiq montait la garde à l'extérieur. Il dit que cela lui apportait de la paix de n'être séparé de son ennemi que par une porte. Une épaisse porte en teck à quatre panneaux, aurais-je pu lui rappeler, mais je préférai me taire.

Nous nous assîmes à la longue table de la salle à manger pour manger des sandwiches assez tristounets.

– Je ne peux pas faire la cuisine en ce moment, expliqua Felix. Je suis sur la brèche, je dois rester concentré sur le crime.

Curieusement, il n'avait manifesté aucun désir de sonder l'esprit du meurtrier.

À deux portes de Mr Bajaj, Ujwala Sane ronflait dans la béatitude du Valium.

Lalli observait son sandwich comme si elle ne pouvait se décider à l'attaquer. Je me souvins comment elle m'avait cajolée pour me faire boire et manger dans les premières heures brutales qui avaient suivi la mort de Tarok. Maintenant, nous étions tous soulagés, mais, pour Lalli, la tâche n'était pas finie.

– Tu nous dois une explication, réclama Hilla.

– Oui, je n'osais rien demander, mais je soutiens la proposition de Hilla, intervint promptement Felix.

– Je vous promets de l'obliger à le condenser en un petit paragraphe si vous nous dites ce qui s'est passé, renchérit Alif Bey.

Il paraissait anéanti. La nouvelle de la mort de Lola avait filtré lentement de l'un à l'autre. Pour le moment, Lalli ne l'avait pas officiellement annoncée.

– Il y a deux façons de considérer ce qui s'est passé ici, dit Lalli. La première est l'enchaînement évident des événements. Considérons ça.

« À un moment donné entre samedi soir et dimanche matin, quelqu'un a fauché les vitamines de Chili. C'est le premier fait.

« À un moment donné entre onze heures et demie et quinze heures dimanche, Tarok Ghosh a été assassiné. C'est le deuxième fait.

« Mais il y a eu un troisième événement qui nous était inconnu et qui est intervenu avant ceux-ci. Je vais l'exclure pour le moment.

« Le meurtre de Tarok a été un crime de circonstance. L'occasion a été fournie par une agression dont Tarok a été victime et qui l'a blessé sans le tuer. L'homme écroulé a paru être une proie facile pour le meurtrier. Il est entré dans la cuisine et l'a étranglé. C'était simple. Il y avait un rouleau de corde à portée de la main, la porte était ouverte, la victime sans défense. S'il était rapide, il pouvait s'échapper sans se faire remarquer. Si on le remarquait, il pouvait donner l'alarme en prétendant qu'il avait découvert Tarok blessé et s'en tirer de cette façon. Il gagnait sur tous les tableaux. Quant à l'acte lui-même, il était sûr de lui parce qu'il l'avait déjà fait.

« Comment s'est-il trouvé sur place quand Tarok a été agressé ? Les meilleurs mensonges sont toujours ceux qui s'écartent le moins possible de la vérité. Il est allé à l'office pour tenir sa promesse à Hilla. Il y est allé pour prendre la ficelle destinée à l'accrochage du tableau. Une fois sur place, la curiosité ou un bruit suspect lui a fait ouvrir le passe-plat. Il a vu l'assaillant de Tarok s'enfuir, paniqué. Il a vu Tarok effondré qui se vidait de son sang. Il savait que la blessure pouvait ne pas être mortelle, mais qu'il pouvait faire en sorte qu'elle le soit. Il a coupé un bout de corde, a franchi la porte ouverte de la réserve et a garrotté Tarok. Puis il est sorti rapidement. La porte de la réserve était encore ouverte.

« Peu après ça, Felix s'est faufilé dans la réserve, a sorti la poubelle, en a examiné le contenu, l'a remise à sa place et est ressorti aussi discrètement.

– Putain ! Vous voulez dire qu'il était déjà mort à cet instant ! s'exclama Felix. Si seulement j'étais entré !

– Vous l'auriez trouvé mort, Felix. Mr Bajaj est un homme très capable en matière de meurtre.

– Mais…

– Oui, j'y viens. Mr Bajaj s'est appliqué à brouiller les pistes en commençant par inventer qu'il avait rencontré Tarok dans le couloir avec le rouleau de corde.

– Comment saviez-vous que c'était un mensonge ? demanda Alif Bey.

– Disons que j'ai pensé que tout ce qui conduisait au rouleau de corde était un mensonge, admit Lalli. Je l'ai pris pour acquis.

– Pourquoi ? insista Felix.

– Le meurtrier avait jeté sur place le bout de fil qui lui avait servi pour son forfait, Felix, vous oubliez ça. Il voulait qu'on le trouve là.

« Et pourquoi voulait-il qu'on le trouve ? On l'avait planqué là comme point de référence. Il provenait du rouleau que Tarok avait remis à Mr Bajaj et que le docteur Sane avait rapporté plus tard à l'office. On pouvait donc facilement en conclure qu'il ne pouvait avoir servi à tuer Tarok qu'après que le docteur l'a rapporté à l'office.

« C'est ce que le meurtrier voulait nous faire croire. Dès l'instant où j'ai compris que c'était destiné à nous égarer, j'ai su qui était le meurtrier.

– Mais il a cherché à me compromettre, souligna le docteur.

Lalli haussa les épaules.

– Qui a fermé la porte de la réserve ?

– Moi, reconnut-il, ébahi. Vous le saviez ?

– Je n'étais pas la seule à le savoir ! Mr Bajaj savait que dès que vous monteriez rejoindre votre femme à l'étage, vous découvririez ce qu'elle avait fait. Elle se tournerait vers vous pour trouver aide ou consolation. Votre premier réflexe serait d'aller au rez-de-chaussée et de verrouiller la porte de la réserve de l'extérieur. Vous n'auriez pas le cran d'entrer et de regarder. Illogique, mais parfaitement conforme à votre personnalité. Felix a bien failli couper l'herbe sous le pied de Mr Bajaj en ouvrant le passe-plat avant le déjeuner… mais il n'a pas vu grand-chose.

Felix accueillit ce sursis avec reconnaissance.

– Après la découverte du corps de Tarok, Mr Bajaj n'avait qu'à rester assis tranquillement et nous regarder multiplier les gaffes concernant les horaires et ce rouleau de fil.

« Quant à la mort de Chili, il n'y avait strictement rien qui la reliait à celle-ci. À trois heures de l'après-midi,

Mr Bajaj tenait le bon bout pour la première fois depuis un jour et demi. Il y avait encore un petit point à régler avec le corps de Lola dans sa voiture, mais tant que le temps se déchaînait, il avait un plan pour ça aussi.

C'était la première fois que Lalli mentionnait la mort de Lola.

Un soupir parcourut la pièce.

– Le troisième événement, que j'ai laissé pour la fin, est en fait celui qui est survenu en premier. J'ai découvert le corps de Lola cet après-midi. Elle a été assassinée aux premières heures, samedi, peu après minuit peut-être.

« Quelqu'un a surpris la conversation entre Bajaj et Lola sur la terrasse. On a confondu la voix de ce dernier avec celle d'Alif Bey... une erreur qui se comprend étant donné ce qui s'était passé plus tôt dans la soirée.

« Lola marchandait avec Mr Bajaj. Qu'essayait-elle de lui vendre ? Son silence, sans doute. Elle savait quelque chose sur Mr Bajaj et voulait tirer de l'argent de sa découverte. Elle était survoltée, triomphante même. Quand ils ont été surpris, elle semblait tenir la situation en main. Peu après, il l'a tuée. Elle a été tuée quelque part ici, soit dans cette pièce, soit dans le séjour parce qu'ils ont descendu l'escalier ensemble à pas de loup pour faire une promenade au clair de lune.

« Quand elle a été convaincue qu'elle le tenait en son pouvoir, il l'a garrottée. Encore un crime facile. Puis il a transporté son corps dans le garage, est retourné sur la terrasse pour prendre une toile de bâche, a empaqueté le corps à l'intérieur et l'a balancé dans le coffre de sa voiture. Quelqu'un l'a aperçu quand il traversait l'allée lors de son retour à la maison. Malheureusement pour lui, une des chaussures de Lola est tombée. Il s'en est aperçu en rentrant, peut-être a-t-il trébuché dessus. Il devait être épuisé à ce moment-là. Il l'a jetée dans le petit bassin du jardin de derrière. C'est ce moment de paresse qui va lui coûter sa tête.

« Encore une fois, les circonstances cadraient parfaitement avec ses actes. La dispute entre Alif Bey et Lola expliquait le départ précipité de celle-ci. Sauf qu'il a tiré un peu trop sur la corde avec cette histoire de coup de téléphone. Ça, c'est facile à vérifier, vous savez.

« Quand tout ce cinéma concernant le rouleau de fil a commencé, ça m'a titillée. Mais je n'ai pas réussi à savoir ce que ça me rappelait avant d'apprendre que la chaussure de Lola se trouvait dans le bassin. Puis je me suis rappelé le coup de fil et tout s'est mis en place, c'était le même stratagème, non ? Le coup de téléphone aussi était un faux élément de repère destiné à nous égarer. Ça démontrait que Lola était encore quelque part dans les parages.

« Il avait prévu de se débarrasser du corps de Lola samedi matin en allant chercher les fleurs mais vous avez saboté ça, Alif, en insistant pour l'accompagner lors de cette course à la gare de Malad. Les fleurs et les plantes ont été entassées sur la toile de bâche qui enveloppait le corps. Qui irait le remarquer ? Mais il y a toujours un grain de sable quelque part, non ? Sa boucle d'oreille, un de ces mobiles Calder bien particuliers, s'est prise dans l'enchevêtrement des fougères en pot. Je l'ai appris en même temps que pour la chaussure, précisa-t-elle en m'adressant un regard sévère.

« Je savais que le corps était encore dans la voiture. Je savais qu'il essaierait bientôt de s'en débarrasser. Heureusement pour moi, le temps lui a forcé la main.

« Ce matin, il s'est courageusement risqué à aller chercher de l'aide. Il était seul. Il a balancé le corps du haut du promontoire, convaincu qu'il allait tomber dans la mer déchaînée en contrebas. C'est ce qui aurait dû se passer s'il n'avait été dévié dans sa chute par une saillie rocheuse. Je n'aurais pas pu le prévoir. Mais j'ai eu de la chance. Le temps a changé. Il s'est suffisamment dégagé pour voir une grosse chose noire sur les rochers. Sans ce coup de veine, je serais encore en train d'essayer de rassembler les morceaux. Il a roulé un peu plus loin, a quitté la route et a laissé sa voiture sur place. Puis il est revenu en véritable héros.

– S'il avait tué Tarok plus tôt que nous ne l'avions cru, tu ne t'en serais pas aperçue en examinant le corps ? m'enquis-je.

– Une demi-heure au plus ? Non, pas vraiment. Surtout avec la glace et l'eau froide pour l'imprégner. J'ai situé l'heure du meurtre à onze heures et demie ou un peu plus tard. De nouveau, souviens-toi, c'est Mr Bajaj qui a fixé l'heure avec sa petite histoire de pendule qui a sonné au moment où il essayait de soulever le tableau d'une seule main.

– Si vous le saviez déjà, pourquoi avez-vous risqué la vie de Rafiq ? demanda Ramona.

Lalli sourit.

– Ça a autant à voir avec Rafiq qu'avec moi. J'ai passé un marché avec lui. Chacun a joué son rôle. Les morts sont morts, Ramona. J'ai des responsabilités envers les vivants. J'étais donc disposée à faire appel à Rafiq.

« C'est vrai, je savais tout ça, mais il me fallait des preuves. Jusque-là, je n'en avais aucune. Si cela avait continué jusqu'à l'arrivée des secours, même inculpé, Mr Bajaj s'en serait tiré. Il aurait eu tout un réseau d'avocats à sa botte comme filet de sécurité. Il y avait de fortes chances que je n'arrive même pas à l'inculper. Je devais le pousser à se démasquer.

« La danse et l'éclairage sont l'idée de Rafiq, bien sûr. La chorégraphie était, vous le reconnaîtrez, brillante. J'espère le revoir exécuter ce morceau… dans des circonstances plus heureuses ! Je guettais Mr Bajaj sur les marches. C'était un homme acculé et il avait très peu de temps pour effectuer son dernier forfait. Rafiq était censé révéler quelque chose après la danse, n'est-ce pas ? Mr Bajaj ne pouvait en prendre le risque.

« Nous nous attendions à ce qu'il agisse à l'instant où la tête de Rafiq disparaît dans le noir. Rafiq a refait ce mouvement à plusieurs reprises, c'était un leurre pour inciter Mr Bajaj à passer à l'action. Ce qu'il a fait… à la troisième reprise ! Il a été vif comme l'éclair, je dois dire, et je suis contente d'avoir pu le cueillir alors qu'il était en train de serrer la corde…

– Que voulait dire Tarok quand il a servi un steak tartare à Mr Bajaj ? interrogea Alif Bey. Je sais qu'il élève des chevaux, mais le commentaire de Tarok semblait lourd de sous-entendus.

– En effet, confirma Lalli. C'est ce qui m'a donné la réponse à ce casse-tête. Tarok faisait un rapport entre la viande de cheval et la chair humaine. Il essayait de dire à Mr Bajaj qu'il savait qu'il était dans un trafic de chair humaine.

– Comme Lola le savait, soupira Alif Bey.

– Et Chili aussi. Ce qui me conduit à la raison pour laquelle Mr Bajaj s'est donné autant de mal.

– En raison du charisme de Tarok, de son dîner si astucieusement combiné, nous en sommes venus, vous et moi, à le considérer comme la figure centrale de cette tragédie. Or son meurtre n'était qu'un effet secondaire, comme le docteur Sane aurait pu l'appeler.

– La stratégie s'articule autour de Chili. Pour ceux d'entre vous qui ne l'auraient pas entendue, je vais vous raconter l'histoire de Payal, l'amie de Chili. Ça fait à peu près deux ans qu'elle est morte, mais notre triste mésaventure commence avec son histoire.

« Payal allait au lycée avec Chili. Elles étaient amies. Sans raison apparente, Payal s'est pendue. Par la suite, on découvrit qu'elle menait une double vie très active et très lucrative en tant que call-girl. Ce fut un choc pour Chili qui ne se doutait de rien, bien évidemment. Payal était une fille sans histoire, qui avait peu d'amies. Mais elle avait souvent raconté à Chili à quel point elle faisait confiance à son oncle. Chili avait rencontré cet oncle, une fois où il était venu chercher Payal à la sortie des cours.

« La famille de Payal ne connaissait rien de cet oncle. Et la police fut incapable de le retrouver. L'oncle fut écarté comme une invention de la part de Chili. Vous imaginez combien la jeune fille a pu souffrir durant toute cette épreuve. Malheureusement, deux ans après le suicide de Payal, il y a toujours un trafic actif parmi les élèves de ce lycée. La police en est consciente, il y a de temps à autre des descentes de police, mais les flics ne sont pas plus en état de faire le ménage qu'il y a deux ans. Dans ce type de situation, le petit poisson pris au filet au moment de l'opération compte pour rien. Il se remplace. Après une pause, le trafic reprend au point où on l'a laissé.

« Chili était une gamine intelligente. Mais c'était aussi une femme en colère. Elle ne s'était pas remise de la mort de Payal. Elle n'avait pas oublié l'oncle mystérieux.

« Et puis, le soir du Banquet du Millénaire donné par Tarok, elle l'a revu. Vous vous rappelez combien Chili avait l'air abattue et les traits tirés ? Tout le monde a cru que c'était parce qu'elle s'était habillée simplement. Mais c'est absurde. Chili aurait eu l'air éblouissant, même vêtue de sac et de cendres. Non, elle avait une peur bleue. Elle avait reconnu Mr Bajaj, et lui aussi l'avait reconnue.

« Car elle avait rencontré Mr Bajaj auparavant. En compagnie de son amie infortunée. Il était l'oncle mystérieux, celui qui avait disparu sans laisser de traces, le seul lien entre la lycéenne et la double vie qu'elle menait en tant que call-girl. C'est un lien que Chili avait établi. Elle voulait m'en parler, mais Lola l'en a dissuadée. Elle voulait m'en parler avant de rencontrer Mr Bajaj, parce qu'elle savait qu'il était l'oncle abominable. Elle voulait simplement me dire ce qu'elle avait vu et ce qu'elle savait de ce personnage mystérieux dans la vie de Payal. Chili avait établi le rapport. Il se pouvait même qu'elle connaisse d'autres filles prises dans ce trafic, puisqu'elle savait que celui-ci se poursuivait.

« Mais Chili n'est pas venue me trouver. Parce qu'elle en a parlé à Lola d'abord, et Lola a immédiatement compris de quoi il était question. Car Lola avait reconnu Mr Bajaj, elle aussi. Elle l'avait rencontré dans l'exercice de son métier. Elle savait que l'avocat qui l'avait exploitée de façon si honteuse n'était qu'un pion sur l'échiquier. Lola, voyez-vous, avait ses propres plans, et nous savons à présent comment ça s'est terminé.

« Pour en revenir au banquet de Tarok, et au jeu qu'il a joué… Tarok en savait long sur nous. Chacun de vous connaît le sens précis de ce qu'il a dit de lui. Moi aussi. Tarok était un homme en colère. Il avait été blessé et peiné par certains. Il vous a offert la seule espèce de justice qu'il comprenait : un moment d'introspection pour méditer sur votre faute. En cela, il était trop généreux.

« Au début, j'ai pris son assassinat pour un acte de vengeance à cause des vérités qu'il avait révélées au banquet. Mais si vous réfléchissez un peu, vous verrez que ça ne tient pas la route. Ça n'avait pas de sens de le faire taire alors qu'il *avait déjà dit* ce qu'il avait à dire.

« Dès l'instant où j'ai compris ça, j'ai su que je devais chercher quelque chose que Tarok avait appris ou vu *après* le dîner.

« Tarok avait consolé Chili au dîner quand celle-ci avait mal pris la remarque désobligeante de Mrs Sane sur Lola. Qu'a-t-il pu lui dire ? Le connaissant, je pense qu'il lui aura demandé de venir lui parler après le dîner. Et je sais maintenant que c'est ce qu'elle a fait.

« Je pense que Chili lui a dit tout ce qu'elle savait au sujet de Mr Bajaj. Je pense que Mr Bajaj l'a vue parler à Tarok.

« Il devait agir et vite. Pendant que Chili était dans la cuisine en train de parler avec Tarok, il s'est probablement introduit dans la chambre de la jeune fille, a fauché le flacon de pilules, a remplacé le contenu des capsules tranquillement dans sa chambre et, dès que l'occasion s'est présentée, il a remis le flacon à sa place. Ce n'était pas très difficile. Chili est restée longtemps à parler avec Tarok, et il devait s'en douter. Il a dû l'observer. N'oubliez pas que cet homme était aux abois.

« Sur quoi, le lendemain matin, alors qu'il ne s'y attendait pas, Mr Bajaj s'est retrouvé devant une autre cible facile. Tarok, assommé, inconscient et perdant son sang à cause d'une blessure, somme toute bénigne, à la tête. L'agresseur était une femme : Ujwala Sane. L'agression était non préméditée. Elle a fait une déposition.

Lalli s'arrêta, épuisée.

Le docteur Sane se racla la gorge.

– Ma femme aimerait que vous entendiez sa déposition.

– Vraiment, Devdutt, ce n'est pas nécessaire, intervint Hilla.

– Si. C'est ce que nous pensons tous les deux. Au moins quand je lui aurai dit que je l'ai lue, il n'y aura plus de discussion possible.

Pour un homme qui avait fait sa fortune grâce à l'huile de moutarde dénaturée, il se montrait d'une vertu remarquable.

– Ce n'est pas à vous d'en décider, docteur, trancha Lalli. À moins qu'Ujwala ne décide de nous en entretenir elle-même, nous ne voulons pas entendre parler d'événements qui remontent à 1988. Voire à… 1985 ?

Un silence délicat frémit jusqu'à ce que Ramona prenne la parole.

– Mais elle l'a frappé, non ? Elle a frappé Tarok parce qu'elle a pété les plombs, non ? C'est ce que vous nous avez dit au début. Qu'on lui avait défoncé l'arrière du crâne. Et ensuite, on a appris que non, il avait été étranglé avec la corde du tableau. Alors avec quoi elle l'a frappé ? Un marteau ?

– Un bloc de glace. Ça lui a entaillé le cuir chevelu, il a un peu saigné, mais il aurait récupéré.

– Elle regrette vraiment son geste, affirma Sane. C'est à cause de ses migraines, vous savez, elle ne le fait pas exprès, elle n'a pas pu s'en empêcher.

– J'espère bien qu'elle arrivera à guérir complètement de ses migraines ! grinça Ramona.

– On ne peut que souhaiter avec ferveur que le Ciel t'entende, renchérit Alif Bey.

– Et maintenant, il est temps que quelqu'un aille relever Rafiq, signala Lalli en se levant d'un mouvement vif. Et si nous allions admirer l'aube, voulez-vous ?

J'observai la lueur hésitante approcher du flux maussade. Alif Bey vint me rejoindre. Il portait un livre. Le Browning que j'avais abandonné, une fois de plus, à la bibliothèque. Il l'ouvrit au hasard et lut dans la lumière grandissante.

« Au pied du cap soudain surgit la mer
Et soleil regarda par-dessus la montagne
Droit devant lui s'ouvrit une voie d'or
Et pour moi le désir du monde des hommes. »

Postface

Tout devint clair à une vitesse surprenante. Ce n'est que lorsque la police fut venue et eut embarqué Mr Bajaj que je me souvins de Lata Sandeha. Combien mes soucis me parurent minimes comparés au terrible fardeau qui la suivrait désormais ! Je détestais penser à la façon dont elle devait considérer ma présence : quelqu'un qui porte la poisse, qui provoque la tragédie. Voire pire.

Je n'aurais pas dû m'en faire.

C'est à peine si elle me remarqua. Elle rencontra Hilla – une seule fois – pour discréditer promptement et définitivement son mari. Elle refusa de le voir en garde à vue. Il reçut les papiers du divorce dans les vingt-quatre heures. Elle « coopéra pleinement avec la police », comme on dit, et, une semaine plus tard, avait quitté le pays pour une période sabbatique longtemps reportée.

J'imagine qu'elle n'est pas prête de revenir.

Lalli a eu à faire avec Mr Bajaj depuis son arrestation. Il s'est vraiment attaché à elle et admire sa compétence concernant les nœuds. Il a un penchant pour les cordes, semble-t-il, depuis l'époque où il faisait du rodéo au Texas.

Quant à ma tante, elle désespère tous les jours de ce qu'elle appelle, selon les termes de Lola, les « crimes du patriarcat ».

L'ex-avocat de Lola a volontiers identifié Mr Bajaj comme le cerveau de l'affaire et mis Lalli dans une rage folle en déclarant qu'il agissait par pure charité, qu'il œuvrait dans le cadre d'une lutte à long terme contre le SIDA.

– La prostitution est le plus vieux métier du monde, on ne peut pas l'arrêter, clama-t-il. Mais en proposant des femmes respectables issues de bonnes familles, nous pouvons protéger la santé de notre pays.

Savio dit qu'il avait fallu retenir Lalli pour l'empêcher d'infliger des coups et blessures à l'avocat.

Pour une femme qui passe son temps libre à élaborer des stratégies en vue d'abolir la peine de mort, Lalli n'affiche guère de sympathie envers Mr Bajaj et ses semblables.

– Si tu pends un assassin, tu en deviens un toi-même, dit-elle souvent. Mais si tu lui pardonnes, tu es pire.

De son point de vue, il n'y a pas de circonstances atténuantes.

Il s'avéra que Mr Bajaj avait plus d'influence qu'elle ne le soupçonnait : plusieurs lycées de banlieue figuraient sur sa comptabilité. Des jeunes femmes telles que Payal, l'amie de Chili, procuraient un service discret et fidèle. Ses clients payaient bien la jeunesse et l'innocence. Pour les jeunes filles, si l'argent n'était pas un appât suffisant, il y avait de petites attentions et des cadeaux qui en valaient la peine. Peu comprenaient le danger. Lalli n'épargnait aucun détail en parlant d'elles. Quand elle les rencontrait, elle emportait avec elle un album épouvantable contenant des photos prises par les techniciens du laboratoire.

La plupart du temps, elle rentrait découragée.

– Il y a des limites à ce qu'on peut faire, soupirait-elle.

La vérité concernant Lola la déprimait encore davantage. Lola était restée en contact avec certains de ses anciens clients. Comme nous l'avait dit Alif Bey, elle avait reconnu en Mr Bajaj le cerveau derrière l'avocat, l'ayant rencontré précédemment. Elle s'était efforcée de convaincre Mr Bajaj de lui donner ce qu'elle appelait « de quoi mener la vraie vie » pour prix de son silence.

– C'était difficile de lui résister, ajouta celui-ci.

Avant la danse de Rafiq, ce soir-là, elle lui avait fait connaître sa position. Il avait accepté de la retrouver pour discuter de ces choses. Quand ils s'étaient rencontrés, Lola avait exprimé des exigences très fortes. Elle lui avait dit qu'elle était au courant de son trafic dans les lycées également, et qu'une des invitées qui se trouvaient ici pourrait bien avoir suffisamment d'informations pour le menacer. Elle pourrait convaincre la jeune fille de se taire… contre de l'argent. Entre-temps, elle était prête à se montrer généreuse avec lui sur le divan du séjour. Sur quoi, il l'avait tuée.

Nous ne saurons jamais quelle fut la consternation de Chili ni sa colère impuissante contre ce qui ne pouvait être qu'une certitude. Si elle n'avait pas fait confiance à Lola, elle serait vivante aujourd'hui. Si elle n'avait pas fait confiance à Tarok… eh bien, si elle ne lui avait pas fait confiance, lui aussi serait en vie aujourd'hui.

Et ainsi de suite, l'enchaînement des circonstances. À l'infini.

Je continue de ramasser les morceaux.

La semaine dernière, Savio a ramené un visiteur à la maison. Lalli était partie et Savio me laissa découvrir ce dont R. Sadashivam voulait me parler. Mr Sadashivam, vêtu d'une chemise et d'un *veshti* immaculés, fleurant le bois de santal et le *vibhuti*, plaça prudemment son petit sac en toile entre ses pieds et s'assit dans un silence recueilli, comme un homme venu présenter ses condoléances. Ce qu'il était venu faire, en quelque sorte.

C'était le frère de feu Nataraj Iver. Peut-être avais-je entendu parler de lui ?

J'appris ainsi un autre fragment de la vie de Tarok brutalement interrompue, de ses années d'apprentissage et de l'espoir, après les quelques années qu'il avait passées en Europe, d'agrandir l'entreprise de Nataraj Iver. Mais à son retour, il avait trouvé une affaire qui périclitait, vouée à la faillite. Nataraj Iver était lui-même trop malade pour s'en occuper. Tarok avait passé la dernière année à sauver ce qu'il avait pu, juste assez pour assurer un petit revenu à la veuve de son mentor pour le reste de sa vie.

– Il a quitté nos vies aussi brusquement qu'il y est entré, remarqua mon visiteur, l'air songeur.

Il aurait pu parler pour moi.

J'ai la théière et l'exemplaire écorné de Browning qui ont appartenu à Tarok. Un jour, j'ouvrirai le petit paquet de ses biens que Lalli m'a donnés. Un jour, peut-être. Mais pas encore. Pas encore.

Hilla vendra bientôt Ardeshir Villa. Ramona s'est mise sérieusement au karaté. Son nouveau petit ami est ceinture noire. Les Sane sont sortis de nos vies. Alif Bey s'est remis de Lola et s'il faut en croire la page 3 de notre quotidien préféré, il s'est mis en ménage avec Bidri Bitch. Rafiq est à Paris, où il monte son nouveau ballet : *Annapoorna*.

Ils étaient tous en page 3, la semaine dernière, avec Felix occupant le centre de la scène pour le lancement de son nouveau thriller – vous avez deviné : *On a refroidi le cuistot.* « Le meurtre d'un gourmet », précise la légende. Il y a une photo de Felix en train de mordre dans un homard vivant (espérons). Sonia Sorabjee, tout en jambes dans un pagne de designer à effet mouillé, éclipse complètement Ujwala Sane, qui est piégée tel un poisson un peu gras dans des choses arachnéennes en mousseline de soie et un corsage qui a l'air d'un Wonderbra porté devant-derrière. Elle doit être la seule femme au monde à exhiber un décolleté dans le dos.

Ramona est aux anges avec son bustier blanc, et Hilla ne porte *pas* de catsuit.

Felix a envoyé à Lalli un des tout premiers exemplaires de son livre, niché dans un panier d'œillets. La couverture représente un déchaînement cubiste de jaunes d'œufs et de taches de sang, et le roman correspond à ce qu'on en attendait. Son Menu du Millénaire pour le lancement de son livre ne portait pas de remerciements sur l'invitation.

Naturellement, nous n'y sommes pas allées.

Remerciements

Ce livre m'a été inspiré par les nombreux hommes et femmes dépossédés qui ont reconstruit leur vie sur les trottoirs de notre ville hospitalière, Bombay, dans les décennies qui ont suivi la libération du Bangladesh[1]. Leurs histoires faites d'un courage et d'une force d'âme exemplaires ont peu à voir avec ce récit, mais j'ai emprunté une partie de leur insatiable appétit pour la vie.

La plupart de mes amis et relations ont apporté sans le savoir leur quote-part aux recettes de cuisine présentes dans ce livre, et je m'attends à des représailles.

Concernant la présentation du *raag* Jinjhoti, je la dois à ma tante P. Saraswathi qui a généreusement dévoilé l'essence de sa signification à quelqu'un qui n'a guère l'oreille musicale.

Ardeshir Villa a été conçue par Shubha Pachigar, qui a utilisé ses remarquables talents d'architecte pour rendre mon château en Espagne non seulement habitable mais luxueux, avant d'en remodeler l'intérieur pour se plier aux excentricités de l'auteur.

Aucun chef ni aucun historien ne saurait être tenu pour responsable du menu du Millénaire de Tarok Ghosh, et inutile d'être un cordon bleu pour en venir à bout sans larmes.

K. S.

1. Voir note 1 p. 10.

Glossaire

Kalpana Swaminathan habite Bombay, et sa langue reflète le mélange culturel de cette métropole débordante de vie. Ainsi l'anglais de ses romans se trouve-t-il enrichi de nombreux mots et expressions appartenant aux diverses langues de ses habitants, venus des quatre coins du sous-continent indien, notamment le tamoul, l'ourdou, le bengali, le marathe, le télougou et le gujerati, en plus du hindi et des vestiges de portugais et de français dus aux anciens comptoirs côtiers.

Le glossaire ci-dessous, établi par la traductrice avec l'aide de l'auteur, reflète cette diversité.

a

aarti ou *aarati* : Rituel purificatoire consistant à balancer à bout de bras une lampe allumée ou un encensoir contenant du camphre.

adaa (ourdou) : Frime.

aflatoon : Variante persane d'un mets indien, le *khoya*, lait bouilli et épaissi à la base de nombreuses friandises. L'*aflatoon* est un mélange de *khoya*, de noix et de fruits secs. Cet amalgame, roulé et cuit au four, est croustillant au-dehors et fondant en dedans.

agdi (marathe) : Extrêmement.

agraharam : Autrefois : village. Aujourd'hui : quartier.

Aik re kartya ! : Écoute, espèce d'idiot !

ajwain : Graines de livèche.

alu : Pommes de terre.

alu posto (bengali) : Pommes de terre aux graines de pavot.

ammi : Mère.

ammini kozhakattai : Littéralement, boules de graisse de la dame. Il s'agit de boulettes de riz et noix de coco aromatisées, accompagnées d'une garniture. Se mangent seules ou avec du chutney, ou sur un lit de lentilles.

anasi (tamoul) : Ananas.

arre ! : Eh !

autorickshaw : Version motorisée du cyclo-pousse. Surnommé « scooter » par les habitants de Bombay.

avial : Curry de légumes des régions du Kerala et du Tamil Nadu.

b

badam : Amandier donnant des amandes amères de l'Himalaya, non comestibles. Le feuillage est magnifique, allant du vert tendre aux ors en passant par le pourpre. Les feuilles sont utilisées traditionnellement pour servir des aliments et peuvent être cousues ensemble. On peut les rouler pour former un gobelet comme pour le *rasam* dans un *donnai* que présente Tarok.

bai : Littéralement, madame. Ici : bonne ou femme de ménage.

baida in bartan : Littéralement, œuf en ramequin.

baingan bharta : Aubergines cuites, avec tomates, oignons et yaourt.

balu shahi : Littéralement, les couilles du roi.

bas karo ! : Assez !

battakh (ourdou) : Canard.

bawa : Terme péjoratif désignant les Parsis.

bechara (hindi), *pavam* (tamoul) : Pauvre innocent, naïf.

besan : Farine de pois chiches. Entre dans la composition de la plupart des friandises.

bhajiya : Beignet.

bharata natyam : Danse classique du Sud de l'Inde (Tamil Nadu, capitale : Madras).

bhoot bangla : Maison hantée.

bhurji : Œufs brouillés.

bindi : Du sanskrit *bindu*, « point », « goutte ». Il s'agit du point rouge porté au milieu du front. Dans certaines régions de l'Inde, le *bindi* est traditionnellement porté pour certaines cérémonies aussi bien par les hommes que par les femmes après le mariage. Il est devenu aujourd'hui un accessoire de mode.

bisi bele huliyanna : Riz au tamarin, très épicé, cuit avec divers légumes.

Bombay duck (*Harpodon neherus*) : Bombil (poisson local, apparenté au flétan) séché.

boondi : Littéralement, gouttes. Pois chiches frits ayant l'apparence de grosses perles dorées. Sucrés, on les appelle *laddu*. Les *boondi in dahi* sont salés et servis avec du lait caillé assaisonné *(dahi)*.

brinjal : Aubergine.

bun maska chai : Spécialité iranienne, servie dans les restaurants : petit pain anglais *(bun)*, servi avec du beurre et un thé *(chai)*.

C

chaal (bengali) : Riz.

chaat de pêches : Pêches relevées d'épices.

chai : Thé.

chaiwalla chokra : Petit porteur de thé.

Chalo ! : Venez !

champak (*Michelia champaca*) : Espèce de magnolia à fleurs jaunes ou blanches très parfumées.

channa daal : Lentilles et pois chiches.

chapatti : Galette tendre et feuilletée.

chappal : Mule (la chaussure d'intérieur).

chatpata : Relevé, piquant.

chawl (du marathe, *chaal*) : Taudis de Bombay. Certains immeubles non rénovés datent du boom du coton, époque où la ville était surpeuplée. On peut trouver une vingtaine de personnes vivant dans une pièce de trois mètres sur quatre. Dans le meilleur des cas, une famille de cinq ou six personnes occupe une pièce unique. Les toilettes sont à l'extérieur. C'est dans ce quartier misérable qu'est née la vieille tradition familiale commune à la plupart des habitants de Bombay.

chikki : Nougatine, généralement aux arachides.

chowki : Poste de police.

d

daal ou *dal* : Lentilles.

daal chawal : Lentilles et riz, plat de base des Indiens.

dadagiri : Brimades.

dado : Bordure de carreaux ou de motifs ornant le bas des murs.

dhaba : Bistrot ; propre aux bistrots.

dhaniya : Coriandre.

dhrupad ou *prabandha* : Ce type de musique classique, la plus ancienne en Inde, est d'abord une forme de prière s'accompagnant d'offrandes à la divinité. C'est une tradition vocale, basée sur la pratique du nada yoga, mais elle peut aussi s'interpréter sur le *rudra veena* (voir ce mot). Elle se compose de quatre parties : *udgrâha* (prélude), *melâpaka* (assemblage de la gamme), *dhruva* (forme fixe) et *âbhoga* (final). Pendant cinq siècles, les rois moghols et rajputs en étaient les mécènes.

donnai : Gobelet non cousu, fait d'une feuille enroulée et repliée, qui peut contenir un liquide.

do piyaza : Plat dans lequel les oignons sont introduits à deux stades de la cuisson.

dosa : Voir *idli.*

dum pukht : Plat cuit à la vapeur.

dumroo : Petit tambour associé au culte de Shiva.

dupatta : Longue écharpe qui se porte avec le *salwar kameez*, un ensemble tunique-pantalon (voir *khadi kurti*).

e

elai adai : Pâtisserie à base de farine de riz fourrée au jaque (fruit du jaquier) en conserve, enveloppée d'une feuille de banane et cuite à la vapeur. *Elai* : « feuille » en tamoul. *Adai* : décrit une pâte légère, genre génoise ou gâteau de Savoie.

f

footpathia : Après la guerre d'Indépendance du Bangladesh, en 1971, les réfugiés ont afflué à Bombay, vivant sur les trottoirs (*footpaths*) avant d'arriver à s'intégrer.

g

gajjar halwa : Dessert à base de carottes cuites à la crème et au beurre clarifié *(ghee)*. Nourrissant, à déguster en hiver !

garam masala : Mélange d'épices très variable, ayant pour base poivre noir, girofle, cannelle, cardamome, graines de cumin, graines de coriandre.

ghas-poos : Herbivore. Manière ironique de désigner les végétariens.

ghee : Beurre clarifié.

ghungroo : Bracelet de cheville auquel sont suspendues des clochettes.

gobar : Bouse de vache. S'utilise partout en Inde en guise de plâtre ou pour peindre à la détrempe.

godumai rava pongal : Ragoût de viande ou de légumes, avec lentilles, riz et *ghee* (beurre clarifié).

gor-keri : Condiment doux et épicé composé de cubes de mangue assaisonnés de fenugrec, de coriandre, de moutarde et autres épices.

gur : Voir *jaggery*.

h

haleem : Ragoût fait de blé, de viande (généralement mouton) et de légumes cuits ensemble avec des épices.

halwa : Dessert.

halwai : Confiseur.

hazaar : Par milliers.

hoppers : Nouilles de riz cuites à la vapeur. En tamoul : *idiaappam*.

i

idli et *dosa* : Deux amuse-gueules (« snacks », ou *tiffin*) du Sud de l'Inde, très populaires, et qui n'exigent aucun talent particulier de la part du cuisinier. Pour *sambar*, voir ce mot. Ici, l'association des trois termes a une connotation méprisante.

ishrat ul firdaus : Ces « délices du paradis » sont une invention de l'auteur. Gâteau au fromage parfumé au safran, avec pour base un biscuit aux noix, le tout nappé d'une crème non sucrée, décorée de cheveux d'ange également au safran et sucrés.

j

jaggery, *jagré*, *gur* ou encore *mascouade* (du portugais *mascavado*) : Bloc de mélasse, de sucre non raffiné, vendu sous forme de cristaux enrobés de mélasse.

k

kachra : Ordure.

kachumber : Salade.

kadambam (tamoul) : Littéralement, bouquet. Ici, décrit un mélange de légumes cuits.

kahawat (ourdou) : Proverbe.

kai murukk : Voir *murukk*.

kaju katli : Pâte de noix de cajou (appelée aussi châtaigne d'acajou).

kakdi : Concombre.

kameez : Tunique traditionnelle. Voir *khadi kurti*.

karela (*Mormodica indica*) : Courge amère, appelée aussi « melon d'hiver ».

karvellamrutam : Melon amer farci d'un mélange doux-amer avec une forte présence de fenugrec. Se déguste en apéritif.

kathak : Danse classique du Nord de l'Inde.

kedgeree : Interprétation anglo-indienne du *khichidi*, plat à base de riz et de lentilles additionnés d'épices. Dans le *kedgeree*, on ajoute du poisson.

keema paratha : Galette tendre et feuilletée (*paratha*), frite au *ghee*, farcie de hachis d'agneau (*keema*). Spécialité du Nord.

khadi kurti : Tunique de coton rustique. Le *kurti* (ou *kurta*) est le vêtement traditionnel du Nord de l'Inde et du Pakistan. Le *kurti* est un *kameez* court, une tunique qui peut descendre jusqu'aux hanches (ou plus court) et qui se porte sur un pantalon – le *salwar* (large), le *churidar* (moulant), ou un jeans. Les hommes portent le *kurta* pour être en tenue habillée. Le *khadi* est le coton filé à la main, symbole du mouvement d'indépendance lancé par le mahatma Gandhi contre la mainmise des grandes filatures anglaises sur le coton indien. Très à la mode aujourd'hui.

khakhra : Pain ou « snack » gujerati.

khaman dhokla : Préparation à base de pois chiches, très légère et spongieuse, d'origine gujerati. Les pois chiches sont fréquents dans la cuisine du Gujerat, dont même les plats salés sont toujours un peu sucrés.

khandvi : Plat gujerati, pâte de pois chiches aux épices roulée en spirale.

khatarnak (ourdou) : Dangereux.

khichidi : Mélange de riz et de lentilles, cuits en purée avec des épices. Ici, Tarok y ajoute des légumes.

khoon-asoo-pasina : Du sang, de la sueur et des larmes (réminiscence du discours de W. Churchill en mai 1940).

khullam khullah : Ouvertement, sans honte.

koel : Le rossignol indien, symbole romantique.

kofta (ourdou, persan) et *vadai* (du sanskrit : *vada*) : Les deux mots signifient boulettes d'aliments hachés.

kokum : Mangoustan.

kundali : Horoscope.

kundalini : Force vitale née du yoga et de la méditation. Elle est censée s'éveiller dans le pelvis et gagner le cerveau en passant par divers chakras. L'individu atteint alors un état éclairé de conscience pure. Ici, il s'agit d'une allusion humoristique à l'émoi dans lequel est censée se trouver la jeune femme.

kurta ou *kurti* : Tunique qui peut descendre jusqu'aux hanches (ou plus court) et qui se porte sur un pantalon. Vêtement traditionnel du Nord de l'Inde et du Pakistan. Voir *khadi kurti*.

l

lagan nu : Littéralement, crème de mariage. Crème renversée fréquemment servie dans les mariages parsis.

lassi : Lait aigre.

m

maddur vadai : Boulettes de légumes secs broyés, relevés d'oignons et de piments.

madhyavati : Classe moyenne.

mahabhog : Un *khichidi* (voir ce mot) amélioré, de luxe. C'est habituellement un *prasad*, plat consacré, offrande destinée à une célébration. Bien entendu, ce n'est pas le cas ici.

mai-baap : Littéralement, mère-père. Tournure idiomatique signifiant : « Vous êtes le boss ! »

maida : Farine pour la pâtisserie.

makhmali (ourdou) : Littéralement, velouté.

mallika pasandi (persan) : Littéralement, les délices de la reine. Version féminisée (par la mère de l'auteur, à l'aide de pâte d'amande) d'une spécialité d'origine persane, les *balu shahi*.

mami : Tante.

masala : Mélange d'épices.

mawa : Lait bouilli et épaissi.

mazdoor : Manœuvre ; dans la langue syndicale, ouvrier des filatures.

meenakar ou *meenakari* : Émail d'or ou d'argent, qui donne un type de bijoux spécifique.

megrim : Cafard, idées noires.

mera Bharat mahan (hindi) : Littéralement : « Mon Inde est grande ». On peut voir appliqué, au dos des véhicules, cet autocollant destiné à promouvoir, entre autres, l'usage des préservatifs.

methi : Fenugrec.

mewa ou *mawa* : Littéralement, la crème. Sens figuré : plaisir. *Seva* d'abord, et *mewa* après : le travail avant le plaisir.

mithai : Friandises.

mohan thal : Dessert aromatisé à la muscade et à la cardamome, facile à réaliser. Spécialité du Gujerat. Les deux autres friandises s'obtiennent par un dosage différent de *besan* (farine de pois chiches) et de *ghee* (beurre clarifié). Les *Mysore pak* sont des boulettes qui fondent dans la bouche. De la ville de Mysore, région du Karnataka. Les *pateesa* sont des boulettes de petites brindilles très difficiles à confectionner. Il s'agit d'un secret de famille (Inde du Nord).

mojdi : Chaussures ressemblant à des mocassins.

moong daal : Haricot *mung* ou *mungo.*

murgh mussallam (ourdou) : Poulet farci et rôti.

murukk (tamoul) : Tortillons de pâte de riz frits. *Kai murukk :* beignets de *murukk* faits main. D'énormes *murukk* sont servis à l'occasion des fêtes et des mariages.

Mysore pak : Voir *mohan thal.*

n

namda : Tapis du Cachemire, en laine crème, traditionnellement brodé de bleu. Aujourd'hui, on ajoute d'autres couleurs.

nargisi kofta : Littéralement, œil au hachis. Boulette de viande hachée épicée et parfumée, enrobant un œuf dur. Quand on la coupe en deux, on croirait un œil qui vous regarde.

narkel naru : Friandise bengali : boulettes de noix de coco sucrées.

navrattan pulao (ou *pilau*) : Riz aux Neuf Merveilles. C'est à la base un *pulao*, plat de riz gras garni de légumes et de fruits coupés en petits dés qui rappellent des pierres et métaux précieux : rubis, émeraudes, topazes, grenats, améthystes, perles, or, argent (manquent les saphirs…). Ce plat porte le nom du cuisinier Nav Ratan qui l'a inventé pour célébrer l'empereur moghol Akbar. Ce dernier, végétarien car marié à une princesse hindoue, fut ébloui.

neem daantoon : Margousier, ou lilas des Indes *(Azadirachta indica),* plante aux nombreuses vertus antiseptiques, désinfectantes et antibiotiques. On lui connaît une quarantaine d'usages, dont le nettoyage des dents. On vénère également le margousier comme arbre tutélaire conjurant le mal.

nimbu : Citron.

nimbu pani : Citron pressé.

O

oblaten : Biscuits allemands de forme triangulaire.

omlet-pau : Omelette aux oignons, piment vert en lamelles et coriandre hachée, servie avec un gros morceau de beurre fondu. L'omelette double comporte deux œufs. Cet en-cas est servi à toute heure dans les bistrots avec du thé.

osamo (gujerati) : *Daal* (lentilles) dont l'assaisonnement a un goût légèrement sucré.

P

paal poli (tamoul) : Galette servie dans du lait épaissi, sucré et aromatisé.

paati : Grand-mère.

palepunch : Signifie « cinq ingrédients ».

paneer matar : Purée de tomates et d'oignons avec petits pois frits, gingembre, ail et pâte de cajou, mélangés avec du fromage de campagne compact (*paneer*), du yaourt et des épices (poudre de coriandre et *garam masala*).

papad : Galette à base de farine de froment, de lentilles, de pois chiches, etc.

paratha : Un *chapatti* généralement frit et souvent farci.

pasanda : Filet mignon.

pateesa : Voir *mohan thal.*

pau bhaji : Plat de légumes, avec épices et beaucoup de beurre… Repas type de Bombay.

pazha (tamoul) : Fruit.

phulka : Pain complet apparenté au *chapatti,* mais qui gonfle en cuisant.

poha : Bouillie de flocons de riz.

pomfret : Grande castagnole (*Brama brama*, perciforme de la famille des *Bramidae*), poisson de l'océan Indien.

pradakshina : Déambulatoire.

pudina : Menthe.

puja : Cérémonie de méditation, de prière, d'offrande et d'adoration.

puli inji (tamoul) : Littéralement, gingembre et tamarin. Condiment à base de tamarin et gingembre.

pura kichili pazham milagu varaval (tamoul) : Pigeon rôti au poivre noir et à l'orange.

puranpoli : Pâte feuilletée à base de farine, fourrée de noix de coco, *jaggery* et lentilles cuites, aromatisée à la cardamome. Elle se consomme sautée à la poêle avec un peu de *ghee*.

r

raagam : Séquence de notes, gamme.

raita : Yaourt avec légumes ou fruits.

rajma : Haricots.

rasam : Bouillon ou jus.

resham kebab : Kebab de poulet haché.

roghan gosh : Cubes d'agneau aux amandes et aux épices (cardamome, gingembre frais, *garam masala*...).

rossogolla : Littéralement, boulettes juteuses. Du fromage de campagne *(paneer)* maigre cuit au sirop. Ça gonfle et c'est un délice. Spécialité du Bengale.

roti : Galette de blé complet, l'un des aliments de base du Nord de l'Inde.

rudra veena : Considéré comme le roi des instruments de musique, cet « ancêtre » a pratiquement disparu de la scène, souvent au profit de la cithare. Cet instrument est composé d'un corps tubulaire creux, le *dandi*, sur lequel sont fixées vingt-quatre touchettes, posé sur deux calebasses qui servent de résonateurs. Il possède trois cordes principales et trois ou quatre bourdons.

rui : Poisson d'eau douce, spécialité locale.

rui maacher kaliya : Recette originale du Bangladesh.

S

sabudana vada : Petit pâté au sagou, aux pommes de terre et aux épices.

saddi (tamoul) : Festin.

sali ne jardaloo ma gos : Spécialité parsie : mouton aux abricots, garni de pommes paille.

salwar : Voir *khadi kurti.*

salwar kameez : Ensemble tunique-pantalon. Voir *khadi kurti.*

sambar : Sauce aux légumes, qui peut accompagner les en-cas ou le riz. L'association des trois termes *idli* (voir ce mot), *dosa* et *sambar* a une connotation méprisante.

sarson ka saag (punjabi) : Feuilles de moutarde.

seva : Service.

shevanda moilee (malayalam) : Homard.

Shokti Ghor : Village du Bangladesh d'où provient une variété de riz spéciale.

sholl : Paroles d'une chanson.

shorba : Sauce au jus de viande qui accompagne le plat principal. Dans les restaurants, le mot désigne aussi la soupe.

shorshe maach : Poisson à la sauce moutarde.

sitaphal : Désigne l'anone ou la pomme cannelle, deux fruits de la même famille et au goût voisin. La glace au *sitaphal* est délectable.

sol kadi : Sorte de soupe à base de lait de coco et de jus de mangoustan, spécialité de Mangalore.

soma : La boisson de l'immortalité.

surti undhiyo : Mélange de légumes très épicés, avec petites croquettes, pois chiches et fenugrec. Plat d'origine gujerati.

t

taal : Rythme.

tabak maaz (Cachemire) : Côtelettes.

tamasha : Farce, numéro de cirque.

tandlachi roti : Galette à base de farine de riz non levée (*tandlachi :* de riz, en marathe).

thayir (tamoul) : Yaourt.

thong : Pièce de coton dont s'enveloppent les plus pauvres pour aller au travail. Il n'en existe pas en daim, un matériau noble. Seul Shiva est traditionnellement vêtu d'un *veshti* en daim. La juxtaposition des deux a un effet comique.

toovar daal : Pois cajan.

u

ullu : Littéralement, hibou. Sens figuré : idiot.

upanayanam : Cérémonie religieuse.

urad daal : Lentilles blanches. Les Indiens utilisent une grande variété de lentilles et de légumineuses.

v

vaastu : Équivalent indien du *fengshui*, une ancienne pratique chinoise de l'aménagement de l'espace pour être en harmonie avec l'environnement.

vadai : Voir *kofta.*

vada pao : Beignet de pommes de terre aux épices, gingembre, coriandre, graines de moutarde…

varan bhat : Lentilles et riz, repas indien de base.

vasanta : Un *raag*, ou *raagam*. Il s'agit de musique carnatique, la musique classique du Sud de l'Inde. Un *raagam* est une séquence de notes, une gamme.

vel avil (tamoul) : Friandise à base de riz concassé et de *jagré* (voir *jaggery*).

veshti : Pagne que porte traditionnellement Shiva, généralement en daim.

vibhuti : Cendres sacrées dont on enduit le front lors du culte. Symbole du caractère éphémère de la vie.

y

yakhni : Bouillon.

z

zari : Fil d'or ou d'argent utilisé en broderie.

RÉALISATION : NORD COMPO À VILLENEUVE D'ASCQ
IMPRESSION : BRODARD ET TAUPIN À LA FLÈCHE
DÉPÔT LÉGAL : AVRIL 2008. N° 96319 (46066)
IMPRIMÉ EN FRANCE

Collection Points Policier

DERNIERS TITRES PARUS

P877. La Cinquième Femme, *Henning Mankell*
P882. Trois Petites Mortes, *Jean-Paul Nozière*
P883. Le Numéro 10, *Joseph Bialot*
P888. Le Bogart de la cambriole, *Lawrence Block*
P892. L'Œil d'Ève, *Karin Fossum*
P898. Meurtres dans l'audiovisuel, *Yan Bernabot, Guy Buffet, Frédéric Karar, Dominique Mitton et Marie-Pierre Nivat-Henocque*
P899. Terminus pour les pitbulls, *Jean-Noël Blanc*
P909. L'Amour du métier, *Lawrence Block*
P910. Biblio-quête, *Stéphanie Benson*
P911. Quai des désespoirs, *Roger Martin*
P926. Sang du ciel, *Marcello Fois*
P927. Meurtres en neige, *Margaret Yorke*
P928. Heureux les imbéciles, *Philippe Thirault*
P949. 1280 Âmes, *Jean-Bernard Pouy*
P950. Les Péchés des pères, *Lawrence Block*
P963. L'Indispensable Petite Robe noire, *Lauren Henderson*
P964. Vieilles dames en péril, *Margaret Yorke*
P965. Jeu de main, jeu de vilain, *Michelle Spring*
P971. Les Morts de la Saint-Jean, *Henning Mankell*
P972. Ne zappez pas, c'est l'heure du crime, *Nancy Star*
P976. Éloge de la phobie, *Brigitte Aubert*
P989. L'Envol des anges, *Michael Connelly*
P990. Noblesse oblige, *Donna Leon*
P1001. Suave comme l'éternité, *George P. Pelecanos*
P1003. Le Monstre, *Jonathan Kellerman*
P1004. À la trappe !, *Andrew Klavan*
P1005. Urgence, *Sara Paretsky*
P1016. La Liste noire, *Alexandra Marinina*
P1017. La Longue Nuit du sans-sommeil, *Lawrence Block*
P1029. Speedway, *Philippe Thirault*
P1030. Les Os de Jupiter, *Faye Kellerman*
P1039. Nucléaire chaos, *Stéphanie Benson*
P1040. Bienheureux ceux qui ont soif..., *Anne Holt*
P1042. L'Oiseau des ténèbres, *Michael Connelly*
P1048. Les Lettres mauves, *Lawrence Block*
P1060. Mort d'une héroïne rouge, *Qiu Xiaolong*
P1061. Angle mort, *Sara Paretsky*
P1070. Trompe la mort, *Lawrence Block*
P1071. V'là aut'chose, *Nancy Star*
P1072. Jusqu'au dernier, *Deon Meyer*

P1081. La Muraille invisible, *Henning Mankell*
P1087. L'Homme de ma vie, *Manuel Vázquez Montalbán*
P1088. Wonderland Avenue, *Michael Connelly*
P1089. L'Affaire Paola, *Donna Leon*
P1090. Nous n'irons plus au bal, *Michelle Spring*
P1100. Dr la Mort, *Jonathan Kellerman*
P1101. Tatouage à la fraise, *Lauren Henderson*
P1102. La Frontière, *Patrick Bard*
P1105. Blanc comme neige, *George P. Pelecanos*
P1110. Funérarium, *Brigitte Aubert*
P1111. Requiem pour une ombre, *Andrew Klavan*
P1122. Meurtriers sans visage, *Henning Mankell*
P1123. Taxis noirs, *John McLaren*
P1134. Tous des rats, *Barbara Seranella*
P1135. Des morts à la criée, *Ed Dee*
P1146. Ne te retourne pas !, *Karin Fossum*
P1158. Funky Guns, *George P. Pelecanos*
P1159. Les Soldats de l'aube, *Deon Meyer*
P1162. Visa pour Shanghai, *Qiu Xiaolong*
P1174. Sale temps, *Sara Paretsky*
P1175. L'Ange du Bronx, *Ed Dee*
P1187. Les Chiens de Riga, *Henning Mankell*
P1188. Le Tueur, *Eraldo Baldini*
P1189. Un silence de fer, *Marcello Fois*
P1190. La Filière du jasmin, *Denise Hamilton*
P1197. Destins volés, *Michael Pye*
P1206. Mister Candid, *Jules Hardy*
P1207. Déchaînée, *Lauren Henderson*
P1215. Tombe la pluie, *Andrew Klavan*
P1224. Le Vagabond de Holmby Park, *Herbert Lieberman*
P1225. Des amis haut placés, *Donna Leon*
P1228. Chair et sang, *Jonathan Kellerman*
P1230. Darling Lilly, *Michael Connelly*
P1239. Je suis mort hier, *Alexandra Marinina*
P1240. Cendrillon, mon amour, *Lawrence Block*
P1242. Berlinale Blitz, *Stéphanie Benson*
P1245. Tout se paye, *George P. Pelecanos*
P1251. Le Rameau brisé, *Jonathan Kellerman*
P1256. Cartel en tête, *John McLaren*
P1271. Lumière morte, *Michael Connelly*
P1291. Le croque-mort a la vie dure, *Tim Cockey*
P1292. Pretty Boy, *Lauren Henderson*
P1306. La Lionne blanche, *Henning Mankell*
P1307. Le Styliste, *Alexandra Marinina*
P1308. Pas d'erreur sur la personne, *Ed Dee*
P1309. Le Casseur, *Walter Mosley*

P1318. L'Attrapeur d'ombres, *Patrick Bard*
P1331. Mortes-eaux, *Donna Leon*
P1332. Déviances mortelles, *Chris Mooney*
P1344. Mon vieux, *Thierry Jonquet*
P1345. Lendemains de terreur, *Lawrence Block*
P1346. Déni de justice, *Andrew Klavan*
P1347. Brûlé, *Leonard Chang*
P1359. Los Angeles River, *Michael Connelly*
P1360. Refus de mémoire, *Sarah Paretsky*
P1361. Petite musique de meurtre, *Laura Lippman*
P1372. L'Affaire du Dahlia noir, *Steve Hodel*
P1373. Premières armes, *Faye Kellerman*
P1374. Onze jours, *Donald Harstad*
P1375. Le croque-mort préfère la bière, *Tim Cockey*
P1393. Soul Circus, *George P. Pelecanos*
P1394. La Mort au fond du canyon, *C. J. Box*
P1395. Recherchée, *Karin Alvtegen*
P1396. Disparitions à la chaîne, *Ake Smedberg*
P1407. Qu'elle repose en paix, *Jonathan Kellerman*
P1408. Le Croque-mort à tombeau ouvert, *Tim Cockey*
P1409. La Ferme des corps, *Bill Bass*
P1414. L'Âme du chasseur, *Deon Meyer*
P1417. Ne gênez pas le bourreau, *Alexandra Marinina*
P1425. Un saut dans le vide, *Ed Dee*
P1435. L'Enfant à la luge, *Chris Mooney*
P1436. Encres de Chine, *Qiu Xiaolong*
P1437. Enquête de mor(t)alité, *Gene Riehl*
P1451. L'homme qui souriait, *Henning Mankell*
P1452. Une question d'honneur, *Donna Leon*
P1453. Little Scarlet, *Walter Mosley*
P1476. Deuil interdit, Michael Connelly
P1493. La Dernière Note, *Jonathan Kellerman*
P1494. La Cité des Jarres, *Arnaldur Indridason*
P1495. Électre à La Havane, *Leonardo Padura*
P1496. Le croque-mort est bon vivant, *Tim Cockey*
P1497. Le Cambrioleur en maraude, *Lawrence Block*
P1539. Avant le gel, *Henning Mankell*
P1540. Code 10, *Donald Harstad*
P1541. Les Nouvelles Enquêtes du juge Ti, vol. 1
Le Château du lac Tchou-An, *Frédéric Lenormand*
P1542. Les Nouvelles Enquêtes du juge Ti, vol. 2
La Nuit des juges, *Frédéric Lenormand*
P1559. Hard Revolution, *George P. Pelecanos*
P1560. La Morsure du lézard, *Kirk Mitchell*
P1561. Winterkill, *C. J. Box*
P1582. Le Sens de l'arnaque, *James Swain*

P1583. L'Automne à Cuba, *Leonardo Padura*
P1597. La Preuve par le sang, *Jonathan Kellerman*
P1598. La Femme en vert, *Arnaldur Indridason*
P1599. Le Che s'est suicidé, *Petros Markaris*
P1600. Les Nouvelles Enquêtes du juge Ti, vol. 3
Le Palais des courtisanes, *Frédéric Lenormand*
P1601. Trahie, *Karin Alvtegen*
P1602. Les Requins de Trieste, *Veit Heinichen*
P1635. La Fille de l'arnaqueur, *Ed Dee*
P1636. En plein vol, *Jan Burke*
P1637. Retour à la Grande Ombre, *Hakan Nesser*
P1660. Milenio, *Manuel Vázquez Montalbán*
P1661. Le Meilleur de nos fils, *Donna Leon*
P1662. Adios Hemingway, *Leonardo Padura*
P1678. Le Retour du professeur de danse, *Henning Mankell*
P1679. Romanzo Criminale, *Giancarlo de Cataldo*
P1680. Ciel de sang, *Steve Hamilton*
P1690. La Défense Lincoln, *Michael Connelly*
P1691. Flic à Bangkok, *Patrick Delachaux*
P1692. L'Empreinte du renard, *Moussa Konaté*
P1693. Les fleurs meurent aussi, *Lawrence Block*
P1703. Le Très Corruptible Mandarin, *Qiu Xiaolong*
P1723. Tibet or not Tibet, *Péma Dordjé*
P1724. La Malédiction des ancêtres, *Kirk Mitchell*
P1761. Chroniques du crime, *Michael Connelly*
P1762. Le croque-mort enfonce le clou, *Tim Cockey*
P1782. Le Club des conspirateurs, *Jonathan Kellerman*
P1783. Sanglants trophées, *C.J. Box*
P1811. - 30°, *Donald Harstad*
P1821. Funny Money, *James Swain*
P1822. J'ai tué Kennedy ou les mémoires d'un garde du corps
Manuel Vázquez Montalbán
P1823. Assassinat à Prado del Rey et autres histoires sordides
Manuel Vázquez Montalbán
P1830. La Psy, *Jonathan Kellerman*
P1831. La Voix, *Arnaldur Indridason*
P1832. Les Nouvelles Enquêtes du juge Ti, vol. 4
Petits meurtres entre moines, *Frédéric Lenormand*
P1833. Les Nouvelles Enquêtes du juge Ti, vol. 5
Madame Ti mène l'enquête, *Frédéric Lenormand*
P1834. La Mémoire courte, *Louis-Ferdinand Despreez*
P1835. Les Morts du Karst, *Veit Heinichen*
P1883. Dissimulation de preuves, *Donna Leon*
P1884. Une erreur judiciaire, *Anne Holt*
P1885. Honteuse, *Karin Alvtegen*
P1886. La Mort du privé, *Michael Koryta*